DIE RETTUNG VON BRYN

Die Rettung von Bryn (Die Delta Force Heroes, Buch Sechs)

SUSAN STOKER

Copyright © 2020 Susan Stoker

Englischer Originaltitel: »Rescuing Bryn (Delta Force Heroes Book 6)«
Deutsche Übersetzung: Birga Weisert für Daniela Mansfield Translations
2020

Alle Rechte vorbehalten. Dies ist ein Werk der Fiktion. Namen, Darsteller, Orte und Handlung entspringen entweder der Fantasie der Autorin oder werden fiktiv eingesetzt. Jegliche Ähnlichkeit mit tatsächlichen Vorkommnissen, Schauplätzen oder Personen, lebend oder verstorben, ist rein zufällig.
Dieses Buch darf ohne die ausdrückliche schriftliche Genehmigung der Autorin weder in seiner Gesamtheit noch in Auszügen auf keinerlei Art mithilfe elektronischer oder mechanischer Mittel vervielfältigt oder weitergegeben werden.

Titelbild entworfen von: Chris Mackey, AURA Design Group

eBook:
ISBN: 978-1-64499-049-0

Taschenbuch:
ISBN: 978-1-64499-050-6

Besuchen Sie Susan im Netz!
www.stokeraces.com
facebook.com/authorsusanstoker
twitter.com/Susan_Stoker
bookbub.com/authors/susan-stoker
instagram.com/authorsusanstoker
Email: Susan@StokerAces.com

EBENFALLS VON SUSAN STOKER

Die Delta Force Heroes:

Die Rettung von Rayne
Die Rettung von Emily
Die Rettung von Harley
Die Hochzeit von Emily
Die Rettung von Kassie
Die Rettung von Bryn
Die Rettung von Casey (Buch Sieben) **(erhältlich ab Ende April 2020)**

SEALs of Protection:
Schutz für Caroline
Schutz für Alabama
Schutz für Fiona (Buch Drei)
Die Hochzeit von Caroline (Buch Vier) **(erhältlich ab Mitte März 2020)**

DANKSAGUNG

Tracy, vielen Dank, dass ich deine Stadt, deine Kinder, deinen Ehemann, den Job deines Ehemanns und dein Prepper-Haus in meiner Geschichte benutzen durfte. Ich mache mich vielleicht über dich lustig, weil du ein »Prepper-Anwesen« gekauft hast, aber in Wirklichkeit ist dein Haus wunderschön. Wann darf ich mal wieder zu euch rauskommen?

PROLOG

»Sieh mich an!«, befahl eine barsche Stimme.

Er wendete den Blick von seinem Arm ab, der unter dem Metall des Militärfahrzeugs steckte. Stattdessen sah Dane Munroe den Mann an, der neben ihm kniete. Er war riesengroß und wirkte ziemlich bedrohlich, doch es waren seine stechenden, braunen Augen, in denen erstaunlicherweise Mitgefühl zu lesen war, die schließlich dafür sorgten, dass er sich ein wenig entspannte.

»Du schaust jetzt nur noch auf mein Gesicht und nicht mehr weg. Das ist ein Befehl. Verstanden?«

»Ja, Sir«, krächzte Dane. Er wusste, dass sein Körper unter Schock stand, doch der Befehl gab ihm etwas, auf das er sich konzentrieren konnte, und zwar auf etwas anderes als die unglaublichen Schmerzen, die er hatte. Er hielt den Blick auf das Gesicht des anderen Mannes gerichtet, der über ihm kniete. Er wusste, dass die anderen Teammitglieder alle tot waren. Als er zu Bewusstsein gekommen war und sich umgesehen hatte, hatte er überall Leichenteile gesehen. Zu seiner Rechten befand sich Quiz, dem die Hälfte seines Kopfes fehlte. Zu seiner Linken lag Bear, dessen Beine einfach verschwunden waren. Seine Freunde. Die Männer, für die er nur allzu gern sein Leben geopfert hätte. Sie alle waren von einem Moment auf den anderen tot.

Es war alles so schnell gegangen. In einem Moment hatte er im Humvee gesessen und nach verstecktem Sprengstoff Ausschau gehalten, und im nächsten lag er auf dem Wüstenboden, den Arm unter einer Masse verdrehten Metalls gefangen, das vorher der Wagen gewesen war, in dem sie unterwegs waren. Dane hatte keine Ahnung, wie er das Gemetzel überlebt hatte.

Und was noch viel wichtiger war, er wusste nicht warum.

Der Mann an seiner Seite und seine Kameraden waren wie aus dem Nichts aufgetaucht. Die Luft war ganz still gewesen und Danes Ohren hatten noch von der Explosion geklingelt, und plötzlich waren diese anderen Männer da gewesen. Sie trugen keine Uniformen, waren stattdessen von Kopf bis Fuß ganz in Schwarz gekleidet. Ihr Haar war länger als es in der Armee geduldet wurde und sie hatten alle Bärte, die ihre Gesichter teilweise verdeckten. Dane hätte sich Sorgen gemacht, von ISIS entführt zu werden, allerdings hatte der Mann, der neben ihm kniete, einen ausgesprochen amerikanischen Akzent. Und als er angefangen hatte zu sprechen, hatte er sofort gewusst, dass sie wie er waren. Delta Force. Die guten Jungs.

»Fletch, Hollywood, kommt hier rüber. Blade und Coach, geht auf die andere Seite. Ihr müsst langsam und gleichmäßig anheben, keine schnellen Bewegungen. Beatle und Ghost, wenn der Wagen von ihm runter ist, zieht ihn schnell raus, aber nicht unkontrolliert. Verstanden?«

Alle sechs murmelten zustimmend und begaben sich auf ihre Positionen. Der Mann, der das Kommando übernommen hatte, beugte sich über Dane und sah ihm fest in die Augen. Einen Moment lang konzentrierte Dane sich auf die unglaublich lange Narbe im Gesicht des Mannes, aber er stand zu sehr unter Schock und hatte auch zu große Schmerzen, um darüber nachzudenken. »Also pass auf. Jetzt passiert gleich Folgendes. Ich bin mir sicher, du weißt, dass wir hier auf dem Präsentierteller sitzen, wir müssen also von hier verschwinden. Das können wir nicht tun, solange du ein Nickerchen unter dem Einsatzfahrzeug machst.« Er grinste, als säßen sie in einer Kneipe in Amerika und machten Scherze. »Also werden wir jetzt den Humvee von dir runterheben, dich zusammenpacken und von hier verschwinden. Ich will nicht lügen. Es wird wehtun. Und zwar ziemlich.«

»Was kann ich tun, um mitzuhelfen?«, wollte Dane wissen und biss die Zähne zusammen.

»Ganz ehrlich? Du musst einfach nur still sein. Um alles andere kümmern sich mein Team und ich.«

Dane schluckte und nickte kurz. Es gefiel ihm zwar nicht, doch im Moment war er vollkommen nutzlos. Er war auf sie angewiesen, um von hier zu verschwinden. Er wusste nicht, woher sie gekommen waren, doch in seinem Berufsfeld sah man einem geschenkten Gaul nicht ins Maul.

»Wie heißt du?«, fragte Dane den anderen krächzend.

»Truck.«

Dane konnte ein trockenes Grinsen nicht unterdrücken. »Wie passend.«

Trucks rechter Mundwinkel hob sich zu einem schiefen Grinsen. Der Mann hatte einen Vollbart, genau wie seine Kollegen, allerdings war die lange, hässliche Narbe auf der linken Seite seines Gesichts noch immer klar zu sehen. Auf der Narbe wuchsen keine Haare, sodass eine Spur Haut durch den Bart hindurch schien. »Und wie heißt du?«

»Fish«, erklärte ihm Dane durch zusammengebissene Zähne hindurch.

»Also, Fish, glaubst du, dass du die Klappe halten und still bleiben kannst? Ich habe etwas Morphium bei mir und kann es dir verabreichen, wenn du glaubst, dass du es nicht schaffst.«

»Ich werde keinen Laut von mir geben, aber ein bisschen Morphium, um die Sache etwas leichter zu machen, ist vielleicht keine schlechte Idee«, erwiderte Dane. Er hatte noch nie in seinem Leben so große Schmerzen gehabt wie jetzt. Nicht mal, als er ein paar Tage die Gastfreundschaft von ISIS genossen hatte. Sie hatten ihn und seine Kollegen aufs Schlimmste verprügelt, aber im Vergleich zu den Schmerzen jetzt war das gar nichts gewesen. So sehr es ihm auch nichts ausmachte, bis zur Oberkante Unterlippe unter Drogen zu stehen, um sich um nichts kümmern zu müssen, so wollte er doch lieber mitbekommen, was um ihn herum vor sich ging. Falls es sich um seine letzten Momente auf dieser Erde handeln sollte, wollte er sie wach und bei Bewusstsein verbringen. Das war wahrscheinlich kein besonders schlauer Zug, aber er hatte auch nie behauptet, besonders schlau zu sein.

Truck verlor keine Zeit damit, ihn weiter zu befragen. Stattdessen nickte er einfach nur, wandte sich an einen der anderen und nickte ihm zu. Schnell hatte man Dane eine Dosis Morphium injiziert und die Teammitglieder stellten sich auf ihre Posten, um den Humvee anzuheben.

Anstatt nachzusehen, was die anderen Männer taten, behielt Dane den Blick auf Trucks Gesicht gerichtet, wie er es ihm befohlen hatte. »Bereit?«, fragte der große Mann.

Dane nickte und presste die Lippen zusammen, um sich auf die Schmerzen vorzubereiten, von denen er wusste, dass sie unweigerlich kommen würden, sobald sein Arm von dem Gefährt befreit war.

In den nächsten Augenblicken musste Dane seine gesamte Willenskraft aufbringen, um nicht laut loszuschreien. Er hatte in seinem Leben noch nie solche schrecklichen Schmerzen verspürt.

Die Männer hoben den Wagen hoch, als wäre er aus Treibholz gemacht anstatt aus Metall, dann schlossen sich Hände um seine Knöchel und sein Körper wurde von dem Wrack des Wagens weggezogen. Gleichzeitig griff Truck nach seinem Arm und hielt ihn fest – extrem fest. Sofort überkamen Dane solch schreckliche Schmerzen, die von der Stelle ausstrahlten, wo der Mann die Überreste seines verwundeten Armes festhielt, dass er kaum an sich halten konnte.

Um ihn herum wurde gesprochen, doch Dane verstand kein einziges Wort. Er konzentrierte sich auf die Narbe in Trucks Gesicht, die sich bewegte und verzog, als der Mann mit seinen Teamkollegen sprach. Dane biss die Zähne zusammen und weigerte sich, das Bewusstsein zu verlieren. Falls etwas schiefging und die Terroristen anrückten, wollte er – nein, musste er – dazu in der Lage sein, sich selbst zu beschützen. Und das konnte er nicht, wenn er bewusstlos war.

Irgendwann stellte Dane fest, dass sie sich in Bewegung gesetzt hatten. Einer der Männer hatte sich ihn über die Schulter geworfen und Truck ging neben ihm, wobei er mit einer seiner großen Hände noch immer den verletzten Arm fest im Griff hielt.

»Werde ich ihn verlieren?«, fragte Dane, ohne Truck aus den Augen zu lassen.

Der andere Mann versuchte nicht, ihm die Situation schönzureden, und er wusste auch sofort, dass Dane von dem verletzten Arm sprach. »Wahrscheinlich. Bist du Linkshänder oder Rechtshänder?«

»Linkshänder.«

»Das ist wirklich scheiße«, kommentierte Truck die Situation trocken und ohne einen Hauch von Mitleid.

»Warum hast du den Arm nicht verbunden? Wäre das nicht einfacher und würde auch keine so große Spur hinterlassen, wenn du ihn einfach verbinden würdest?« Dane versuchte, die Tatsache zu verdrängen, dass er vielleicht einen Teil seines Armes oder gar den ganzen Arm verlieren könnte. Wie er es ihm befohlen hatte konzentrierte er sich stattdessen auf Trucks Augen und im Moment war es ihm egal, wohin sie unterwegs waren. Fragen zu stellen lenkte ihn von den Schmerzen ab ... zumindest ein wenig.

Truck zuckte mit den Achseln. »Das geht nicht. Ich halte deine Hauptschlagader mit Daumen und Zeigefinger zu.«

»Scheiße.«

»Mach dir keine Sorgen, es ist alles in Ordnung. Ich habe alles unter Kontrolle.«

Dane machte ein abfälliges Geräusch, presste dann jedoch die Lippen zusammen, um es zu unterdrücken, kaum war es aus seinem Mund heraus. Er wusste, dass eine Verletzung an der Hauptschlagader dazu führen konnte, dass er innerhalb von Minuten verblutete. Der riesige Mann, der neben ihm herging, hielt sein Leben zwischen seinen großen Fingern.

Er erinnerte sich an die anderen Soldaten seiner Einheit, darunter auch den Mann, der in letzter Minute unter strenger Geheimhaltung ihrer Einheit zugewiesen worden war, und fragte: »Was ist mit den anderen?«

Als Antwort schüttelte Truck kurz den Kopf.

Dane schloss die Augen und sagte ein kurzes Gebet für

all die Soldaten, die den Angriff ganz offensichtlich nicht überlebt hatten.

»Wo gehen wir hin?«, fragte Dane leise.

»Über ein paar Hügel, ungefähr zwei Kilometer weit, dort gibt es eine kleine Stadt. Wir kennen ein paar der Einwohner, die dich zum amerikanischen Stützpunkt in der Nähe bringen werden. Dort bist du in Sicherheit.«

»Wird dadurch eure Mission gefährdet?« Dane war kein Idiot. Ihm war klar, dass normale Soldaten nicht in kleinen Dörfern rumhingen und Amerikanern halfen, die während des Einsatzes verletzt worden waren. Auf keinen Fall wollte er ihre Mission oder ihre Lage gefährden, weil sie sich die Mühe gemacht hatten, ihm zu helfen.

»Nein.« Trucks Antwort war kurz und prägnant.

Dane hatte Mühe damit, die Augen offen zu halten. Die Schmerzen, die von seinem Arm ausstrahlten, verstärkten sich mit jedem Schritt, den sie machten. Sein Kopf schmerzte von der Tatsache, dass er kopfüber hing, und er war angespannt, während sie durch die Wüste marschierten. Es gab einiges an der Situation, in der er sich befand, was ihm nicht gefiel, aber er musste darauf vertrauen, dass Truck und sein Team ihn hier lebend herausschaffen würden. In diesem Punkt hatte er tatsächlich keine andere Wahl.

Während sie weitergingen, ließ Truck ihn nicht los. Obwohl seine Hand schon ganz voller Blut war, hielt er trotzdem die Arterie in der schwelenden Wunde, die einst sein Arm war, fest zugedrückt und sorgte so dafür, dass nichts aus ihm herauslief und den Boden der Wüste tränkte.

Nach einer halben Ewigkeit, bei der es sich wahrscheinlich in Wirklichkeit nur um eine halbe Stunde oder so was handelte, kamen sie in einem Dorf an, wo sie sich im Schatten hielten. Die sieben Soldaten bewegten sich wie ein einziger Mann – im völligen Einklang. Dane war sich sicher, hätte er sich nicht unter ihnen befunden, hätte er nicht mal gewusst, dass sie hier waren.

Sie gingen in eine kleine Hütte und Dane spürte, wie er auf dem Boden abgesetzt wurde. Trotzdem ließ Trucks Griff keinen Moment lang nach und er kniete sich auf dem Boden neben ihn. Die anderen befanden sich ständig in Bewegung und obwohl Dane hörte, wie sie miteinander sprachen, blieb sein Blick stur auf Truck gerichtet.

»Alles in Ordnung?«, fragte Truck leise.

Dane nickte.

»Du kommst wieder in Ordnung. Den schwierigen Teil hast du schon hinter dir.«

»Und welcher war das? Euch Jungs die ganze Arbeit machen zu lassen?«

»Am Leben zu bleiben«, lautete Trucks Antwort.

Dane zuckte mit der verbleibenden Schulter. »Ich bin mir gar nicht so sicher, ob das im Moment so erstrebenswert ist.«

Trucks Kiefer verkrampfte sich und er verengte die Augen zu Schlitzen. Dann lehnte er sich zu Dane und knurrte verärgert: »Tu das nicht. Tu das, verdammt noch mal, nicht. Ich habe nicht die letzten vierzig Minuten damit verbracht, dein verdammtes Leben in meinen Händen zu halten, nur damit du jetzt aufgibst. Also reiß dich besser mal zusammen und kämpfe. Es ist mir vielleicht nicht gelungen, deine Einheit zu retten, aber dich werde ich verdammt noch mal retten. Ich schwöre bei Gott, dass ich derjenige sein werde, der dich heimsucht, wenn du ein Geist bist, wenn du auch nur daran denkst, mir jetzt wegzusterben. Dann mache ich Séancen, hole das Ouija-Brett raus, rufe deinen Geist auf die Erde zurück und gehe dir für den Rest der Ewigkeit auf die Nerven, wenn du stirbst. Verstanden?«

Dane wusste, dass er jetzt eine Wahl treffen musste. Genau hier und jetzt, mitten in der Wüste, umringt von Feinden, während sein Leben von den Fingern eines Fremden abhing. Er war unglücklich über alles, was geschehen war, und er wusste, dass das, was ihm noch bevorstand, schwerer sein würde als alles, was er jemals zuvor in seinem Leben getan hatte.

Zum ersten Mal, seit Truck ihm befohlen hatte, sein Gesicht anzusehen, schloss er die Augen. Er atmete tief durch und öffnete sie dann wieder.

Er sah dem Mann, der ihm das Leben gerettet hatte, in das ernste Gesicht und nickte dann. »Verstanden.«

Truck nickte. »Sehr gut. Ich erkläre dir, wie es jetzt weitergeht. Als Erstes machen wir dich bewusstlos, dann binde ich dir diese blöde Arterie ab, sodass sie zumindest so lange hält, bis du operiert werden kannst. Anschließend wirst du höchstwahrscheinlich auf eine amerikanische Armeebasis in Deutschland gebracht werden. Dort wird man sich um dich kümmern und alles tun, was getan werden muss, und wenn du aufwachst, bist du schon auf dem besten Weg der Genesung und zurück in den USA.«

»Werde ich wieder von dir hören?«

»Wie heißt du?«

»Dane Munroe.«

Truck nickte kurz. »Ja, du wirst wieder von mir hören, Fish, tatsächlich sogar so oft, dass du mich bald leid sein wirst. Ich habe dir das Leben gerettet, und das nehme ich nicht auf die leichte Schulter. Es gibt zu viele Soldaten, bei denen mir das nicht gelungen ist. Also ja, du wirst wieder von mir hören. Und bitte erinnere dich an unser Gespräch, ich werde nämlich sauer sein, wenn du meinen Anruf nicht annimmst.«

»Ich werde deinen Anruf annehmen.«

»Gut. Ghost? Er ist bereit.«

Dane ließ den Blick von Truck nach rechts wandern, wo ein zweiter Mann neben ihm kniete und eine Nadel hielt. »Bereit?«, fragte der Mann, der offensichtlich Ghost war und auf die Zustimmung aus seinem Mund wartete.

»Ja.«

Ghost nickte, lehnte sich zu ihm und injizierte etwas in eine Ader seines unverletzten Arms. Dann legte er Dane eine Hand auf die Schulter. »Ich will dir nichts vormachen, die nächsten Monate werden hart. Sehr hart. Aber du hast bis jetzt durchgehalten und zu Hause warten ein paar Dinge auf dich, für die zu leben es sich lohnt. Dessen bin ich mir sicher. Also enttäusche Truck nicht.«

Und dann erinnerte Dane sich nur noch daran, dass er sich zu Truck umdrehte, den Blick auf seine geschwollene Narbe gerichtet, während die Welt um ihn herum versank.

KAPITEL EINS

Dane starrte auf sein Handy, als es klingelte. Er überlegte, es zu ignorieren, verwarf aber den Gedanken wieder, sobald er aufgetaucht war. Er wusste, dass Truck es einfach weiter versuchen würde, bis er schließlich abhob. Er hatte seine Anrufe in den letzten Monaten nur wenige Male ignoriert ... und Truck hatte ihn in aller Deutlichkeit wissen lassen, dass er, wenn er es wieder tun würde, nicht nur Truck, sondern sein ganzes Team vor seiner Haustür finden würde. Da er nicht wusste, ob er dem Mann glauben sollte oder nicht, beschloss Dane, lieber auf Nummer sicher zu gehen; er traute es dem Mann zu, seine Drohung wahr zu machen. Er seufzte und nahm den Anruf entgegen.

»Dane.«

»Hey, Dane. Ich bin's, Truck.«

Dane verdrehte die Augen. »Ich weiß. Was ist denn los?«

»Was machst du so? Unterbreche ich gerade irgendwas?«

»Ich bin einkaufen.«

»Es ist halb zwei in der Nacht.«

»Na und?«

Es herrschte kurzzeitig Stille und dann sagte Truck: »Du hast immer noch mit deinen Dämonen zu kämpfen, was?«

»Es ist schon besser geworden.« Dane sprach nicht mit vielen Menschen über das, was in seinem Kopf vorging. Aber Truck war einer der wenigen Menschen, die wussten, dass das, was im Mittleren Osten geschehen war, ihm immer noch nachging.

Der Mann drückte sich nicht darum, darüber zu reden. Truck rief ständig an. Er nannte es »Zwangstherapie« oder so einen Blödsinn. Dane hatte andere Freunde, aber keine wie Truck. Niemand, der genau verstand, wie es sich anfühlte. Niemand, der ihm buchstäblich das Leben gerettet hatte.

Er hatte sie früher einmal gehabt, seine Teamkollegen, und er dachte, er hätte sie für immer verloren. Aber die Zeit in Austin, um sich auszukurieren und Truck und sein Team von Delta Force-Agenten kennenzulernen, hatte ihm sehr dabei geholfen, wieder gesund zu werden. Aber es hatte seine Posttraumatische Belastungsstörung nicht verschwinden lassen.

In Menschenmassen oder überhaupt unter Menschen zu sein war hart. Dane wusste zwar vom Verstand her, dass es höchst unwahrscheinlich war, dass ihn jemand aus dem Hinterhalt überfallen würde. Oder dass eine Bombe auf einem Parkplatz voller Autos versteckt war. Aber psychisch war es eine andere Geschichte. Er konnte mit Feuerwerk, Schüssen, Blut umgehen ... sogar die Phantomschmerzen in seiner Hand, die nicht mehr da war, machten ihm nichts mehr aus. Aber in der Nähe von Menschen zu sein und gelegentlich auch ein Gewitter, das waren Dinge, mit denen er immer noch zu kämpfen hatte. Es war noch schlimmer geworden, seit Kassie, die Frau seines Freundes Hollywood, vor einigen Monaten entführt worden war.

Er war nach Idaho gezogen in der Hoffnung, endlich etwas Frieden zu finden, aber seine Paranoia war immer schlimmer geworden anstatt besser. Es war viel einfacher, mitten in der Nacht Besorgungen zu erledigen, wenn weniger Leute da waren.

»Du hast nicht damit angefangen, Blut zu trinken oder so was?«, neckte Truck ihn.

»Noch nicht«, antwortete Dane. »Rufst du an, um herauszufinden, ob ich zum Vampir geworden bin?«

»So ungefähr.«

»Verdammt noch mal«, sagte Dane verärgert, »ich brauche keinen Babysitter.«

»Gut, du bist nämlich ehrlich gesagt viel zu alt dafür.« Truck konnte gut austeilen.

Eine Bewegung zu seiner Linken zog seine Aufmerksamkeit auf sich. Er drehte den Kopf und sah eine der Mitarbeiterinnen, die die Regale auffüllte. Irritiert verengte er die Augen. Es war nicht das erste Mal, dass er genau diese Frau sah. Jedes Mal wenn er einkaufte, schien sie ihm durch den Laden zu folgen. Sie sah ihn nie wirklich direkt an, sondern blieb am Ende des Ganges, in dem er sich befand, und tat so, als würde sie die Regale aufräumen. Er arbeitete daran, seine Paranoia zu überwinden, wusste aber, dass er sich nicht einbildete, dass sie ihm folgte.

Dane drehte der Frau nicht den Rücken zu, sondern schlich sich mit dem Rücken zu den Regalen seitwärts von ihr weg. »Hey, also, ich muss hier jetzt was erledigen.«

Trucks Stimme wurde plötzlich sehr ernst. »Gib mir einen Lagebericht«, verlangte er.

»Reg dich nicht auf«, warnte Dane ihn leise, da er wusste, dass er Truck beruhigen musste, bevor dieser Verstärkung rief. Er wusste zwar nicht, wo der andere Mann sich gerade befand, aber er wusste ganz sicher, dass er ihm innerhalb von höchstens fünfzehn Minuten Verstärkung an den Arsch der Welt in Idaho schicken würde, wenn es nötig wäre. Das sichere Wissen, dass Truck und sein Team immer für ihn da waren, half Dane ungemein, diese schwere Zeit durchzustehen. »Da ist eine Frau, die mir folgt.«

Einen Moment lang war es am anderen Ende der Leitung still. Dann fragte Truck ungläubig: »Eine Frau?«

»Ja.«

»Verdammte Scheiße. Das ist ja toll.« Trucks Stimme klang erleichtert und er hörte sich sogar aufgeregt an. »Vertreibe sie ja nicht, Dane.«

»Du siehst das falsch. Sie verfolgt mich.«

Trucks Stimme war jetzt wieder wärmer und verlor auch nichts von ihrer Wärme, als Dane ihm das erklärte. »Falls sie Interesse an dir hat, solltest du dich darauf einlassen. Setze der Durststrecke ein Ende.«

»Hast du nicht gehört, was ich gesagt habe, du Arsch? Sie verfolgt mich.«

»Wie sieht sie denn aus?«

Dane seufzte entnervt. Truck hatte nicht vor, das Thema fallen zu lassen. »Es spielt zwar keine Rolle, aber sie ist einen Kopf kleiner als ich, total hässlich und unheimlich ... weil sie mich durch den ganzen Laden *verfolgt*, und zwar jedes Mal, wenn ich hier einkaufe.«

»Hört sich so an, als würde sie prima zu dir passen. Eine kleinere Frau an deiner Seite sorgt dafür, dass du plötzlich das Gefühl hast, das Einzige zu sein, was zwischen ihr und der großen, bösen Welt steht.«

»Jetzt mach mal halblang, Truck. Sie *verfolgt* mich, verdammt.« Dane wusste, dass der Mann etwas für die beste Freundin einer der Frauen der anderen Teammitglieder übrighatte, aber der Versuch, ihn mit jemandem zu verkuppeln, der ihn verfolgte, war lächerlich.

»Vielleicht, vielleicht auch nicht.«

»Das Gespräch ist jetzt vorbei.«

»Ruf mich morgen an und sag mir Bescheid, wie es dir geht«, befahl Truck Dane.

»Blödmann«, murmelte Dane und legte auf. So sehr er den anderen Mann auch mochte, er konnte manchmal wirklich eine Nervensäge sein.

Als er über die vergangenen Wochen nachdachte, wurde Dane klar, wie oft er diese Mitarbeiterin gesehen hatte ... ohne sie tatsächlich zu sehen. Es war eigentlich nicht allzu überraschend, wenn man bedenkt, wie wenig er seine Routine geändert hatte, seit er in die kleine Stadt Rathdrum in Idaho gezogen war. Es war eine kleine Gemeinde außerhalb von Coeur d'Alene. Klein genug, dass er keine Panik bekam, wenn er das Haus verlassen musste, um Einkäufe zu erledigen, aber nicht so groß wie die nahe gelegene Stadt. Er konnte sich immer noch verirren, ohne das Gefühl zu haben, dass er jede Sekunde wachsam bleiben musste.

Aber er mochte das Gefühl nicht, das jetzt seine Wirbelsäule entlanglief. Der kleinen Frau war es gelungen, unter seinem Radar zu fliegen. War sie der Grund, warum seine Sinne hyperaktiv waren? Selbst als er so tat, als würde er das Regal betrachten, sah er, wie die Angestellte ihren Kopf drehte, um den Gang hinunter zu ihm zu schauen. Sie hatte einen ernsten Gesichtsausdruck, einen, der von Mitgefühl erfüllt war.

Vergiss es. Er brauchte von niemandem Mitleid. Und schon gar nicht von jemandem, der so unscheinbar war wie sie.

Dane hatte Truck nicht angelogen. Sie war ein winziges Ding, zumindest im Vergleich zu ihm. Ihr Haar war braun und zu einem langen Pferdeschwanz in ihrem Nacken zusammengebunden. Sie trug eine Jeans und die Turnschuhe an ihren Füßen hatten schon bessere Zeiten gesehen. Eine braune Schürze mit dem Logo des Ladens auf der Vorderseite war um ihre Taille gewickelt und auf der Rückseite gebunden, die Schnüre hingen so weit nach unten, dass sie fast den Boden berührten. Sie trug ein langärmeliges marineblaues T-Shirt. Dane konnte nicht sagen, was für einen Körper sie hatte, da die Schürze alle Kurven versteckte, die sie haben mochte.

Er war weit weg von ihr, aber hätte er raten müssen, hätte er geschätzt, dass sie wahrscheinlich mindestens dreißig Zentimeter kleiner war als seine eins neunzig.

Er sollte wahrscheinlich nicht so bestürzt darüber sein, wie er es war, schließlich war es ja nicht so, als würde sie eine echte Bedrohung für ihn darstellen, klein wie sie war, aber sie sorgte dafür, dass er sich unwohl fühlte, und die plötzliche Erkenntnis, dass sie jedes Mal, wenn er einkaufte, um ihn herumschlich, erinnerte ihn an die Zeit im Einsatz, in der er sich beobachtet ... und verfolgt gefühlt hatte.

Er traf eine Entscheidung, biss die Zähne zusammen und drehte sich zu ihr um, wobei er schnell den Gang hinunterging. Er würde das Ganze im Keim ersticken, und zwar genau hier und jetzt. Niemand verfolgte Dane Munroe. Nicht mehr. Nie wieder.

Bryn Hartwell richtete die Kartons mit Pfannkuchenmischung, als würde ihr Job davon abhängen. Sie hatte in den letzten Wochen gelernt, dass der Mann sie nicht bemerken würde, solange sie beschäftigt aussah. Sie hatte ihn vor etwa einem Monat zum ersten Mal gesehen. Sie hatte gerade erst im Laden angefangen und brauchte etwas, um sich nachts zu beschäftigen, und er war durch die automatischen Türen gekommen, als wären die Höllenhunde hinter ihm her.

Schnell wanderte er die Gänge auf und ab und warf mit der rechten Hand das typische Junggesellenessen in seinen Einkaufskorb. Er hatte den Korb über seinen linken Ellbogen gehängt. Sie hätte ihm wahrscheinlich nicht einmal einen zweiten Blick gegönnt, wenn sie nicht den gequälten Ausdruck in seinen Augen gesehen hätte. Sie hörten nie auf, sich zu bewegen, und überprüften ständig die Gegend um ihn herum. Wann immer er einen anderen Käufer sah, übersprang er diesen Gang und kam erst zurück, sobald er leer war. Wenn zu viele Leute im Laden waren, drehte er sich einfach um und ging, um später wiederzukommen, wenn weniger los war.

Etwas an ihm zog sie an. Sie kannte seine Geschichte nicht, aber sie hatte keinen Zweifel daran, dass er eine hatte. Erst bei einem späteren Besuch, als sie die Prothese an seinem linken Arm gesehen hatte, hatte sie begonnen, sich alles zusammenzureimen. Er war ein gut gebauter, gut aussehender, gebrochener Soldat. Oder ehemaliger Soldat. Er hatte mehr als ein Mal Schwierigkeiten mit dem Korb gehabt und nur mit dem rechten Arm nach den Lebensmitteln gegriffen. Er füllte den Korb nur mit dem Nötigsten, weshalb sie ihn so oft sah.

Bryn hatte sich nach nur drei Besuchen gemerkt, was er gern aß, dann hatte sie die nächsten zwei Tage damit verbracht, alles, was er normalerweise kaufte, neu zu arrangieren, sodass diese Artikel in den mittleren Regalen standen und nicht oben oder unten. Sie hatte mit Genugtuung bemerkt, dass er sich nicht mehr strecken oder auf den Boden hocken musste, um etwas zu erreichen.

Außerdem mochte er es nicht, mit anderen Käufern

zusammen zu sein, Bryn hatte also ihr Bestes getan, um die wenigen Kunden, die spät in der Nacht eingekauft hatten, von den Gängen abzulenken, in denen er sich gerade befand. Es war nicht einfach und sie wusste, dass die anderen dachten, sie wäre verrückt, aber bisher hatte es funktioniert. Der Soldat sah entspannter aus, seit er den Laden betreten und verlassen konnte, ohne auf andere Menschen zu treffen. Sie konnte ihn verstehen. Sie war selbst nicht sehr gut mit anderen Menschen. Sie kam mit den meisten Menschen nicht gut zurecht, und das Gefühl beruhte offensichtlich auf Gegenseitigkeit.

Sie hatte ihr ganzes Leben an besonderem Unterricht teilgenommen. An dem, der ihr dabei helfen sollte, sich zu einem produktiven Mitglied der Gesellschaft zu entwickeln. Jemand, der große Dinge tun würde ... Krebs heilen, verlorene Planeten finden, neue Arten entdecken würde. Aber das Einzige, was Bryn je finden wollte, war ein Freund. Jemand, der sie nicht so ansah, als wäre sie ein Objekt unter dem Mikroskop. Mit dem sie lachen konnte. Einkaufen. Und mit dem sie einfach auf der Couch sitzen und einen albernen Film ansehen konnte.

Aber die Fähigkeit, bereits dreistellige Zahlen in ihrem Kopf multiplizieren zu können, als sie erst vier war, hatte dieses Ziel unerreichbar gemacht. Ihre Eltern verstanden sie nicht. Ihre Lehrer hatten sich in ihrer Gegenwart unwohl gefühlt, hatten ihr einfach Arbeitsblätter zugeschoben und ihr gesagt, wie klug sie war ... um sie dann schnell in die nächste Klasse abzuschieben.

Sie war von einem Psychologen untersucht worden, als sie etwa acht Jahre alt war, und man hatte ihren Eltern gesagt, dass sie ein Genie mit Anwandlungen vom Asperger-Syndrom war. Bryn hatte damit nichts anfangen können, aber der Bericht hatte ihre Eltern verstört. Letztendlich gab es einige Facetten von Asperger, die hundertprozentig auf Bryn zutrafen, wie zum Beispiel die Tatsache, dass sie immer die Letzte war, die die Pointe eines Witzes verstand, oder dass sie voll und ganz in einer Sache aufging und dabei alles andere um sich herum vergaß. Aber es gab auch viele Dinge, die die meisten Kinder mit Asperger-Syndrom fühlten und taten, die nicht auf sie zutrafen, wie zum Beispiel kleine Geräusche zu bemerken, die andere nicht wahrnahmen, oder von Daten und Zahlen fasziniert zu sein.

Die Psychologin hatte ihren Eltern versichert, dass sie extrem klug wäre, es ihr aber schwerfiele, ihren gesunden Menschenverstand zu benutzen. Im Grunde genommen erklärte man ihnen, dass Bryns Gehirn anders verdrahtet war als das der meisten Menschen.

Sie hatte keine Ahnung, ob das wahr war oder nicht, aber sie neigte dazu, sich oft zu verlaufen, und vergaß manchmal, ihren Wagen mit Benzin zu füllen, wenn er fast leer war. Mit sechzehn Jahren hatte sie zwei Bachelor-Abschlüsse, ihren Abschluss in Physik und hatte mit ihrer Doktorarbeit begonnen.

An dem Tag, an dem sie achtzehn wurde, hatte Bryn das Haus ihrer Eltern in Baltimore, Maryland, verlassen. Sie war durch das Land gezogen, hatte in einer kleinen Stadt nach der anderen gelebt und war schließlich in Idaho gelandet. Ihre Eltern hatten ihr gesagt, dass sie nicht alleine leben könnte, dass sie jemanden bräuchte, der sich um sie kümmerte, aber sie war entschlossen, ihnen das Gegenteil zu beweisen. Sie wollte und brauchte niemanden, der ihr die ganze Zeit über die Schulter sah. Sie mochte zwar anders sein, aber sie war durchaus dazu in der Lage, alleine zu leben.

Bryn kannte ihre Eltern eigentlich nicht so gut, da sie den größten Teil ihres Lebens an Spezialschulen weit weg von ihnen verbracht hatte. Sie war nur wieder bei ihnen eingezogen, während sie an ihrer Doktorarbeit gearbeitet hatte. Dann hatte sie Maryland und alle, die sie kannten, verlassen. Um ihr Leben neu zu beginnen. Aber es war nicht einfach gewesen.

Sie war immer noch seltsam.

Sie passte nicht in die Gesellschaft.

Überhaupt nicht.

Und jeder wusste es.

Meistens störte es sie nicht, aber es gab Momente, in denen sie sich danach sehnte, zu anderen zu passen. Sich einzufügen, ohne aufzufallen.

Sie hatte das Gefühl, dass der erstaunliche Mann ähnlich empfand. Etwas in ihr wollte ihn vor dem schützen, was ihm unangenehm war. Sie wusste nicht warum. Nur, dass sie es tun musste.

Es war verrückt, wirklich. Der Mann war groß und muskulös. Es war nicht so, als könnte er sich nicht selbst schützen. Er hatte kurze dunkle Haare, Bartstoppeln, trug schwarze Stiefel und Jeans. Es war Frühling und immer noch ein bisschen kühl, und sie hatte ihn noch nie in etwas anderem als der schwarzen Lederjacke gesehen, die er gerade trug. Wenn Bryn ihn irgendwo anders als hier getroffen hätte, hätte sie Angst gehabt, so bedrohlich war er. Aber als sie ihm zusah, wie er Dinge wie Nudeln in Dosen, Konservenchili und Toilettenpapier einkaufte – er zog die starken und weichen teuren Mega-Rollen den billigeren Einzelrollen vor –, sah sie ihn als Person.

Bryn hatte sich in ihren Gedanken verloren und war dazu übergegangen, abwesend den Sirup so auszurichten, dass die Etiketten nach außen zeigten und die Flaschen am

Rand des Regals standen, als sie den Gang hinunterblickte, wo sie den Mann zuletzt gesehen hatte. Er war am Telefon gewesen und hatte denjenigen, der am anderen Ende war, mit einem finsteren Blick bedacht.

Aber er machte nun große Schritte den Gang hinunter auf sie zu. *Direkt* auf sie zu. Tatsächlich starrte er sie an und sah sauer aus.

Bryn keuchte und ging einen Schritt vom Regal weg. Er hatte sie noch nie zuvor direkt angesehen. Nicht ein einziges Mal. Sie war froh gewesen, dass sie unter seinen Radar geschlüpft war, aber offensichtlich hatte er sie erwischt. Verdammt.

Er begann zu sprechen, noch bevor er sie erreicht hatte. »Warum verfolgst du mich?«

Bryn öffnete den Mund, aber es kam nichts heraus. Sie hatte diesen Mann nur von Weitem gesehen, aber aus der Nähe? Sie konnte ihn nur anstarren.

Er war wunderschön.

Als er direkt vor ihr stehen blieb, streckte sie langsam die Hand aus und stieß ihn in die Brust, bevor sie darüber nachdachte, was sie tat.

Sie wollte sehen, ob er echt war. Um sicherzugehen, dass sie nicht träumte.

Bei ihrer Berührung keuchte er, hob seine rechte Hand und packte ihren Finger in einem stahlharten Griff. Er sagte nichts, sondern starrte sie weiter an.

Bryn konnte nichts anderes tun, als in seine stahlgrauen Augen zu starren. Seine Hand war warm um ihren Finger und wenn sie gefragt worden wäre, hätte sie geschworen, dass sie die Hitze seiner Hand spüren konnte, die sich ihren Weg über ihre Hand und ihren Arm in ihre Brust bahnte. Jawohl. Kein Traum.

Sie blieben für einen kurzen Moment so stehen, ihr

Finger in seiner Handfläche, bevor er den Zauber brach, ihre Hand unsanft wegstieß und einen Schritt zurückwich. »Was soll das?«

»E-entschuldige«, stotterte Bryn. »Ich –«

»Warum verfolgst du mich?«, fragte er erneut und verengte die Augen zu Schlitzen.

Bryn tat das, was sie immer tat. Sie sagte ihm genau das, was sie dachte. Sie war noch nie eine gute Lügnerin gewesen und konnte nicht verstehen, warum Menschen überhaupt logen.

»Weil du dich unter Menschen nicht wohlfühlst. Das habe ich bemerkt und ich wollte dir helfen. Wenn andere Menschen im Laden sind, versuche ich, sie von dem Gang wegzulotsen, in dem du einkaufst. Das schien zu helfen. In letzter Zeit bist du etwas ruhiger geworden. Auch wenn du jetzt gerade nicht besonders ruhig aussiehst. Tut dein Arm weh? Du hast heute nicht so viel in deinem Korb wie sonst. Geht deine Prothese bis zur Schulter hoch? Ich kann es nicht sehen, obwohl es offensichtlich ist, dass sie noch ziemlich neu für dich ist. Es tut mir übrigens leid. Soll ich dir bei irgendwas helfen? Ich habe all die Dinge, die du normalerweise einkaufst, ins mittlere Regal gepackt, damit du leichter drankommst. Ich hoffe, das hat dir geholfen.«

Er starrte sie mit gerunzelter Stirn an, also sprach sie weiter. Erklärte es ihm. Versuchte, all die Fragen, die sie ihm vom Gesicht ablesen konnte, zu beantworten.

»Ich bin Bryn. Ich arbeite hier. Ich schlafe nicht viel, also habe ich vor ungefähr einem Monat diesen Job angenommen. Ich habe gesehen, wie du hier einkaufst, und mir wurde klar, wie nervös du bist. Also habe ich versucht, es besser zu machen. Du solltest dich wirklich etwas besser ernähren. Du isst viel zu viele Nudeln. Die Experten behaupten, es sei besser, Kohlenhydrate morgens und nach dem Training zu sich zu nehmen. Abends solltest du dich eher an proteinreiche Mahlzeiten halten. Außerdem solltest du wirklich mehr Gemüse essen. Ich weiß, dass es ziemlich schnell verdirbt, aber du bist mindestens dreimal in der Woche zum Einkaufen hier, also spielt es keine Rolle. Ich könnte dir ein paar Sachen empfehlen, wenn du möchtest.«

Wenn überhaupt, sah der Mann jetzt noch verwirrter aus, also sprach Bryn weiter, in dem Versuch, seine Bedenken zu zerstreuen. »Ich weiß nicht, was mit dir passiert ist, aber hier bist du wirklich in Sicherheit. Wenn du hier einkaufst, brauchst du dir keine Gedanken zu machen. Ich passe auf dich auf, also kannst du, wenn du möchtest, auch ein bisschen früher kommen. Meine Schicht fängt um elf Uhr an und um drei Uhr gehe ich nach Hause. Es ist zwar nur eine Teilzeitstelle, aber –«

»Hör auf, mich zu verfolgen.«

Er sprach die Worte leise, aber mit harter Stimme.

»Oh, aber ich –«

»Ich meine es ernst. Ich kann es wirklich nicht gebrauchen, wenn ein Freak wie du mich verfolgt und mir sagt, was ich kaufen soll. Es ist mir egal, wie lange du schläfst oder was du von meinen Essgewohnheiten hältst. Was mir allerdings *nicht* egal ist, ist die Tatsache, dass du mich belästigst und mich nervös machst.«

Bryn wich einen Schritt zurück, da sie aus irgendeinem Grund nicht mit der Feindseligkeit gerechnet hatte, die von diesem Mann ausströmte. »Ich wollte nicht ... Ich –«

Er fiel ihr erneut ins Wort. »Wenn ich dich noch einmal sehe, rufe ich die Polizei. Das ist natürlich das letzte Mal, dass ich hier einkaufe, aber wenn ich dich sonst irgendwo sehe, wie du mir hinterher schnüffelst, dann zeige ich dich wegen Belästigung an. Verstanden?«

Bryn sah dem Mann vor sich in die Augen und ihr

wurde das Herz schwer. Sie hatte es schon wieder getan. Freak. Sie *war* ein Freak. Ein Psycho. Eine Verrückte. Eine Spinnerin. Eine Idiotin. Das Allerletzte. All die Dinge, die man sie in den letzten Jahren genannt hatte, kamen ihr in den Sinn.

»Verstanden?«, fragte der Mann erneut, diesmal mit noch härterer Stimme.

Bryn nickte schnell. Sie hatte vergessen, dass er da war. Das passierte ihr ständig. Sie verlor sich in ihren eigenen Gedanken. Sie biss sich auf die Lippe und sah dabei zu, wie der Mann um sie herumging, wobei er große Distanz zu ihr hielt, als wäre ihre Eigenartigkeit ansteckend, und rückwärts ging, um zu vermeiden, ihr den Rücken zuzuwenden, bis er am Ende des Ganges angekommen und verschwunden war.

Bryn widmete sich blind wieder ihrer Arbeit, ohne über ihre Aufgabe nachzudenken, während ihre Hände automatisch das taten, was sie auch schon zuvor getan hatten, nämlich die Regale sortieren.

Sie hatte nur versucht zu helfen. In letzter Zeit hatte er fast entspannt ausgesehen, wenn er einkaufte. Doch jetzt hatte sie alles ruiniert. Jetzt würde er zum Einkaufen nach Post Falls fahren müssen. Der Ort war größer als Rathdrum, aber nicht so groß wie Coeur d'Alene, und er würde länger brauchen, in die Stadt und wieder zurück zu fahren, als einfach hier einzukaufen.

Das war völlig inakzeptabel. Und es war ihre Schuld, also würde sie es richtigstellen müssen.

Bryn wartete, bis der Mann an der Kasse war. Ein Teenager namens Willy saß an der Kasse und die Nachtmanagerin, eine etwa vierzigjährige Frau namens Monica, unterhielt sich mit einer anderen Angestellten vorne im

Laden. Bryn ging zu ihr hinüber, nahm ihre Schürze ab und hielt sie ihr hin.

»Ich kündige.« Sie sprach die Worte laut aus, damit der Mann an der Kasse sie auch hören konnte.

»Was?«, fragte Monica, ganz offensichtlich verwirrt. »Du hast doch erst letzten Monat angefangen.«

»Und heute kündige ich.« Bryn sah den Mann an, der ihr zum ersten Mal seit Jahren Hoffnung gegeben und genau diese Hoffnung dann unter seinen großen, schwarzen Stiefeln zertreten hatte. »Ich komme nicht zurück.« Sie betete, dass er sie verstand.

»Oh, aber ... Also. Okay. Kannst du die Schicht noch beenden? Im Lager wartet noch eine riesige Lieferung.«

Bryn hätte die Frau nur allzu gern gefragt, warum sie hier rumstand und sich mit einer anderen Angestellten unterhielt, wenn das Lager voll war, biss sich jedoch auf die Lippe und hielt sich gerade so zurück. »Nein. Ich gehe jetzt. Vielen Dank, dass ich die Gelegenheit hatte, hier zu arbeiten, aber ich ... Ich gehe jetzt wirklich.«

Sie sah den Mann nicht noch einmal an. Sie hatte getan, was getan werden musste. Jetzt konnte er auch weiterhin in Ruhe seine Einkäufe in Rathdrum erledigen. Schließlich gehörte er hierhin. Sie nicht. Sie gehörte nirgendwo wirklich hin.

Freak. Noch immer hallte das Wort durch Bryns Verstand.

Monica nahm ihr die Schürze aus der ausgestreckten Hand und Bryn wandte sich der Tür zu. Sie ging über den Parkplatz und angelte den Schlüssel zu ihrem alten Toyota Corolla aus der Tasche. Sie nahm nie eine Handtasche mit, denn obwohl sie ausgesprochen intelligent war, konnte sie sich nie daran erinnern, wo sie sie abgestellt hatte. Bryn hielt den Atem an, als sie den Schlüssel im Zündschloss herumdrehte und betete, dass der Wagen anspringen würde. Das tat er Gott sei Dank und sie fuhr vom Parkplatz, während der scharfe Ton des Mannes sie erneut tief traf.

Freak. Das war sie. Das war alles, was sie jemals sein würde. Und während sie nach Hause fuhr, ließ sie die Schultern hängen.

Dane gab dem Teenager seine Kreditkarte, behielt aber die seltsame Frau im Auge, die gerade gegangen war. Er hatte halb erwartet, dass sie warten würde, um ihn zu konfrontieren, als er den Laden verließ, aber er beobachtete, wie sie den dunklen Parkplatz überquerte, zu einer weißen Rostlaube ging und davonfuhr. Sein Verstand wirbelte, als die Managerin, eine Frau mittleren Alters, auftauchte, um mit dem Jungen zu sprechen, der seine Lebensmittel einpackte, jetzt, da er seine Karte durchgezogen hatte.

»Ich kann nicht glauben, dass sie einfach so gekündigt hat.«

Der junge Mann zuckte nur mit den Achseln.

»Ich meine, sie war eine gute Arbeiterin. Ein wenig merkwürdig, doch sie war immer pünktlich und hat immer fleißig geschuftet. Außer natürlich, dass sie manchmal bestimmte Leute aus bestimmten Gängen ferngehalten hat.«

Dane versuchte nicht einmal zu verstecken, dass er lauschte.

Die Managerin bemerkte es und war froh, dass jemand ihr Beachtung schenkte, da der Teenager sie komplett ignorierte. Also sprach sie weiter: »Ich meine, im Ernst, sie war nie unhöflich, aber trotzdem hat sie manchen Kunden gesagt, sie sollen warten, weil sie gerade den Gang gewischt hatte, oder sie hatte sie gefragt, was auf ihrer Einkaufsliste stand, und sie dann in einen anderen Gang gelotst und ihnen dabei geholfen, ihre Besorgungen zu machen. Verdammt merkwürdig, finde ich. Aber ich hatte keine Ahnung, dass sie einfach kündigen würde. Es ist fast unmöglich, heutzutage gute Arbeitskräfte zu finden.«

Der Teenager räusperte sich und hielt Dane seine Plastiktüten hin.

»Oh, entschuldige. Dich habe ich natürlich nicht gemeint, Willy«, versuchte die Frau, Boden wiedergutzumachen.

»Ich wünsche Ihnen einen schönen Abend«, sagte der Teenager gelangweilt zu Dane.

»Danke.« Dane schlang seine Hand um die Tüten und ging zur gleichen Tür, durch die kurz zuvor die merkwürdige Frau verschwunden war. Als er nach draußen getreten war, hielt er an und sah sich um. Nichts. Sie war nicht da, ihr Wagen war verschwunden. Sie hatte *tatsächlich* einfach gekündigt und war weggefahren.

Zum ersten Mal fühlte Dane sich schuldig. »Verdammt«, fluchte er leise. Sie hatte seinetwegen gekündigt. Und zwar nicht, weil er damit gedroht hatte, die Polizei zu rufen. Aus irgendeinem Grund wusste er, dass sie es getan hatte, damit er nirgendwo anders einkaufen musste. Sie wusste anscheinend genauso gut wie er, dass es in Rathdrum nur einen großen Supermarkt gab. Er hatte ihr gesagt, er würde nie wieder hier einkaufen, also hatte sie gekündigt, damit er weiterhin dort seine Besorgungen erledigen konnte, ohne sich darüber Sorgen machen zu müssen, ihr über den Weg zu laufen.

Er hatte nicht ganz verstanden, was genau sie alles für ihn getan hatte, bevor er mit der Managerin gesprochen hatte. Sie hatte *tatsächlich* dafür gesorgt, dass niemand zu nahe an ihn herankam, während er einkaufte. Es war ihm nicht aufgefallen. Und hätte er sie nicht angesprochen, hätte sie wahrscheinlich damit weitergemacht.

Bryn. Sogar ihr Name war ungewöhnlich.

Dane öffnete die Türen seines Pritschenwagens und stellte die beiden Einkaufstüten hinten rein. Dann stieg er ein und machte die Tür zu. Er rieb sich mit der Hand übers Gesicht. Warum er sich schuldig fühlte, war ihm nicht ganz klar. *Sie* war schließlich diejenige gewesen, die *ihn* verfolgt hatte. Er hatte nichts falsch gemacht. Rein gar nichts. Warum fühlte er sich also so schlecht?

Vielleicht lag es daran, dass Bryn ihn gesehen hatte. Ihn wirklich gesehen hatte. Seine Prothese und die Probleme, die er damit hatte, Gegenstände auf den höheren und niedrigeren Regalen zu erreichen. Er dachte einen Moment lang nach und ihm wurde klar, dass viele der Lebensmittel, die er normalerweise kaufte, jetzt *tatsächlich* so standen, dass sie leichter zu erreichen waren. Es wäre zwar nicht nötig gewesen, aber sie hatte es getan, weil sie glaubte, ihm damit zu helfen.

Und er konnte nicht leugnen, dass es für ihn weniger anstrengend war einzukaufen, weil sie die Leute von ihm ferngehalten hatte. Er konnte sich nie entspannen, wenn jemand hinter ihm war. Und die Tatsache, dass er vier Wochen gebraucht hatte, um sie überhaupt zu bemerken, bedeutete, dass sie gut in dem war, was sie getan hatte.

Dane drehte den Schlüssel im Zündschloss und war froh darüber, dass der Wagen so leicht ansprang. Es war das Erste, was er getan hatte, nachdem er nach Idaho gezogen war: Er hatte sich einen neuen, zuverlässigen Wagen gekauft. Als er vom Parkplatz fuhr und die entgegengesetzte Richtung einschlug zu der, die Bryn genommen hatte, erinnerte er sich daran, wie sie ihn dafür gescholten hatte, dass er zu viele Kohlenhydrate aß ... Und er lächelte.

In dem Moment, als seine Mundwinkel sich nach oben verzogen, erstarrte er. Wann hatte er das letzte Mal gelächelt? Ein echtes Lächeln? Er konnte sich nicht daran erinnern. *Verdammt.*

KAPITEL ZWEI

Bryn versuchte, sich auf ihr Kreuzworträtsel zu konzentrieren. Sie wollte sich damit ablenken. Irgendetwas nervte sie. Es steckte in den Windungen ihres Gehirns fest, aber sie konnte einfach nicht genau festlegen, woran es lag. Und sie hatte gedacht, wenn sie vielleicht eines ihrer geliebten Kreuzworträtsel lösen würde, würde es ihr wie von Zauberhand klar werden.

Allerdings funktionierte ihr Ablenkungsmanöver nicht besonders, was vor allem daran lag, dass das Kreuzworträtsel nicht besonders schwer war. Es wusste doch jeder, dass *Silber Argentum* hieß und dass, wenn dort stand *oberflächlich erledigt*, die Antwort *nachlässig* war.

Sie dachte über ihr Leben nach und fragte sich, was zum Teufel sie da eigentlich machte. Sie war siebenundzwanzig und konnte wahrscheinlich für jede Firma oder Gesellschaft arbeiten, die sie interessierte, aber stattdessen war sie hier im Nirgendwo in Idaho, arbeitete in einer Bücherei und füllte Bücher auf. Bryn war nicht eingebildet, sondern nur objektiv. Sie war klug. Mehr als klug. Das war ihr ganzes Leben lang so gewesen. Aber sie hatte feststellen müssen, dass es ihr langweilig geworden war, mit einigen der klügsten Köpfe der Welt zu arbeiten. Sie wollte leben. Um in die Welt hinauszukommen und etwas zu erleben. Nicht vor einem Mikroskop oder Computer sitzen und ihr ganzes Leben damit verbringen, mit anderen Genies zu reden.

War das denn tatsächlich das Leben? Vielleicht. Vielleicht auch nicht.

Sie beschäftigte sich mit den Kreuzworträtseln, die sie liebte.

Gelegentlich rief sie einen der Wissenschaftler an, mit denen sie zusammengearbeitet hatte, um zu sehen, woran er arbeitete, und um Ideen auszutauschen.

Und sie lud die neuesten Dissertationen aus Yale und Harvard herunter, nur zum Spaß.

Sie beschäftigte vielleicht ihren Verstand, aber sie war einsam.

Bryn wusste, dass sie einfach nicht gut mit Menschen umgehen konnte. Sie neigte dazu zu sagen, was sie dachte, egal ob es angemessen war oder nicht. Und sie kannte viel zu viele nutzlose Fakten, die sie ausspuckte, sobald sie an sie erinnert wurde.

Der Umzug von einer Kleinstadt in die nächste hatte anfangs Spaß gemacht, die Welt und all das zu sehen, aber jeder Umzug zeigte ihr nur wieder aufs Neue, wie sehr sie nicht in ihre Umgebung passte.

Sie seufzte und stützte ihr Kinn in die Hand. *Vielleicht sollte ich nach Seattle oder L.A. ziehen. In irgendeine Großstadt. In einer Großstadt gibt es bestimmt mehr Leute, die allein sind, so wie ich. Vielleicht würde ich nicht so sehr auffallen, wenn es mehr Leute wie mich gäbe ...*

Augenblicklich verwarf sie die Idee jedoch wieder. Sie mochte einfach keine Großstädte. Zu viele Menschen, zu viele Gebäude, zu viele gefährliche Kriminelle, die nur das nächste Opfer suchten. Und sie wusste, dass sie ein ziemlich leichtes Opfer war. Sie glaubte den Menschen, was sie ihr sagten, und hatte wahnsinnige Probleme damit zu erkennen, wenn jemand sie belog.

Außerdem hasste Bryn, wie viele Obdachlose es in der Stadt gab. Sie waren ihre Schwäche. Es schien ihr einfach nicht richtig, dass sie an einem sicheren, warmen Ort wohnte, wenn manche Männer, Frauen, Kinder und Tiere auf der Straße schlafen mussten. Sie gab ihnen immer Geld. Jedes einzelne Mal. Als sie noch in Chicago lebte, war sie davon überzeugt gewesen, dass die Obdachlosen über sie sprachen und einander wissen ließen, was für ein weiches Herz sie hatte, denn jedes Mal schienen mehr Obdachlose auf ihrem Weg zur und von der Arbeit zu warten.

Das Ganze wurde mit der Zeit so lächerlich, dass sie den Bus nahm, obwohl sie nur vier Blocks entfernt wohnte, nur um nicht an so vielen von ihnen vorbeizukommen und dabei so viel Geld loszuwerden.

Nicht zum ersten Mal wünschte sich Bryn, sie hätte einen Bruder oder eine Schwester, mit denen sie reden konnte. Die auf sie aufpassten. Doch das hatte sie nicht. Sie hatte niemanden. Sie schüttelte diesen deprimierenden Gedanken ab. Es war nutzlos, sich etwas zu wünschen, das einfach nicht möglich war.

Sie blinzelte und sah auf die Uhr. Es war Viertel vor zwei in der Nacht.

Ihre Gedanken wanderten zu dem Mann, dem sie im Lebensmittelgeschäft geholfen hatte. Er sah nicht aus, als würde er sich von jemandem ausnutzen lassen, so groß und stark wie er war, und sie fragte sich, ob er jemanden hatte, der sich um ihn kümmerte. Wahrscheinlich nicht, da er so reagiert hatte, als hätte sie ihm in die Brust gestochen, während sie nur über ihn gewacht hatte. Als sie darüber nachdachte, wie er sie in der Woche zuvor konfrontiert hatte, weil sie ihm geholfen hatte, fragte sie sich, ob er gerade einkaufen war. Sie hatte Angst, dass die Leute ihn stören würden. Dass er diesen gehetzten Blick bekommen würde, wie er es getan hatte, bevor sie anfing, dafür zu sorgen, dass niemand ihn störte.

Bryn schloss die Augen und hielt eine aufmunternde Rede für sich selbst.

Er wusste nichts von dem zu schätzen, was du für ihn getan hast, du Dummchen. Er ist ein erwachsener Mann und kann mit seinen Problemen selbst umgehen. Und du bist ein Freak. Du weißt es, er weiß es und er will dich nie wiedersehen. Er hat gesagt, er würde die Polizei rufen, weißt du noch?

Bryns Augen wurden groß, als ihr schließlich klar wurde, was sie störte. Das Gewitter.

Am frühen Abend war ein Frühlingsgewitter aufgetreten. Sie störten sie normalerweise nicht, aber heute Abend war sie unruhig und zuckte jedes Mal, wenn es laut donnerte und der Blitz ihre kleine Wohnung erhellte.

Was ist, wenn der Donner ihn daran erinnert, wie es im Krieg war? Was, wenn er sich dahin zurückversetzt fühlt und es ihm schlechter geht?

Sie wusste nicht, wo er wohnte, hatte aber plötzlich das dringende Bedürfnis, ihn zu sehen. Einfach nur, um sicherzustellen, dass es ihm gut ging.

Bevor sie überhaupt über ihre Handlung nachdenken konnte, hatte sie sich schon in Bewegung gesetzt.

Obwohl sie wusste, dass der Mann verärgert sein würde, wenn er sie sah, zögerte Bryn nicht. Sie achtete nicht auf die Stimme in ihrem Kopf, die sagte, dass er sich in seiner Wohnung, wo auch immer sie sein mochte, verstecken und versuchen würde, das Geräusch des Donners auszublenden, sollte er tatsächlich Probleme mit dem Gewitter haben, anstatt einkaufen zu gehen. Sie machte die Wohnungstür leise hinter sich zu, um den alten Mann, der ihr gegenüber wohnte, nicht zu wecken.

Die Luft roch nach Tannen und feuchten Blättern ... Normalerweise ein Duft, der Bryn zum Lächeln brachte, doch heute bemerkte sie ihn kaum, als sie in ihren kleinen Wagen stieg. Sie hatte ihn vor ein paar Jahren extrem günstig gekauft, doch mittlerweile war der Corolla schon ziemlich verbraucht. Sie musste es dreimal versuchen, bevor der Motor schließlich ansprang. Bryn sah auf die Benzinanzeige ... noch ein Viertel voll. Gut. Manchmal vergaß sie zu tanken, aber für heute Nacht würde es noch reichen.

Als sie auf den Supermarkt zufuhr, debattierte sie mit sich selbst.

Ich werde nicht reingehen. Ich werde nur nachsehen, ob sein Wagen auf dem Parkplatz steht. Wenn ja, drehe ich um und fahre nach Hause.

Er wird dich sicher nicht sehen wollen.

Ich weiß, deswegen wird er auch nie erfahren, dass ich hier bin.

Und was, wenn er nicht hier ist?

Dann fahre ich einfach ein bisschen durch die Gegend, um zu sehen, ob ich seinen Wagen finden kann.

Na, du benimmst dich wirklich kein bisschen wie eine Stalkerin.

Bryn legte die Nase kraus und seufzte. Sie war ziemlich gut darin, sich mit sich selbst zu unterhalten, besonders deshalb, weil sie nicht allzu viele Leute hatte, mit denen sie sich sonst unterhalten konnte. Sie wusste, dass sie sich nicht rational benahm, aber irgendetwas an ihr wollte nicht zulassen, dass sie zu Hause blieb und das Thema fallen ließ.

Als Bryn auf den Parkplatz fuhr, sah sie sofort, dass er nicht da war. Es gab nur wenige Fahrzeuge auf dem Gelände und keines davon war sein Pritschenwagen. Sie ließ den Wagen laufen, da sie das Risiko nicht eingehen wollte, dass er nicht mehr ansprang, und trommelte mit den Fingern aufs Steuerrad. Schließlich traf sie eine Entscheidung und fuhr links vom Parkplatz runter.

Die Nacht war ruhig. Es waren nicht allzu viele Autos unterwegs und Bryn sah sich nach dem Wagen des Mannes um. Am anderen Ende der Stadt, genau entgegengesetzt zu der Richtung, in der sie lebte, fand sie ihn schließlich. Sie wusste, dass es sich um seinen Wagen handelte. Er war brandneu. Dunkelgrün. Militäraufkleber auf der Heckscheibe. Sie konnte kaum glauben, dass sie so viel Glück gehabt hatte. Sie fuhr auf den Kiesparkplatz einer heruntergekommenen Kneipe namens *Smokey's Bar* und parkte so weit wie möglich von seinem Wagen entfernt, damit er sie nicht sehen konnte.

Rathdrum war ein kleiner Ort, aber es war zwei Uhr morgens und sie befand sich nicht im besten Teil der Stadt. Sie wollte eigentlich fahren, zufrieden, dass er sich nicht irgendwo verkrochen hatte und sich an den Krieg erinnerte, doch da ging die Tür auf und ein Mann kam mit einer Frau im Arm heraus. Er trug dunkle Jeans und ein T-Shirt, darüber eine Lederjacke. Er hatte einen langen Bart, der so aussah, als gehörte er mal ordentlich gestutzt. Er hatte fettiges Haar, das seitlich an seinem Gesicht herunterhing. Die Frau trug extrem hohe Absätze, einen schwarzen Lederrock, der kaum ihren Hintern bedeckte, und ein weißes T-Shirt, das so weit runtergezogen war, dass Bryn fast ihre Brustwarzen sehen konnte.

Zwar verlor der Wind seine schneidende Kälte, doch es war nach dem Winter noch immer nicht warm genug, sodass diese Frau die Kleidung tragen konnte, die sie anhatte. Der Mann hatte einen Arm um ihre Taille gelegt und Bryn sah dabei zu, wie er die Frau an sich zog und den Kopf senkte. Doch statt sie auf den Mund zu küssen, vergrub er sein Gesicht in ihrem großzügigen Dekolleté.

Die Frau kreischte vor Lachen und stieß ihre Hand in das Haar an seinem Hinterkopf, und Bryn beobachtete schockiert, wie sie ihre andere Hand in den Schritt des Mannes wandern ließ.

Bryn errötete und wandte den Blick ab von dem Paar und ihrer erotischen Umarmung. Sie hatte schon mal Sex gehabt, aber so war es nicht gewesen. Nicht einmal annähernd. Die drei Male, in denen sie mit einem Mann im Bett gewesen war, waren klinisch gewesen und sie war nicht in der Lage gewesen, ihr Gehirn auszuschalten. Sie stellte zu viele Fragen darüber, was er tat und was er von ihr erwartete, und bei jeder dieser Begegnungen hatte der Mann, mit dem sie zusammen war, sich nach seinem Höhepunkt von ihr weggerollt, hatte ihr gedankt und war gegangen. Sie wusste nicht genau, warum Frauen überhaupt Sex haben wollten.

Aber als sie die Leidenschaft zwischen den beiden direkt hier vor sich sah, vermutete Bryn, dass da mehr an der Sache dran war. Sie riskierte einen weiteren Blick und sah, dass der Mann nun auf einem Motorrad saß und die Frau hinter ihm aufgestiegen war. Sie trug seine Lederjacke, drückte sich an seinen Rücken, ihre Arme um ihn geschlungen, und streichelte seinen Bauch, seine Oberschenkel und seinen Schritt, und Bryn konnte sehen, wie sie sich an ihm rieb, als er vom Parkplatz in Richtung Stadt fuhr.

Bryn schluckte hart und entschied, dass sie nur einen kurzen Blick in die schäbige Kneipe werfen würde, um sicherzustellen, dass der Mann, den sie finden wollte, in Ordnung war. Wenn dies eine Kneipe für Motorradfahrer war, musste er sich fehl am Platz fühlen. Nicht dass es *ihre*

Art von Etablissement war – keine Kneipe war das –, aber etwas wollte sie nicht einfach wegfahren lassen. Wahrscheinlich war er mit einer Frau zusammen und obwohl ihr der Gedanke wehtat, schreckte er sie nicht ab. Irgendwie ging dieser Mann ihr nahe, und zwar vom ersten Moment, seit sie ihn gesehen hatte, und sie wollte – nein, *musste* – sich davon überzeugen, dass das Gewitter keine negativen Auswirkungen auf ihn hatte.

Sie steckte ihren Autoschlüssel ein und ging auf die Tür zu. Sie warf einen letzten Blick auf das blinkende Schild, auf dem *Smokey's Bar* zu lesen war, doch das letzte Wort war in der Dunkelheit von der Straße einfach nicht sichtbar gewesen, weil die Birnen verglüht waren. Dann öffnete sie die Tür und trat ins Innere.

Als Erstes fiel ihr auf, dass die Kneipe fast leer war. Auf dem Parkplatz standen vielleicht noch mehrere Wagen, doch im Inneren sah sie nur den Barkeeper, zwei Bedienungen, die leere Flaschen aufsammelten und den Boden wischten, und den Mann, den sie zu finden gehofft hatte.

Er saß zusammengesunken und auf einen Arm gestützt am Ende der Theke, den Rücken zur Wand. Der Rauch in diesem Drecksloch hing noch dick in der Luft und Bryn hustete, als der Gestank von Zigarettenrauch und verschüttetem Bier ihr in die Nase stieg.

»Wir haben geschlossen«, blaffte der Barkeeper sie an.

Bryn nickte und machte einen Schritt zurück auf die Tür zu. Der Mann war hier und es ging ihm ganz offensichtlich gut. Jetzt war es Zeit zu gehen, bevor er sie bemerkte und die Polizei rief, wie er es ihr angedroht hatte.

Als hätten die Worte des Barkeepers ihn geweckt, hob er den Kopf, sah den anderen Mann an und lallte: »Noch eins.«

»Nein. Die letzte Runde war vor einer halben Stunde und du bist sowieso total betrunken. Zeit zu gehen.«

»Ich brauche noch ein Bier«, verlangte er.

»Und ich habe Nein gesagt«, wiederholte der Barkeeper. »Sieh dich doch mal um, Mann. Du bist der Letzte hier. Die Bar ist geschlossen. Es ist an der Zeit, zu zahlen und nach Hause zu gehen.«

»Verdammt.« Der Mann fluchte, als er versuchte, mit der rechten Hand seine Brieftasche zu erreichen ... die in seiner linken Tasche steckte. Selbst in nüchternem Zustand war das keine leichte Aufgabe und die Tatsache, dass er völlig betrunken war, machte die Sache nur noch schwieriger.

Bryn setzte sich in Bewegung, bevor ihr Gehirn sich einschalten und ihr sagen konnte, sie sollte es nicht tun. Sie kam bei ihm an, stieß seine Hand von seinem Hintern weg, griff in seine Tasche und zog die Brieftasche heraus. Sie hielt sie dem Barkeeper hin – und erstarrte, als ihr klar wurde, was sie getan hatte.

Sie hatte erwartet, dass der Mann sie anbrüllen und genau das tun würde, was er ihr angedroht hatte, wenn er sie noch mal zu Gesicht bekäme, und war überrascht, als sie spürte, wie er ihr sanft das Haar über die Schulter strich, sich zu ihr lehnte und tief einatmete.

»Verdammt, riechst du gut«, lallte er betrunken. Er nahm eine Strähne ihres Haares, hielt sie sich an die Nase und roch daran. »Koko-kokosnuss ... Verdammt. Der Strand. Du riechst nach Strand.«

Bryn sah den Barkeeper, der die Hand ausstreckte, mit großen Augen an. »Was für ein verdammtes Glück, dass du gekommen bist, um ihn abzuholen. Wir sind schon eine Viertelstunde zu spät dran und müssen zumachen. Und ich glaube nicht, dass ich um diese Zeit hier draußen ein Taxi bekomme, das ihn nach Hause fahren könnte. Gib mir seine Karte und ich rechne ab, und du schaffst ihn verdammt noch mal aus meiner Kneipe.«

»Er ist betrunken«, erklärte Bryn dem Barkeeper.

»Was du nicht sagst«, erwiderte er trocken und wandte sich ab, nachdem sie ihm die Kreditkarte aus der Brieftasche des Mannes gegeben hatte.

»Ich bin immer noch bei Bewusstsein«, lallte der Mann, »das bedeutet, ich bin noch nicht betrunken genug.«

»Hier, unterschreib das.« Der Barkeeper hielt ihm den Ausdruck der Kreditkartenmaschine zum Unterschreiben vor die Nase und der Mann blinzelte, da er ganz offensichtlich nicht verstand, was vor sich ging.

Bryn nahm dem genervten Mann Zettel und Stift ab und legte beides auf die Theke. Sie blickte auf die Kreditkarte, die daneben auf den Tresen gedonnert wurde. Dane Munroe. Ihr gefiel der Name. Es war ein starker Name. Genauso stark wie er.

»Dane? Du musst das jetzt hier unterschreiben.« Sie nahm seine rechte Hand in ihre eigene und legte ihm den Stift zwischen die Finger. »Nimm den Stift und unterschreib hier.« Sie legte die Spitze des Stiftes auf die Zeile für die Unterschrift und wartete.

»Ich bin Linkshänder«, entgegnete Dane bedrückt und sah blind auf seine Hand hinab, die den Stift hielt.

»Kannst du mit deiner Prothese schreiben?«, fragte Bryn und ihr wurde klar, dass sie keine Ahnung hatte, wie sie funktionierte, und schwor sich, alles über Arm- und Handprothesen in Erfahrung zu bringen, sobald sie zu Hause war.

Als sie das fragte, ließ Dane den Stift fallen und richtete sich auf dem Barhocker auf. Er hob seinen linken Arm, der in seinem Schoß gelegen hatte, und zog den langen Ärmel seines T-Shirts hoch, wobei er den Stumpf direkt unter seinem Ellbogen freilegte, wo sein Arm früher gewesen war. Er trug seine Prothese nicht. Er grinste sie an und erwartete offensichtlich, dass sie schockiert oder angewidert war.

»Okay, das heißt wohl nein. Macht nichts. Dann musst du eben mit rechts unterschreiben. Mach schon.« Bryn wich seinem Blick nicht aus und wartete geduldig.

»Du hast nicht mal geblinzelt. Hast wohl schon einiges gesehen, Smalls?«

»Smalls?«

Er grinste. »Ja.«

»Was soll das sein?«

»Du.«

»Ich?«, fragte sie ungläubig.

»Jaaa.« Dane nickte heftig, zu enthusiastisch, und Bryn musste ihm einen Arm um die Taille legen, um ihn davon abzuhalten, vom Barhocker zu fallen. »Du bist klein. Winzig. Niedlich. Ein Smalls.«

»Die Durchschnittsgröße für eine Frau in Amerika beträgt ein Meter fünfundsechzig. Und ich liege nur einige Zentimeter darunter. *So* klein bin ich nun auch nicht«, protestierte Bryn.

»Doch, bist du«, mischte sich der Barkeeper ein. »Kannst du jetzt bitte dafür sorgen, dass er die verdammte Abrechnung unterschreibt, und ihn dann hier rausschaffen?«

»Ich kann unterschreiben«, seufzte Dane. »Gib mir den Stift.«

»Er liegt direkt vor dir«, erklärte Bryn ihm.

»Oh, stimmt.« Und damit griff Dane nach dem Stift, den er fallen gelassen hatte, beugte sich über das Papier, hielt es mit dem Stumpf seines linken Armes fest und unterzeichnete es mit einem kindlichen Gekritzel. Er hatte nicht gescherzt, er war tatsächlich Linkshänder gewesen. Als er fertig war, sah er zu Bryn hoch. »Ich sehe nicht, wo ich ein Trinkgeld hinterlassen kann. Und mit meiner rechten Hand kann ich sowieso nicht schreiben. Kannst du das für mich erledigen?«

Bryn wusste, dass Dane betrunken war. Wusste, dass er keine Ahnung hatte, wer sie war, sonst wäre er nicht so nett zu ihr gewesen, aber es fühlte sich gut an, dass er ihr vertraute, ein angemessenes Trinkgeld zu geben. Sie könnte mit dem Barkeeper unter einer Decke stecken und einen exorbitanten Betrag hinzufügen, und er würde es nie erfahren, bis es zu spät war. Als sie sich das Gefühl in ihrer Brust einprägte, die Freude, dass Dane ihr vertraute, nickte sie nur, nahm den Stift und fügte zwanzig Prozent Trinkgeld hinzu, weil sie davon ausging, dass der Barkeeper es wahrscheinlich verdient hatte. Dann schob sie den Zettel dem ungeduldigen Angestellten entgegen.

Er blickte auf den Betrag, den sie hinzugefügt hatte, und bedankte sich mit einem Kopfnicken. Wahrscheinlich hatte er gedacht, dass der extrem betrunkene Mann und die unbekannte Frau, die gekommen war, um ihn abzuholen, ihn über den Tisch ziehen wollten.

»Brauchst du Hilfe dabei, ihn zum Wagen zu schaffen?«

Bryn nahm Danes Kreditkarte und steckte sie zurück in seine Brieftasche. Dabei sah sie auf die Adresse auf seinem Führerschein und war erleichtert, dass es nicht zu weit weg war und sie sogar den Namen der Straße erkannte. Sie befand sich nicht genau im Stadtbereich von Rathdrum, war aber glücklicherweise nur ein paar Kilometer außerhalb. Sie machte die Brieftasche zu und steckte sie wieder in Danes Tasche.

»Sei vorsichtig, Smalls, sonst könnte ich noch denken, du willst mich anmachen.«

Sie schenkte Dane keine Beachtung und sagte an den Barkeeper gewandt: »Ja, bitte.«

»Gib mir fünf Minuten.«

Bryn nickte und wandte sich wieder Dane zu. Mit ausgestreckter Hand verlangte sie: »Deinen Schlüssel.«

Er sah sie mit zusammengekniffenen Augen an. »Kenne ich dich?«

Bryns Puls beschleunigte sich. Oh Gott, er durfte sie jetzt nicht erkennen. Dann würde er nie zu Hause landen. Sie schüttelte also den Kopf und log. »Nein.«

»Du kommst mir irgendwie bekannt vor, Smalls.«

Bryn lächelte, als er erneut den Spitznamen benutzte, mit dem er sie bedacht hatte.

»Du kennst mich nicht.« Bryn log nicht. Er hatte sie zwar gesehen, doch er *kannte* sie nicht. Eigentlich tat das niemand.

Dane hob die Hand, nahm sich eine weitere Strähne ihres Haares und roch daran. »Du liebe Güte. Du riechst so unglaublich gut.«

»Das ist mein Shampoo. Und so ungern ich es auch sage, alles riecht besser als dieser Laden hier.«

Danes Augen leuchteten, als er sie ansah. Sie waren einander sehr nahe, obwohl er saß und sie stand. »Das ist wohl wahr.«

»Sollen wir dich jetzt nach Hause bringen?«, flüsterte Bryn, da der sanfte Blick seiner grauen Augen, mit dem er sie bedachte, sie aus dem Gleichgewicht brachte. Als sie ihm das letzte Mal in die Augen gesehen hatte, war er stinkwütend auf sie gewesen. Sein jetziger Blick gefiel ihr viel besser als derjenige voller Hass, mit dem er sie im Supermarkt angesehen hatte.

»Ja, lass uns nach Hause gehen.« Seine Stimme war leise und verführerisch.

Bryn schauderte. »Der Schlüssel.« Sie flüsterte noch immer.

»Der ist in meiner Tasche, Smalls. Meiner Tasche *vorn*.«

Er grinste schamlos und lehnte sich auf dem Barhocker zurück.

Bryn blickt nach unten und keuchte. Die Beule in seiner Jeans war riesig. Schnell sah sie wieder hoch.

»Gefällt dir, was du siehst, Smalls?«

Bryn richtete sich auf und neckte ihn: »Wow, das ist aber ein ziemlich großer Schlüsselbund, den du da hast, Soldat.«

Er lachte. Das Geräusch hallte durch den jetzt leeren Raum. Er verlagerte sein Gewicht auf dem Barhocker, griff in seine Tasche und holte seinen Schlüsselbund hervor. »Du machst mich fertig, Smalls. Fix und fertig.«

Er hielt den Schlüsselbund hoch, an dem sich nur zwei Schlüssel befanden … Einer davon war ganz offensichtlich für den neuen Pritschenwagen auf dem Parkplatz und der andere sah so aus, als würde er zu einer Haustür gehören. »Der Rest, den du da gesehen hast, bin ich. Und wenn wir erst bei mir zu Hause sind, werde ich ihn dir von Nahem zeigen.«

Bryn nahm die Schlüssel und errötete, weil das Metall so warm war, Hitze, die von seinem Körper, seinem Schwanz, stammte.

»Auf geht's. Ich habe noch andere Dinge zu erledigen.« Die Stimme des Barkeepers war hart und schnitt durch ihren kleinen Flirt hindurch, sodass Bryn mit einem Schlag auf den Boden der Tatsachen zurückgeholt wurde. Er flirtete nicht mit *ihr,* sondern war einfach so sturzbetrunken, dass er kaum noch geradeaus schauen konnte, und sie war eine Frau. Männer flirteten nicht mit *ihr*. Niemals.

»Danke. Es ist der große grüne Wagen auf dem Parkplatz.«

Der Barkeeper nickte, zog Dane auf die Füße und legte ihm den Arm um die Taille, als dieser stolperte. Sie schlurften zum Ausgang und Bryn eilte voraus, um die Tür zu öffnen. Sie machten sich auf den Weg in die frische Nachtluft und zu Danes Wagen. Der Barkeeper hielt seinen Arm fest, als Dane fast in das Führerhaus des Fahrzeugs kroch. Er knallte die Tür ungeduldig hinter Dane zu und stolzierte zurück zur Kneipe, ohne ein Wort zu sagen.

»Danke!«, rief Bryn ihm nach.

Der Barkeeper winkte mit der Hand als Zeichen dafür, dass er ihre Worte gehört hatte, drehte sich aber nicht um und verlangsamte auch nicht seinen Schritt auf dem Weg zurück zur Kneipe.

Bryn sah nicht zu, wie er durch die Holztür verschwand, sondern ging um den Wagen herum zur Fahrerseite. Sie sah zu ihrem eigenen Fahrzeug auf der anderen Seite des Parkplatzes hinüber und zuckte mit den Achseln. Sie würde zurücklaufen müssen, um es abzuholen, nachdem sie Dane nach Hause gebracht hatte, aber das war für sie kein Problem. Sie würde nur sicherstellen, dass Dane gut nach Hause kam, und dann zurückkommen. Keine große Sache.

Als sie auf den Sitz kletterte, grunzte sie vor Unzufriedenheit. Ihre Füße kamen nicht mal annähernd an die Pedale und sie konnte kaum über das Armaturenbrett sehen.

Dane brüllte vor Lachen und hielt sich den Bauch, während er vor Lachen fast umfiel.

Bryn starrte ihn mit verschränkten Armen an und wartete darauf, dass er wieder normal atmen konnte.

»Ich habe dir doch gesagt, dass du klein bist.«

Bryn wollte eigentlich verärgert sein, sie hatte aber in ihrem ganzen Leben noch nie so etwas Heißes gesehen wie Dane Munroe, der sich totlachte, als hätte er überhaupt keine Sorgen. Aus irgendeinem Grund wusste sie, dass das nicht normal war. Nicht für ihn. »Bist du langsam mal fertig?«, fragte sie und versuchte dabei, ernst zu klingen, wusste aber selbst, dass ihr das nicht gelang.

»Ja.« Dann lachte er erneut. »Okay, nein. Aber mal im Ernst, ich bin mir sicher, dass du Miss May nicht fahren kannst.«

»Miss May?«

»Meinen Wagen.«

Bryn verdrehte die Augen. Sie hatte keine Ahnung, warum Männer das Bedürfnis hatten, ihren Fahrzeugen Namen zu geben. Es war nicht logisch. Sie griff seitlich an den Sitz und lächelte, als sie den Hebel fand, mit dem er sich nach vorne bewegen ließ. Außerdem neigte sie den Sitz ein wenig, sodass sie mit den Füßen an die Pedale kam, und sie seufzte erleichtert, als ihr das problemlos gelang. Sie sah sich um und bemerkte seine Jacke auf dem Rücksitz.

»Darf ich deine Jacke benutzen?«

»Ist dir kalt, Smalls? Ich kann dich aufwärmen.«

Bryn erschauderte. Seine verführerische Stimme traf sie tief in ihrem Kern und wickelte sich um ihr Herz. Sie konnte sich nicht daran erinnern, dass schon mal jemand so mit ihr gesprochen hatte. Nicht ein einziges Mal. Ohne den Blick von ihm abzuwenden, sagte sie leise: »Ich muss sie hinter mich legen.«

»Ich kann dich doch stützen«, begann Dane und streckte den Arm aus. Er hielt abrupt inne und starrte auf seinen nicht vorhandenen Arm. »Verdammt. Das habe ich vergessen. Ja, du kannst meine Jacke benutzen«, sagte er, lehnte sich in seinem Sitz zurück und verschränkte die Arme vor der breiten Brust.

Bryn war traurig darüber, dass seine gute Laune verflogen war, griff auf den Rücksitz, um die Jacke zu holen, und sagte – wie immer –, was sie dachte. »Danke. Das hilft auf jeden Fall schon mal, aber wenn du mich auch noch stützen könntest, wäre es noch besser. Du könntest dich in die Mitte lehnen, wenn du nicht ganz drankommst. Allerdings macht es mir auch nichts aus, wenn du es nicht tust.«

Dane sah sie mit glasigen Augen an und hielt seinen linken Arm hoch. »Ich habe nur einen halben Arm.«

»Na und?«

»Na und?« Er schaute sie verwirrt an.

»Ja, na und?« Bryn streckte die Hand aus und drückte seinen Bizeps. »Anscheinend bist du ja stark genug, um mich zu halten. Du hast doch behauptet, ich sei klein. Was ist also das Problem?«

Dane kniff die Augen zusammen und sah sie an. »Macht dir das nichts aus?«

»Nein.« Bryn gab nicht vor, nicht zu wissen, wovon er sprach. »Und es sollte dir auch nichts ausmachen. Dane, du siehst verdammt gut aus. Du bist groß und stark. Und obwohl du vollkommen betrunken bist, benimmst du dich immer noch wie ein Gentleman. Es macht mir nichts aus, wenn du mich mit deinem Stumpf berührst. Schließlich ist es ja nicht ansteckend oder so was. Außerdem würde ich gern in einem Stück zu Hause ankommen und deswegen würde ich es zu schätzen wissen, wenn du meinen Rücken stützt, während ich Miss May fahre.«

Er sah verwirrt aus und Bryn hätte fast Mitleid mit ihm gehabt. Fast.

»Ich bin Linkshänder.«

»Gut. Das bedeutet, dass der Arm stärker ist.«

»Ja.«

»Ja. Dann los. Ich lasse den Motor an.«

»Du kannst einen Wagen mit Gangschaltung fahren?«

Bryn lachte. »Jetzt fällt dir das ein? Ja, kann ich. Ich hätte angenommen, dass *du* das nicht möchtest, weil dir deine Hand fehlt, aber wahrscheinlich ist es okay und du kannst mit dem Ellbogen steuern, während du mit der rechten Hand schaltest. Und jetzt schnall dich an.« Sie drehte sich um, um sich seine Jacke hinter den Rücken zu stopfen, und setzte sich gerade hin. Sie hätte etwas gebrauchen können, um höher zu sitzen, damit sie über die riesige Kühlerhaube des Wagens blicken konnte, aber sie musste ja nicht allzu weit fahren. Sie hätte sich auf ihre Jacke setzen können, aber dann wäre sie mit den Füßen nicht mehr an die Pedale gekommen. Es würde schon passen.

Sie legte den Rückwärtsgang ein und drehte sich um, um sicherzustellen, dass niemand hinter ihr war, und zuckte dann zusammen, als Dane mit dem Arm ihren oberen Rücken berührte. Sie sah ihn an. Er war auf den mittleren Sitz gerutscht und hatte ein Bein links und rechts der Gangschaltung abgestellt.

Bryn schluckte. Er lächelte nicht und der ernste Blick seiner durchdringenden grauen Augen war auf ihr Gesicht gerichtet. »Mir fehlt vielleicht eine Hand, aber ich bin immer noch ein Mann. Und echte Männer fahren Wagen mit Gangschaltung.« Er machte eine Pause und sprach dann weiter. »Bist du sicher, dass wir uns nicht kennen? Ich habe das Gefühl, mich an dich zu erinnern.«

»Ich bin mir sicher.« Sie streckte die Hand aus und berührte sein Knie, wurde rot und griff dann nach dem Schaltknüppel, nach dem sie eigentlich gesucht hatte. »Entschuldigung. Ich wollte eigentlich nach der Gangschaltung greifen.«

Sie sahen beide hinab und plötzlich war der betrunkene, flirtende Dane wieder da. »Was ich dir noch sagen wollte, Smalls, ich wollte deine Hand zwischen meinen Beinen spüren, seit du in die Kneipe gekommen bist ... Aber so hatte ich das nicht gemeint.«

Bryn schaltete in den ersten Gang und legte ihre Hand

dann wieder aufs Lenkrad. »Mach dir keine Sorgen, Dane. Gleich bist du zu Hause.«

Er antwortete nicht, doch Bryn wusste, dass er nicht eingeschlafen war. Sie spürte seinen harten Bizeps an ihrem Rücken und das Ende des Stumpfes gleich unter seinem Ellbogen auf ihrer linken Seite. Wenn er sich nur ein paar Zentimeter weiter rüber beugte, würde er ihre Brust berühren. Während sie abbog und den Gang wechselte, presste Dane ihr den Arm in den Rücken, stützte sie und half ihr, aufrecht sitzen zu bleiben. Die Wärme seiner Haut, die sie selbst durch sein T-Shirt spüren konnte, drang tief in ihren Kern ein. Da sie in der Vergangenheit nicht allzu viel Körperkontakt gehabt hatte, brannte der Moment sich in Bryns Gedächtnis ein, während sie Dane nach Hause fuhr.

Sie nahm an, dass er sich nicht an heute Abend erinnern würde, sie allerdings wusste, dass sie diese Erfahrung nie wieder vergessen würde. Nicht einmal, wenn sie hundert Jahre alt wurde. Wie konnte man auch den Moment vergessen, an dem man zum ersten Mal wie eine normale, begehrenswerte Frau behandelt wurde?

KAPITEL DREI

Dane war Gott sei Dank immer noch bei Bewusstsein, als sie bei seinem Haus vorfuhr. Er drückte auf den Garagentoröffner und sie fuhr in die breite Garage. Sie konnte das Haus im Dunkeln nicht sonderlich gut sehen, doch ausgehend von der langen Auffahrt war es von ein paar Hektar Land umgeben, und es war anscheinend ein einstöckiges Haus.

Sie sprang aus dem Wagen und ging zur Beifahrerseite. Dane fiel fast aus dem Fahrzeug und lachte wie ein Verrückter, als sie zusammen ins Haus stolperten.

»Wo ist dein Schlafzimmer?«

»Den Flur runter. Die erste Tür links. Ich kann es kaum erwarten, deine Titten zu sehen.«

Bryn wäre bei seinen Worten fast umgefallen, trotzdem gelang es ihr, ihn in die richtige Richtung zu steuern. Sie half ihm aufs Bett und zuckte zusammen, als er mit dem Gesicht zuerst darauf landete.

»Steh auf und leg dich ganz auf die Matratze, Dane«, bat sie ihn, da sie wusste, dass sie nicht dazu in der Lage wäre, ihn hochzuheben, wenn er jetzt einschlief, wobei seine Beine noch immer aus dem Bett hingen.

Es war harte Arbeit, aber schließlich gelang es ihr, ihn auf den Rücken und mehr oder weniger komplett auf die Matratze zu befördern.

»Kommst du?«

»Wohl eher nicht. Bist du in Ordnung?«

Dane schmollte. »Und ich darf nicht mal deine Titten sehen? Das wäre nur fair.«

»Ich verstehe nicht, was meine Titten damit zu tun haben, dass ich dir geholfen habe, nach Hause zu kommen, sodass du vermeiden konntest, betrunken zu fahren und dich selbst umzubringen – oder sonst jemanden.«

Dane sah sie einen Moment lang erstaunt an und lachte dann erneut. Er warf den Kopf in den Nacken und lachte laut auf, als wäre es das Witzigste, was er in seinem ganzen Leben gehört hatte. Als er sich schließlich wieder unter Kontrolle hatte, bewegte er eine Hand zum Knopf seiner Jeans und fummelte daran herum in dem Versuch, sie zu öffnen.

Nachdem sie ihm einen Augenblick lang dabei zugesehen hatte, befahl sie ihm: »Hände weg. Ich mach das.« Sie war ganz und gar nicht glücklich darüber, wie schwer es ihm fiel, den blöden Knopf mit nur einer Hand zu öffnen. Das war eine weitere Sache, über die sie nicht nachgedacht hatte, doch als sie selbst sah, wie schwer es ihm fiel, wurde ihr plötzlich klar, wie schwer viele alltägliche Dinge für Dane sein mussten.

Schnell öffnete sie Knopf und Reißverschluss. »Da. Den Rest schaffst du ja wohl selbst.«

»Nein«, erwiderte er sofort. »Ich brauche deine Hilfe, Smalls.«

Bryn nahm ihn beim Wort und ging zu seinen Füßen. Sie öffnete die Schnürsenkel seiner Stiefel und zog sie ihm aus. Dann entledigte sie ihn seiner Socken und befahl: »Heb deinen Hintern hoch und ich ziehe.«

»Oh Mann ... So hatte ich das nicht gemeint.«

»Hintern hoch, Dane.«

Er hob seinen Hintern vom Bett, und Bryn zog ihm die Jeans aus und legte sie auf den Boden. »So. Und jetzt dein Hemd.«

Er starrte sie einfach nur an. Aller Humor war aus seinem Gesicht verschwunden.

»Dane?«

»Ich ziehe mein Hemd nicht aus, wenn ich ins Bett gehe.«

»Was? Warum nicht? Es ist wissenschaftlich bewiesen und durch eine Studie von Milton Grumball, der seinen Abschluss 1984 in Harvard magna cum laude abgelegt hat, belegt, dass Männer nackt besser schlafen.«

Er blinzelte und sein rechter Mundwinkel zuckte amüsiert. »War das ein Witz oder tatsächlich eine Tatsache?«

Sie grinste einen Moment lang, sagte aber dann: »Eine Tatsache. Arme hoch.« Ihre Stimme war ernst und sie ging zum Kopfende des Bettes und wartete darauf, dass er ihr gehorchte.

Zum allerersten Mal in ihrem Leben fühlte Bryn, wie sie Dane auf dem Bett überragte. Sie blickte ihm in die Augen und sah darin Zögern und Unsicherheit. »Was ist los? Stimmt etwas nicht?«

»Ich will nicht, dass du mich siehst.«

»Aber du wolltest *mich* sehen.«

Plötzlich erschien ein Funke Interesse in seinen Augen und die Unsicherheit, die gerade noch da gewesen war, war plötzlich verschwunden. »Das stimmt. Wie wäre es mit einem Tausch?«

Bryn dachte kurz darüber nach, bevor sie fragte: »Du ziehst dein Hemd aus, wenn ich dir meine Brüste zeige?«

»Ja.«

»Abgemacht. Du zuerst. Arme hoch«, wiederholte Bryn.

Dane hob wie in Trance die Arme, ohne den Blick von ihrem Gesicht abzuwenden. Bryn spürte, wie sie rot wurde, half ihm aber trotzdem dabei, ihm das Hemd auszuziehen.

Zum ersten Mal konnte sie einen richtigen Blick auf seinen linken Arm werfen. Er sah viel weniger ... verletzt ... aus, als Bryn erwartet hatte. Sie hatte in der Kneipe nur einen kurzen Blick darauf erhaschen können und war sich nicht ganz sicher, was sie *erwartet* hatte, aber es sah tatsächlich so aus, als würde sein Arm einfach auf halbem Weg zwischen seinem Ellbogen und dem Ort, wo seine Hand sein sollte, plötzlich aufhören. Die Haut an seinem Stumpf war gut abgeheilt und abgesehen von ein paar rosa Narben glatt. Sie wusste nicht, was geschehen war, nahm aber an, dass er Glück gehabt hatte, den Arm nicht über dem Ellbogen verloren zu haben. Ihrer wenig qualifizierten Meinung nach könnte er wesentlich weniger als jetzt tun, wenn er den Ellbogen nicht mehr hätte. Die Vorstellung, wie eine Prothese auf seinen Arm passte und wie sie funktionierte, schwamm ihr im Geist umher. Sie neigte den Kopf und fragte sich, wie sich der Stumpf anfühlte, wie viel Gefühl er darin hatte, ob er Phantomschmerzen hatte ... und eine Million anderer Dinge.

Bryn griff nach seinem Arm, ohne nachzudenken.

Er riss ihn von ihr weg. »Nicht.«

»Ich will ihn anfassen«, erklärte Bryn mit Nachdruck und ihr Wunsch nach Wissen durchbrach mal wieder die ungeschriebenen gesellschaftlichen Regeln, die besagen, dass man weder die Bäuche von Schwangeren noch die Narben von Menschen anfassen darf. »Warum?«

»Es ist unglaublich. Ich bin fasziniert.«

»Es ist so häss... hässlich«, brachte Dane hervor.

»Ist es *nicht*«, rief sie barsch. »Sag so was nicht, Dane. Es ist ein Wunder. Ich habe nicht die geringste Ahnung, was dir passiert ist, aber ich habe größte Hochachtung vor den Ärzten, die an dir gearbeitet haben. Sie haben wirklich großartige Arbeit geleistet.«

Als ob ihre Worte ihn hypnotisiert hätten, zog Dane den Arm nicht weg, als sie ein zweites Mal nach ihm griff.

Sie fuhr mit der Hand über den Stumpf, setzte sich neben ihn aufs Bett und flüsterte: »Die Haut ist so glatt. Tut es weh?«

»Nein, eigentlich nicht. Nicht mehr«, erwiderte Dane leise.

Bryn untersuchte seinen Arm, verloren in wissenschaftlichen Fakten und Bildern in ihrem Kopf. Einmal beugte sie sich sogar vor, um mit ihrer Wange über die Haut zu fahren, erstaunt darüber, wie weich sie war. Sie war sich nicht sicher, wie lange sie schon mit den Händen über seinen Stumpf gefahren war und ihn untersucht hatte, als Dane schließlich lallte: »Jetzt bist du dran, Smalls. Ich habe dir meins gezeigt – jetzt zeig mir deins.«

Sie schaute hoch in Danes Gesicht und der Blick aus seinen grauen Augen bohrte sich in ihre Seele. Sie konnte seinen Ausdruck nicht deuten, aber ein Deal war ein Deal. Und er hatte seinen Teil der Abmachung mehr als erfüllt.

Sie packte den Rand ihres T-Shirts, zog es, ohne zu zögern, bis zum Kinn hoch und zeigte Dane den einfachen weißen Baumwoll-BH, den sie Stunden zuvor angezogen hatte.

Er sagte kein Wort, stattdessen brachte er seine rechte Hand an ihre Brust und fuhr mit dem Zeigefinger am Rand des Körbchens entlang, wobei er ihre Haut nicht berührte, aber trotzdem eine Gänsehaut auf ihren Armen hinterließ.

Als er weiter mit seinem Finger am Rand ihres BHs auf- und abfuhr, was sie mehr als nervös machte, sagte Bryn zu ihm: »Sie sind nicht sonderlich groß. Nur ein B-Körbchen. Vierundvierzig Prozent aller Amerikanerinnen hat diese Körbchengröße. Und nur weniger als ein Prozent hat Körbchengröße D. Männer wünschen sich anscheinend Frauen mit riesigen Brüsten, aber wir haben keinen Einfluss darauf, es ist alles genetisch vorbestimmt. Außer natürlich, man unterzieht sich einer Brustvergrößerung.«

Ohne den Blick von ihrer Brust abzuwenden, sagte Dane: »Für deine Körpergröße sind sie perfekt, Smalls. Größere Brüste würden deine obere Körperhälfte optisch aus dem Gleichgewicht bringen. Du hast genügend Brust, um sie zu drücken und zu liebkosen, und das ist das Wichtigste. Ich wette, sie sind sensibel.« Er strich mit dem Finger am Körbchen zwischen ihren Brüsten entlang und schob es ein paar Millimeter zur Seite, sodass er ihre Haut und nicht den Baumwollstoff berührte.

Bryn erschauderte unter der leichten Berührung ihrer bloßen Haut. Auch vorher hatten Männer ihre Brüste berührt und gedrückt, aber bei Dane bedurfte es nur einer kurzen Berührung und schon richteten sich ihre Brustwarzen auf und pressten sich gegen den Stoff ihres BHs.

»Äh, danke. Ich wollte damit nicht sagen, dass ich mir große Brüste wünsche, aber Männer scheinen sich zu Frauen mehr hingezogen zu fühlen, wenn sie besser ausgestattet sind als ich.«

Als Dane sich über die Lippen leckte und sich zu ihr lehnte, weil er offenbar bemerkt hatte, welchen Effekt er auf sie ausübte, und nun doch mehr tun wollte, als nur zu schauen, stand Bryn abrupt auf, trat vom Bett weg und ließ ihr Hemd wieder über ihre Brüste fallen.

So sehr Dane sie auch faszinierte und so sehr sie plötzlich seine Hände auf ihrer Haut spüren wollte, sie konnte es nicht tun, weil er betrunken war und keine Ahnung hatte, wer sie war. Es war weder richtig noch fair. Er würde sich hassen, wenn er sich daran erinnern würde, dass er sie berührt hatte.

Sein Blick wanderte wieder zu ihrem und er streckte die Hand aus. »Legst du dich zu mir?«

»Du bist betrunken. Zu betrunken, um Sex zu haben.«

Er lachte. »Das ist leider wahr. Lass uns einfach reden.«

Bryn sah ihn von der Seite an und nickte dann. Sie konnte sich genauso wenig von diesem Mann und den Gefühlen, die er in ihr weckte, trennen, wie sie an einem Obdachlosen vorbeigehen konnte, der auf der Straße bettelte. Sie ging auf die andere Seite des Bettes und legte sich neben ihn auf die Decke. »Worüber möchtest du reden?«

»Wie heißt du?«

»Bryn Hartwell.«

»Hübscher Name.«

Bryn zuckte mit den Achseln. »Es ist nur ein Name.«

»Ich bin dreißig. Wie alt bist du?«

»Siebenundzwanzig.«

Dane hob die Hand und strich ihr das Haar von der Wange und hinters Ohr. »Woher kommst du?«

Wie gewohnt nahm Bryn diese Frage wörtlich. »Meine Eltern lernten sich kennen, als sie beide Ende zwanzig waren, und haben sich ineinander verliebt. Kurz nach ihrer Hochzeit wurde ich geboren.«

Er lächelte, sagte aber nichts weiter.

»Du wurdest beim Militär verletzt?«, fragte sie und durchbrach damit die etwas unbehagliche Stille.

Dane nickte, führte das jedoch nicht weiter aus.

Sie waren beide einen langen Moment still. Schließlich murmelte er: »Das ganze Zimmer dreht sich. Lange halte ich wohl nicht mehr durch. Aber danke, dass du mich nach Hause gebracht hast. Und mir deine Titten gezeigt hast. Du bist wunderschön. Viel zu schön für einen Typen wie mich.«

»Gern geschehen«, flüsterte Bryn und wollte eigentlich besonders diesem letzten Teil widersprechen, doch stattdessen hielt sie den Atem an, als er erneut die Hand nach ihr ausstreckte.

Dane nahm eine Strähne ihres Haares, hielt sie sich an die Nase und atmete tief ein.

»Das riecht so gut.«

Es war das Letzte, was er zu ihr sagte, bevor der Alkohol ihn umhaute. Bryn sah zu, wie Dane die Augen zufielen, seine Hand schlaff wurde und ihre Haare aus seinem Griff rutschten.

Sie lag noch zehn Minuten lang da und sah dabei zu, wie Danes Brust sich hob und senkte, bevor sie endlich tief Luft holte und aus dem Bett stieg. Auf keinen Fall wollte sie sich wie der Stalker und Freak benehmen, der zu sein er ihr vorgeworfen hatte. Aber sie wusste, dass das Gefühl, das sie gerade hatte, sofort verfliegen würde, ausgelöscht von der realen Welt, in dem Moment, in dem sie sein Haus verließ.

Er würde sich höchstwahrscheinlich an nichts erinnern, was heute Abend geschehen war, und wenn sie ihn wiedersehen würde, würde er wieder denken, dass sie eine Spinnerin war, mit der er nichts zu tun haben wollte. Sie wusste, dass sie das Erlebnis seines Fingers auf ihrer Haut und seine wunderbaren Worte noch lange Zeit in ihrem Herzen tragen würde.

Bryn bewegte sich durchs Haus und tat, was sie konnte, um ihm den Morgen ein wenig leichter zu machen, da sie aus wissenschaftlicher Sicht wusste, was der Alkohol dem menschlichen Körper antat, und verließ dann das Haus durch die Garage. Dann ging sie durch die Seitentür, wobei sie darauf achtete, sie beim Hinausgehen hinter sich abzuschließen.

Bryn ging zum Ende der Einfahrt und sah sich ein letztes Mal um. Sie hatte das Licht im Flur angelassen, konnte aber nicht einmal die Form des Hauses erkennen, abgesehen von dem schwachen Schein des Lichts, das durch das Vorderfenster schien. Sie wusste, dass hinter dem Gebäude Bäume standen, und sie konnte die frische, saubere Luft riechen. Danes Haus war seine Flucht vor der Welt. Sie liebte es. Es war friedlich und gab ihr das Gefühl, dass die Realität weit weg war. Bryn brachte ihre Hand nach oben, um ihre Brust über ihrem Herz zu massieren, schloss die Augen und presste ihre Lippen zusammen.

Sie wusste nicht, wie es passiert war, aber sie hatte sich total in den Mann verknallt, obwohl sie nur zweimal mit ihm gesprochen hatte ... und er sie für einen Freak hielt. Nachdem er seine Deckung aufgegeben hatte, sah sie den sanften, fürsorglichen und sensiblen Mann unter dem schroffen und vernarbten Äußeren, und er war nett zu ihr gewesen. Hatte sie behandelt, als wäre sie eine begehrenswerte Frau und keine Fremde oder, schlimmer noch, eine durchgeknallte Stalkerin.

Bryn straffte die Schultern, wandte sich vom Haus ab, steckte die Hände in die Taschen und begann, zur Kneipe und zu ihrem Wagen zurückzugehen. Auch wenn es stockfinster war, sollte es kein Problem sein. Es waren nur etwa vier Kilometer.

Ungeachtet der Gefahren, denen eine einsame Frau mitten in der Nacht ausgesetzt sein konnte, machte sich Bryn auf den Weg und versuchte, nicht daran zu denken, was passieren würde, wenn sie Dane wiedersah.

KAPITEL VIER

Dane stöhnte, als er sich umdrehte und die Morgensonne ihm in die Augen schien wie Laserstrahlen, die direkt auf seine Pupillen gerichtet waren.

»Verdammt«, fluchte er, rollte sich schnell auf den Rücken und warf sich den Arm über die Augen. Ihm wurde schlecht, also nahm er ein paar tiefe Atemzüge, um das Bedürfnis zu unterdrücken, sich zu übergeben. Als er das Gefühl hatte, sich ausreichend unter Kontrolle zu haben, um nicht sein ganzes Bett vollzukotzen, drehte er langsam den Kopf, um zu sehen, wie spät es war ... und blinzelte.

Neben der Uhr auf dem kleinen Tisch neben seinem Bett befanden sich ein Glas Wasser, zwei große Tabletten und zwei kleine. Daneben lag eine Nachricht. Dane streckte langsam die Hand danach aus, darauf bedacht, seinen Kopf nicht zu bewegen, und nahm den Zettel.

Ich bin mir ziemlich sicher, dass du dich schlecht fühlst. Tu die beiden Alka-Seltzer in das Glas und wenn sie sich im Wasser aufgelöst haben, trink alles auf einmal. Darin ist Sodium-Bicar-

bonat. Das sorgt dafür, dass dein Magen sich beruhigt und die Übelkeit vergeht. Die beiden Aspirin helfen gegen die Kopfschmerzen.

Das war alles. Es gab keine Unterschrift und nicht die geringste Information darüber, was zum Teufel er gestern Abend gemacht hatte. Dane schloss die Augen und versuchte, sich an irgendetwas zu erinnern, nachdem er in der Kneipe angekommen war, bei der er aus einem Impuls heraus haltgemacht hatte. Er hatte sich auf dem Weg von Post Falls, wo er einkaufen gewesen war, nach Hause befunden.

Das gesamte Unternehmen war ein Desaster gewesen. Es war viel zu früh und der Laden voller Leute gewesen, selbst in jener kleinen Stadt nordwestlich von Coeur d'Alene, und er war viel zu nervös gewesen, um seine Einkäufe zu erledigen. Nachdem er in drei verschiedenen Gängen auf und ab gewandert war, hatte er einfach seinen Einkaufskorb abgestellt und war gegangen. Auf dem Weg nach Hause hatte das Gewitter angefangen und es verstärkte nur das Gefühl, dass er nie wieder normal sein würde. Obwohl Gewitter ihn normalerweise nicht vollkommen verrückt machten, so zuckte er doch bei jedem Donnerschlag zusammen und das Zucken der Blitze erinnerte ihn an das Licht der Bombe, die seine Freunde getötet und sein Leben ruiniert hatte. Er hatte sich niedergeschlagen gefühlt und war in Selbstmitleid versunken, also hatte er in der Kneipe im Außenbezirk von Rathdrum haltgemacht und sich maßlos betrunken.

Er erinnerte sich noch an den Barkeeper, der eine Scheißeinstellung hatte, und die Bedienung, die mit ihm nach Hause gehen wollte – bis sie seinen Stumpf gesehen hatte –, und an sonst gar nichts.

Nun war ihm aus anderen Gründen schlecht als einem Rest von Alkohol in seinem Blutkreislauf. Dane zwang sich dazu, sich im Bett aufzurichten. Er nahm die Tabletten und ließ sie in das Glas Wasser fallen, wobei er leidenschaftslos zusah, wie sie sprudelten und zischten. Als es so aussah, als ob sie damit fertig waren, ihre Katerkur ins Wasser abzugeben, trank er das Glas in drei großen Schlucken leer.

Dane wusste nicht mehr, wie er nach Hause gekommen war. Als er aufwachte, dachte er, der Barkeeper hätte ihm wahrscheinlich ein Taxi oder so was gerufen. Aber nachdem er den Zettel und die Medikamente auf dem Tisch neben sich gesehen hatte, schied die Idee mit dem Taxifahrer aus. Er seufzte und überlegte sich, wie er zu seinem Pritschenwagen kommen würde. Er stand höchstwahrscheinlich auf dem Parkplatz der Kneipe. Zumindest hoffte er das.

Dane hielt es für ein gutes Zeichen, dass er in seinem kleinen Haus niemanden hörte, ließ die Beine über die Seite der Matratze gleiten und stellte sich vorsichtig auf.

Er schwankte, blieb aber aufrecht stehen. Er entschied, dass er Kaffee brauchte, wenn er sich in den nächsten vier Stunden auch nur annähernd wie ein menschliches Wesen fühlen wollte, und stolperte aus seinem Schlafzimmer und den Flur hinunter ins Wohnzimmer. Er konzentrierte sich auf die Küche und griff nach der Granitarbeitsplatte, kaum dass er sich ihr näherte. Gott sei Dank hatte das Haus offene Räume. Er griff nach der Kaffeekanne – und hielt mit der Hand in der Luft inne, als wäre er erstarrt.

Noch ein Zettel.

· · ·

Ich habe mir gedacht, dass du als Erstes sicher einen Kaffee brauchst. Drück einfach auf den Einschaltknopf. Es ist alles soweit vorbereitet.

Nachdem Dane den grünen »An«-Knopf gedrückt hatte, nahm er den zweiten Zettel und betrachtete ihn genau. Die Schrift war ein bisschen nach rechts geneigt, aber ziemlich schnörkellos. Sie sah aus wie die Handschrift eines Mannes, doch aus irgendeinem Grund wusste Dane, dass sie nicht zu einem Mann gehörte. *Wieso* hätte er nicht sagen können, aber irgendwo im Hinterkopf meinte er, sich verschwommen zu erinnern, dass die Person, die ihn heimgebracht und ihm die Nachrichten hinterlassen hatte, eine Frau gewesen war.

Er sah an sich selbst herab. Er trug Boxershorts und sonst nichts. Dane fühlte sich zum ersten Mal befangen und kratzte sich abwesend am Stumpf seines linken Armes. Er ging nicht mehr ohne Hemd ins Bett. Nie mehr. Aber hier stand er. Praktisch nackt.

Ohne zu warten, bis der Kaffee fertig war, ging Dane zurück in sein Schlafzimmer und sah sich um. Die Kleidung, die er gestern getragen hatte, war nirgends zu sehen. Scheiße. Mit einer Vorahnung ging er zu seinem Schmutzwäschekorb. Er war leer. Bis auf einen weiteren verdammten Zettel.

Dein Wäschekorb war voll und all deine Klamotten stanken nach Zigarettenrauch, also habe ich eine Maschine angestellt. Vergiss nicht, die Sachen in den Trockner zu tun, sonst fangen sie an zu schimmeln und riechen ekelig.

. . .

Die Person, die ihn nach Hause gebracht hatte, hatte auch seine Wäsche gemacht.

Es musste sich auf jeden Fall um eine Frau handeln.

Hatte sie seinen Arm gesehen?

Seine Narben?

Gott, er fühlte sich erbärmlich. Zuerst hatte er sich so betrunken, dass er zum ersten Mal seit seiner Rückkehr von der Mission, die sein Leben für immer verändert hatte, einen Blackout hatte, und nun beklagte er sich darüber, dass eine Tussi seine Narben gesehen hatte.

Verdammt! Hatte er sie gefickt? Scheiße! Hatte er ihr *wehgetan*? Hatte er sie rausgeschmissen? Kein Kondom benutzt? Er war immer vorsichtig. Immer. Tatsächlich war er, seit er verletzt wurde, mit niemandem mehr zusammen gewesen. Er hatte nicht das geringste Bedürfnis verspürt, mit jemandem zu schlafen. Hatte er durch den Rausch seine Hemmungen verloren und es geschafft, eine Frau zu verführen? Er hoffte nicht. Er war noch nie eine männliche Hure gewesen, und bei dem Gedanken drehte sich ihm der Magen um.

Dane drehte sich zum Bett und ließ den Blick über das Bett schweifen. Da war sie – eine kopfförmige Einbuchtung im Kissen auf der anderen Seite des Bettes. Auf der Seite, auf der er nie schlief. Jetzt war ihm noch schlechter als zuvor. Verdammt, verdammt, verdammt.

Er öffnete die Schublade neben seiner Seite des Bettes und sah hinein. Die Kondomschachtel, die er aus einer Laune heraus vor über zwei Monaten gekauft hatte, da Truck ihn ständig drängte, wieder in den Sattel zu steigen, lag genau dort, wo er sie zurückgelassen hatte. Ungeöffnet. Der Anblick erleichterte ihn ein wenig, obwohl es möglich war, dass er so betrunken gewesen war, dass er nicht einmal daran gedacht hatte, sich ein Kondom überzuziehen. Scheiße!

Wie in Trance ging er zur Seite des Bettes, wo offensichtlich jemand die Nacht zuvor gelegen hatte, und nahm das Kissen auf. Er hielt es sich ans Gesicht und atmete ein.

Der Kokosduft drang ihm in die Nase und Dane spürte, wie sein Schwanz in den Boxershorts zuckte. Er hob den Kopf und schaute ungläubig an sich herunter. Mit einem höllischen Kater – sein Kopf fühlte sich an, als hämmerte jemand von innen darauf ein – und mit rebellierendem Magen fand er es fast unglaublich, dass der Geruch einer Frau auf seinem Kissen ihm immer noch einen Ständer bescheren konnte. Er hob das Kissen erneut an sein Gesicht und atmete den Geruch ein, der ihn an den Strand erinnerte ... an Sonnencreme und Frauen.

Smalls.

Der Name schoss ihm ins Gehirn, als hätte ihn der Geruch der Kokosnuss heraufbeschworen. Er wusste nichts über sie, er kannte nur ihren Geruch und den Spitznamen, den er ihr gegeben hatte, aber Dane wusste ohne Zweifel, dass die Frau, die seine Wäsche gewaschen, seinen Kaffee vorgekocht und ihm Alka-Seltzer-Tabletten gegen den Kater hinterlassen hatte – und ihm zum ersten Mal seit Ewigkeiten einen Ständer verpasst hatte –, ein und dieselbe war.

Er hatte plötzlich die Vision einer Frau mit braunen Haaren, die neben ihm auf dem Bett lag. Sie war vollständig angezogen und er roch an ihrem Haar. Er entspannte sich ein wenig. Er war immer noch nicht sicher, aber er hatte das Gefühl, dass sie keinen Sex gehabt hatten. Er seufzte erleichtert und ein wenig enttäuscht. Was beschissen war; auf *keinen* Fall wollte er jemals mit einer Frau schlafen und sich nicht daran erinnern. Irgendwie wusste er jedoch bis ins Mark, dass es einfach unglaublich sein würde, mit dieser geheimnisvollen Frau zu schlafen.

Dane ließ das Kissen auf das Bett fallen, ging zurück in den Flur und öffnete die Tür zur Garage. Nach allem anderen war er nicht allzu überrascht, dass Miss May dort war, und er ging um seinen Pritschenwagen herum, um nach Schäden zu suchen. Er fand keine. Es klebte jedoch *noch* ein Zettel am Fenster der Fahrerseite.

Miss May ist in Sicherheit. Alles in Ordnung.

Er lächelte. Sie war lustig. Er hatte keine Ahnung, ob sie versuchte, witzig zu sein, als sie die Notiz geschrieben hatte, aber es war offensichtlich, dass sie irgendwann ein Gespräch über den Spitznamen für seinen Wagen geführt hatten. Er hatte sich noch nie mit einer Frau verabredet oder überhaupt eine kennengelernt, die freiwillig einen lächerlichen, von einem Mann erdachten Spitznamen für seinen Wagen benutzte.

Dane öffnete die Tür auf der Fahrerseite und starrte auf den Sitz. Er war ganz nach vorne geschoben, in dieser Position würde er auf keinen Fall hinter das Lenkrad passen. Er nickte zufrieden. Er war also nicht selbst nach Hause gefahren. Gott sei Dank.

Smalls.

Der Name, der ihm im Kopf herumschwirrte, ergab jetzt viel mehr Sinn. Wenn man von der Position seines Sitzes ausging, dann war sie wahrscheinlich nur wenige Zentimeter über ein Meter fünfzig ... wenn überhaupt.

Eine Vision einer zierlichen Frau schwebte an den Rändern seines Bewusstseins. Er beschloss, es nicht zu übertreiben – er würde sich hoffentlich daran erinnern, wenn er es am wenigsten erwartete –, und ging wieder hinein. Er goss sich eine Tasse Kaffee ein, lächelte darüber, wie stark Smalls ihn gemacht hatte, und ging in seine winzige Waschküche. Er räumte seine Wäsche wie befohlen von der Waschmaschine in den Trockner und schaltete ihn ein.

Erst gegen zwei Uhr nachmittags begann er, sich endlich wieder wie ein Mensch zu fühlen. Die Frau hatte recht, das Alka-Seltzer hatte einen großen Beitrag dazu geleistet, dass er sich besser fühlte. Das und der Kaffee und schließlich die selbstgemachte Pasta zum Mittagessen. Wie zum Teufel er dreißig Jahre lang nichts von der magischen Katerkur Alka-Seltzer hatte wissen können war ihm unbegreiflich.

Die Entscheidung, Spaghetti zu essen, ließ ihn an die Frau aus dem Lebensmittelladen und ihre Auseinandersetzung denken. Obwohl er sich darüber geärgert hatte, dass sie ihm gefolgt war, fand er es irgendwie süß, wie sie ihm Fakten über Kohlenhydrate und seine Essgewohnheiten präsentiert hatte. Dann erinnerte er sich auch an die Worte, die er ihr an den Kopf geworfen hatte. Dane wusste, dass er sich verletzlich und paranoid vorgekommen war, als er ihr begegnet war, aber das machte die Worte, mit denen er sie verletzt hatte, nicht weniger schlimm.

Die Erinnerung an das Gespräch, das sie vor dem Pfannkuchenregal geführt hatten, wo sie ihm ihren Namen verraten hatte, damit er sich wohler fühlte, brachte ihn dazu, sich an die mysteriöse Frau von der vergangenen Nacht zu erinnern – die ihm *ebenfalls* gesagt hatte, dass ihr Name Bryn wäre.

Bryn war ein ungewöhnlicher Name. Es war fast unmöglich, dass es zwei Frauen gab, die er während der letzten

Woche in der kleinen Stadt Rathdrum getroffen hatte, die den gleichen Namen trugen.

Es genügte, sich an ihren Namen zu erinnern. Alle Puzzleteile der Nacht davor kamen zusammen, als wären sie nicht seit einigen Stunden hinter einer alkoholischen Betäubung versteckt gewesen.

Bryn Hartwell. Die Frau, die in der Kneipe aufgetaucht war, ihn nach Hause gefahren hatte, seinen Stumpf so zärtlich – mit Faszination statt Ekel – untersucht und die ihr Hemd hochgehalten hatte, damit er ihre Titten untersuchen konnte – weil es nur fair war –, war genau dieselbe Frau, die er als Freak bezeichnet und beschuldigt hatte, ihn zu stalken.

Dane war sich nicht sicher, was er denken sollte. Es fiel ihm schwer zu verstehen, warum sie sich gestern Abend auf diese Weise um ihn gekümmert hatte, besonders die Peepshow, die sie ihm freiwillig geboten hatte, wo er doch so ein Arsch zu ihr gewesen war.

Bevor er ihre Handlungen analysieren und versuchen konnte, sie zu verstehen, klingelte sein Telefon. Dankbar für die Ablenkung sah Dane auf das Display. Es war Truck und er nahm das Gespräch schnell an.

»Hey, Truck.«

»Dane. Wie geht es dir? Und deiner Stalkerin?«

»Ich schwöre, manchmal bist du mir unheimlich.«

»Inwiefern?«

»Ich habe gerade an sie gedacht und da rufst du an und erkundigst dich nach ihr. Unglaublich.«

»Ja, das bin ich. Richtig gruselig. Warum musstest du an sie denken? Als wir uns das letzte Mal unterhalten haben, hast du gesagt, dass sie ihren Job gekündigt hat, damit du weiterhin dort einkaufen kannst, ohne ein schlechtes

Gefühl zu haben. Hat sie es sich doch anders überlegt? Ist sie noch immer da?«

»Nein. Aber ich habe sie letzte Nacht gesehen.«

»Wo?«

Dane seufzte. »Ich war gestern Abend in einer Kneipe hier im Ort, komplett betrunken, und sie ist aufgetaucht und hat mich nach Hause gefahren.« Am anderen Ende der Leitung herrschte komplette Stille. »Hallo? Truck? Bist du noch da?«

»Und ist mit dir alles in Ordnung?«

Es war klar, dass Truck sich nicht auf die Tatsache konzentrierte, dass seine kleine Stalkerin ihn offensichtlich gefunden und nach Hause gebracht hatte. Er fragte nicht, was sie gemacht hatten, ob er mit ihr geschlafen hatte oder nicht. Trucks einzige Sorge galt der Tatsache, dass er betrunken gewesen war. Er hatte vielleicht einen rauen Kern, doch wenn es ums Ganze ging, zeigte sich immer wieder, was für ein guter Freund er war. »Es geht mir gut. Und nein, ich bin kein Alkoholiker. Es war einfach nur eine schlechte Entscheidung, die ich auf nüchternen Magen getroffen habe. Als ich anfing, schien es eine gute Idee zu sein. Aber glaub mir eins, heute Morgen war mir klar, was für eine verdammt schlechte Entscheidung es wirklich gewesen war. Aber es geht mir gut. Es gibt keinen Grund einzuschreiten.«

»Gut. Und jetzt erzähl mir von dem Mädchen.«

Dane lachte. *Das* war die Reaktion, die er gleich zu Anfang erwartet hatte. Dann wurde er ernst. Er konnte tatsächlich jemanden gebrauchen, der ihm half, das Ganze zu verstehen, und Truck war immer ausgesprochen objektiv. »Die Sache ist die, Mann, ich war total sauer, als ich herausgefunden habe, was sie im Lebensmittelladen getan hat. Ich fühlte mich in die Ecke gedrängt, als könnte man mir am

Gesicht ablesen, dass ich nur ein weiterer Soldat mit Posttraumatischer Belastungsstörung bin, der nicht einmal durch einen ganz normalen Laden gehen kann, ohne auszuflippen. Du weißt ja, was ich zu ihr gesagt habe.«

»Ja, du hast gesagt, sie sei ein Freak.«

Dane zuckte zusammen. Jetzt klang es um ein Vielfaches schlimmer, da er sich an letzte Nacht erinnerte und daran, wie sehr er Bryns Gesellschaft genossen hatte. »Das habe ich. Und ich habe mich deswegen auch schlecht gefühlt, aber ich dachte, was getan ist, ist getan. Und dann ist sie letzte Nacht aufgetaucht. Und es schien ihr überhaupt nichts auszumachen, dass ich nicht mal meine Prothese angelegt hatte. Ich hasse es, dieses Ding zu tragen. Es fühlt sich merkwürdig an und sieht scheiße aus. Und es war ihr auch egal, dass meine Unterschrift wie die eines Erstklässlers aussieht, weil ich immer noch nicht gelernt habe, mit meiner rechten Hand zu schreiben. Sie kann einen Wagen mit Gangschaltung fahren. Und so wie sie ...«

Dane beendete den Satz nicht, weil er sich nicht ganz sicher war, ob er in allen Einzelheiten erzählen wollte, wie sie seinen Arm untersucht hatte und wie er sich dabei gefühlt hatte.

»Hast du mit ihr geschlafen?«

»Nein.«

»Aber das willst du«, folgerte Truck korrekt.

»Nein«, behauptete Dane sofort, lachte dann schnaubend und gab zu: »Vielleicht.«

»Also pass mal auf, ich weiß ja nicht, was vorgefallen ist, aber es ist ziemlich offensichtlich, zumindest für mich, dass sie dich mag. Frauen zeigen ihre Zuneigung auf verschiedene Arten. Manche ignorieren dich völlig und gehen dabei sogar so weit, dass sie so tun, als wärt ihr nicht einmal im gleichen Raum. Oder sie beginnen ständig Streit mit dir, weil sie nicht verstehen, was für Gefühle du in ihnen wachrufst oder wie sie damit umgehen sollen. Andere sagen dir geradeheraus, dass sie Interesse an dir haben. Du musst einfach nur lernen, die Signale zu erkennen.«

»Wenn sie nervös ist, fängt sie an, mit irgendwelchen Fakten um sich zu werfen, und sie nimmt alles ausgesprochen wörtlich.«

»Was sonst noch?«

Dane dachte über die Nacht zuvor nach. »Sie ist selbstlos und großzügig.« Er erinnerte sich daran, dass sie auf der Kreditkartenabrechnung ein großzügiges Trinkgeld von zwanzig Prozent hinterlassen hatte. Er hatte den Beleg in seiner Brieftasche gefunden, die sie auf dem Nachttisch in seinem Schlafzimmer gelassen hatte.

»Glaubst du, sie spielt nur mit dir? Dass sie vorhat, dich auszunutzen?«

»Ich weiß es nicht, aber es gibt nichts, das ich ihr geben könnte.«

»Also das ist jetzt aber wirklich Blödsinn. Ich hoffe wirklich, dass du nicht von deiner fehlenden Hand sprichst. Sonst muss ich rüberkommen und dir ein wenig Verstand einbläuen. Ich habe nicht fast eine Stunde meines Lebens damit verbracht, deine verdammte Arterie zwischen meinen Fingern zu halten, damit du zu einem griesgrämigen, weinerlichen Einzelgänger wirst, der denkt, dass ihn niemand jemals mögen wird, weil er eine kleine Narbe hat.«

Dane lachte laut los. »Klein?«

»Okay, dann eben eine große Narbe.«

Dane hatte keine Ahnung, wie Truck zu *seiner* Narbe im Gesicht gekommen war – oder wie er darüber empfand. Die Narbe zog eine Gesichtshälfte nach unten, sodass er immer wütend aussah, was ihn zusammen mit seiner enormen Größe zu einem ausgesprochen furchterregenden Typen machte. Aber eine fehlende Hand war etwas anderes als eine Narbe. Er würde sich nicht mit Truck vergleichen. Das würde er niemals wagen, doch er nahm an, dass der Mann einen Teil dessen verstand, was in seinem Kopf vorging. Er sagte mit gesenkter Stimme: »Nein, Truck, so empfinde ich nicht. Smalls ist aber ebenso ... direkt. Es ist fast so, als würde sie nicht erst darüber nachdenken, sondern einfach sagen, was sie denkt. Es hat ihr nichts ausgemacht, meinen Stumpf zu betrachten. Verdammt, sie schien sogar lebhaftes Interesse daran zu haben, im klinischen Sinne, dass sie ihn von Nahem studieren konnte. Zum ersten Mal, seit es passiert ist, habe ich mich vor einer Frau nicht weniger als Mann gefühlt.«

»Smalls?«

»Ja. In meinem Suff gestern Abend habe ich sie so getauft. Sie ist nur ungefähr einen Meter fünfzig groß und wiegt ungefähr so viel wie unsere Rucksäcke damals in der Wüste.«

»Nimm meinen Rat an«, sagte Truck in ernstem Ton zu Dane. »Lerne sie besser kennen. *Ohne* dass Alkohol im Spiel ist. Eine Frau, die sagt, was sie denkt, ist wie ein Geschenk. Du musst nicht erst raten, was sie empfindet, oder dir überlegen, was sie dir wirklich mitteilen will, wenn sie mit ›gut‹ oder ›okay‹ antwortet, wenn du sie fragst, wie sie sich fühlt. Ich kann dir nämlich mit hundertprozentiger Sicherheit sagen, dass eine Frau, die behauptet, alles sei ›okay‹, ganz und gar nicht glücklich ist. Aber herausfinden zu müssen, ob sie Kopfschmerzen hat oder gerade eine Operation hinter sich gebracht hat und sich so fühlt, als würden ihr die Eingeweide mit einer Pinzette herausgezogen werden, ist eine der schwersten Sachen, die man lernen muss, wenn man mit einer Frau zusammen ist. Wie es aussieht, tut deine Smalls alles, um dir das Leben einfacher zu machen.

Zumindest kannst du dich dafür bedanken, dass sie gestern Abend deinen Hintern unbeschadet nach Hause gebracht hat.«

»Du hast recht.«

»Natürlich habe ich recht.«

»Du bist ein Esel«, erklärte Dane, der sich jetzt wieder besser fühlte, da sie zu einem normalen Gespräch überwechselten und nicht mehr über Liebe und Gefühle redeten, mit denen er sich nicht so gut auskannte.

»Im Ernst, Dane. Finde sie. Finde heraus, was du bei Tag für sie empfindest. Vielleicht *ist* sie ein Freak. Vielleicht bist *du* ihr egal und sie versucht einfach nur, etwas Gutes zu tun, oder vielleicht ist sie eine Ametolatistin.«

»Will ich wissen, was das ist?«, fragte Dane vorsichtig.

»Das ist jemand, der von Amputierten sexuell erregt wird. Es ist ein Fetisch.«

Darauf wusste Dane nichts zu sagen. Er hatte eigentlich nicht das Gefühl, dass Bryn sich zu ihm hingezogen fühlte, weil ihm ein Teil seines Armes fehlte, aber um ehrlich zu sein, wusste er es nicht genau. Die Tatsache, dass es da draußen Menschen gab, die tatsächlich sexuell von Amputierten erregt wurden, verunsicherte ihn ein wenig. Jetzt gab es noch eine Sache, um die er sich Sorgen machen musste, wenn es um Beziehungen ging.

»Ich will damit sagen, dass du sie besser kennenlernen solltest. Du wirst es schon noch früh genug herausfinden. Schließlich bist du ein schlauer Kerl.«

»Danke.«

»Gern geschehen«, erwiderte Truck sofort. »Jetzt muss ich aber auflegen. Ich hole Mary gleich von ihrem Arzttermin ab.«

»Und was ist das mit euch beiden?«, wollte Dane wissen.

»Es ist kompliziert«, lautete Trucks äußerst informative Antwort.

»Hört sich auch so an.«

»Aber eins kann ich dir sagen ... Sie ist es wert. Sie ist jeden Moment Wert, den ich mir über sie Sorgen gemacht habe, und auch jede Sekunde, in der sie mir Kopfschmerzen bereitet hat.«

»Seid ihr jetzt zusammen?«, fragte Dane. »Ich meine, soweit ich mich erinnere, warst du nicht gerade ihr Lieblingsmensch.«

»Mary ist kompliziert«, entgegnete Truck. »Sie hatte ein hartes Leben. Extrem hart. Und dadurch hat sie gelernt, niemandem vollkommen zu vertrauen.«

»Ich dachte, sie vertraut Rayne.«

»Tut sie auch. Bis zu einem gewissen Punkt. Aber ich glaube, tief in ihr gibt es einen Teil, der nur darauf wartet, dass auch Rayne sie enttäuscht. Also tut sie das, was sie ihr ganzes Leben lang getan hat. Sie schließt Leute aus allen wichtigen Entscheidungen und Entwicklungen in ihrem Leben aus, damit sie hinterher nicht enttäuscht ist.«

»Rayne wird das wahrscheinlich nicht toll finden.«

»Ich weiß. Aber ihr gilt nicht mein Hauptaugenmerk. Das gilt Mary. Ich arbeite daran, ihr Vertrauen zu gewinnen. Sie soll wissen, dass ich zu dem stehe, was ich verspreche.«

»Viel Glück, Mann«, erklärte Dane.

»Danke. Doch das habe ich nicht nötig. Mit dieser Frau und ihrem Dickkopf kann ich es jederzeit aufnehmen. Sie bedeutet mir viel und ich lasse nicht zu, dass sie mich einfach ausschließt. Ich kann ihr helfen, und zwar bei ihren jetzigen *und* bei ihren früheren Problemen. Aber genug von mir. Halte mich auf dem Laufenden, was deine Smalls angeht. Du weißt, dass wir für dich da sind, wenn du uns brauchst.«

»Das werde ich und ich weiß es zu schätzen, dass ihr für mich da seid. Bitte grüße die anderen von mir.« Dane hatte in letzter Zeit nicht viel mit dem Rest des Teams gesprochen, wusste sie aber trotzdem alle zu schätzen. Nach der ganzen Geschichte mit Kassie war er nur fester mit ihnen zusammengewachsen. Es fühlte sich gut an. Richtig gut.

»Das mache ich. Ich wollte dir auch noch sagen ... die Jungs und ich haben darüber geredet, in naher Zukunft einen Ausflug in den Nordwesten von Idaho zu machen.«

»Im Ernst?«

»Im Ernst.«

»Das wird auch langsam Zeit. Ich würde euch alle wahnsinnig gern wiedersehen ... Du weißt schon, mal ohne, dass Freundinnen entführt werden und wir uns um die Arschlöcher von Ex-Freunden und ihre zwielichtigen Gesellen kümmern müssen.«

Truck lachte leise. »Ich sorge dafür, dass wir es auch tatsächlich tun. Und Dane?«

»Ja?«

»Du kannst dich darauf gefasst machen, dass dir mit deinem Mädchen einiges bevorsteht. Wenn du ihr nämlich schon einen Spitznamen gegeben hast, ist sie dir nicht mehr egal.«

»Bis später, Truck.« Dane machte sich nicht die Mühe, dem anderen Mann zu widersprechen. Schließlich würde der denken, was immer er wollte, ganz egal, ob Dane ihm widersprach oder nicht.

»Bis später.«

Dane schaltete das Telefon aus und trommelte mit den Fingern auf den Küchentresen. Er freute sich auf Truck und die anderen, die zu Besuch kommen wollten, aber im Moment hatte er Wichtigeres im Kopf. Er erinnerte sich daran, wie er den Rand ihres BHs mit dem Finger nachgezeichnet hatte, wie ihre kleinen Brustwarzen sich aufgestellt hatten, ohne dass er sie auch nur berührt hatte ... und den Blick von Überraschung und Verwirrung auf Bryns Gesicht, als sie bemerkte, wie ihr Körper auf ihn reagierte.

Sie war durch ihre Reaktion auf ihn verwirrt gewesen, und es war diese Unschuld, diese kleine Unsicherheit, die sie durchscheinen ließ, die ihm die Entscheidung an diesem Nachmittag leicht machte. Er wollte sie kennenlernen. Wollte alles über sie erfahren. Warum sie ein wandelndes Lexikon zu sein schien. Woher sie genau wusste, was er im Lebensmittelladen brauchte, um sich wohlzufühlen. Warum sie gekündigt hatte.

Er hatte keine Ahnung, wo sie wohnte oder was sie beruflich machte, aber wenn sie ihn gestern Abend in *Smokey's Bar* gefunden hatte, konnte er sie sicher ebenfalls finden. Er war schließlich nicht einen Großteil seines Lebens ein Delta Force-Soldat gewesen, um jetzt zu versagen. Rathdrum war nicht so groß ... wenn Bryn in der Kleinstadt arbeitete, würde er sie finden.

Dane schob den Hocker neben seiner Küchentheke weg und ging in sein Schlafzimmer. Er musste sich umziehen, seine Prothese anlegen und in die Stadt fahren. Er hatte ein paar Fragen an Bryn Hartwell und er empfand zum ersten Mal seit einer Ewigkeit Vorfreude. Er würde ein für alle Mal herausfinden, was sie vorhatte. Und vielleicht, nur vielleicht, würde er eine zweite Chance bekommen, ihren köstlichen Körper zu sehen und zu berühren.

Ein Mann durfte ja wohl hoffen.

KAPITEL FÜNF

Bryn schob ihren Wagen durch die Bücherei von Rathdrum und versuchte, nicht mehr an die vorangegangene Nacht zu denken. Es war eine aufregende Nacht gewesen, eine, die ihr Leben für immer verändert hatte, und sie wusste, dass sie sie niemals vergessen würde, selbst wenn Dane sich nicht mehr daran erinnerte. Es hatte sich so gut angefühlt, sich um ihn zu kümmern, genau wie die Tatsache, dass er ihr vertraut hatte. Nach dem langen Spaziergang zurück zur Kneipe war sie um halb sechs nach Hause gekommen. Sie hatte drei Stunden geschlafen und dann ihre Schicht angetreten.

Sie hatte noch nie viel Schlaf gebraucht. Selbst als sie noch klein war, war sie zur rechten Zeit in ihr Zimmer gegangen, doch sie war immer lange aufgeblieben, hatte gelesen, Matheaufgaben gelöst oder im Internet gesurft, um ihren unersättlichen Drang nach Wissen zu stillen. Normalerweise brauchte sie rund vier Stunden Schlaf, aber wenn nötig, kam sie auch mit zwei oder drei aus.

Ihre Eltern hatten kein Problem damit gehabt, sie mit neun Jahren in ein Internat zu schicken. Bryn wusste, dass sie sie auf ihre Art liebten, und ihre Art bestand darin, ihr zum Geburtstag und zu Weihnachten Geld zu schicken. Dabei wünschte Bryn sich von ihren Eltern eigentlich nichts weiter als deren Zuneigung ... aber das war etwas, das zu geben sie nicht verstanden.

Selbst heute war ihre Beziehung zu ihren Eltern distanziert. Sie riefen einander zwar an den Geburtstagen an und schickten sich gegenseitig Weihnachtskarten, hatten sich aber seit Jahren nicht mehr gesehen. Mittlerweile hatte Bryn die Hoffnung aufgegeben, jemals mehr als distanziertes Interesse von ihnen zu erfahren.

Sie schüttelte den Kopf, um die deprimierenden Gedanken an ihre Familie zu verdrängen, und wandte die Aufmerksamkeit stattdessen den Büchern zu, die sie in die Regale einsortieren musste. In der öffentlichen Bücherei zu arbeiten war nicht gerade ihr Traumberuf, aber es erlaubte ihr, ihren Lebensunterhalt zu verdienen, und sorgte außerdem dafür, dass sie sich mehr als normale Person empfand. Als sie einundzwanzig war, hatte sie versucht, in einem Labor zu arbeiten, hatte sich aber schnell gelangweilt. Die meisten Menschen würden wahrscheinlich nicht verstehen, wenn sie zu erklären versuchte, warum ein Job als Wissenschaftlerin hinter einem Mikroskop und mit vielen Berechnungen sie langweilte, aber so war es eben gewesen.

Bryn wollte so sein wie alle anderen. Über fortgeschrittene Quantenphysik zu sprechen und Matheaufgaben ohne Zahlen zu lösen, hatte sie zu einer Außenseiterin gemacht.

Also war der Job in der Bücherei, bei dem sie die zurückgebrachten Bücher wieder in ihre Regale einsortieren musste, erstmal perfekt ... zumindest vorläufig. Außerdem hatte sie Zugang zu so vielen Büchern, wie sie wollte, und wenn sie sich manchmal dafür interessierte, wie das Stromnetz in ihrer Wohnung verkabelt war oder wie man den Müllzerkleinerer auseinander- und wieder zusammenbaute, konnte sie diese Informationen ihrem allzu klugen Gehirn zukommen lassen, ohne dass jemand etwas davon mitbekam.

Sie nahm das nächste Buch und betrachtete den Titel. *Die Gefahren von Düngemitteln*. Sie rümpfte die Nase ... sie wusste, dass man unter Zuhilfenahme von Düngemitteln Bomben bauen konnte, aber ihr war nicht klar, inwieweit sie sonst gefährlich waren. Sie blätterte das Buch durch und ihr wurde klar, dass sich darin tatsächlich ein Kapitel befand, in dem beschrieben wurde, wie man mit Mitteln aus dem Dünger, der überall frei verkäuflich war, eine Bombe basteln konnte. Aber vielleicht noch alarmierender war die Tatsache, dass am Rand des Buches Notizen gemacht worden waren ... und zwar genau in jenem Kapitel.

Bryn erstarrte einen Moment lang und biss sich auf die Unterlippe. Sie wusste nicht, was sie tun sollte. Auf keinen Fall wollte sie jemanden bezichtigen, etwas Illegales vorzuhaben. Vielleicht war die Person ja, genau wie sie, einfach nur daran interessiert, wie die Dinge funktionierten.

Unentschlossen ließ sie das Buch sinken und widmete sich einem anderen Stapel. Sie würde das hier erst erledigen und sich dann wieder dem Buch über Dünger zuwenden. Als sie ein Paar sah, das sich auf dem Einband eines Buches im Arm hielt, atmete sie erleichtert auf, weil es sich nicht um ein Buch handelte, in dem es darum ging, wie man eine Bombe herstellte oder etwas ähnlich Alarmierendes. Sie hatte das Konzept von Liebesromanen nie verstanden, sie waren einfach nicht realistisch, aber sie verstand, warum so viele Frauen sie trotzdem lasen. In der Bücherei gingen ständig Anfragen nach bestimmten Autorinnen ein und Bryn musste die Regale mit den Liebesromanen ständig neu auffüllen.

Nachdem sie eine Stunde damit verbracht hatte, die ausgeliehenen Liebesromane wieder einzuräumen, nahm sie sich den nächsten Stapel vor. Haus und Garten. Sie schob ihren Wagen in die entsprechende Abteilung und drehte das Buch um, um nachzusehen, um welchen Titel es sich handelte. *Entwirf und baue deinen eigenen Bunker für den Weltuntergang.*

Als Bryn den Titel sah, dachte sie als Erstes: wie cool. Ein Buch wie dieses hatte in diesem Teil Idahos nicht gerade Seltenheitswert. Sie selbst hatte noch nicht viel über dieses Thema nachgedacht. Bryn sah sich nach der Chefbibliothekarin um, um sicherzugehen, dass diese sie nicht dabei erwischte, wie sie ihre Zeit vertrödelte, und blätterte durch das Buch. Es gab Diagramme, wie weit man in die Tiefe graben musste, je nachdem, wie viele Menschen Platz darin finden sollten, es wurde beschrieben, wie man an Frischwasser gelangte und was man mit den Exkrementen anstellte, während man sich im Bunker aufhielt.

Sie wollte das Buch gerade wieder schließen und an seinen Platz stellen, als die Handschrift am Rand der Seite ihre Aufmerksamkeit auf sich zog.

Um einige Abschnitte herum hatte jemand Pfeile gemacht und es gab auch eine Einkaufsliste. Doch es war das Wort *Düngemittellager*, das auf den Rand einer Illustration eines Beispielbunkers gekritzelt worden war und von dem aus ein Pfeil auf einen kleinen Teil des Bunkers zeigte. Noch dazu war die Handschrift ähnlich wie die in dem Buch über die Düngemittel.

Das war zu auffällig, als dass Bryn es als Zufall abtun konnte.

Außerdem war sie jetzt neugierig und wenn sie

neugierig war, konnte sie die Sache nicht einfach fallen lassen. Während ihrer Jugend hatte das ihre Mutter zur Weißglut getrieben. Wenn etwas ihr Interesse geweckt hatte, musste sie es mit eigenen Ohren hören, mit eigenen Augen sehen oder es selbst erleben. Als sie erst fünf war, hatte sie eine Zeichnung im Lehrbuch einer Highschool-Schülerin gesehen und deren Unterhaltung darüber mit angehört, wie ekelhaft es wäre, und daraufhin hatte sie ihre Mutter so lange angebettelt, genervt und angefleht, einen Frosch sezieren zu dürfen, bis diese es ihr erlaubt hatte ... wenn auch nur, um Bryn eine Lektion zu erteilen.

Nachdem ihre Mutter dem Biologielehrer an der Highschool erklärt hatte, wie intelligent und wissensdurstig Bryn war, hatte auch er sich bereit erklärt, ihr zu helfen. Doch anstatt ein traumatisches Erlebnis oder eine Abschreckung für Bryn darzustellen, hatte die junge Bryn sich nach Unterrichtsende noch zwei Stunden lang mit Mr. Adams prächtig unterhalten. Sie erinnerte sich noch heute an den Tag – und es war ein Beweis für Bryns Mutter gewesen, dass es besser war nachzugeben, wenn Bryns Wissensdurst sich gemeldet hatte, da man sie sowieso nicht davon abbringen konnte.

Als sie jetzt also das Buch über die Düngemittel und das über die Bunker mit den Bemerkungen am Rand gesehen hatte, wollte Bryn unbedingt wissen, wer sie sich ausgeliehen hatte, warum, was derjenige vorhatte, wer sonst noch in die Sache involviert war und wie und wo sie diesen Bunker bauen wollten, in dem der Dünger gelagert werden sollte.

»Bist du fertig, Bryn?«

Sie wäre vor Schreck fast aus der Haut gefahren, doch es gelang ihr, das Buch ganz ruhig mit dem Titel nach unten auf den Wagen zu legen und sich zu der Bibliothekarin umzudrehen.

»Ja, Ma'am. Ich habe nur noch ein paar Bücher.«

»Gut. Die Vorlesestunde ist gerade vorbei und der Kinderbereich ein komplettes Chaos. Könntest du bitte helfen, dort die Bücher aufzuräumen?«

Bryn nickte. »Natürlich.«

»Vielen Dank. Ich weiß es zu schätzen.«

Bryn sah der älteren matronenhaften Frau nach und seufzte. Sie wollte über niemanden schlecht denken, aber Rosie Peterman war die typische Bibliothekarin. Wahrscheinlich erst in den Mittvierzigern, sah sie gut und gern zehn Jahre älter aus. Ihr Haar begann am Ansatz zu ergrauen und sie trug es normalerweise zu einem Dutt gebunden im Nacken. Sie war durchschnittlich groß und kleidete sich in Sachen, die besser zu einer Sechzigjährigen gepasst hätten.

Aber am schlimmsten war, dass sie allein lebte und fünf oder sechs – Bryn konnte sich die genaue Zahl nie merken – Katzen hatte. Dabei war es nicht die Tatsache, dass sie allein lebte, die Bryn am meisten störte, sondern der Gedanke, dass sie selbst auch einmal wie diese Bibliothekarin enden würde. Einsam. Vom Rest der Gesellschaft ausgegrenzt, unfähig, sich einzufügen.

Als sie sich auf den Weg zur Kinderabteilung machte, dachte Bryn an Dane. Er hatte sie einen Freak genannt, aber in der vergangenen Nacht schien es ihm nichts ausgemacht zu haben, dass sie merkwürdig war. Ja, er war betrunken gewesen, aber er war nicht aggressiv, wenn er betrunken war, und das war in Bryns Augen schon mal viel wert. Sie hatte zu viele Männer gesehen, die wütend und aggressiv wurden, wenn sie etwas getrunken hatten. Nicht so Dane. Er war witzig und albern und hatte dafür gesorgt, dass sie sich zum ersten Mal in ihrem Leben wie eine Frau gefühlt hatte. Er hatte nicht Bryn Hartwell, die unglaublich intelligente

Außenseiterin gesehen. Er hatte sich so verhalten, als genösse er ihre Gesellschaft, und wenn Bryn die Augen schloss, sah sie sein Lächeln, als kannte sie es schon ihr ganzes Leben lang.

Gedanken an Dane und seine Verlegenheit über seine unsaubere Unterschrift ließen sie an seine fehlende Hand denken, und das brachte sie wiederum dazu, mehr über Amputationen und alles, was dahintersteckte, erfahren zu wollen. Bryn war entschlossen, die Kinderabteilung so schnell wie möglich wieder auf Vordermann zu bringen, damit sie noch Zeit hatte, mehr über Amputationen herauszufinden, bevor ihre Schicht vorbei war. Sie legte die beiden Bücher über Düngemittel und Bunker ganz unten auf den Stapel der Bücher, die noch eingeräumt werden mussten. Sie würde sich später darum kümmern. Im Moment waren ihr Dane und seine fehlende Hand wichtiger.

Der Rest ihrer Schicht verging ohne große Zwischenfälle und Bryn fand drei Bücher über Amputierte in den Regalen der Bücherei. Sie lieh sie sich aus, als ihre Schicht zu Ende war, und ging schnell zu ihrem Wagen.

Draußen auf dem Parkplatz achtete sie nicht darauf, wo sie hinging, stattdessen blätterte sie durch die Seiten eines der Bücher, da sie es nicht erwarten konnte herauszufinden, was Dane durchmachte und wie es sich wohl anfühlte, einen Teil seines Armes nicht mehr zu haben. Und so bemerkte Bryn den Wagen nicht, der eine Vollbremsung hinlegte, um sie nicht rückwärts zu überfahren. Sie hatte auch keine Ahnung, dass ein Mann an seinen Pritschenwagen gelehnt dastand und sie interessiert beobachtete. Er hatte die Arme vor der Brust verschränkt und die Beine an den Knöcheln überkreuzt.

Sie bemerkte nicht, wie er sich vom Wagen abdrückte

und auf sie zukam, sonst wäre sie vielleicht besser auf das vorbereitet gewesen, was als Nächstes geschah.

»Ha, wenn das nicht das schwer zu findende Mädchen aus dem Lebensmittelladen ist.«

Bryn kreischte überrascht auf, als die Stimme so nahe an ihr ertönte, und sie hätte fast das Buch fallen gelassen, in dem sie gelesen hatte. Sie sah hoch und ihre Augen wurden groß, als sie Dane Munroe sah, der neben ihr herging, während sie zu ihrem Wagen unterwegs war. Einen Moment lang war sie sprachlos, doch sie erholte sich schnell und erwiderte abwehrend: »Ich wusste nicht, dass du hier bist. Ich verfolge dich nicht.«

»Ich weiß.«

Als er nicht weitersprach, machte Bryn halt und starrte ihn an.

Sie zuckte zusammen, als er nach ihrem Oberarm griff und sie von der Mitte des Parkplatzes wegführte, sodass die Autos an ihnen vorbeikamen. Heute trug Dane Jeans, die gleichen Stiefel, die er gestern Abend angehabt hatte, und ein langärmeliges, dunkellila Hemd aus Flanell. Bryn sah auch, dass er seine Prothese trug. Die drei hakenähnlichen Anhänge, die als Daumen und zwei Finger dienten, hingen unbewegt an seiner Seite und lugten unter dem Hemd hervor.

»Aber im Ernst«, erklärte Bryn ihm, während sie brav an seiner Seite blieb, als er sie in einen Bereich führte, wo sie nicht im Weg waren, »ich arbeite hier. Normalerweise von neun bis ungefähr fünf. Ich wusste nicht, dass du hier sein würdest. Diesen Job kann ich nicht aufgeben, denn damit bezahle ich meine Miete und meine Lebensmittel und solche Sachen. Ich finde wahrscheinlich einen anderen Job, aber das kann eine Weile dauern. Und wenn ich bis nach Post Falls oder Coeur d'Alene muss, macht mein Wagen das vielleicht nicht mit und ich strande irgendwo ... und das wäre schlecht. Also möchte ich –«

»Ich weiß, dass du mich nicht verfolgst«, unterbrach Dane sie, »weil diesmal ich es bin, der dich verfolgt hat.«

Bryn blieb stockstill stehen und sah ungläubig zu Dane auf. Sie wusste nicht, was sie sagen sollte. Schließlich brachte sie hervor: »Du bist mir gefolgt?«

»Ja. Gibt es da etwas, was du mir gern sagen würdest?«

Bryn sah sich um und hoffte, jemand würde sie aus diesem extrem ungemütlichen Gespräch retten. Als ihr klar war, dass Dane und sie allein waren, sah sie schließlich wieder zu ihm auf, biss sich auf die Unterlippe und schluckte dann. »Die Sache im Lebensmittelladen tut mir leid?« Es war mehr eine Frage als eine Feststellung.

»Eigentlich bin ich es, der sich bei dir entschuldigen muss. Du hast mich überrascht und damit kann ich nicht gut umgehen. Jetzt ist mir klar, dass du mir geholfen hast, und ich hätte dir danken sollen, anstatt dir das Gefühl zu geben, dort aufhören zu müssen.«

Bryn starrte Dane mit offenem Mund an.

Er lachte, legte ihr einen Finger unter das Kinn und klappte ihren Mund zu, wobei er gleichzeitig ihren Kopf anhob, sodass sie den Blick nicht von ihm abwenden konnte. »Bist du jetzt sprachlos, Smalls? Ich würde es nicht glauben, würde ich es nicht mit eigenen Augen sehen.«

Die Tatsache, dass er den Spitznamen benutzte, den er ihr gestern Abend gegeben hatte, sorgte dafür, dass sie einen Adrenalinstoß bekam. Er erinnerte sich. Wie zum Teufel konnte er sich erinnern nach der enormen Menge Alkohol, die er offensichtlich getrunken hatte? An wie viel erinnerte er sich?

Bryn wich vor ihm zurück, noch immer schweigend, und machte ein paar schnelle Schritte von ihm weg. Ihr

Kopf wirbelte herum, als eine Hupe aufkreischte und Bremsen quietschten. Bevor sie reagieren konnte, hatte er ihr schon den Arm um die Taille gelegt und sie an seinen Körper gezogen, um sie aus dem Weg des Wagens zu reißen, der nun zum Stehen gekommen war.

»Verdammt, Smalls, du musst wirklich besser aufpassen, wohin du gehst.«

»T-t-tschuldige«, stammelte Bryn, die von dem Adrenalinüberschuss zitterte, der durch ihre Adern strömte. Sie achtete nicht auf den verärgerten Fahrer, der sie fast überfahren hätte und ihr ungehalten etwas zurief. Zuerst hatte Dane sich an den Spitznamen erinnert, den er ihr letzte Nacht gegeben hatte, obwohl sie gedacht hatte, er wäre viel zu betrunken gewesen, um sich an irgendetwas zu erinnern. Dann wäre sie fast überfahren worden, und nun stand sie an Dane gedrückt da und er hatte die Arme um sie gelegt. Es war einfach zu viel, als dass ihr überlastetes Gehirn das alles verarbeiten konnte.

»Alles in Ordnung?«, wollte Dane wissen, ohne seinen Griff zu lockern.

Bryn nickte, sagte aber nichts, sondern ballte die Hände an der harten Brust, auf der sie lagen. Sie spürte sein Herz unter seinem Hemd schlagen und sah seinen Puls an seinem Hals pochen.

»Dieses Nicken heißt so viel wie ›alles okay‹ und ich weiß aus sicherer Quelle, wenn eine Frau sagt ›alles okay‹, ist sie alles andere als okay. Sprich mit mir. Du machst mich hier ziemlich nervös, Bryn.«

»Du weißt, wie ich heiße.«

Dane lächelte. »Ja, Smalls. Ich erinnere mich an alles.«

Daraufhin schloss sie die Augen und presste die Lippen zusammen. Als er nichts sagte, sondern einfach dastand und sie weiterhin im Arm hielt, öffnete sie Augen und Mund schließlich wieder.

»Ich schwöre, ich bin keine Stalkerin. Ehrlich. Ich war zu Hause und dann kam das Gewitter und da musste ich an dich denken. Einer von sechs Soldaten, die aus dem Einsatz zurückkehren, leidet an Posttraumatischer Belastungsstörung und ich wusste nicht, ob Gewitter das bei dir vielleicht auslösen würde. Ich wollte nur nachsehen, ob es dir gut geht und ob du vielleicht einkaufen bist. Warst du aber nicht, also dachte ich mir, ich könnte genauso gut rumfahren und nach deinem Wagen Ausschau halten, um sicherzustellen, dass es dir gut geht. Und das habe ich. Aber es war schon spät und das Motorradfahrer-Pärchen, das aus der Kneipe kam, sah mir nicht so aus wie die Leute, mit denen du dich gewöhnlich abgibst. Ich habe nur einen kurzen Blick durch die Tür der Kneipe geworfen und du warst der Einzige, der noch dort war, und der Barkeeper wollte dich loswerden. Er war ein bisschen verärgert. Ich glaube nicht, dass er ein gutes Trinkgeld macht. Er würde mehr bekommen, wenn er freundlich wäre. Eine klassische Zwickmühle. Wusstest du übrigens, dass viele Teenager das Mühlespiel gar nicht mehr kennen? Schade, es kann nämlich richtig viel Spaß machen.«

Dane lächelte erneut und vergrub seine Hand in ihrer Hüfte.

Bryn sah verwirrt zu ihm auf.

»Du hast mich also in der Kneipe gefunden?«, forderte er sie zum Weiterreden auf.

»Du warst betrunken und konntest nicht fahren, und der Barkeeper ging davon aus, dass ich gekommen war, um dich abzuholen. Also habe ich dich nach Hause gebracht. Es ist nichts passiert«, fügte sie schnell hinzu.

»Wie bist du zur Kneipe zurückgekommen?«

»Äh ... was?« Nach allem, was sie gerade ausgeplaudert hatte, war das die letzte Frage, mit der sie gerechnet hätte.

»Zur Kneipe. Wenn du Miss May nach Hause gefahren hast, wie bist du zurück zur Kneipe gekommen? Hast du ein Taxi gerufen?«

»Nein. Es gibt nur zwei in ganz Rathdrum und ab zwei Uhr nachts arbeiten die nicht mehr.«

Er wartete kurz, doch sie sprach nicht weiter. Mit hochgezogener Augenbraue fragte er: »Also?«

»Also ... was?«

»Verdammt, Smalls. Für so eine schlaue Frau bist du ziemlich verwirrt. Wie bist du zur Kneipe zurückgekommen?«

»Oh. Ich bin gelaufen.«

»Du bist gelaufen.«

»Ja.«

»Um wie viel Uhr?«

»Um wie viel Uhr was?«

Dane blickte einen Moment lang zum Himmel hoch, als würde er um Geduld beten, und seufzte. Dann sah er wieder zu ihr herab und sagte langsam: »Um welche Uhrzeit hast du mein Haus verlassen und wann bist du wieder an der Kneipe angekommen?«

Bryn zuckte mit den Achseln. »Ich habe die Zeit nicht notiert. Aber ich war ungefähr um halb sechs zu Hause. Ich lege einen Kilometer normalerweise in dreizehn Minuten zurück, aber es war dunkel und ich konnte nicht wirklich sehen, wo ich meine Füße hingesetzt habe, also hat es wahrscheinlich eher fünfzehn Minuten pro Kilometer gedauert. Von der Kneipe zu deinem Haus waren es ungefähr vier Komma vier Kilometer. Also war ich wahrscheinlich ungefähr um zwanzig nach fünf wieder bei meinem Wagen. Zur Abwechslung ist die Rostlaube mal sofort angesprungen, sodass ich ungefähr sechs Minuten später zu Hause war.«

Dane fuhr sich mit der Hand übers Gesicht und Bryn konnte sehen, dass er die Zähne zusammenbiss. Sie hatte keine Ahnung, warum er so nervös war. »Es war keine große Sache.«

»Bitte tu das nie wieder.« Seine Stimme war leise und gequält.

»Was? Warum? Wie hätte ich denn sonst zu meinem Wagen kommen sollen?«

»Ich möchte nicht, dass du dich so in Gefahr bringst. Dir könnte alles Mögliche passieren. Du hättest überfahren werden können. Gekidnappt. Vergewaltigt. Von einem wilden Tier gefressen. In diesem Teil der Welt im Dunkeln alleine unterwegs zu sein, wenn niemand weiß, wo genau du bist ... das ist wirklich nicht sonderlich schlau.«

Bryn war etwas verwirrt. Nicht sonderlich schlau? Ihr ganzes Leben lang war ihr immer wieder gesagt worden, wie intelligent sie wäre. Und jetzt hörte sie zum allererstenmal, wie jemand sagte, dass sie es nicht war. Sie war sich nicht sicher, ob es ihr gefiel.

»Mal ganz abgesehen davon, wenn dir etwas passiert wäre, weil du mir geholfen hast ... dann wäre es meine Schuld gewesen.«

»Das ist unlogisch«, protestierte Bryn. »Du lagst bewusstlos zu Hause in deinem Bett, wie soll es da deine Schuld gewesen sein?«

»Weil du um vier Uhr morgens allein zu deinem Wagen zurückgegangen bist, und zwar meinetwegen.«

»Was hätte ich denn sonst tun sollen? Schließlich musste ich zu meinem Wagen zurückkommen. Ich musste ja schließlich heute arbeiten.« Ihre Stimme war sanft und verwirrt.

»Du hättest bei mir bleiben können«, erwiderte Dane sofort.

»Aber –«

»Ich habe geschlafen; ich hätte dir nicht wehgetan. In meinem Haus gibt es noch zwei weitere Schlafzimmer und ein riesiges Sofa, auf dem du hättest übernachten können. Und am Morgen hätte ich dich dann zurück zur Kneipe und zu deinem Wagen gebracht. Ich hätte dafür gesorgt, dass du rechtzeitig zur Arbeit kommst.«

Bryn dachte über seine Worte nach. Es war ihr überhaupt nicht in den Sinn gekommen, bei ihm zu bleiben. Schließlich war es nicht höflich, sich selbst zum Übernachten einzuladen. Und sie hatte auch nicht darüber nachgedacht, dass es gefährlich sein könnte, auf den Straßen von Idaho bei Nacht umherzuwandern … Und schon gar nicht, dass ihr etwas hätte zustoßen können; schließlich war sie Männern auch schon vorher niemals aufgefallen. Und davon mal ganz abgesehen war er das letzte Mal, als er mit ihr gesprochen hatte, ohne betrunken zu sein, nicht gerade nett zu ihr gewesen.

Aber Bryn verstand, was Dane sagen wollte. Sie wusste zu schätzen, dass er ihr die Zeit gegeben hatte, sich seine Worte durch den Kopf gehen zu lassen, und erwiderte schließlich: »Du hast recht. Als ich dich nach Hause gefahren habe, habe ich überhaupt nicht darüber nachgedacht, wie ich zu meinem Wagen zurückkommen soll. Ich wollte einfach nur dafür sorgen, dass du sicher nach Hause kommst. Ich hätte warten sollen, bis du aufwachst oder der Taxiservice wieder seinen Dienst aufnimmt. Selbst wenn du sauer gewesen wärst, dass ich da war.«

»Willst du mit mir zum Dinner gehen?«

Bryn starrte Dane einfach dumpf an, weil er so plötzlich das Thema gewechselt hatte.

»Du weißt schon, das ist die Mahlzeit, die die Leute nach der Arbeit zu sich nehmen, am Abend eben.« Er machte nur Witze, aber er hätte es besser wissen sollen, als ihr so etwas zu sagen, wo er doch wusste, dass ihr ganzer Kopf voll unnützen Wissens steckte, über das er noch nicht mal nachgedacht hatte.

»Also eigentlich kann man ein Dinner auch zum Mittag zu sich nehmen, genau wie das Mittagessen, und während das Abendessen tatsächlich am Abend eingenommen wird, ist das Dinner einfach die wichtigste Mahlzeit des Tages, egal ob sie mittags oder abends eingenommen wird.«

Danes Lippen verzogen sich zu einem amüsierten Lächeln. »Und? Gehst du mit mir zum Abendessen? Also weißt du, so wie ich das sehe, haben wir einander auf dem falschen Fuß erwischt. Ich hatte Vorurteile dir gegenüber und habe ein paar ziemlich dumme und beleidigende Dinge gesagt, die ich jetzt bereue. Außerdem mache ich mir jetzt Sorgen, dass du denkst, ich bin ein Kriegsveteran, der Alkoholiker ist und der sich nicht in die Gesellschaft eingliedern kann.«

»Das denke ich nicht«, widersprach Bryn sofort.

»Gehen wir also zum Abendessen?«

Anstatt zu antworten, sagte Bryn einfach das, was ihr durch den Kopf ging. Sie wusste, dass sie besser den Mund halten sollte, aber besonders wenn sie nervös war, hatte sie die dumme Angewohnheit, mit irgendwelchen unwichtigen Tatsachen um sich zu werfen. »Wusstest du, dass es Shakespeare war, der den Ausdruck ›auf dem falschen Fuß erwischt‹ zum ersten Mal im Jahr fünfzehnhundertfünfundneunzig in seinem Stück *König Johann* benutzt hat? Da sprach er von einem ›besseren Fuß‹. Es gibt eine Debatte darüber, ob es tatsächlich er war, der dieses Sprichwort geprägt hat, oder ob es eher aus dem alten Griechenland stammt, wo man davon ausging, dass es Unglück brachte, wenn man seinen linken Schuh zuerst anzog. Aber andere glauben, dass es einfach nur daher stammt, dass die meisten Leute Rechtshänder sind. Und wenn eine Hand oder ein Fuß der rechte ist, dann ist der andere eben der falsche. Und das meine ich natürlich nicht im schlechten Sinne ... du weißt schon ... weil du ja Linkshänder bist, oder vielmehr Linkshänder warst. Es ist eben nur, dass die Leute denken ...«

Sie beendete den Satz nicht und konzentrierte sich stattdessen auf den obersten Knopf an Danes Hemd. Sie war eine Idiotin. Eine komplette, vollkommene Idiotin.

»Hmmm, das wusste ich nicht. Wie interessant.«

Bryn atmete schnell ein. Er hatte sich weder über sie noch über die komischen Dinge, die sie von sich gegeben hatte, lustig gemacht. Sie wagte es, zu ihm hochzusehen.

Als hätte er darauf gewartet, dass sie ihn ansah, sagte er mit leiser Stimme: »Die Auswahl hier in Rathdrum ist nicht gerade toll, aber falls du wirklich mit mir ausgehen möchtest, so gibt es bei Dairy Queen leckere Hamburger. Sie sind ziemlich fettig, aber wir können sie ja hinterher mit ein bisschen Eiscreme herunterspülen. Und was ein Bonus ist ... in Rindfleisch steckt sehr viel Protein, und du hast mir doch gesagt, ich solle meine tägliche Kohlenhydratzufuhr einschränken und stattdessen mehr Protein essen.« Sein Mund verzog sich zu einem Grinsen.

Bryn nickte. Das hatte sie gesagt. »Das fände ich schön.«

»Klasse.« Dane ließ endlich seine Arme von ihrer Hüfte sinken und beugte sich vor, um die Bücher aufzuheben, die sie fallen gelassen hatte, als sie fast überfahren worden wäre. Glücklicherweise waren sie unbeschädigt. »Interessante Lektüre.«

Bryn errötete, weigerte sich aber, sich schlecht zu

fühlen. »Ich weiß rein gar nichts über amputierte Gliedmaßen oder Prothesen.«

»Du hast dich letzte Nacht ziemlich für meinen Stumpf interessiert.«

»Daran erinnerst du dich?«

»Ja, es hat eine Weile gedauert, Smalls, aber ich erinnere mich an alles.«

Bryn wusste nicht so recht, was sie darauf erwidern sollte. Es war ihr ausgesprochen peinlich, dass sie ihr T-Shirt hochgehoben und ihm ihren BH gezeigt hatte. Also sagte sie gar nichts.

»Dann komm, ich fahre.«

Dane drehte sie herum, bis sie auf seiner linken Seite war und seine Prothese leicht auf ihrer Hüfte lag. Sie passte perfekt zu ihm und ihr Kopf reichte ihm nur bis zur Schulter. Sie fühlte sich von seiner Wärme eingehüllt ... und sicher. Bryn presste die Leihbücher an ihre Brust und schlurfte neben Dane auf seinen Pritschenwagen zu.

»Und mach dir keine Sorgen, dieses Mal bringe ich dich zu deinem Wagen zurück, wenn wir mit dem Essen fertig sind. Ich denke, ich habe mich ziemlich klar ausgedrückt, als ich gesagt habe, dass ich es nicht mag, wenn du im Dunkeln herumläufst.«

»Bevor ich hierhergezogen bin, habe ich mir die Kriminalitätsstatistik angeschaut«, informierte Bryn Dane. »Die Information war zwar schon ein paar Jahre alt, aber es gab insgesamt nur sechs Verhaftungen für tätlichen Angriff, nur sechsundvierzig Verhaftungen für Verstöße gegen das Betäubungsmittelgesetz, siebenundvierzig Verhaftungen wegen Alkohol am Steuer, zwei Raubüberfälle und nur eine Vergewaltigung. Man kann also behaupten, dass Rathdrum ausgesprochen sicher ist. In jenem Jahr gab es insgesamt nur dreihundertzweiundvierzig Verhaftungen.«

Dane ging zum Beifahrersitz seines Wagens und drehte sie so, dass sie mit dem Rücken zur Tür stand. Er nahm sie bei den Schultern und sah zu ihr herab. »Auch wenn dem so ist, so ist es nicht sicher und auch nicht klug, das Glück so auf die Probe zu stellen. Schließlich will ich nicht, dass du der dreihundertdreiundvierzigste Vorfall in diesem Jahr bist. Es handelt sich vielleicht nur um einen kleinen Ort, aber Arschlöcher und Verrückte wohnen überall. Erinnere mich bitte daran, dass ich dir irgendwann mal die Webseite mit den Sexualverbrechern zeige. Als ich das letzte Mal nachgesehen habe, waren zweiundzwanzig davon unter dieser Postleitzahl gemeldet.«

»Dafür gibt es eine Webseite?«

»Ja, Smalls. Es gibt ein Gesetz, das besagt, dass jeder Sexualstraftäter den Behörden melden muss, wo er wohnt. So können sie sie überprüfen und dafür sorgen, dass sie nicht in der Nähe von öffentlichen Schulen leben. Informationen über verurteilte Sexualstraftäter gibt es online und sie sind öffentlich einsehbar.«

»Cool«, hauchte Bryn. »Das wusste ich gar nicht.«

Dane lächelte sie an. »Ja, das habe ich gemerkt.«

Als er nichts weiter sagte, verlagerte Bryn ihr Gewicht. Dann fragte sie schließlich: »Hast du deine Meinung geändert, was das Abendessen betrifft?«

»Nein«, versicherte er ihr sofort. »Ich frage mich nur, wie zum Teufel es dir gelungen ist, mir in dem Laden all die Zeit zu folgen, ohne dass ich dich bemerkt habe.«

»Oh, ich bin ziemlich gut darin, mich unsichtbar zu machen.«

Es gefiel Dane offensichtlich nicht, was sie sagte, doch er sprach sie nicht darauf an. Stattdessen bemerkte er kryptisch: »Jetzt bist du jedenfalls nicht mehr unsichtbar.«

»Anscheinend nicht.«

»Komm. Hamburger und Eiscreme warten auf uns.« Er beugte sich vor, öffnete die Tür von Miss May mit seiner guten Hand und wartete, während sie in den Wagen kletterte.

Bryn setzte sich in den weichen Ledersitz und sah dabei zu, wie er die Tür schloss und um den Wagen zur Fahrerseite ging. Sie machte einen Moment lang die Augen zu und sagte ein stummes Gebet, dass sie nichts von sich geben würde, was den wunderbaren Mann neben ihr dazu bringen könnte, sie ein für alle Mal als Freak abzustempeln.

KAPITEL SECHS

Dafür, dass es ein Wochentag war, war das Restaurant an diesem Abend ziemlich gut besucht, und nachdem Dane Bryn gefragt hatte, was sie essen wollte, schickte er sie los, um einen Tisch zu finden.

Auf ihrer Suche nach einem geeigneten Tisch betrachtete sie Dane und stellte fest, dass er sich unwohl zu fühlen schien. Aber natürlich fühlte er sich unwohl. Sie waren genau zur Abendessenszeit gekommen und das Dairy Queen war voller Menschen. Schnell traf Bryn eine Entscheidung und ging zu Dane zurück, der noch immer in der Schlange stand, und stellte sich links neben ihn. Und zwar so dicht, dass ihr Arm seinen streifte.

»Alles in Ordnung?«, fragte Dane besorgt und sah zu ihr hinab.

»Ja.« Mehr sagte sie nicht.

»Kannst du keinen Tisch für uns finden?«

»Ich würde lieber ein Picknick machen.«

»Ein Picknick?«

»Ja.« Bryn hielt den Atem an und hoffte, er würde sich darauf einlassen.

»Und das hat nicht zufällig etwas mit dem zu tun, was im Lebensmittelladen vorgefallen ist?«

Bryn sah zu Dane hoch. Erneut fiel ihr auf, wie groß er eigentlich war. Er trug wie immer seine Lederjacke. Und wenn er sich bewegte, konnte sie jedes Mal den Ledergeruch wahrnehmen, der von ihm ausströmte. Sie dachte darüber nach, was sie ihm antworten sollte, und entschied sich, einfach die Wahrheit zu sagen.

»Hier ist es ziemlich voll. Du magst es nicht, wenn zu viele Menschen um dich herum sind. Es gibt zwar ein paar Sitznischen, von denen aus du das Restaurant im Blick hättest, aber dann müsstest du mit dem Rücken zum Fenster sitzen und ich weiß, wie unwohl du dich dabei fühlst. Ungefähr einen Kilometer südlich der Stadt gibt es am Straßenrand einen Platz, an dem man picknicken kann. Wenn wir dort hinfahren, müsstest du dir keine Gedanken um andere Leute machen und könntest vielleicht dein Essen genießen.«

Er sagte lange nichts. So lange, dass Bryn schon befürchtete, sie wäre zu weit gegangen. Sie hatte den Blick gesenkt, presste schuldbewusst die Lippen zusammen und nahm an, dass er endlich festgestellt hatte, dass sie tatsächlich so merkwürdig war, wie er es vorhergesehen hatte, und dass er sie alleine im Restaurant stehen lassen würde, als sie plötzlich etwas unter ihrem Kinn spürte. Gehorsam hob sie den Kopf und ihr gefiel die Wärme seines Fingers auf ihrer Haut. Sie nahm all ihren Mut zusammen und erwiderte seinen Blick.

»Das hört sich großartig an, vielen Dank.«

Bryn atmete erleichtert auf, sagte aber nichts, sondern nickte einfach nur und versuchte, nicht zu erschaudern, als er ihr Kinn losließ.

»Möchtest du einen Blizzard? Er ist vielleicht schon ein

bisschen geschmolzen, wenn wir an dem Picknickplatz ankommen, aber er schmeckt wahrscheinlich immer noch gut.«

»Ich glaube, es ist sogar gesetzeswidrig, das Dairy Queen zu besuchen, ohne einen davon zu bestellen«, erwiderte sie mit ernstem Gesicht.

»Richtig. Lass mich raten. Oreo?«

Bryn legte den Kopf zur Seite. »Warum glaubst du, dass ich das am liebsten mag?«

Sie schlurften ein paar Schritte nach vorne, als die Schlange sich bewegte, und sie sah, wie Danes Blick einen Moment lang hin und her flackerte, bevor er sie wieder ansah. Sie wusste, dass er sich nicht wohlfühlte. Es musste schwer für ihn sein, in einer Schlange zu stehen, bei der er vor und hinter sich Leute hatte. Wenn er es schon nicht mochte, wenn sich andere Leute mit ihm im gleichen Gang im Supermarkt aufhielten, musste das hier eine echte Qual sein. Sie stellte sich so, dass sie seine Seite im Blick hatte, statt sich neben ihn zu stellen, und sah dann nach links und rechts, was für ihn vorne und hinten war.

Er bemerkte ihr Verhalten. »Passt du auf mich auf?«, fragte er sie mit leiser Stimme, sodass nur sie es hören konnte.

Sie nickte.

»Vielen Dank.«

Bryn griff nach seiner Hand und ihr wurde erst im letzten Moment klar, dass sie links von ihm stand. Sie zuckte innerlich mit den Schultern, legte zwei Finger ihrer rechten Hand um einen der Haken am Ende seiner Prothese und hielt sich fest. »Gern geschehen. Warum ausgerechnet Oreo?«

Sie konnte sehen, dass sie ihn überrascht hatte, doch er wand sich nicht aus ihrem Griff. »Du scheinst mir wie ein

Mädchen, das alles schwarz und weiß sieht. Klassisch eben. Und es gibt nichts Klassischeres als Oreo und Vanilleeiscreme.«

»Brownie, Karamell, Cookie Dough mit Schokostreuseln, Erdnussbutter und Butterfinger.«

Dane runzelte die Stirn und Bryn wusste, dass er sich zum allererstem Mal, seit sie das kleine Restaurant betreten hatten, ganz auf sie konzentrierte und nicht auf die Umgebung. »Was?«

»Brownie, Karamell, Cookie Dough mit Schokostreuseln, Erdnussbutter und Butterfinger«, wiederholte sie. »Das möchte ich in meinem Blizzard.«

»Guter Gott, Mädchen. Wenn du das isst, kriegst du noch einen Zuckerschock.«

Sie schüttelte den Kopf. »Hypoglykämie können normalerweise nur Leute bekommen, die Diabetes haben, was bei mir nicht der Fall ist. Außerdem bedeutet es, dass eine Person zu viel Insulin in ihrem Blut hat, also einen ausgesprochen *niedrigen* Blutzuckerspiegel. *Hyper*glykämie hingegen ist, wenn der Blutzuckerspiegel zu hoch ist und es nicht genug Insulin gibt, um ein Gleichgewicht herzustellen. Obwohl gesunde Menschen Hyperglykämie haben können, ist auch das meist nur für Diabetiker ein Problem.

Wenn man zu viel Zucker während einer einzigen Mahlzeit einnimmt, bekommt man sehr viel Dopamin. Was für den bekannten Zuckerrausch sorgen kann, aber da die Glukose ziemlich schnell verdaut wird, wird der Blutzuckerspiegel auch relativ schnell wieder sinken. Ich schlafe nicht viel, also tue ich normalerweise etwas, um gegen den Zucker anzugehen, wenn ich Nachtisch esse ... Zum Beispiel spazieren gehen, etwas essen, das viel Protein hat wie Nüsse oder Erdnussbutter, oder eine Tasse grünen Tee oder Wasser trinken. Das hilft mir, urinieren zu können und Zucker aus meinem Körper zu schwämmen.«

»Alles klar.« Dane lächelte, sagte aber sonst nichts zu ihrer Erklärung. Er schlurfte einfach zur Theke, als das Paar vor ihnen aus dem Weg ging, um auf seine Bestellung zu warten.

Bryn wusste nicht, was sie gesagt hatte, das ihn offensichtlich amüsierte, wünschte sich aber, dass sie es wüsste, damit sie es später wiederholen konnte. Danes gesamter Körper hatte sich entspannt und er schien vergessen zu haben, dass hinter ihm eine ganze Reihe Menschen stand. Der Gedanke, dass sie dafür gesorgt hatte, dass er sich so weit entspannte, damit es ihm nichts ausmachte, in der Öffentlichkeit zu sein, reichte aus, dass ein warmes Gefühl des Stolzes sich in ihrer Brust ausbreitete.

Obwohl sie sein Gesicht so intensiv studiert hatte, bemerkte sie, dass er mit seiner rechten Hand hinüberlangte, ihre Finger um seine Prothese herum löste und dann um ihre Taille griff und sie an sich zog.

Bryn fühlte die Stärke von Danes Bizeps auf ihrem Rücken. Er schaute überhaupt nicht auf sie herab, sondern behielt nur das junge Mädchen hinter der Kasse im Auge. Sie legte eine Hand auf den Tresen vor ihnen, schlang ihm die andere um die Taille und hakte ihren Daumen in den Gürtel an seiner rechten Seite ein. Es fühlte sich intim, aber richtig an.

Er schüttelte sie und machte sie auf das aufmerksam, was er sagte. »Bitte hilf mir, damit ich keinen Fehler mache, Bryn«, bat er sie und wiederholte all die Dinge, die sie in ihrem Eis haben wollte.

Die Augen des Mädchens wurden immer größer mit jeder Zutat, die Dane ihr aufzählte, doch sie nickte jedes Mal.

»Habe ich es richtig gemacht?«

Bryn nickte. Zum ersten Mal in ihrem Leben wusste sie nicht, was sie denken oder sagen sollte. Sie konnte nur noch daran denken, wie gut es sich anfühlte, von Dane im Arm gehalten zu werden und wie gut er roch. Der Ledergeruch seiner Jacke, der sanfte Duft seines Deodorants und darunter ein Hauch von Schweiß. Nicht so viel, dass es eklig gewesen wäre, sondern nur so viel, dass sie bemerkte, dass er ein Mann war, der seine Tage nicht hinter dem Schreibtisch verbrachte. Idaho passte zu ihm. Oder er passte zu Idaho, Bryn war sich nicht sicher, welches angemessener war.

Dane nahm seine Brieftasche und legte sie auf die Theke. Er zog seine Kreditkarte heraus und erreichte sie, ohne seine Prothese von ihrer Hüfte zu nehmen. Das Mädchen zog die Kreditkarte durch und gab sie ihm zurück. Er stopfte sie in seine Brieftasche, machte sie zu und steckte sie sich wieder in die Tasche. Dann schlurften sie seitlich davon und lehnten sich gegen die Wand neben der Theke, um auf ihre Bestellung zu warten.

»Das sah ganz leicht aus«, bemerkte Bryn.

»Was sah ganz leicht aus?«

»Die Sache mit der Brieftasche.«

»Es ist ja nicht gerade schwer, eine Kreditkarte rauszuholen, Smalls.«

»Das schien gestern Abend in der Kneipe aber gar nicht so.«

Er lächelte sie einen Moment lang an und informierte sie dann: »Ich hätte sie problemlos aus meiner Tasche ziehen können.«

»Gar nicht, du warst betrunken.«

»Das war ich, aber selbst mit meiner schlechten Hand ist

es nicht so schwer, selbst wenn sie auf der anderen Seite meines Hinterns steckt.«

»Also hast du nur so getan, als hättest du Schwierigkeiten?«

»Smalls, ich hatte die Gelegenheit, dass eine hübsche Frau ihre Hand in meine Hose steckt und meinen Hintern anfasst ... Also, na klar habe ich so getan.«

Bryn war sprachlos.

»Was geht jetzt in deinem erstaunlichen Gehirn vor?«

»Du hast gesagt, ich sei hübsch.« Die Worte sprudelten ungefiltert aus ihr heraus.

»Das bist du auch.«

»In meinem ganzen Leben hat mir noch niemand gesagt, ich sei hübsch.«

»Bryn, du –«

Sie hatte keine Ahnung, was er sagen wollte, denn ein Mitarbeiter rief ihre Bestellnummer auf, während er sprach.

Dankbar für die Unterbrechung trat Bryn von Dane weg und schnappte sich einen der Blizzards und die Tüte mit den Speisen. Dane nahm das andere Eis und sie gingen zum Ausgang.

Ein Mann stand vor der Tür und als sie sich näherten, schrillte sein Handy mit einem nervigen Alarmton.

Bryn fühlte, dass Dane neben ihr erstarrte, und bevor sie etwas tun konnte, hatte er sie um die Taille gepackt und sie mit Gewalt zur Seite gezogen, wobei er sich drehte, als er sie bewegte, sodass er dem Mann in der Tür den Rücken zukehrte und kein Teil von ihr der vermeintlichen Bedrohung ausgesetzt war.

Es war, als wären sie für andere unsichtbar. Niemand bemerkte überhaupt, was passiert war. Eine Frau kam auf den Mann in der Tür zu, der sich vorbeugte und sie küsste, bevor er ihr zu einem Tisch im hinteren Teil des Restaurants folgte.

Bryn konnte spüren, dass Dane schwer gegen sie atmete. Sein warmer Atem wehte über ihren Hals und seine Brust hob und senkte sich gegen ihren Rücken. Der Becher mit Eiscreme, den er in der Hand gehalten hatte, lag nun auf den Fliesen zu ihren Füßen und das Eis begann zu schmelzen.

»Macht euch keine Sorgen. Das haben wir im Nu wieder sauber gemacht.«

Bryn blickte auf und sah eines der jungen Mädchen, die hinter dem Tresen arbeiteten, neben sich stehen, einen besorgten Blick auf dem Gesicht.

Bryn beachtete sie erst mal nicht, sondern drehte sich in Danes Armen um. Erst schien er seinen Griff nicht lockern zu wollen und hielt sie fest an sich gedrückt, aber schließlich ließ er sie los. Bryn warf einen Blick auf den angespannten, abweisenden Blick auf Danes Gesicht und beschloss, die Führung zu übernehmen.

Sie wandte sich erneut an die Angestellte. »Vielen Dank. Tut uns wirklich leid, wir haben uns erschreckt.«

»Wir können gern den Blizzard ersetzen«, erwiderte das junge Mädchen.

»Nein, ist schon gut. Wir teilen uns den hier.« Bryn hielt das Eis hoch, das nicht heruntergefallen war, bei dem es sich glücklicherweise um ihre Bestellung mit all den Leckereien handelte. Sie wollte nicht darauf warten, bis die Angestellten ihr ein neues Eis gemacht hatten. Sie musste Dane so schnell wie möglich nach draußen schaffen. »Tut uns leid wegen der Schweinerei.«

Doch die junge Frau hatte sich bereits abgewandt, wahrscheinlich um einen Lappen zu holen, um es aufzuwischen.

»Komm schon, Dane. Gehen wir.«

Er nickte und schluckte, bevor er sich wieder in Richtung Ausgang in Bewegung setzte. Sie sprachen kein weiteres Wort, doch Bryn konnte sehen, wie nervös Dane war. Er wandte den Kopf ständig nach links und rechts, überprüfte den Parkplatz und die Umgebung des Restaurants. Als sie am Pritschenwagen ankamen, klemmte Bryn sich die Tüte mit den Speisen unter den Arm und streckte die Hand aus. »Ich fahre.«

Einen Moment lang war sie davon überzeugt, dass er das ablehnen würde, doch schließlich ließ er den Schlüssel in ihre Hand fallen, nahm ihr die Tüte ab, steckte sie sich unter den linken Arm, genau wie sie es getan hatte, und nahm dann den Blizzard mit der rechten Hand. Er wartete, bis sie auf den Fahrersitz geklettert war. Dann schlug er mit dem Hintern die Tür zu, ging um den Wagen herum zur Beifahrerseite und stieg wortlos ein.

Bryn schob den Sitz so weit nach vorne, dass sie bequem fahren konnte, und ließ den Motor an. Im Wageninneren war es still, bis Dane schließlich sagte: »Tut mir leid.«

Doch anstatt ihm zu versichern, dass es nichts gab, wofür er sich entschuldigen müsste, da sie aus irgendeinem Grund wusste, dass er dem sowieso nicht zustimmen würde, sagte sie stattdessen: »Ein Brownieteig-Blizzard hat elfhundert Kalorien. Ein Keksteig-Blizzard hat fünfzehnhundert Kalorien. Ich habe ausgerechnet, dass mit allem, was du in deinem Becher hast, ungefähr zweitausend Kalorien darin sind. Es ist gut, dass du so muskulös und kraftvoll bist. Der Dopaminabfall durch den Konsum von so vielen Kalorien und Zucker wird geringer, wenn du mir hilfst, das Eis zu essen.«

Er reagierte nicht, sondern lümmelte sich auf dem Sitz, anstatt gerade zu sitzen und sich verzweifelt umzusehen, als sie die Straße entlangfuhren.

Sie redete weiter. Sie erzählte ihm willkürliche Fakten über den Fettgehalt und wie viele Kalorien in beliebten Fast Food-Mahlzeiten enthalten sind. Sie fuhr fort mit der Statistik, wie viele Amerikaner einen Wagen mit Gangschaltung und wie viele einen Automatik fuhren, und als sie auf den kleinen Picknickplatz abseits der Hauptstraße, die nach Rathdrum führte, fuhren, endete sie mit einem Monolog, warum ihrer Meinung nach nicht mehr Frauen Physik oder Mathe als Hauptfach studierten, wenn sie aufs College gingen.

Bryn schaltete den Motor aus, als sie auf einen Parkplatz auf dem menschenleeren Rastplatz gefahren war, und blickte zu Dane hinüber. Die Linien um seine Augen waren verschwunden und sie merkte, dass er nicht mehr die Zähne zusammenbiss.

»Ich gehe zu dir rum«, sagte er mit fester Stimme und wartete nicht auf ihre Antwort, als er sich die Tüte mit den Speisen und dem schmelzenden Blizzard schnappte und aus dem Wagen sprang.

Er kam auf ihre Seite und öffnete die Tür, streckte dann seinen linken Ellbogen aus und gab ihr etwas zum Festhalten, als sie unbeholfen ausstieg. Wieder einmal fühlte sie die Kraft in Danes Körper, als er sie felsenfest hielt, während sie ihn als Hebel benutzte, um sich festzuhalten, damit sie sicher aus dem hohen Fahrerhaus des Pritschenwagens steigen konnte.

Sie hielt seinen Arm fest, als sie zum nächstgelegenen Picknicktisch gingen. Sie setzte sich und war ein wenig überrascht, als er es sich neben ihr gemütlich machte. Bryn wollte etwas sagen, war sich aber nicht sicher *was*. Er schien von ihrem Gespräch im Wagen nicht allzu beeindruckt gewesen zu sein und ihr gingen die Ideen aus.

»Ich weiß nicht, was für ein Leben du geführt und wen

du kennengelernt hast, aber ich denke, es war ein Haufen Idioten. Du bist hübsch, Smalls. Nicht nur hübsch, sondern wunderschön. Und weißt du, was dich so schön macht?«

Bryn schüttelte den Kopf und schluckte schwer, Emotionen schnürten ihr die Kehle zu und machten es ihr unmöglich, etwas zu sagen, als sie erkannte, dass er das Gespräch fortsetzte, das sie im Restaurant geführt hatten, während sie auf ihre Bestellung gewartet hatten.

»Du bist sensibel dem gegenüber, was die Menschen um dich herum empfinden. Und es ist dir nicht peinlich, wenn die Menschen um dich rum dumme Dinge tun. Du nimmst es einfach so hin und versuchst, die Situation zu retten.« Dane hielt inne und griff nach einer ihrer Hände. Sie waren in ihrem Schoß zusammengepresst. Er rieb seinen Daumen über ihren Handrücken und legte ihre Hand schließlich auf ihren Oberschenkel und bedeckte sie mit seiner eigenen großen Hand. »Du magst vielleicht klein sein, doch dein Herz und dein Mitgefühl und ... dein Selbst ... sind größer als bei jedem anderen, den ich jemals kennengelernt habe. Und aus dem Grund bist du nicht nur hübsch, sondern in meinen Augen bist du wunderschön.«

Bryn blieb der Mund offen stehen, doch kein Ton kam heraus. Sie wusste nicht, wie sie darauf antworten sollte. Keine Ahnung. Er sprach weiter.

»Es tut mir leid, was ich damals im Lebensmittelladen zu dir gesagt habe. Ernsthaft. Du bist kein Freak. *Ich* bin einer. Ich muss mitten in der Nacht einkaufen gehen, damit ich nicht durchdrehe. Wenn es ein Gewitter gibt, muss ich die Musik anstellen und sie mit Kopfhörern auf höchster Lautstärke anhören. Wahrscheinlich werde ich zu all den anderen dummen psychologischen Problemen, die ich habe, auch noch taub werden. Und ich kann mich nicht mal zehn Minuten im örtlichen Dairy Queen aufhalten, ohne peinlich aufzufallen.«

Und als wäre ein Schalter umgelegt worden, fand Bryn plötzliche die Sprache wieder. Es war so viel einfacher, ihn zu verteidigen, als sich selbst. »So ein Blödsinn. Dann bist du eben ein wenig nervös. Na und? Zwanzig Prozent aller Veteranen, die im Irak oder in Afghanistan im Einsatz waren, haben eine Posttraumatische Belastungsstörung. Das sind zwanzig Prozent von zwei Komma sieben Millionen Menschen, also ungefähr sechshunderttausend Veteranen. Und das ist eine vorsichtige Schätzung.« Sie konnte den Ausdruck auf seinem Gesicht nicht deuten, also sprach sie schnell weiter: »Du spuckst wenigstens keine merkwürdigen Statistiken zu irgendwelchen Zeiten aus, an denen kein Mensch sie wissen muss oder wissen *möchte*.«

»Mir gefällt es.«

»Was?«

»Mir gefällt es. Ob du's glaubst oder nicht, es holt mich jedes Mal aus meinem Loch raus. Es fasziniert mich, was du alles weißt, und ich finde es interessant.«

Bryn konnte Dane daraufhin nur mit offenem Mund anstarren. Sie? Interessant? Das konnte nicht sein.

»Jedenfalls danke, Smalls. Habe ich dir wehgetan?«

Sie wusste, was er meinte. »Nein. Gar nicht.«

»Ich konnte an nichts anderes denken, als dich aus der Schusslinie zu schaffen.«

»Und das hast du gut gemacht. Du bist so groß, ich glaube, der Typ am Eingang hat keinen Zentimeter von mir gesehen.«

»Das liegt nicht an mir, sondern daran, dass du so klein bist.«

»Bin ich gar nicht«, protestierte sie sofort. »Du bist eben einfach ein Gigantor.«

Er grinste. Und sein Lächeln war das Beste, was sie seit Langem gesehen hatte. Dane war noch längst nicht wieder er selbst – was auch immer das sein mochte –, doch dieses Lächeln bedeutete, dass er aus der Hölle ausbrach, in die sich seine Gedanken begeben hatten. Sie würde es als Sieg betrachten.

Er ließ ihre Hand los, nachdem er sie noch einmal gedrückt hatte, und griff nach der Tüte mit den Speisen. »Wir sollten das besser essen, bevor es zu kalt wird und das Eis zu warm. Einverstanden?«

»Einverstanden«, stimmte sie zu.

Sie unterhielten sich über nichts Besonderes, während sie die fettigen Hamburger und Pommes frites verzehrten. Und als sie fertig waren, teilten sie sich das fast vollständig geschmolzene Eis. Dane stimmte sogar zu, dass es der beste Blizzard war, den er je in seinem Leben gegessen hatte.

Als sie fertig waren, fuhr Dane sie zurück in die Stadt und auf den Parkplatz der Bücherei. Er schloss ihren Wagen für sie auf und stellte sich neben ihre Tür, um sicherzugehen, dass er auch ansprang. Er verzog das Gesicht, als sie drei Anläufe brauchte. Als sie aus der Parklücke fuhr, sagte er noch mal unverbindlich: »Bis später, Smalls.«

»Bis später, Dane.«

Und das war's. Sie fuhr weg und schaffte es, sich nur ein einziges Mal zu ihm umzudrehen und zurückzuschauen.

Bryn lag auf ihrer Couch, schaute spät am Abend noch fern und dachte über den Tag und über Dane nach. Es war offensichtlich, dass er sich quälte, aber es war ebenso offensichtlich, dass er ein guter Kerl war.

Sie blickte auf das offene Buch in ihrem Schoß und begann zu lesen, wo sie aufgehört hatte. Die Informationen über Prothesen und Amputationen waren faszinierend und sie konnte nicht anders als zu hoffen – natürlich vom rein wissenschaftlichen Standpunkt aus –, dass sie die Chance bekommen würde, Danes Stumpf noch einmal zu untersuchen, jetzt, wo sie ein wenig mehr darüber wusste.

Er hatte nicht angedeutet, dass er sie wiedersehen wollte. Er hatte ihr nicht versprochen, sie anzurufen. Hatte sie nicht gefragt, ob sie noch mal mit ihm ausgehen wollte. Aber er hatte sie hübsch genannt. Wenn sie nicht schon halb in ihn verliebt gewesen wäre, wäre sie es garantiert gewesen, nachdem sie mit ihm an einem schäbigen Picknickplatz am Straßenrand gesessen, über Nichtigkeiten geredet und ein geschmolzenes Eis gegessen hatte, und das Wort »schön« hallte in ihrer Erinnerung wider.

KAPITEL SIEBEN

»Also, erzähl mir von ihr«, befahl Truck ihm. »Du *hast* sie doch wiedergesehen, oder nicht? Die Stadt, in der du lebst, ist winzig.«

Dane lehnte sich entspannt auf der Couch zurück und lächelte bei dem Gedanken an die Frau, die ihm seit letzter Woche nicht mehr aus dem Kopf gegangen war. Er hatte sie nicht wiedergesehen, da er im Haus festsaß und versuchte, seine Albträume und Erinnerungen, die sein Ausflug zum Dairy Queen ausgelöst hatte, unter Kontrolle zu bringen. Er fühlte sich schwach, eigentlich sollten ihm diese Dinge nicht so viel ausmachen. Es fühlte sich fast so an, als wäre es durch seinen Umzug nach Idaho schlimmer geworden anstatt besser.

»Ich bin mit ihr essen gegangen«, erklärte er seinem Freund und versuchte, die bedrückenden Gedanken abzuschütteln.

»Also, verdammt noch mal, wer hätte das gedacht«, rief Truck erstaunt. »Du hattest eine Verabredung?«

»Ganz so würde ich es nicht nennen, da wir nur bei

Dairy Queen waren und uns etwas zum Mitnehmen geholt haben.«

»Aber es *ist* in Rathdrum«, erwiderte sein Freund augenblicklich. »Also?«

»Also was?« Dane grinste. Es gefiel ihm, Truck zu verarschen.

»Fish«, knurrte der Mann ungeduldig.

»Wir haben uns was zu essen geholt, ich habe meine Deckung sinken lassen, und zwar so sehr, dass ich einen Flashback hatte, und dann sind wir auf einen beschissenen Rastplatz gefahren und haben dort gegessen.« Dane versuchte zu überspielen, wie schlimm der Vorfall gewesen war, aber er wusste, dass Truck das nicht durchgehen lassen würde. Und das war zum Teil auch der Grund, warum er es überhaupt erwähnt hatte. Er hasste es, Termine bei den Psychologen der Armee wahrzunehmen, da sie ihm immer das Gefühl gaben, zu spät dran zu sein, und sich einen Scheiß dafür interessierten, wer er als Mensch war. Doch mit einem anderen Soldaten zu reden, mit jemandem, der da gewesen war, als er verletzt wurde, und der sicher viel mehr durchgemacht hatte als er während seines Einsatzes, war eine völlig andere Sache.

»Wie konntest du deine Deckung zu sehr sinken lassen? Ist das überhaupt möglich?«

»Wir befanden uns in einer Warteschlange, mein Rücken zur Tür, und hätte ich zehn Sekunden länger warten müssen, wäre ich geflohen. Dann hat sich Bryn seitlich neben mich gestellt und ich habe gesehen, wie ihr Blick umherschweifte, vor und hinter mich ... und wie sie das Umfeld beobachtete. Es fühlte sich so sehr an, als wäre ich wieder in der Wüste und hätte einen Kampfgefährten an der Seite, dass ich mich entspannt habe.«

»Und was ist mit dem Flashback?«

Dane atmete tief durch. »Wir waren auf dem Weg zur Tür, als ein Typ hereinkam. Sein Telefon klingelte und das Geräusch erinnerte mich daran, wie meine Ohren klingelten, als ich unter dem verdammten Humvee lag, unfähig, mich zu bewegen.«

Einen Moment lang herrschte am anderen Ende der Leitung Stille, während Dane sich verzweifelt bemühte, die Erinnerung abzuwehren, die ihn einzuvernehmen versuchte. Er versuchte, sich davon abzuhalten, sich auf den Boden zu werfen und die Hände über dem Kopf zusammen zu schlagen.

»Flashbacks können wirklich verdammt hart sein«, sagte Truck verständnisvoll.

»Ja. Ich ließ den Becher fallen, den ich in der Hand hielt, griff nach Bryn und drehte mich mit ihr, deckte ihren Körper mit meinem, um sie vor dem Schrapnell zu schützen, von dem ich sicher war, dass es jeden Moment durch die Luft fliegen würde.«

»Und was hat sie gemacht?«

Es dauerte einen Moment, bis Trucks Frage zu ihm durchsickerte. Als es endlich soweit war, sagte Dane einfach: »Nichts. Sie blieb einfach in meinen Armen stehen, bis der Typ an uns vorbei und zu seiner Familie gegangen war.«

»Ich liebe sie«, lautete Trucks merkwürdige Antwort.

»Wie bitte?«, fragte Dane mit erstickter Stimme. Sein Verstand sagte ihm, dass Truck mit dieser Aussage nicht wirklich *Liebe* meinte, aber trotzdem gefiel es ihm nicht, dass der andere Mann überhaupt auf diese Art an Bryn dachte.

»Sie ist nicht in Panik geraten? Hat sich nicht gewehrt? Hat nicht auf dich eingeprügelt, weil du sie blamiert hast?

Sie hat nicht gesagt, dass du verrückt bist, weil du so reagiert hast?«

»Nein. Sie hat der Angestellten einfach gesagt, dass sie unsere Eiscreme nicht zu ersetzen braucht, und dann sind wir gegangen. Sie hat mich sogar nach meinem Schlüssel gefragt, damit sie fahren konnte.«

»Verdammt, Dane«, sagte Truck voller Ehrfurcht, »ich kenne ihre Geschichte nicht und ich würde dir auch nicht vorschlagen, sofort mit ihr durchzubrennen, aber sie hört sich nach der perfekten Partnerin für dich an. Ich kenne nur eine Handvoll Frauen, die so reagieren würden. Die sich nicht aufregen würden oder denen es nicht peinlich wäre und die noch dazu merken würden, dass du nicht dazu in der Lage bist zu fahren.«

»Sie hat einen wahnsinnig analytischen Verstand. Sie will verstehen, wie alles funktioniert. Wenn sie nervös wird, wirft sie mit irgendwelchen Tatsachen um sich, von denen ich noch nie gehört habe. Außerdem fehlt es ihr ein wenig an gesundem Menschenverstand. Ich weiß nicht, ob es sich um eine Form des Autismus handelt oder so was, aber sie ist zum Beispiel von meinem Haus aus mitten in der Nacht zum Parkplatz der Kneipe zurückgegangen. Und als ich ihr gesagt habe, dass das nicht sonderlich schlau von ihr war, hatte sie keine Ahnung, wovon ich redete. Das ist zwar ziemlich süß, aber auch ein bisschen frustrierend.«

»Das hört sich so an, als würde sie jemanden wie dich brauchen, um sich um sie zu kümmern. Wann siehst du sie wieder?«

»Ich weiß es nicht. Ich ... ich habe das Haus seit einer Woche nicht verlassen, weil ich Angst habe, dass ich wieder irgendetwas Merkwürdiges tun oder jemanden verletzen werde, wenn ich falsch reagiere.«

»Ruf sie an«, befahl Truck ihm.

»Ich habe ihre Nummer nicht.«

»Nun ... dafür haben wir ja Tex. Wenn du ihm ihren Namen sagst, gibt er dir zehn Sekunden später ihre Nummer. Mal im Ernst. Ruf sie an. Wann bist du das letzte Mal abends in einem Restaurant essen gegangen?«

»Bevor ich meine Hand verloren habe.«

»Eben«, bemerkte Truck selbstgefällig. »Sie tut dir gut, Dane. Für mich hört es sich so an, als hättest du die Person gefunden, die wie für dich gemacht ist. Und ich glaube, du weißt es auch, kämpfst jedoch dagegen an.«

»Hallo, bei dir ist es doch auch so«, sagte Dane geradeheraus.

»*Ich* kämpfe gegen gar nichts an«, entgegnete Truck sofort. »Ich weiß ganz genau, wen ich will, und ich werde alles tun, um sie auch zu bekommen. Ganz egal, was nötig ist.«

Dane seufzte. Er hatte nicht gemein sein wollen. Er wollte versuchen, sich zu merken, nicht schlecht über Trucks Beziehung – wenn man es denn so nennen konnte – mit Mary zu sprechen. »Ich weiß nicht so recht, Mann. Ich bin immer noch ziemlich durch den Wind.«

»Und was glaubst du, wie *sie* sich gerade fühlt?«

»Wie meinst du das?«

»Sie hat dir geholfen, als du betrunken warst. Dann bist du bei ihrer Arbeit aufgetaucht und hast sie gebeten, mit dir auszugehen. Ihr habt gemeinsam gegessen und nun hat sie seit einer Woche nichts mehr von dir gehört oder gesehen.«

»Verdammt«, murmelte Dane, als ihm klar wurde, dass Truck recht hatte. Er hatte gesehen, wie überrascht und erfreut Bryn gewesen war, als er ihr gesagt hatte, sie wäre hübsch. Man konnte problemlos sehen, dass sie ihn mochte. Ihn *mochte*. Und als er sie letzte Woche verlassen hatte, hatte er ihr nicht mal versprochen, dass er sich bei ihr melden würde oder so was. Er hatte sie einfach davonfahren lassen, ohne ein Wort des Dankes, dass sie ihn beschützt, dass sie ihre Eiscreme mit ihm geteilt hatte oder sonst irgendwas. Er war ein Idiot.

»Ich bin ein Idiot.«

»Ja. Und jetzt gibst du mir bitte ihren ganzen Namen, sodass ich Tex anrufen kann, damit er ihre Nummer für dich herausfindet.«

Dane konnte an der Stimme seines Freundes hören, dass dieser lächelte. »Bryn Hartwell.«

»Alles klar. Ich schicke dir ihre Nummer innerhalb einer Stunde.«

»Danke, Truck. Ich weiß es zu schätzen. Und ich ... ich wollte mich einfach bedanken.«

»Gern geschehen. So leid es mir auch tut, ich werde mich eine Zeit lang nicht mehr melden, um zu sehen, wie die Dinge stehen, also versuche, keinen Scheiß zu bauen, bis ich wieder da bin, um dir zu erklären, wie du so richtig fi-«

»Halt den Mund, Arschloch.« Dane unterbrach seinen Freund, bevor dieser etwas sagen konnte, was ihn wirklich nerven würde. Es gefiel ihm nicht, dass Truck etwas Unanständiges in Bezug auf Bryn von sich geben wollte. »Du und die anderen, passt gut auf euch auf.«

»Natürlich. Ach, und Fish?«

»Ja?«

»Geh nicht zu hart mit dir selbst ins Gericht. Dort draußen gibt es eine Menge Veteranen und dazu kommt noch, dass die meisten Zivilisten ebenfalls schon mal von der Posttraumatischen Belastungsstörung gehört haben und was sie mit uns macht.«

»Jetzt hörst du dich genau wie Bryn an.«

»Ich wusste doch, dass sie mir gefällt«, entgegnete Truck

lachend. »Ich melde mich bald wieder bei dir mit ihrer Nummer und werde mit den Jungs reden, dass wir dich besuchen kommen, wenn wir zurück sind. Und dann möchte ich diese erstaunliche Frau auf jeden Fall kennenlernen.«

»Wir werden sehen. Bis später, Truck.«

»Bis später.«

Dane legte auf und ließ sich auf die Couch zurücksinken. Vielleicht war es langsam an der Zeit, sich einen Mitgliedsausweis für die Bücherei zu holen.

KAPITEL ACHT

Bryn setzte sich an den kleinen Tisch im Pausenraum in der hinteren Ecke der Bücherei und schlug das Buch auf, das sie letzte Woche über die Herstellung von Bunkern gefunden hatte. Sie hatte es schon einmal durchgelesen und fand es absolut faszinierend. Sie wusste, dass es Menschen auf der Welt gab, die dachten, der Zusammenbruch der Gesellschaft stünde unmittelbar bevor, aber sie hatte nicht gewusst, wie umfangreich ihre Vorbereitungen sein konnten.

Waffen zu horten, unterirdische Bunker zu bauen, Grundstücke zu kaufen, die über eine Wasserquelle verfügen, die nicht an eine städtische Einrichtung angeschlossen ist ... das alles war sehr interessant, und sie wollte *unbedingt* mit jemandem reden, der sich auf das Ende der Gesellschaft vorbereitete, und eine Führung durch einen Bunker im richtigen Leben bekommen.

Aber noch dringender war im Moment der Gedanke, dass derjenige, der das Buch über Bunker zuletzt ausgeliehen hatte, auch das Buch über die Verwendung von

Dünger in einer Bombe ausgeliehen hatte. Sie hatte die Person, die das getan hatte, nachgeschlagen. John Smith.

Es hätte Bryn überrascht, wenn das kein erfundener Name gewesen wäre. Aber es gab eine Adresse auf dem Antragsformular für den Büchereiausweis. Sie hatte keine Ahnung, ob sie echt war, aber sie hatte beschlossen, wenigstens zu recherchieren. Auf den Satellitenbildern, die sie im Internet gefunden hatte, sah es aus wie ein Haus am Rande von Rathdrum, aber sie hatte keine Ahnung, ob der mysteriöse John Smith tatsächlich dort lebte – er hätte sich die Adresse zu dem falschen Namen ausdenken können – oder ob auf dem Grundstück ein Bunker gebaut wurde. Die Gedanken an den Bunker waren das, was sie wirklich dazu brachte, dorthin zu gehen.

Als sie klein war, hatten ihre Eltern sie von allen möglichen Ärzten untersuchen lassen. Als dann ihr hoher Intelligenzquotient entdeckt wurde, wurde sie ständig getestet, um zu sehen, wie klug sie genau war. Sie wurde von so vielen Leuten gepikt, gestupst und analysiert ... sie wollte nur in Ruhe gelassen werden. Das war einer der Gründe, warum sie sich für Rathdrum entschieden hatte. Es gab hier nicht viele Leute.

Der Lebensstil der Prepper sprach diese Seite in ihr an. Allein zu sein, abseits zu leben, nicht einkaufen und sich mit Menschen herumschlagen zu müssen. Keine Rechnungen bezahlen zu müssen. Sie würde das Internet und die Möglichkeit, Informationen nachzuschlagen, wann immer sie wollte, vermissen, aber es reizte sie, einfach unterzutauchen. Und zwar sehr.

Der Juckreiz zwischen ihren Schulterblättern wurde von Tag zu Tag stärker. Sie musste einen echten Vorbereitungsbunker sehen. Sie musste sehen, ob das Bild in ihrem Kopf eine Fantasie war oder ob sie tatsächlich von der Gesellschaft abgeschnitten leben konnte, wie es die Prepper taten. Oder zumindest, wie sie es planten, wenn es nötig wäre.

Ihre Eltern hatten ihre extreme Neugier nie verstanden und ihr mehr als ein Mal gesagt, dass sie eines Tages in Schwierigkeiten geraten würde, aber Bryn hatte lediglich die Achseln gezuckt, als sie versucht hatten, sie zu zügeln. Wie sollte sie sonst etwas lernen?

»Hi.«

Bryn schrak in ihrem Stuhl zusammen und wirbelte herum. Sie sah, dass Dane in der Tür des Pausenraumes stand. Sie hob eine Hand ans Herz und sagte atemlos: »Ich habe gar nicht gehört, wie die Tür aufgegangen ist.«

»Offensichtlich nicht. Und es tut mir leid, ich wollte dich nicht erschrecken. Was schaust du dir so konzentriert an?«

Sie lächelte zu ihm hoch. »Ein Buch darüber, wie man einen Bunker baut.«

»Einen Bunker?«

»Ja, eine dieser unterirdischen Unterkünfte, in denen man leben kann, wenn die Gesellschaft zusammenbricht und sich alle gegeneinander wenden, und niemand wird wissen, dass man dort ist. Wusstest du, dass die Menschen diese Dinger so gebaut haben, dass sie jahrelang darin überleben könnten? Sie haben Zugang zu Frischwasser, bauen ihre eigenen Nahrungsmittel an und können quasi spurlos von der Bildfläche verschwinden. Das ist so cool.«

Während sie gesprochen hatte, hatte Dane sich auf einen Stuhl neben sie gesetzt. Nicht ihr gegenüber, sondern neben sie. *Genau* neben sie. Er lehnte sich zu ihr hinüber und drehte mit dem Zeigefinger das Buch um, damit er sehen konnte, was sie las.

»Das wusste ich. Liest du nach, wie man dort unten Frischluft hinleitet?«

Bryn nickte und versuchte, die Gedanken über die

Enttäuschung zu verdrängen, die sie empfunden hatte, als sie nach ihrem Picknick eine Woche lang nichts von Dane gehört hatte. »Manchmal benutzen die Leute nur ein einfaches Rohr, aber die extremen Prepper bauen ein Absaugsystem mit Ventilatoren und stellen sicher, dass sie mehrere verschiedene Ein- und Auslassöffnungen haben, nur für den Fall, dass eine kompromittiert wird.«

»Was sonst noch?«

Bryn sah Dane an. Sie konnte nicht sagen, ob er sich über sie lustig machte oder ob er wirklich wissen wollte, was sie gelernt hatte. Er sah heute gut aus. Sein linker Arm lag auf seinem Schoß, aber sie hatte bemerkt, dass er eine Prothese trug. Er trug auch die gleichen Stiefel, in denen sie ihn immer sah, eine Jeans, ein weißes, langärmeliges Hemd und seine immer präsente Lederjacke. Der Geruch von Leder würde sie für immer an ihn erinnern.

Sie schaute auf das vor ihr liegende Buch und biss sich auf die Unterlippe. Auch heute trug sie Jeans, und sie hatte sie mit einem marineblauen Rathdrum Public Library T-Shirt gepaart und trug noch immer die Schürze, die sie benutzte, wenn sie die Regale auffüllte, um sich nicht zu schmutzig zu machen. Sie war ihr viel zu groß, aber das war ihr bis heute egal gewesen. An ihren Füßen trug sie wie üblich Turnschuhe. Bryn wusste, dass ihre Haare wahrscheinlich durcheinander waren. Sie hatte sie zu einem Pferdeschwanz zusammengebunden, als sie das Haus verließ, aber er hatte sich wahrscheinlich schon gelockert. Sie war so was von nicht in seiner Liga. Nicht einmal annähernd. Sie mochte in vielen Dingen ahnungslos sein, aber so wie sie aufgewachsen war, hatte sie schnell gelernt, dass sie eine Ausgestoßene war und einfach nicht zu den anderen hübschen, beliebten Kindern passte.

»Nun, ähm, es gibt etwa drei Millionen Amerikaner, die

in die Kategorie der Prepper fallen. Menschen, die detaillierte Pläne machen, wie sie überleben können, wenn die Welt, wie wir sie kennen, endet. Das ist nur etwa ein Prozent der Gesamtbevölkerung, aber trotzdem war ich überrascht, wie hoch die Zahl ist. Es gibt eine sehr beliebte Webseite, die von einem ehemaligen Geheimdienstler der US-Armee betrieben wird. Er behauptet, dass die Regierung nicht in der Lage sein wird, sich um alle zu kümmern, wenn etwas Schlimmes passiert, also sollten sich die Leute jetzt darauf vorbereiten, auf sich selbst aufzupassen.«

Bryn fiel zum ersten Mal etwas ein. »Du warst doch beim Militär, oder? Was denkst du?«

Statt zu antworten, nahm Dane ihren Pferdeschwanz, der an ihrem Rücken hinunter hing, ließ ihn durch seine Finger laufen und hielt ihn sich dann an die Nase, um daran zu riechen.

»Dane?«

»Ja, Smalls?«

»Was machst du da?«

»Ich rieche an deinem Haar.«

»Das sehe ich, aber warum?«

»Weil es so gut riecht. Und es ist schon eine Woche her, dass ich das letzte Mal den Strand gerochen habe. Sich auf das Ende der Welt vorzubereiten, was das angeht ... Ich halte es immer für eine gute Idee, auf Notfälle vorbereitet zu sein. Du weißt ja, wo ich wohne. Nicht zu weit weg von Rathdrum, aber trotzdem ein paar Kilometer außerhalb der Stadt. Auf meinem Land befindet sich ein kleiner Fluss, wo ich mir Wasser holen kann, wenn es sein müsste. Ich habe immer genügend Lebensmittel für ungefähr einen Monat in meiner Vorratskammer, nur für den Fall, und ich besitze einen Generator, der mit Benzin betrieben wird. Wenn du allerdings wissen willst, ob es unter meinem Grundstück einen Bunker gibt, so lautet die Antwort nein.«

»Schade.«

Er lächelte sie an, stützte den Ellbogen auf den Tisch und lehnte sich darauf. »Würdest du gern einen Bunker sehen, Smalls?«

Sie nickte. »Ich dachte, du kennst vielleicht jemanden, der einen hat.«

»Leider nicht. Aber ich kann ja mal sehen, was ich für dich machen kann.«

»Wirklich?«

»Wirklich. Unter einer Bedingung.«

»Alles, was du willst.«

Sein Lächeln wurde breiter, er sagte jedoch nichts.

»Was ist denn? Dane?«

»Du solltest ziemlich vorsichtig damit sein, wem du versprichst, alles für ihn zu tun. Derjenige könnte auf falsche Gedanken kommen.«

»Inwiefern?«

Er richtete sich auf und bewegte langsam seine Hand zu ihrem Gesicht. Er strich ihr eine verirrte Haarsträhne hinters Ohr, die ihr ins Gesicht gehangen hatte. Bryn erschauderte bei seiner Berührung und neigte sich zu ihm. Gott, es war schon so lange her, dass sie berührt worden war. Erst in diesem Moment erkannte sie, wie wenig Kontakt sie zu anderen Menschen hatte.

»Abendessen. Bei mir zu Hause.«

Sie blinzelte Dane an. »Was?«

»Abendessen bei mir zu Hause. Und ich werde herausfinden, ob ich dir irgendjemanden hier in der Nähe vorstellen kann, der einen Bunker hat, wenn du zum Abendessen zu mir kommst. Aber du musst mir versprechen, dass du dich nur mit ihm oder ihr triffst, wenn ich dabei bin.«

»Warum?«

»Weil einige dieser Typen paranoid und ein bisschen verrückt sind. Viele sind Veteranen, die nicht gut mit der Wiedereingliederung in die Gesellschaft zurechtkommen, und ihre Reaktion darauf ist, sich von allen abzuschotten. Sie haben extreme Ansichten über die Regierung und sogar über die Rolle, die Frauen in der Gesellschaft spielen sollten. Es gibt auch Männer da draußen, die sagen, dass sie Prepper sind, aber in Wirklichkeit sind sie Extremisten. Entweder planen sie einen Schlag gegen die moderne Gesellschaft oder sie arbeiten mit einer der vielen Terroristengruppen der Welt zusammen. Ich weiß, dass du von Ted Kaczynski gehört hast. Das Wesentliche ist, dass es einfach nicht sicher ist, Bryn.«

»Aber ich will doch nur sehen, wie sie ihre Bunker gebaut haben«, protestierte Bryn mit gerunzelter Stirn.

Dane legte einen Arm auf die Lehne ihres Stuhls und beugte sich zu ihr. »Du kannst nicht einfach in die Wildnis marschieren und nach Bunkern suchen. Ich will auf keinen Fall, dass du einem Arschloch begegnest, das denkt, die Regeln der Regierung gelten nicht für ihn. Ich habe über die Prepper nachgeforscht, bevor ich hierhergezogen bin. Ich wollte sichergehen, dass ich weiß, worauf ich mich einlasse, wenn ich beschließe, in Idaho zu leben. Prepper vertrauen niemandem und sie sind auch nicht dumm. Durch meine Kontakte und Nachforschungen fand ich heraus, dass es eine Gruppe in der Nähe gibt, die behauptet, diesen Lebensstil zu führen, aber niemand glaubt ihnen. Sie sind keine guten Jungs ... und sie sind da draußen. Ich möchte wirklich nicht, dass du an diese Typen gerätst.«

»Aber ich stelle keine Bedrohung für sie dar.«

»Smalls, sie sehen *jeden* als Bedrohung an. Und es sind nicht nur diese mysteriösen Bösewichte. Denk an die Prepper und ihren Lebensstil. Sie verbringen ihr Leben damit, sich auf das Massenchaos vorzubereiten. Wenn du seit einer Woche nichts gegessen hast und hungerst, was würdest du tun, wenn du herausfinden würdest, dass jemand Lebensmittel gehortet hat, die dich monatelang versorgen könnten? Was, wenn du am Verdursten bist und über ein Grundstück stolperst, auf dem frisches, sauberes Wasser sprudelt? Diese Kerle, und manchmal auch Frauen, werden das, was sie haben, mit tödlicher Gewalt beschützen. Das ist genau das, worauf sie sich vorbereiten. Falls sie sich also bereit erklären, dir ihren Bunker zu zeigen – und das ist ein großes »Falls« –, wirst du nicht nur sehen, was sie zur Vorbereitung getan haben, sondern es ist auch möglich, dass du ihn vielleicht wiederfindest oder dass du jemand anderem erzählst, was du gesehen hast. Es ist ein großes Risiko für sie.«

»So hatte ich das noch gar nicht gesehen«, bemerkte Bryn.

»Genau. Falls es also überhaupt möglich ist, vereinbare ich den Termin und komme mit dir mit.«

»Aber würde das nicht bedeuten, dass *zwei* Leute die Lage des Bunkers kennen und über die Vorbereitungen Bescheid wissen?«

Dane sah sie einen Moment lang ernst an, bevor er zustimmte. »Ja.«

»Und würde das nicht bedeuten, dass du dann auch in Gefahr bist?«

Er nickte erneut. »Ja, wahrscheinlich.«

»Und wärst *du* nicht sogar die größere Bedrohung, weil du ein Mann bist? Und du siehst auch nicht gerade wie der typische Bürohengst aus, der den ganzen Tag vor dem

Computer sitzt. Du bist muskulös und warst früher beim Militär. Ich würde also sagen, wenn du recht hast – und ich bin mir ziemlich sicher, dass du das hast –, stellst du die größere Bedrohung dar und diese Typen würden dich nicht mal in der Nähe ihres Bunkers haben wollen und ... Warum lächelst du? Das verstehe ich nicht.«

Bryn runzelte die Stirn. Er war so ernst gewesen, doch während sie sprach, verzogen sich seine Lippen zu einem solch riesigen Lächeln, dass er fast lachte.

»Lach mich nicht aus«, sagte sie leise, den Blick zum Tisch gesenkt.

Sie spürte seinen Finger unter ihrem Kinn und hob den Blick wieder an, als er sie dazu zwang, den Kopf zu heben.

»Ich lache dich nicht aus, Bryn. Ich bin einfach nur so erstaunt darüber, wie schlau du bist. Und um deine Frage zu beantworten, ja, ich wäre wahrscheinlich für jeden Prepper eine riesige Bedrohung. Aber ich habe ja nicht vor, eine Annonce in der Zeitung zu schalten. Ich kenne ein paar Jungs, die mir dabei helfen können, jemanden zu finden, dem man vertrauen kann ... und der ein wenig vertrauenswürdiger ist als ein Großteil der Prepper. Aber auch dann ist es immer noch ein Risiko.«

Er nahm den Finger von ihrem Kinn weg und Bryn seufzte traurig. »Okay.«

»Also, Abendessen?«

Bryn nickte.

»Gut. Willst du mit mir zum Einkaufen kommen?«

»Das kann ich für dich erledigen ... wenn du möchtest.«

»Ich weiß es zu schätzen, aber ich muss aufhören, mich in meinem Haus zu verstecken.«

Bryn schüttelte den Kopf. »Es ist nicht deine Schuld, es liegt –«

Er unterbrach sie, bevor sie den Satz beenden konnte. »Wie wäre es, wenn du um sieben Uhr dort bist?«

»Heute Abend?«

»Warum nicht. Ich hoffe, du hast nichts gegen ein spätes Abendessen?«

»Nein, ich glaube, ich habe dir schon einmal gesagt, dass ich nicht viel schlafe. Normalerweise esse ich dann bis tief in die Nacht Snacks.«

Dane sah sie einen Moment lang an, ohne etwas zu sagen.

»Was ist?« Er machte sie nervös, und da sie nicht besonders gut erkennen konnte, was die Menschen dachten, hatte sie das Gefühl, dass sie ihn ständig darüber ausfragte, was er gerade dachte.

»Ich freue mich schon darauf, dich besser kennenzulernen.«

Bryn zuckte mit den Achseln. »Ich bin doch nur ich. Nichts Besonderes.«

»Also das kann ich wirklich nicht glauben. Wir treffen uns also um sieben Uhr beim Lebensmittelladen, okay? Ich werde in meinem Wagen auf dich warten, wenn das in Ordnung ist.«

»Selbstverständlich.«

»Ich werde hinten auf dem Parkplatz parken. Fahr einfach neben mich und ich werde dich sehen.«

»Okay.«

Dane stand auf und Bryn blickte zu ihm hoch. Ziemlich weit hoch. Bevor sie etwas sagen konnte, das sie bereuen würde, beugte er sich zu ihr und legte seine gute Hand um ihren Hinterkopf. Er hielt sie fest, während er ihre Stirn küsste, und wich dann zurück. »Bis später, Smalls.«

Bryn blieb still, als Dane den Raum so leise verließ, wie er ihn betreten hatte. Ihr Verstand raste, versuchte zu verstehen, was in aller Welt gerade passiert war. Sie hatte seit über einer Woche nichts von Dane gehört und sie hatte sich eingeredet, dass er nichts mit ihr zu tun haben wollte … wieder einmal. Dann innerhalb von – sie sah hinab auf ihre Uhr – fünfzehn Minuten hatte er ihr nicht nur versprochen, ihr zu helfen, mehr über Bunker herauszufinden, sondern er hatte sie auch eingeladen, mit ihm einzukaufen und noch mal zusammen zu essen … bei ihm zu Hause.

Es war unwirklich, aber das warme Gefühl in ihrer Brust fühlte sich gut an. Bryn schloss das Buch und stand auf. So sehr sie sich auch in der Freude, die sie fühlte, sonnen wollte, musste sie doch wieder an die Arbeit gehen.

Als sie für den Rest des Nachmittags Bücher einräumte, schossen ihr die Fragen, die sie Dane stellen wollte, durch den Kopf. Es gab so viel, das sie über ihn wissen wollte, seine fehlende Hand, seine Zeit beim Militär, warum er Rathdrum zum Leben gewählt hatte, ob er eine Familie hatte, wie er seinen Lebensunterhalt verdiente und, was am wichtigsten war, was seine Meinung über sie geändert hatte.

Bryn lächelte, als sie um fünf Uhr die Arbeit verließ und wusste, dass die nächsten zwei Stunden sich ewig hinziehen würden. Sie konnte es nicht erwarten, Zeit mit Dane zu verbringen. Sie hatte keine Ahnung, warum er Zeit mit ihr verbringen wollte, aber sie würde versuchen, es zu genießen, solange es noch ging.

Und sie wusste, es würde nicht andauern. Das tat es nie. Immer wenn ein Mann Interesse zeigte, war es unvermeidlich, dass er frustriert von ihr war. Sie war nicht wie die meisten Menschen, aber zumindest für heute Abend wollte Bryn so tun, als wäre sie es.

KAPITEL NEUN

Bryn fuhr an diesem Abend genau um sieben Uhr auf den Parkplatz des Lebensmittelladens. Sie hatte die meiste Zeit zwischen kurz nach fünf und kurz vor sieben damit verbracht, sich zu überlegen, was sie anziehen wollte. Sie hatte keine riesige Garderobe zur Auswahl und entschied sich schließlich für eine schwarze Jeans und eine weiße Bluse, die sie schon ewig nicht mehr getragen hatte. Es war ein seidener Stoff, der mit einer zarten Überlagerung von Spitzenblumen bedeckt war. Sie trug sie nicht oft, aber sie wollte zum ersten Mal seit Langem wieder weiblicher aussehen.

Sie besaß keine hohen Schuhe und begnügte sich damit, ihre üblichen Turnschuhe anzuziehen, hoffte aber, dass die Mühe, die sie in die Wahl ihrer Bluse gesteckt hatte, den lahmen Schuhen entgegenwirken würde.

Als sie in die Parklücke neben Danes grünem Pritschenwagen fuhr, bemerkte sie, dass er offensichtlich gesehen hatte, wie sie in ihrem Wagen auf den Parkplatz gefahren war, da er vor seinem Fahrzeug stand und auf sie wartete.

Plötzlich schüchtern stieg sie aus und steckte ihren Schlüssel ein.

»Hi.«

»Hi. Gut siehst du aus.«

»Meine Schuhe passen nicht zum Rest des Outfits.« Bryn hätte sich am liebsten vor die Stirn geschlagen, weil sie seine Aufmerksamkeit auf ihre Schuhe gelenkt hatte, aber da sie gerade daran gedacht hatte, dass sie nicht zu ihrer Bluse passten, war es unvermeidlich, dass sie es auch laut aussprach.

»Die Schuhe sind in Ordnung. Smalls, du lebst in Idaho, nicht in New York. Ich wäre schockiert, wenn du hohe Schuhe tragen würdest. Was du allerdings tatsächlich gebrauchen könntest, ist ein Paar feste Stiefel. Sie eignen sich perfekt für Regen, Schnee, Matsch und sehen einfach krass aus.«

Bryn lachte. »Ich glaube, ich könnte nicht krass aussehen, selbst wenn ich es versuchen würde.«

Dane trat näher zu ihr, nahm ihre Hand und begann, auf die Tür des Gebäudes zuzugehen. »Dafür hast du ja mich.«

Bryn wäre fast über ihre Füße gestolpert. Es war nur der starke Griff, mit dem Dane ihre Hand festhielt, der sie davon abhielt, auf ihr Gesicht zu fallen. Sie hatte ihn? Was sagte er da? Bevor sie fragen konnte, näherten sie sich der Tür – und sie keuchte.

Seitlich der automatischen Schiebetüren saß ein Mann auf dem Boden. Er hatte einen kleinen, dreckigen Hund bei sich und ein Pappschild, auf dem stand: »*Obdachloser Veteran. Haben Sie etwas Kleingeld?*«

Bryn konnte den Blick nicht von dem Mann lassen. Er hatte einen langen Bart und trug eine rote Mütze, die tief auf die Stirn gezogen war. Es war offensichtlich, dass er mehrere Schichten Kleidung trug, die alle schmutzig und zerrissen aussahen. Seine Beine waren gekreuzt und er hielt mit einer Hand die kurze Leine und mit der anderen Hand das Schild. Er schaute hoffnungsvoll zu ihnen auf, als sie sich näherten.

»Haben Sie etwas Kleingeld übrig? Ich habe Hunger, aber ich versuche, meinen Hund Muppet hier zu füttern, bevor ich etwas esse. Er hat seit zwei Tagen nichts mehr in den Magen bekommen.«

Bryn führte die Hand sofort zu ihrer Tasche. Sie hatte immer eine Handvoll Münzen dabei, wenn sie das Haus verließ. Diese Angewohnheit stammte noch aus ihrer Kindheit, als ihre Mutter ihr immer gesagt hatte, sie solle ein wenig Kleingeld fürs Telefon dabeihaben, »nur für den Fall«. Sie wusste nicht, was das eigentlich heißen sollte, aber es war eine Gewohnheit, die sie sich angeeignet hatte und mit der sie jetzt nicht einfach brechen konnte.

Sie zog das ganze Kleingeld heraus und ließ Danes Hand los, um zu dem Mann und seinem Hund hinüberzugehen. Sie beugte sich vor und ließ die Münzen in den Becher des Mannes fallen. »Es tut mir leid, dass es nicht mehr ist.« Bryn streichelte den extrem freundlichen Hund, der versuchte, sie anzuspringen, als sie sich näherte. Augenblicklich wich sie vor ihm zurück, näher zu Dane. Sie spürte, wie er erneut ihre Hand nahm, als sie zum Eingang gingen.

Als sie schließlich drin waren, sah sie zu ihm auf. »Ich finde es schrecklich, dass unsere Veteranen so schlecht behandelt werden. Und der arme Hund.« Bryn schüttelte traurig den Kopf. »Obdachlose tun mir so unglaublich leid. Ich fühle mich schuldig, weil ich einen sicheren, warmen Platz zum Übernachten habe und sie nicht.«

Dane machte für den Einkaufwagen halt und drehte sich zu ihr um. »Smalls, Oliver ist nicht obdachlos.«

Sie sah ihn schockiert an. »Doch, ist er«, protestierte sie. »Warum sollte er sonst dort draußen sitzen mit seinem armen Hund und um Kleingeld betteln?«

Dane lächelte, doch seine Augen blieben ernst. Er hob die Hand und strich ihr das Haar hinters Ohr, wie er es schon zuvor an diesem Tag in der Bücherei getan hatte. »Wie oft hast du ihm schon Geld gegeben?«

»Jedes Mal, wenn ich ihn sehe. Ich fühle mich so schlecht. Er hat sein Leben für unser Land aufs Spiel gesetzt und nun hat er nicht mal eine Unterkunft. Es ist eine Schande und jetzt ist es an uns, deren Leben er geholfen hat zu schützen, ihm zu helfen.«

Dane legte seine Hände auf ihre Schultern und beugte sich zu ihr. »Ich stimme dir zu, dass obdachlose Veteranen ein Problem unserer Gesellschaft sind, an dem die Regierung noch arbeitet, aber Smalls, ich kann dir mit Sicherheit sagen, dass der Mann dort *weder* ein Veteran *noch* obdachlos ist.«

Bryn sah schockiert zu Dane hoch und fragte sich kurz, ob sie sich komplett in ihm geirrt hatte. »Doch, *ist* er«, erklärte sie empört. »Ich habe ihn gestern vor der Bücherei getroffen und ein paar Tage zuvor an der Tankstelle. Er trug seine Militärjacke mit all den Aufnähern, sodass man sehen konnte, welcher Einheit er angehörte.«

»Er wohnt nicht weit von hier entfernt. Ich habe ihn letzte Woche in *Smokey's Bar* gesehen, bevor ich mich betrunken habe. Er sprach mit der Kellnerin und sie machten Pläne, sich später zu treffen ... in *seiner* Wohnung. Ganz offensichtlich benutzte er das Geld, das er erbettelt hatte, um Alkohol zu kaufen. Er war schon ziemlich betrunken und gab vor der Kellnerin damit an, wie viel

Geld er damit verdient, sich als Veteran auszugeben, und wie seine Einnahmen sich verdoppelt hätten, seit er sich den Hund angeschafft hat.«

Bryn konnte nicht anders und starrte Dane entsetzt an. »Er lügt?«

Danes Mundwinkel zuckten, doch er lächelte nicht. »Ja, Smalls. Er lügt.«

»Und er heißt Oliver?«

»Ja. Ich habe gehört, wie er sich der Kellnerin vorgestellt hat. Spielt es eine Rolle?«

»Nein, wahrscheinlich nicht. Aber der Name ›Oliver‹ klingt für mich nicht unbedingt nach einem Betrüger.«

Dane erwiderte darauf nichts, sondern sah sie nur mit mitfühlendem Blick und hochgezogener Augenbraue an.

Ohne nachzudenken, lehnte Bryn sich einfach vor und legte den Kopf an Danes Brust, wobei sie ihre Arme an der Seite hängen ließ. »Ich bin eine Idiotin.«

»Nein, bist du nicht«, versicherte Dane ihr und strich ihr mit der Hand über den Kopf und über den Rücken und dann wieder hinauf. Den anderen Arm legte er ihr um die Taille und zog sie an sich.

Bryn hob die Hände, legte sie zögernd auf seine Taille und sah zu ihm hoch. »Ich kann buchstäblich nicht an Obdachlosen vorbeigehen, ohne ihnen Geld zu geben. Ich fühle mich so schrecklich, dass sie keinen sicheren oder warmen Platz zum Übernachten haben, dass ich mich verpflichtet fühle, für sie zu tun, was ich kann. Ich bin auf so viele verschiedene Arten privilegiert und es tut mir weh, daran zu denken, was sie vielleicht durchmachen. Als ich noch in Seattle gelebt habe, habe ich angefangen, den Bus zur Arbeit zu nehmen, weil plötzlich auf meinem Weg zur Arbeit so viele von ihnen aufgetaucht sind.«

»Es ist kein Nachteil, ein weiches Herz zu haben.«

»Sie lügen doch nicht alle, oder?«

»Nein, Smalls. Aber du musst einfach lernen, bessere Wege zu finden, ihnen zu helfen, anstatt ihnen dein Geld zu geben.«

»Aber wie?«

»Wie wäre es, wenn wir später darüber reden? Können wir erst mal die Einkäufe hinter uns bringen?«

Daraufhin straffte Bryn die Schultern und machte einen Schritt von Dane weg. »Aber natürlich. Es tut mir leid! Ja, komm. Ich weiß, dass es dir hier nicht gefällt, also holen wir uns, was wir brauchen, und verschwinden wieder.«

»Moment mal, Bryn.«

Sie erschauderte, als sie ihren Namen von seinen Lippen hörte. Er nannte sie normalerweise Smalls, was ihr ausgesprochen gut gefiel, doch zu hören, wie er ihren Namen in dieser tiefen, sexy Stimme sagte, sorgte dafür, dass sie alles für ihn tun wollte. »Ja?«

»Vielen Dank.«

»Wofür?«

»Dafür, dass du die Veteranen unterstützen möchtest. Dass du dich um sie sorgst ... um uns. Es bedeutet mir sehr viel.«

Ohne nachzudenken, lehnte sie sich vor und schlang die Arme um Dane. Ihr Kopf reichte kaum bis zu seinem Kinn, doch sie hielt ihn nur einen Moment lang fest und ließ ihn dann wieder los. »Gern geschehen. Und jetzt komm. Was sollen wir zum Abendessen machen?«

Die Tour durch den Laden ging relativ schnell und Dane war dankbar für Bryns Anwesenheit, als sie die Gänge auf und ab gingen. Er hätte es wahrscheinlich auch ohne sie schaffen können, aber zuzusehen, wie sie ihr Bestes tat, damit er sich wohlfühlte, war eine verdammt gute Ablenkung.

Sie positionierte sich auf seiner linken Seite und schlang ihren Arm um seinen. Er hatte seine Prothese nicht angelegt, sondern entschieden, dass Bryn seinen Stumpf sowieso schon mehr als ein Mal gesehen hatte, und hoffentlich würden sie bald wieder bei ihm zu Hause sein. Es schien ihr auch völlig egal zu sein, dass er sie nicht trug.

Während sie durch den Laden gingen, hielt sie einen stetigen Redefluss aufrecht, sodass er auf das achtete, was sie sagte, und nicht darauf, wer sonst noch mit ihnen in den Gängen war. Bryn kam nicht an die Lebensmittel in den oberen Regalen heran und meckerte und beschwerte sich über die Anordnung der Artikel. Obwohl sie nur kurz dort gearbeitet hatte, war sie offensichtlich stolz darauf gewesen, dass das Layout »einkaufsfreundlich« war, und die Änderungen, die nach ihrer Kündigung vorgenommen worden waren, passten ihr nicht.

Sie wählte die Kassenschlange mit den meisten Leuten aus und sagte ihm, da mehr Leute in der Schlange stünden, würde das bedeuten, dass weniger hinter ihnen stehen würden. Als jemand in ihre Schlange kam, sagte Bryn nichts, sondern stellte sich nur so hin, dass sie seitlich von ihm stand und ein Auge auf die anderen haben konnte.

Mit ihr einkaufen zu gehen war eine erstaunliche Erfahrung. Von ihrem Gemurmel über die Anzahl der Kohlenhydrate, die in dem Gericht waren, für das er die Zutaten kaufte, über die Tatsache, dass sie ihn vor anderen Einkäufern abschirmte, bis hin zu der Genugtuung, dass sie alles tat, um es ihm in dem überfüllten Laden einfacher zu machen ... das alles summierte sich zu einem Gefühl der Zufriedenheit und Befriedigung, das Dane noch nie zuvor empfunden hatte.

Der Clou war, dass er irgendwie wusste, sie würde es abstreiten, sollte er sie darauf hinweisen. Nicht ein einziges Mal hatte sie seine fehlende Hand auch nur erwähnt oder sich benommen, als würde es sie abstoßen. Er hatte keine Ahnung, wie er es geschafft hatte, so viel Glück zu haben, aber Dane hatte eine plötzliche Erleuchtung, dass er tun musste, was immer nötig war, um sicherzustellen, dass Bryn ihm nicht durch die Finger schlüpfte.

»Vielen Dank.«

Sie sah zu ihm auf, während sie mit ihren Einkäufen über den Parkplatz gingen. »Wofür?«

»Dafür, dass du mich nicht anders behandelst. Dass du auf mich aufpasst. Dass du zugestimmt hast, heute bei mir zu Abend zu essen. Einfach für alles.«

Sie sah verwirrt aus, nickte aber trotzdem.

Dane klickte auf seinen Schlüssel, um den Wagen aufzusperren, und sie stellten die Tüten auf den Boden vor dem Rücksitz. Er machte die Tür zu und wandte sich erneut an Bryn. »Fährst du mit mir?«

Sie biss sich auf die Unterlippe und wandte den Blick ab.

»Was geht jetzt in deinem Kopf vor?«, fragte Dane.

»Ich würde gern mit dir fahren, aber es ist nicht logisch. Meine Wohnung liegt in dieser Richtung«, sie zeigte zurück in Richtung Stadt, »und dein Haus liegt in dieser Richtung«, sie zeigte in die andere Richtung, »wenn ich also jetzt mit dir mitfahre, bedeutet das, dass du mich hierher zurückbringen musst, damit ich meinen Wagen holen und nach Hause fahren kann. Es macht viel mehr Sinn, wenn ich dir in meinem Wagen folge, und wenn wir fertig sind, muss nur einer zurück in die Stadt fahren.«

Dane lächelte. Es gefiel ihm, wie ihr Verstand funktionierte. »Smalls, *so* weit ist es nun auch nicht. Wenn du außerdem mit deinem eigenen Wagen fahren würdest, würde ich dich trotzdem zurück in die Stadt begleiten, also sparen wir Benzin, wenn wir jetzt beide zusammen fahren.«

»Warum solltest du das tun? Das ist jetzt *wirklich* nicht logisch.«

Dane lehnte sich an sie, legte ihr die Hand in den Nacken und sagte: »Was für ein Mann wäre ich, wenn ich dich im Dunkeln mit deiner Rostlaube nach Hause fahren ließe, ohne sicherzustellen, dass du sicher dort ankommst? Es ist meine Aufgabe, dafür zu sorgen, dass dir nichts passiert.«

Sie sah verwirrt aus. »Ich bin nicht deine Aufgabe, Dane. Ich bin erwachsen. Und wie du schon gesagt hast, ist es von dir aus nicht so weit in die Stadt, und ich kümmere mich schon lange um mich selbst. Ich verstehe nicht recht.«

Er leckte sich über die Lippen und lehnte sich zu ihr, bevor er antwortete. »Ich mag dich, Bryn Hartwell. Ich hätte heute Abend gern die Möglichkeit, mich mehrere Stunden lang mit dir zu unterhalten. Das heißt, dass es schon spät sein wird, wenn du wieder gehst. Und ich fühle mich nicht wohl bei der Vorstellung, dich mitten in der Nacht alleine loszuschicken. Du könntest einen Platten haben oder irgendetwas stimmt mit dem Motor nicht. Ein Serienmörder könnte nur darauf warten, dass eine Frau alleine auf den verlassenen Straßen von Idaho unterwegs ist, die er entführen und in seine Höhle tief in den Bergen verschleppen kann.« Als sie den Mund öffnete, um etwas zu erwidern, sprach er schnell weiter, um ihr nicht die Möglichkeit zu bieten.

»Ich weiß, dass es unlogisch und die Wahrscheinlichkeit sehr gering ist. Aber ich könnte nicht weiterleben mit dem Gedanken, dass dir etwas zustößt, wenn du mein Haus verlässt.« Er zuckte mit den Achseln. »Nenne es eine von den merkwürdigen Eigenheiten von Dane. Oder die Folge davon, dass ich Soldat bin. Es ist mir egal. Aber so ist es nun mal. Und jetzt würde ich gern wissen ... kommst du in meinem Wagen mit oder willst du dein eigenes Auto fahren?«

»Wenn ich dir verspreche, dass ich dich anrufe, sobald ich zu Hause angekommen bin, würdest du dann zulassen, dass ich alleine fahre, ohne dass du mir folgst?«

Dane schüttelte den Kopf, sagte aber nichts.

Sie seufzte heftig, schürzte die Lippen und murmelte: »Ich verstehe dich einfach nicht.« Dann hob sie die Stimme und sah ihn erneut an. »Ich fahre mit dir.«

Dane lehnte sich zu ihr und gab ihr einen sanften Kuss auf die Stirn. »Danke, Smalls.«

Keiner von beiden sagte noch etwas, als er ihr half, auf der Beifahrerseite seines Wagens einzusteigen, und dann nach vorne zur Fahrerseite ging. Sie blieben still, als er die kurvenreiche Straße zu seinem Haus hinunterfuhr. Es war jedoch eine angenehme Stille und Dane lächelte in sich hinein. Er liebte es, wie wohl er sich mit Bryn fühlte, und konnte es nicht erwarten, mehr über sie zu erfahren. Der heutige Abend würde ihre Beziehung von fast fremden Menschen zu hoffentlich mehr verändern.

Dane wusste, dass er es mit Bryn langsam angehen musste. In mancher Hinsicht war sie wie eine unerfahrene Jungfrau und in anderer Hinsicht war sie eine alte Seele. Es war ein faszinierender Widerspruch und er war gespannt zu erfahren, was sie bewegte und was ihre Hoffnungen und Träume waren.

Zum ersten Mal seit langer Zeit machte er sich keine Sorgen über seine fehlende Hand und was eine Frau darüber denken könnte ... er war ganz darauf konzentriert, so viel wie möglich über Bryn zu erfahren und sie davon zu überzeugen, ihn möglichst schnell wiederzusehen.

KAPITEL ZEHN

»Zu Zeiten der Punischen Kriege gab es einen römischen General, der seine Hand verloren und sich eine neue aus Eisen hat anfertigen lassen. Das hat er getan, damit er seinen Schild halten und in den Krieg zurückkehren konnte, um zu kämpfen. Vor rund fünfzehn Jahren haben Archäologen in Kairo die wohl älteste Prothese gefunden, die bis jetzt bekannt ist. Es handelt sich um einen Zeh aus Leder und Holz. Und ob du es glaubst oder nicht, er wurde in dem dreitausend Jahre alten Grab einer Mumie gefunden, die man für eine Adlige hält.«

»Tatsächlich?« Dane murmelte das Wort, weil er genau wusste, dass Bryn zu sehr in ihren Monolog über die Prothese in der Geschichte vertieft war, um ihn überhaupt zu hören.

»Ja. Und es ist wirklich erstaunlich, wie wenig sich die Prothesen im Laufe der Jahre verändert haben. Ich meine, die Ärzte benutzen immer noch Leder, um sie an den Körpern der Menschen zu befestigen. Und im dunklen Zeitalter, zweitausend Jahre, nachdem diese ägyptische Frau mit dem fehlenden Zeh und der römische General gelebt haben, benutzten Ritter Gliedmaßen aus Metall, die von den gleichen Leuten fabriziert wurden, die auch ihre Rüstungen und Waffen herstellten.

Und dann kamen die Piraten. Jeder kennt ihre Haken und Holzbeine. Der erste große Durchbruch in der Herstellung tatsächlich funktionierender Arme und Beine kam erst im sechzehnten Jahrhundert. Ein französischer Arzt ... verdammt, ich erinnere mich nicht an seinen Namen, aber sobald er mir wieder einfällt, sage ich ihn dir ... war der Erste, der eine mechanische Hand mit Gelenk hergestellt hat.

Wusstest du eigentlich, dass die nationale Wissenschaftsakademie im Jahre neunzehnhundertfünfundvierzig ein Programm für künstliche Gliedmaßen eingerichtet hat, weil so viele Veteranen mit fehlenden Gliedmaßen aus dem Zweiten Weltkrieg zurückkehrten? Es ging darum, fortschrittlichere Materialien zu benutzen, die besser funktionierten, und innovative Operationstechniken, die es den Betroffenen erleichtern sollten, Prothesen zu benutzen, nachdem Gliedmaßen amputiert wurden.«

Sie saßen auf der Couch und aßen das Hühnchen Parmesan, das Dane ihnen zum Abendessen zubereitet hatte. Sie unterhielten sich, als würden sie einander schon jahrelang kennen und nicht erst seit einer Woche oder so. Dane hatte einen Moment lang befürchtet, dass Bryn Vorbehalte haben würde, sich ihm gegenüber zu öffnen, doch damit hatte er vollkommen falschgelegen.

Es war, als hätte sie keine Ahnung, was als Gesprächsthema für eine erste Verabredung gesellschaftlich akzeptabel war und was nicht. Sie hatten all die Themen abgehakt, über die zwei Menschen normalerweise sprachen, wenn sie sich kennenlernten, Dinge wie ihre Familie, die Arbeit, wann und warum sie nach Idaho gezogen waren, aber irgendwann hatte die Unterhaltung eine merkwürdige Wendung genommen ... Doch das machte Dane nichts aus.

Er wusste, dass sie von seinem Stumpf und der Prothese fasziniert war, doch ihm war nicht klar gewesen, wie sehr. Als er ihr auf ihre Bitte hin gezeigt hatte, welche Prothese er zurzeit benutzte, hatte sie mit ihrem jetzigen Monolog begonnen.

»Tut dein Arm noch weh? Hast du Phantomschmerzen? Ich stelle es mir so merkwürdig vor, wenn einem die Hand wehtut, und dann schaut man runter und sie ist gar nicht mehr da. Mal ehrlich, wie funktioniert das überhaupt? Und du hast gesagt, dein Freund hätte deine Schlagader zugehalten, damit du nicht verblutest? Wie konnte er das tun und dabei laufen? Hat es wehgetan? Oh, natürlich hat es das. Deine Prothese ist ziemlich gut, auch wenn sie kaum besser ist als der Haken eines Piraten. Ich glaube, du könntest dich auf die Liste für eine bionische Prothese mit allem Drum und Dran setzen lassen. Die Firmen, die sie herstellen, lieben eine gute Veteranengeschichte ... Und noch dazu siehst du klasse aus, ich bin mir sicher, sie würden mit dir nur allzu gern angeben.«

Als sie eine Pause machte, um Luft zu holen, warf Dane schnell ein: »Es macht dir wirklich nichts aus, dass mir ein Teil meines Arms fehlt, oder?«

Sie sah ihn verwirrt an. »Nein. Warum sollte es?«

Dane fielen Hunderte von Gründen ein, warum es ihr etwas ausmachen sollte, doch wenn sie die nicht schon kannte, würde er ihr sie sicher nicht nennen. »Komm mal her.«

»Wohin?«

Dane grinste, legte seinen Arm auf die Lehne der Couch und zeigte mit der anderen Hand neben sich. »Hierher.«

»Warum?«

Dane konnte nicht leugnen, dass ihre Fragen ihn amüsierten. Er würde sich keine Sorgen darum machen müssen, dass sie ihre Gedanken für sich behielt, wie es bei vielen anderen Frauen der Fall war. Wenn sie eine Frage hatte, würde sie sie stellen. Sie würde nicht lange um den heißen Brei herumreden oder zu verstecken versuchen, was sie fühlte oder dachte.

»Weil ich müde bin und dich gern im Arm halten würde, während wir uns unterhalten ... Außer natürlich, das wäre dir unangenehm.«

Sie dachte einen Moment lang über seine Worte nach und fragte dann: »Ist das ein Vorspiel, bevor wir anfangen zu knutschen und dann Sex haben?«

Dane wäre fast erstickt, bewahrte jedoch die Haltung, gerade so. »Heute Abend? Nein. Ich genieße nur deine Gesellschaft und hätte dich gern näher bei mir, während wir uns weiter besser kennenlernen.«

»Also nicht heute Abend, aber vielleicht später?«

»Ja, Smalls. Wenn du denkst, dass du das möchtest.«

Bryn legte den Kopf schief und dachte einen Moment lang über seine Antwort nach, bevor sie erwiderte: »Ja, ich glaube, das könnte mir gefallen.«

»Na dann komm her.«

Dane entspannte sich, als sie die paar Schritte zu ihm kam und sich an ihn kuschelte, und beantwortete ihre Fragen. »Ich habe manchmal Phantomschmerzen. Und es ist *wirklich* ziemlich merkwürdig, dass die Hand wehtut, und wenn ich runter schaue, stelle ich fest, dass alles nur in meinem Kopf ist. Wie das funktioniert, weiß ich auch nicht. Tut mir leid. Und ja, Truck sah, dass ich am Verbluten war, also hat er seine Hand in die Überreste meines Arms gesteckt und meine Arterie zugehalten, bis wir an einem sichereren Ort waren. Ich erinnere mich nicht mehr an alle Details von diesem Tag, kann aber ehrlich sagen, dass ich keine Ahnung habe, wie es ihm gelungen ist, sie zuzuhalten, während er lief. Ich bin mir allerdings nicht sicher, dass ich das Vorzeigekind für Leute mit fehlendem Arm sein möchte. Und obwohl ich gern eine etwas funktionalere Prothese hätte, habe ich herausgefunden, dass es bequemer ist, ganz darauf zu verzichten.«

»Wow.«

»Wow, was?«

»Ich kann nicht glauben, dass du dich an all meine Fragen erinnert hast«, erklärte Bryn ihm und kuschelte sich noch mehr an ihn.

»Du bist nicht die einzige Schlaue hier, Smalls.«

Sie kicherte und legte dann langsam einen Arm um seinen Bauch, als hätte sie Angst davor, dass er sich darüber beschweren könnte.

Dane legte seinen Stumpf auf ihren Arm, den sie um ihn geschlungen hatte, und ließ den Kopf gegen die Couch sinken. »Ich war immer ziemlich gut darin, mich an Dinge zu erinnern. Natürlich bin ich kein Genie wie du, aber wenn jemand etwas sagt, kann ich mir das normalerweise merken.«

»Cool.« Bryn machte eine Pause und sprach dann weiter: »Ich werde mehr über Phantomschmerzen herausfinden und es dir dann erzählen.«

Dane richtete sich auf, lehnte sich zu ihr und gab ihr einen Kuss auf die Stirn. »Danke.« Ein wenig später fragte er sie: »Möchtest du fernsehen?«

Bryn zuckte mit den Achseln. »Wenn du es möchtest.«

»Was machst du normalerweise, wenn du von der Arbeit nach Hause kommst?« Er wartete lange und als sie nicht antwortete, fragte Dane schließlich: »Bryn?«

»Du hattest recht, weißt du«, entgegnete sie merkwürdigerweise, anstatt auf seine Frage einzugehen.

»Womit?«

»Dass ich ein Freak bin.«

Dane spürte, wie ihm das Herz schwer wurde. Er hatte gewusst, dass das, was er gesagt hatte, ihn früher oder später einholen würde. »Ich wollte damit nicht sagen –«

»Nein, ist schon gut. Das bin ich eben. Und ich bin mittlerweile alt genug, um es einzusehen. Und eigentlich sollte es mir nichts mehr ausmachen.«

»Das tut es aber trotzdem«, entgegnete Dane wissend.

Sie zuckte mit den Achseln. »Ich esse zu Abend. Dann sehe ich mir die interessanten Bücher an, die ich an jenem Tag aus der Bücherei mitgebracht habe. Manchmal dauert es nur zwanzig Minuten, manchmal drei Stunden, das kommt ganz darauf an, wie sehr sie mich interessieren. Wenn mir dann immer noch nicht alles klar ist, forsche ich über das Thema, über das ich gelesen habe, im Internet nach. Manchmal vergesse ich dabei die Zeit und stelle dann fest, dass es schon nach Mitternacht ist.«

Dane stellte fest, dass sie seine Frage darüber beantwortete, was sie nach der Arbeit tat, und unterbrach sie nicht, sondern hielt sie fester im Arm, während sie weitersprach.

»Wenn es in der Bücherei nichts gibt, was mich interessiert, mache ich Kreuzworträtsel. Oder ich schaue mir die neuesten Doktorarbeiten an, die in der ProQuest Bücherei online gestellt werden, und finde heraus, ob ich die wissenschaftlichen Fakten dahinter für kompromittiert halte. Manchmal schreibe ich eine E-Mail an denjenigen, der sie geschrieben hat, und sage ihm, was ich davon halte. Manchmal entsteht daraus eine interessante Diskussion mit einem der betreuenden Professoren. Wie schon gesagt, ich brauche nicht viel Schlaf. Meine Eltern haben mich deswegen sogar untersuchen lassen, als ich klein war, und es wurde festgestellt, dass mein Gehirn niemals Pause macht. Das und dass das hDEC2-Gen in meiner DNA mutiert ist, was bedeutet, dass ich mit weniger Schlaf auskomme als die meisten anderen Menschen.«

»Cool«, erklärte Dane ihr ehrlich.

Daraufhin hob Bryn den Kopf. »Cool?«

»Ja. Weißt du, wie oft sich das als nützlich erwiesen hätte, als ich noch beim Militär war? Es gab so viele Nächte während des Einsatzes, in denen es mir schwerfiel, wach zu bleiben.«

»Du versuchst nur, dafür zu sorgen, dass ich mich besser fühle, obwohl ich komisch bin«, grummelte Bryn.

»Ein bisschen, aber ganz ehrlich, Smalls, ich finde dich erstaunlich. Dann bist du eben intelligent? NU.«

»NU?«, fragte sie stirnrunzelnd.

»Schön, dass ich dir noch etwas beibringen kann«, neckte Dane sie. »Na und. NU.«

Sie kicherte und er spürte, dass sich ihm der Magen zusammenzog, weil es ihm gelungen war, sie zum Lachen zu bringen, nachdem sie sich so schlecht gefühlt hatte.

»Ich finde es toll, was du alles weißt. Mein Freund Truck würde es genießen, mit dir zusammen zu sein.«

»Ich möchte ihn kennenlernen«, verlangte Bryn und kuschelte sich wieder an Dane. »Ich möchte mich bei ihm bedanken.«

»Er möchte dich auch kennenlernen. Er hat gesagt, dass er mit ein paar der anderen Jungs, mit denen er arbeitet, herkommen möchte. Mit meinen Freunden.«

»Wie schön.« Ihre Stimme war leise und unsicher.

»Was ist denn los?«, wollte Dane wissen, dem sofort aufgefallen war, dass sie sich unwohl fühlte.

»Ich komme normalerweise nicht so gut mit Leuten klar.

Und ich habe Angst, dass sie so sein werden wie du damals im Lebensmittelladen. Ich sage immer die falschen Dinge, ich bin zu intelligent und ich möchte dich nicht dumm dastehen lassen.«

»Smalls, wenn überhaupt, bin ich selbst derjenige, der mich dumm dastehen lässt. Sie werden dich lieben. Um ehrlich zu sein, werden sie versuchen, dich mir auszuspannen, wenn ich nicht vorsichtig bin. Und was das mit der Intelligenz angeht, glaubst du wirklich, dass ich mich mit jemandem verabreden möchte, der nicht mal weiß, wie viele Unzen in einer Gallone sind?«

»Einhundertachtundzwanzig.«

»Genau.« Dane hob die Hand und zog das Gummiband aus Bryns Pferdeschwanz. Vorsichtig kämmte er ihr Haar mit den Fingern, bis es glatt war, und liebkoste es dann weiter, wobei er den Kokosnussduft genoss, den es verströmte. »Bryn, die Tatsache, dass du schlau bist, hat nichts damit zu tun, was für ein Mensch du bist. Ich habe zum Beispiel sehr viele ausgesprochen intelligente Terroristen kennengelernt ... Männer, die mich oder die Jungs in meiner Einheit, ohne zu zögern, erschossen hätten. Und die sich gern verschiedene Arten einfallen lassen, wie man Soldaten am besten quält. Auf der anderen Seite habe ich ein paar wirklich dumme Menschen kennengelernt, die die nettesten Persönlichkeiten hatten, denen ich jemals begegnet bin. Was mir wichtig ist und was mir an dir gefällt ist die Tatsache, dass du so freigiebig bist, dass du dich um Menschen und Tiere sorgst und alles tust, um anderen zu helfen, selbst wenn sie sich dir gegenüber wie Arschlöcher benehmen.«

»Da würden die meisten Leute dir aber nicht zustimmen«, murmelte Bryn an seiner Brust.

»Dann sind *sie* Idioten, Smalls, und nicht du. Sieh mich

an.« Dane wartete, bis sie den Kopf hob und ihm in die Augen sah. »Ich bin derjenige in dieser Beziehung, der sich Sorgen machen sollte. Du bist so außerhalb meiner Liga, dass es nicht mal witzig ist. Ich bin ein Soldat im medizinischen Ruhestand, der nur einen Uni-Abschluss hat, weil es auf dem Papier gut für die Beförderung ausgesehen hätte. Ich bin vernarbt und mir fehlt eine Hand. Ich funktioniere in der Öffentlichkeit nicht gut, obwohl ich daran arbeite. Meine Freunde sind eine Gruppe von Soldaten, die so supergeheim sind, dass ich nicht einmal sagen könnte, wo sie sich gerade aufhalten. Ich habe das meiste Geld, das ich während meines Einsatzes gespart habe, ausgegeben, um dieses Haus zu kaufen, und ich habe keine Ahnung, was ich mit dem Rest meines Lebens anfangen soll. Aber ich sage dir etwas. Ich wollte noch nie mehr, dass jemand über all das hinwegsieht und mich so sieht, wie ich tatsächlich bin.«

»Dane ...«

»Schäme dich nie für das, was dir gefällt, Smalls. Und lasse auch niemals zu, dass jemand anderes es tut. Tu immer das, was sich richtig und gut anfühlt, und scheiß auf die anderen. Truck und meine anderen Freunde werden dich lieben. Ich habe ihm schon so viel von dir erzählt, also ist das, was ich sage, nicht nur heiße Luft. Verstanden?«

»Woher weißt du, was du sagen musst, damit ich mich normal fühle?«

»Ich sage dir nur, wie ich es empfinde.«

Bryn legte ihren Kopf wieder an Danes Brust und drückte ihn fest. »Was siehst *du* dir abends gern an?«

»Ich sehe gern Dokumentarfilme ... oh, und natürlich *MythBusters – Die Wissensjäger.*«

»*MythBusters?*«

»Kennst du etwa Jamie und Adam nicht?«

»Nein.«

»Mach es dir gemütlich, Schätzchen. Jetzt habe ich etwas Besonderes für dich. Obwohl ich mir fast sicher bin, dass du mit den wissenschaftlichen Aspekten darin bereits vertraut bist.«

»Die Sendung hat wissenschaftliche Aspekte?«

»Ja, Smalls. Es geht *hauptsächlich* um Wissenschaft. Das ist es, was die gesamte Sendung ausmacht.«

Stunden später wachte Dane auf. Bryn hatte sich an ihn gekuschelt und schlief. Sie waren auf der Couch hinuntergerutscht, sodass jetzt beide lagen. Bryns Beine waren um seine gelegt und ihr Kopf ruhte an seiner Schulter. Eine ihrer Hände lag auf seinem Herzen und die andere lag unter ihrem Körper. Sein Arm lag über ihrer Hüfte und seine gute Hand ruhte auf ihrer Brust.

Er war mitten in der zweiten Sendung von *MythBusters* eingeschlafen und sah, dass der Fernseher jetzt ausgeschaltet war.

Bryn war also nicht einfach mitten in der Nacht gegangen. Sie hatte den Fernseher ausgeschaltet und sich dazu entschlossen zu bleiben, wo sie war.

Dane war kein Mann, der an Liebe auf den ersten Blick glaubte, doch er hatte mehr Gefühle für diese Frau, die so still und friedlich an seiner Brust lag, als er sie jemals für einen anderen Menschen in seinem ganzen Leben empfunden hatte.

Und genau da schwor er sich, die Art von Mann zu sein, auf die sie stolz sein konnte. Die Art von Mann, die neben ihr stehen würde, nicht hinter ihr und auch nicht vor ihr. Sie gab ihm das Gefühl, dass nichts unmöglich wäre, selbst für einen behinderten Ex-Soldaten wie ihn selbst, der nur eine geringe Schulbildung hatte. Sie war ein Wunder. *Sein* Wunder.

KAPITEL ELF

An einem Tag in der folgenden Woche wachte Bryn zur üblichen Zeit um fünf Uhr dreißig auf und griff sofort nach ihrem Telefon. Sie rutschte so lange hoch, bis ihr Rücken am Kopfende lag, und wählte Danes Nummer. Sie hatte ihm versprochen zu recherchieren, warum die Phantomschmerzen auftraten und wie sie funktionierten, und das hatte sie getan. Die ganze Woche. Sie hatte sogar ein Telefongespräch mit einer Ärztin geführt, die auf die Rehabilitation von Erwachsenen spezialisiert war, die durch ein Trauma oder eine Krankheit ein Körperglied verloren hatten. Die Ärztin arbeitete im Rehabilitations-Institut von Chicago in deren Abteilung für Amputationen.

Bryn selbst war der Meinung, es wäre ein schrecklicher Name für eine Abteilung, aber was wusste sie schon? Dr. Soriano erklärte, dass Phantomschmerzen früher als ein psychologisches Problem betrachtet wurden, das daraus resultierte, dass die Person sich nicht mit dem Verlust eines Körperteils abfinden konnte, aber sie erklärte weiter, dass sie durch die Forschung nun als eine Empfindung erkannt wurde, die vom Rückenmark und vom Gehirn kommt. Sie fuhr fort, die Symptome, die Ursachen, die nicht schwer herauszufinden waren, und die Behandlungsmöglichkeiten zu beschreiben.

Bryn war eingeschlafen, während sie an Dane gedacht hatte und was er vielleicht gerade durchmachte, und sie war aufgewacht, nachdem sie von ihm geträumt hatte. Sie dachte nicht an die Zeit, sondern nur daran, mit Dane über das zu sprechen, was sie herausgefunden hatte, und wählte seine Nummer.

»Hallo?«

»Hey, Dane, ich bin's, Bryn. Ich habe mit Dr. Rachna Soriano vom Rehabilitations-Institut von Chicago gesprochen, das landesweit die Nummer eins in Sachen Amputationen ist. Jedenfalls sagte sie, dass der Phantomschmerz, den du in deiner Hand hast, normal ist, dass die meisten Menschen, die einen Arm, ein Bein, eine Hand, einen Fuß, sogar manchmal ihre Zunge oder ihren Penis verloren haben – kannst du dir vorstellen, dass deine Zunge entfernt werden muss und wie das sein muss? Igitt. Wie auch immer, die meisten Menschen, die ein Körperglied oder was auch immer verloren haben, haben manchmal das Gefühl, dass es noch da ist, und der Schmerz wird nur von Menschen empfunden, die ein Körperglied hatten, es aber verloren haben. Das passiert nicht bei denen, die ohne einen Arm oder Fuß oder was auch immer geboren wurden. Ich meine, das macht Sinn ... wenn das Gehirn nicht weiß, dass der Arm mal da *war*, kann er nicht wirklich Signale an das Gehirn senden, dass er da *ist*.

Wie auch immer, manche Menschen haben andauernde Schmerzen, was scheiße wäre. Zumindest hast du sie nur ab und zu. Und es klingt, als wären deine Schmerzen tatsächlich gut ... na ja, nicht gut, denn jede Art von Schmerz ist scheiße, aber du hast gesagt, dass deine Hand manchmal nur pocht, aber andere sagen, dass ihr Schmerz wie ein stechender oder brennender Schmerz ist. Ugh. Das kann ich mir nicht vorstellen. Manchmal kann Stress das verursachen. Bist du gestresst? Das solltest du nicht sein. Ich meine, du musst daran arbeiten, wenn du es bist. Ich hasse es, dass du Schmerzen hast.«

»Bryn?«

Sie beachtete ihn nicht und sprach weiter. »Das Coolste ist, dass sie sagte, das Gehirn kann sich tatsächlich auf einen anderen Teil des Körpers umstellen. Da deine Hand also keine Signale an dein Gehirn senden kann, werden die Informationen woanders hingeleitet ... wie zum Beispiel in deine Brust. Wenn du also deine Brust berührst, kann es dein Gehirn ausflippen lassen, weil es weiß, dass du deine Brust berührst, aber es ist auch so, als würde deine fehlende Hand berührt. Und es kann zu Schmerzen führen, weil deine sensorischen Drähte gekreuzt sind. Natürlich können Phantomschmerzen auch aus anderen, nicht so interessanten Gründen entstehen, wie beschädigte Nervenenden in deinem Stumpf oder dem Narbengewebe dort.«

»Wie spät ist es?«

Danes Frage brachte Bryn einen Moment lang aus der Fassung, aber sie blickte auf die Uhr auf dem Tisch neben sich. »Fünf Uhr neununddreißig. Warum?«

»Stehst du immer so früh auf?«

»Ja.«

»Ich nicht. Nicht mehr.«

»Oh.« Bryn biss sich auf die Lippe. »Hast du noch geschlafen?«

»Ja.«

Bryn sagte einen Moment lang nichts und wagte dann zu fragen: »Aber jetzt schläfst du nicht mehr ... richtig?«

Er lachte leise und stimmte dann zu: »Richtig.«

»Okay, also, die Behandlung. Man kann entweder Medikamente ausprobieren oder etwas nicht Invasives wie Akupunktur oder etwas namens TENS, transkutane elektrische Nervenstimulation. Die Ärztin sprach über die Art der Medikamente, die einige ihrer Patienten einnehmen, und ich glaube nicht, dass sich eines davon sehr angenehm anhört. Dinge wie Antidepressiva, die die chemischen Botenstoffe modifizieren würden, die einen glauben lassen, dass die Hand schmerzt, oder Antikonvulsiva ... sie beruhigen die geschädigten Nerven. Einige Leute nehmen auch Narkotika wie Morphium, aber ich glaube wirklich nicht, dass das gut für dich wäre. Und außerdem gefällt mir der Gedanke nicht, dass du bis zur Oberkante Unterlippe unter Drogen stehst. Die interessanteste Behandlungsmethode, von der sie mir erzählt hat, ist etwas, das man einen Spiegelkasten nennt. Und ich denke, ich kann einen bei dir zu Hause aufstellen, ohne dass es zu viele Probleme bereitet. Es ist nur ein Haufen Spiegel, aber im Grunde würdest du deine rechte Hand in die eine Seite stecken und deinen Stumpf in die andere. Die Spiegel lassen es so aussehen, als hätte man beide Hände in der Kiste. Dann machst du Übungen mit deiner rechten Hand und schaust sie im Spiegel an, weil du denkst, dass es deine fehlende Hand ist, die sie macht. Es klingt lächerlich, glaub mir, ich habe gelacht, als Dr. Soriano mir davon erzählte, aber sie sagte, es hilft wirklich gegen die Schmerzen. Es gibt so viele andere Behandlungsmöglichkeiten –«

»Wann bist du gestern Abend ins Bett gegangen?«

Bryn runzelte die Stirn, als er sie unterbrach. »So um drei, glaube ich. Warum?«

»Willst du frühstücken?«

»Frühstücken?«

»Ja, du weißt schon, die Mahlzeit, die die meisten Leute zu sich nehmen, wenn sie morgens aufwachen.«

»Ich weiß, was Frühstück ist, Dane. Und ja, natürlich will ich frühstücken. Ich mache mir Frühstück, sobald ich aufgelegt habe.«

»Möchtest du Gesellschaft haben?«

»Beim Frühstücken?«

»Ja, Smalls, beim Frühstücken. Soll ich rüberkommen und mit dir zusammen frühstücken?«

»Aber du hast mich gestern Abend gesehen.«

Bryn hörte, wie Dane leise lachte. Das Geräusch ging direkt durch sie hindurch und ließ sie zittern. Sie hatte Dane fast jeden Tag gesehen, seit er ihr Abendessen gemacht hatte. Einmal brachte er das Mittagessen in die Bücherei und sie teilten es sich im Pausenraum, er mit dem Rücken zur Wand und mit dem Gesicht zur Tür. An einem anderen Abend traf er sich in der Bücherei mit ihr – und ließ es nicht zu, dass sie Oliver, der sich mittlerweile häuslich auf dem Parkplatz niedergelassen hatte und wahrscheinlich nur darauf wartete, dass Bryn herauskam, zwanzig Dollar gab – und sie waren in ihre Wohnung gefahren und hatten sich noch weitere Folgen von *MythBusters* angesehen und dabei Fertignudeln gegessen. Gestern hatte er angerufen, als sie gerade dabei war, die Bibliothek zu betreten, und ihre Unterhaltung war sehr kurz, da Rosie Peterman, die Chefbibliothekarin, ihr einen bösen Blick zuwarf, weil sie in der Bücherei zu laut gesprochen hatte. Er wartete wieder um fünf Uhr auf dem Parkplatz. Sie hatte ihn zum Abendessen eingeladen, aber er hatte ihr nur eine einzige Rose gereicht, gesagt, er hätte an sie gedacht, und war ihr bis zu ihrer Wohnung gefolgt, wo er sie beobachtet hatte, während sie ihren Wagen parkte und das Gebäude betrat, bevor er wieder weggefahren war.

Und nun wollte er wissen, ob sie mit ihm frühstücken wollte.

»Das habe ich«, entgegnete Dane. »Und jetzt will ich dich wiedersehen. Und da ich jetzt schon mal wach bin und da ich anscheinend, sobald ich wach bin, sowieso an dich denken muss und dich sehen will, dachte ich, ich könnte vorbeikommen ... wenn das für dich in Ordnung ist. Ich kann bei der Bäckerei haltmachen und ein paar Donuts mitbringen.«

»Donuts sind schlecht für dich.«

Er lachte erneut leise. »Viele Dinge sind schlecht für dich, aber oft sind es genau diese Dinge, die am meisten Spaß machen.«

»Donuts machen dir Spaß?«

»Ja, aber noch mehr als Zucker machst du mir Spaß. *Du* machst mir Spaß.«

»Wow. Das war ... äh ... schön.« Bryn rutschte auf ihrer Matratze hinunter, bis ihr Kopf wieder auf dem Kissen lag. Seine Stimme war tief und rau und sie konnte sich fast vorstellen, wie er in seinem Bett lag, einen Arm unter dem Kopf, während er mit ihr sprach. Es war verdammt sexy und mit jedem Wort, das er sprach, wurde sie feuchter zwischen ihren Beinen. »Liegst du im Bett?«

»Ja. Und du?«

»Ähm, hmmm.« Bryn glitt mit der Hand am Saum des T-Shirts entlang, das sie immer als Pyjama trug, fuhr sich damit über den Bauch, zögerte kurz und setzte die Reise dann fort, bis sie ihre Fingerspitzen in ihr Höschen schob und sich berührte. Sie atmete tief ein.

»Alles in Ordnung, Smalls?«

»Ja.« Sie legte ihren Zeigefinger auf ihre Klitoris und begann, sich langsam zu streicheln. Sie schloss die Augen und stellte sich vor, dass er es war, der sie berührte.

»Was machst du?«

»Gar nichts.« Bryn hielt die Augen geschlossen und bewegte sanft den Finger, während sie sich selbst streichelte.

»Liebkost du dich selbst?«

Danes Stimme war sogar noch leiser und Bryn stöhnte leise, während sie ihre Klitoris stärker bearbeitete. Sie war so sehr damit beschäftigt, dass sie ganz vergaß, ihre Gedanken zu filtern, und sagte: »Ja.«

»Verdammt, Smalls. Du machst mich fertig. Ich kann es mir vorstellen. Du, wie du auf dem Bett liegst, dich selbst streichelst und währenddessen mit mir redest. Ich wette, du bist wunderschön ... und total feucht. Bist du nackt?«

»Nein«, stieß Bryn hervor und bewegte ihren Finger schneller. Es war, als wüsste er, was er mit ihrer Stimme bei ihr anrichtete, denn er sprach weiter und drängte sie immer schneller in Richtung ihres Orgasmus.

»Das ist so sexy. Ich kann mir vorstellen, wie du aussiehst, die Hand in deinem Höschen, während du dich streichelst. Wenn ich da wäre, würde ich nur deine Hand sehen, die sich unter deinen Kleidern bewegt. Verdammt, dieses Bild wird sich für immer in mein Gehirn brennen. Bist du schon fast so weit, Smalls?«

Das war sie. Sie stand kurz davor. »Sprich weiter«, befahl sie Dane, denn sie wollte seine tiefe Stimme im Ohr haben, wenn sie kam.

»Gefällt dir der Klang meiner Stimme? Gefällt dir, wenn du weißt, dass du mich verrückt machst, während ich mir vorstelle, was du gerade tust? Es war der glücklichste Tag in meinem Leben, als ich dich im Lebensmittelladen kennengelernt habe, Bryn. Ich bin dir so wahnsinnig dankbar, dass du mir noch eine Chance gegeben hast. Du bist mittlerweile ein so fester Bestandteil meines Lebens, dass ich mir gar nicht mehr vorstellen kann, wie es ist, wenn du nicht da bist. Du bringst mich dazu, dass ich ein besserer Mensch sein möchte. Ich kann es kaum erwarten –«

Bryn stöhnte leise, als sie kam. Sie streichelte sich weiter. Sie bekam vage mit, dass Dane noch immer am Telefon weitersprach, hatte aber keine Ahnung, was er ihr erzählte. Erst als sie tief durchatmete, um sich wieder unter Kontrolle zu kriegen, verstand sie, was er sagte.

»Verdammt, du bist so unglaublich heiß, Bryn. Und so süß. Danke, dass du das mit mir geteilt hast.«

»Gern geschehen?« Es war eher eine Frage als eine Aussage.

»Ja. Ich weiß, dass wir uns noch nicht so lange kennen, aber dass du mir genügend vertraust, um das mit mir zu erleben, bedeutet mir sehr viel. Aber eins solltest du wissen.«

Als er nicht weitersprach, fragte Bryn vorsichtig: »Was denn?«

»Ich möchte dir irgendwann mal dabei *zusehen*. Also, willst du jetzt Donuts?«

Bryn räusperte sich und rutschte wieder so weit hoch, dass ihr Rücken am Kopf des Bettes lehnte. Sie wusste, dass sie knallrot war, aber irgendwie war es ihr egal. Sie hatte nicht vorgehabt, am Telefon zu masturbieren, während Dane zuhörte, aber als sie sich vorgestellt hatte, wie er auf dem Bett lag, und als sie seine Stimme gehört hatte, konnte sie einfach nicht anders.

»Ja, ich will Donuts.«

»Steh auf und zieh dir was an, Smalls. Ich bin gleich bei dir.«

»Okay.«

»Im Ernst. Zieh dir was an. Jeans, BH, T-Shirt. Vielleicht sogar einen Pulli. Ich bin zwar stark, aber ich bin mir nicht sicher, ob ich mich beherrschen könnte, wenn du mir die Tür aufmachst und dabei nur T-Shirt und Slip trägst.«

»Wirst du mich küssen?«

»Ja, Bryn. Ich werde dich küssen. Wenn es der richtige Zeitpunkt für uns beide ist. Und dann werde ich auch mit dir schlafen.«

»Ich bin bereit«, entgegnete Bryn mit Nachdruck.

»Ich aber nicht«, erwiderte Dane sofort. »Ich möchte die Art von Mann sein, auf den du stolz sein kannst. Die Art von Mann, der dich zum Essen ausführen kann und nicht ausflippt. Die Art von Mann, dem es scheißegal ist, ob er nur eine Hand hat. So weit bin ich noch nicht. Ich versuche es und du bringst mich dazu, mich noch mehr anzustrengen. Aber Schätzchen, dich meinen Namen sagen zu hören, als du gerade gekommen bist, hat mir noch mehr Ansporn gegeben, es zu schaffen. Zu wissen, dass du die Zeit damit verbracht hast, Phantomschmerzen zu erforschen und mit einer Expertin darüber zu reden, ist sogar noch mehr Motivation. Und zu wissen, dass du heute Morgen beim Aufwachen als Erstes nach deinem Telefon gegriffen und meine Nummer gewählt hast, damit du mir mitteilen kannst, was du gelernt hast, war der beste Weckruf, den ich je in meinem ganzen Leben bekommen habe. Also, ja, ich werde dich küssen, Smalls. Ich werde jeden Zentimeter deines Körpers küssen und mich von dir auf die gleiche Weise küssen lassen.«

»Okay.« Bryn wollte nichts lieber, als sich bei seinen Worten erneut zu berühren, wusste aber, dass das nicht der Grund war, warum er sie von sich gab.

»Also ... So in einer halben Stunde? Und du ziehst dir was an?«

»Ja, Dane. Ich werde hier sein.«

»Vielen Dank, dass du mich angerufen hast, Smalls. Bis gleich.«

»Tschüss.«

»Tschüss.«

Bryn legte auf und schloss für einen Moment die Augen. Sie war beschämt, erregt und gleichzeitig zu Tode erschrocken. Mit einem tiefen Atemzug bewegte sie ihren Körper und stellte die Füße auf den Boden. Sie brauchte eine Dusche, wenn sie Dane heute Morgen sehen wollte. Lächelnd und sich weiblicher fühlend als jemals zuvor in ihrem Leben betrat Bryn ihr Badezimmer, mehr als bereit, ihren Tag zu beginnen ... und zwar mit einem Donut und mit Dane. Das Leben war wunderbar.

KAPITEL ZWÖLF

Dane sah zu Bryn hinüber und lächelte. Sie saßen auf der Couch und machten gerade eine Pause zwischen zwei Episoden von *MythBusters*. Mittlerweile waren sie bei der vierten Staffel angelangt und sie war immer noch genauso interessiert wie bei der ersten Folge. Rosie hatte Bryn den Nachmittag freigegeben, nachdem sie gesehen hatte, wie sie mit Dane sprach. Er war mittlerweile zum regelmäßigen Besucher der Bücherei geworden und die ältere Frau hatte anscheinend festgestellt, dass er sein Bestes tat, um Bryn zu umwerben.

Bryn war eine unglaublich interessante Frau. Die meisten Menschen taten so, als würden sie seine Prothese nicht sehen ... doch nicht so Bryn. Wenn sie feststellte, dass jemand ihn anstarrte, sprach sie denjenigen darauf an. Wenn Kinder eine Bemerkung darüber machten, begann sie eine Unterhaltung mit ihnen und brachte sie sogar zu ihm, damit sie die Prothese betrachten konnten.

Sie gab ihm das Gefühl, dass ganz und gar nichts verkehrt an ihm war, und zwar so lange, bis er selbst begann, daran zu glauben. Sie hatten den Zwischenfall von vor zwei Wochen nicht wiederholt, als sie am Telefon zum Klang seiner Stimme masturbiert hatte, doch er konnte das Verlangen in ihren Augen erkennen, jedes Mal, wenn sie ihn ansah.

Doch er hielt sich zurück, weil ... Er wusste selbst nicht genau warum. Vielleicht weil er Angst davor hatte, dass es merkwürdig werden würde, Sex miteinander zu haben. Seit dem Unfall war er nicht mehr mit einer Frau zusammen gewesen, hatte es nicht mal versucht. Es wäre sicher merkwürdig, den richtigen Ort für seine Hand und seinen Ellbogen zu finden.

Aber wenn er ganz ehrlich mit sich selbst war, so wusste er genau, warum er es mit Bryn langsam angehen ließ. So gern er es auch mit ihr tun würde, so genoss er doch die Vorfreude. Er hatte noch nie so viel Energie darin investiert, einer Frau den Hof zu machen, und je länger er es mit Bryn hinauszögerte, desto besser würde es sein. Das wusste er.

»Bist du sicher, dass du heute nicht nach Coeur d'Alene musst?«, wollte Bryn wissen. »Wir könnten da in den Lebensmittelladen gehen und dir ein paar Bio-Lebensmittel besorgen. Ich weiß, dass dir das glutenfreie Brot geschmeckt hat, das ich neulich zum Abendessen besorgt habe.«

»Das hat es. Aber ich würde lieber Zeit mit dir verbringen.«

Bryn legte den Kopf zur Seite und begutachtete ihn. »Ist es noch immer so schlimm?«

Dane würde sich nie daran gewöhnen, dass Bryn ihn nicht nur ansah, sondern ihn tatsächlich *sah*. Sie sah Dinge, die zu sehen sich noch niemand zuvor die Mühe gemacht hatte ... mal abgesehen von Truck. »Es wird besser. Langsam, aber sicher wird es besser. Ich weiß es zu schätzen, dass du jedes Wochenende mit mir einkaufen gehst. Das hilft mir sehr.«

»Also, ich denke, dass ich mehr davon habe als du. Ich muss mir keine Gedanken darüber machen, dass mein Wagen den Geist aufgibt, während ich in der Stadt bin, und du sorgst dafür, dass ich nicht all mein Geld den Bettlern gebe. Für mich ist es eine Win-win-Situation.«

Dane lächelte und strich mit dem Zeigefinger über ihre Wangen.

»Hast du Freunde?«

»Freunde?«

»Ja«, sagte Bryn leichthin. »Ich meine, ich weiß, dass ich nicht viele habe. Ich bin zu merkwürdig. Die Leute halten es nicht lange mit mir aus, wenn ich ständig vor mich hin rede und irgendwelche Fakten ausspucke. Aber du? Du bist wunderschön, schlau und ein Held. Und trotzdem sehe ich dich nie mit Freunden.«

»Ich bin nicht wunderschön. Frauen sind schön, Männer sind attraktiv.«

»Nein. Du bist wunderschön. Du bist so«, Bryn machte mit der Hand ein Zeichen, das seinen ganzen Körper mit einschloss, »hart an den richtigen Stellen und rau und … einfach wunderschön.«

Dane wusste nicht, wie er darauf reagieren sollte, also beließ er es einfach dabei. »Ich habe Freunde, Bryn. Nur eben nicht hier. Truck ruft mich an, wenn er Zeit hat.«

»Wer noch? Du musst doch mehr als nur einen Freund haben.«

»Ja. Die Gruppe von Männern, die in derselben Explosion gestorben sind, in der ich meinen Arm verloren habe, waren meine Freunde. Mir war nicht klar, wie sehr ich sie vermisse. Aber dann haben Truck und sein Team mir wieder auf die Füße geholfen. Und jetzt sind sie auch meine Freunde.«

»Und haben sie alle lustige Namen wie Truck?«, wollte

Bryn wissen.

»Ich bin mir nicht sicher, dass ›lustig‹ das richtige Wort ist, aber ja, sie haben alle Spitznamen. Ghost, Fletch, Coach, Hollywood, Beatle und Blade.«

»Cool. Und du?«

»Und ich was, Smalls?«

»Hast du einen Spitznamen?«

»Ja. Ich heiße Fish.«

»Fish ... hmmm, bist du ein guter Schwimmer?«, wollte Bryn wissen.

Ohne eingebildet zu wirken, erwiderte Dane: »Der beste.«

»Ich würde dir gern einmal dabei zusehen.«

»Wenn es wärmer wird, wäre es mir ein Vergnügen, mit dir schwimmen zu gehen, Smalls.«

»Mir auch.«

»Und um zum Thema zurückzukommen, du bist doch auch eine Freundin, oder?«

Bryn erwiderte nichts darauf, sondern sah ihn einfach kurz mit ihrem intensiven Blick an. Dann lächelte sie. Und das Lächeln war so strahlend, dass Dane einen Moment lang fast geblendet davon war. »Ja, ich bin eine Freundin.«

»Gut. Ach, und Bryn. Du bist nicht merkwürdig. Ich dachte, das hätten wir schon besprochen.«

»Dann bin ich eben anders.«

»Du bist *vielleicht* anders. Doch jeder, dem es nicht gelingt, hinter deinen Eigenheiten die wunderbare Frau zu sehen, verdient es nicht, eine Freundin wie dich zu haben. Du bist die Art von Freundin, die es nur ganz selten gibt. Du bist die Art von Freundin, die alles stehen und liegen lässt, wenn jemand sie um Hilfe bittet. Du bist selbstlos, liebevoll, freundlich und interessant. Ich habe von dir mehr gelernt als von den anderen, und das liebe ich an dir.«

Bryn biss sich auf die Lippe und lächelte dann verlegen. »Danke.«

»Gern geschehen. Wie lange kennen wir uns jetzt schon?«

»Siebenunddreißig Tage.«

Dane lächelte. Er hätte wissen müssen, dass Bryn die genaue Anzahl an Tagen kannte. »Genau. In all der Zeit, in all den Stunden, die wir gemeinsam verbracht haben, gab es da jemals irgendetwas, das du mich fragen wolltest, aber nicht getan hast?«

Dane gefiel es, dass Bryn immer sagte, was sie dachte, doch in letzter Zeit hatte er das Gefühl, dass sie ihm irgendetwas verheimlichte. Und das hasste er. Es wurde immer schwerer, es langsam mit ihr angehen zu lassen, aber er hatte sich selbst versprochen, mit ihrer Beziehung nichts zu überstürzen ... Doch mit jedem Tag, der verging, wollte er sie mehr und mehr.

Als sie ihn einfach weiter anstarrte, versuchte er, es aus ihr herauszulocken. »Komm schon, Smalls. Wir sind doch Freunde. Ich will, dass du ehrlich mit mir bist.«

»Warumhastdumichnochnichtgeküsst?« Sie sagte es so schnell, dass die Worte ineinander überliefen und wie ein einziges Wort klangen. Dann sprach sie weiter. »Ich meine, ich merke, wie du mich manchmal ansiehst, und an dem einen Morgen am Telefon ... Ich dachte, vielleicht ...« Sie sprach nicht weiter, sondern senkte den Kopf und begann, mit einem losen Faden an ihrer Jeans zu spielen.

»Sieh mich an, Smalls«, befahl Dane. Als sie den Kopf nicht hob, legte er einen Finger unter ihr Kinn und zwang sie, ihn anzusehen. Als sie es schließlich tat, sprach er weiter: »Ich habe dich noch nicht geküsst, weil ich mir selbst nicht vertraue.«

»Was?«

»Ich vertraue mir selbst nicht«, wiederholte er. »Du bist so wunderbar und ich habe mich noch nie in meinem ganzen Leben zu jemandem so hingezogen gefühlt wie zu dir.«

»Und warum hast du mich dann noch nicht geküsst?«

»Weil ich weiß, dass ich mich nicht mehr länger zurückhalten könnte, wenn ich deine süßen Lippen einmal geschmeckt habe. Und dann will ich mehr. Ich will dich unter mir spüren, auf mir, ich will mich in dir verlieren. Ich versuche, es langsam angehen zu lassen. Es gefällt mir, mit dir zusammen zu sein. Fernzusehen. Einkaufen zu gehen, in der Bücherei zu sitzen und dich beim Arbeiten zu beobachten.«

»Und wie läuft das so? Hilft es dir dabei, dich in der Öffentlichkeit besser zu fühlen?«

Dane lächelte, als sie das Thema wechselte. Das war wieder typisch für sie. Sie machte sich immer um ihn mehr Sorgen als um sich selbst. »Ja, Smalls. Wenn ich mich auf dich konzentrieren kann, hilft es mir, ruhig zu bleiben.«

»Das freut mich.«

»Um also deine Frage zu beantworten, ich will dich küssen. Und das werde ich. Und nur damit du es weißt, sobald ich deine Lippen endlich auf meinen spüre, ist es nur noch eine Frage der Zeit, bevor wir miteinander schlafen.«

»Okay.«

»Okay.«

»Dane?«

»Ja, Bryn?«

»Ich will dich ja nicht drängen oder so was, aber ich bin dazu bereit. Sobald du bereit bist, bin ich es auch.«

Dane lächelte, nahm ihre Hand und küsste ihre Handfläche. »Gut zu wissen. Willst du noch eine Folge sehen?«

»Ja. Als Nächstes kommt die Folge mit der Dampfkanone ... Wo sie versuchen herauszufinden, ob Archimedes eine hätte herstellen können. Es gefällt mir sehr, wie es ihnen gelingt, die Show so zu gestalten, dass es für die Leute nicht zu schwierig wird, indem sie die wissenschaftlichen Fakten mit witzigen Fakten mischen. Ich kann es kaum erwarten zu erfahren, ob der Müslikarton einen höheren Nährwert hat als der Mist aus Zucker, der sich darin befindet.«

Dane lachte leise, lehnte sich erneut in die Ecke der Couch und nahm die Fernbedienung. »Komm mal her, Bryn.«

Sie rutschte zu ihm rüber und lehnte sich an ihn, wobei sie seinen linken Arm so weit über sich zog, dass sein Stumpf auf ihrer Hüfte lag. Ihr Blick war auf den Bildschirm gerichtet, als die Sendung anfing.

Dane seufzte zufrieden und ignorierte seinen knüppelharten Schwanz. Er senkte den Kopf, um ihren einzigartigen Duft einzuatmen, und lächelte, als sein Schwanz erneut zuckte. Nur ein Hauch ihres Kokosnussshampoos, und schon war er eisenhart und bereit loszulegen.

Dane achtete mehr auf die Frau an seiner Seite und wie es sich anfühlte, sie an sich zu spüren, als auf den Fernseher und dankte seinem Glücksstern, dass er jetzt hier mit Bryn saß. Er wusste nur allzu gut, dass sein Leben ganz anders aussehen würde, wenn er sie nicht kennengelernt hätte. Sie hatte ihm geholfen, mit seiner Posttraumatischen Belastungsstörung umzugehen, und dafür gesorgt, dass er sich wieder wie ein Mann fühlte. Die Tatsache, dass sie ihn immer noch als einen ganzen Mann betrachtete, war wie ein Wunder. Und zwar eines, dass er sich nicht durch die Finger schlüpfen lassen würde.

KAPITEL DREIZEHN

Bryn nahm den Anruf unkonzentriert an, in Gedanken noch bei der Matheaufgabe, die sie zu lösen versuchte. Sie hatte die Aufgabe online in einem Chatroom gefunden, wo alle sich darüber beschwerten, dass sie unmöglich zu lösen sei. Und das war für Bryn, als würde man ein rotes Tuch vor einem Bullen herumschwenken.

»Hallo?«

»Hey, Smalls. Was treibst du so?«

»Mathe.«

Dane lachte leise in ihr Ohr. »Kannst du eine Pause machen?«

»Ich könnte. Ich will aber eigentlich nicht.«

»Truck und seine Freunde sind auf dem Weg hierher. Sie werden in ungefähr zwanzig Minuten da sein.«

Bryn wandte ihre Aufmerksamkeit augenblicklich Dane zu. »Was? Hier? *Hier*, hier?«

»Ja, hier in Rathdrum. Sie werden einen halben Tag hierbleiben. Also koche ich heute Abend etwas, um zu feiern. Möchtest du rüberkommen und sie kennenlernen?«

Bryns erster Gedanke war, augenblicklich zuzusagen,

doch ein Teil von ihr war immer noch ausgesprochen besorgt darüber, dass seine Militärfreunde sie nicht mögen würden. Dass sie irgendetwas Dummes sagen würde und sie sie daraufhin nicht mehr mochten. Und wenn sie sie nicht mochten, würde vielleicht auch Dane es sich noch mal überlegen.

Und als könnte er ihre Gedanken lesen, sagte Dane leise: »Bryn. Vertrau mir.«

»Okay. Um wie viel Uhr?«

»Ich werde dich abholen.«

»Ich kann selbst zu dir rausfahren.«

»Das weiß ich. Ich werde dich trotzdem abholen.«

»Dane, im Ernst, deine Freunde sind auf dem Weg und es ist nicht nett, sie warten zu lassen, während du in die Stadt fährst, um mich abzuholen.«

»Smalls. Sie sind erwachsen. Die Armee vertraut ihnen Ausrüstung an, die mehrere Millionen Dollar wert ist, und sie sind verantwortlich für die Leben von Hunderten anderer Männer und Frauen, mit denen sie kämpfen. Ich würde mal sagen, es ist nicht schlimm, wenn sie eine halbe Stunde oder so was warten müssen, so lange es eben dauert, in die Stadt zu fahren, dich zu holen und zurückzukommen.«

Sie hörte das Lächeln in seiner Stimme und gab nach. »Okay. Jetzt wäre ein guter Zeitpunkt. Wenn du mich nämlich warten lässt, konzentriere ich mich wieder auf die Matheaufgabe, die ich zu lösen versuche, und dann werde ich sauer, wenn du mich unterbrichst.«

»Ich bin auf dem Weg.«

»Dane?«

»Ja, Smalls?«

»Was soll ich anziehen?«

Er machte sich nicht über sie lustig, weil sie gefragt

hatte. »Jeans, Turnschuhe, T-Shirt mit einem Pulli oder einem Sweatshirt oder so was. Es ist ziemlich kalt draußen.«

»Okay. Das kann ich machen. Bis gleich?«

»Ja. Ich fahre so schnell wie möglich zu dir.«

»Fahr vorsichtig.«

»Natürlich.«

»Tschüss.«

»Tschüss, Bryn.«

Bryn legte auf, saß am Tisch und starrte gedankenverloren vor sich hin. Sie wusste nicht viel von Truck oder seinen anderen Freunden, weil sie einfach nicht gefragt hatte. Sie wollte alles über sie wissen, hatte aber Angst, zu viel über sie zu erfahren. Denn wenn sie sie am Ende nicht mochten, dann würde es besonders wehtun, weil sie wusste, was sie verpasste.

Bryn rutschte von ihrem Computer weg und beeilte sich, sich umzuziehen. Sie wollte fertig sein, sobald Dane hier auftauchte.

Zwanzig Minuten später saß sie in Danes Pritschenwagen und sie waren auf dem Weg zu seinem Haus.

»Sag mir noch mal ihre Namen«, verlangte Bryn. »Und erzähl mir ein kleines bisschen von jedem von ihnen.«

Ohne von ihr irritiert zu sein, erwiderte Dane: »Ghost ist der Anführer der Gruppe. Er ist derjenige, der am meisten aufpasst, aber er ist auch derjenige, der einspringt, wenn es hart auf hart kommt. Fletch hat vor Kurzem geheiratet, und zwar eine Frau, die in der Wohnung über seiner Garage lebte. Sie haben eine sechsjährige Tochter, die eher wie achtzehn wirkt, namens Annie. In vielerlei Hinsicht erinnert sie mich an dich.«

»Tatsächlich?«

»Ja. Sie ist schlau. Ausgesprochen schlau. Und ein bisschen anders. Wenn sie erwachsen ist, möchte sie Berufssoldatin werden, genau wie ihr Vater. Jeder, der sie sieht, schließt sie sofort ins Herz.«

»Das freut mich für sie«, sagte Bryn ein bisschen wehmütig. Als sie klein war, schienen die Leute eher verwirrt und irritiert, wenn sie sie kennenlernten.

Und als könnte er ihre Gedanken lesen, streckte Dane die Hand aus und drückte ihr kurz beruhigend den Nacken. Dann legte er seine Hand wieder auf den Knüppel der Gangschaltung. »Dann ist da noch Coach. Er ist groß und schlank und ein Vogel hätte fast sein Gesicht zerschmettert, als er mit der Frau, die mittlerweile seine Freundin ist, Fallschirmspringen war.«

»Oh mein Gott. Aber jetzt ist er in Ordnung?«, wollte Bryn wissen.

»Ja. Ihm und Harley geht es gut. Sie sind fest zusammen. Und dann ist da noch Hollywood. Das ist derjenige, der wie ein verdammter Filmstar aussieht. Aber erwähne das besser nicht. Er ist ziemlich empfindlich, was das angeht.«

»Oh. Äh ... das verstehe ich nicht.«

Dane lachte leise. »Ich mache nur Spaß. Er ist aus unserer Gruppe immer derjenige, den alle Frauen anmachen. Sein Aussehen war für ihn immer ein Thema. Aber seit Kurzem ist auch er liiert. Ich hätte nicht gedacht, dass er zustimmt, mich zu besuchen.«

»Warum nicht?«

»Weil er gerade erst geheiratet hat ... und seine Freundin zweimal in den Rücken gestochen wurde. Es geht ihr jetzt allerdings gut«, beeilte Dane sich ihr zu versichern, »aber der Heilungsprozess war langwierig.«

»Das ist ja schrecklich. Ich hoffe, sie haben den Kerl erwischt, der das getan hat«, erklärte Bryn mit Nachdruck.

»Oh, das haben sie. Und sie haben sichergestellt, dass das Arschloch, das hinter all den schrecklichen Dingen steckte, die Kassie durchmachen musste, ihr nie wieder wehtun wird.«

Bryn legte ihre Hand auf seinen Oberschenkel und nickte nur. »Gut.«

»Okay, um zum Ende zu kommen ... Beatle und Blade sind auch hier. Sie sind beide noch Single. Und dann gibt es da natürlich noch Truck. Von ihm habe ich dir ja schon erzählt. Er ist auch Single, aber irgendwie auch nicht.«

»Wie meinst du das?«

»Er hat ein Auge auf eine Frau bei sich zu Hause geworfen. Sie mag ihn auch, hat aber gesundheitliche Probleme und will ihm nicht zur Last fallen oder irgend so ein Blödsinn.«

»Aber sie kommt wieder in Ordnung?«, wollte Bryn wissen.

»Ich kann nicht lügen ... Ich weiß es nicht genau. Sie redet nicht darüber und Truck auch nicht. Aber ich kenne meinen Freund. Wenn es irgendetwas gibt, was er tun kann, um es ihr leichter zu machen, wird er es tun.«

»Ich kann es kaum erwarten, sie kennenzulernen«, bemerkte Bryn und drehte sich so, dass ihr Rücken an der Tür an der Seite des Wagens lehnte.

»Und sie können es auch kaum erwarten, dich kennenzulernen«, erklärte Dane ihr.

»Können wir dem Ganzen ein Zeitlimit setzen?«, wollte Bryn wissen und sah auf die Uhr.

»Wie meinst du das?«

»Es ist nur so ... Ich war wirklich dabei, etwas anderes zu tun. Und wenn ich weiß, dass ich ein Zeitlimit habe, in dem ich deine Freunde dazu bringen kann, mich zu mögen, fällt es mir nicht zu schwer. Wenn ich zum Beispiel weiß, dass es nur zwei Stunden sind, komme ich damit klar. Wenn es aber keinen festen Zeitpunkt gibt und ich nicht weiß, wann ich nach Hause kann, um die Matheaufgabe zu lösen, an der ich gearbeitet habe, dann ... dann ist das schwer für mich«, lautete ihre lange Antwort.

Sie kamen bei seinem Haus an und Bryn biss sich aufgeregt auf die Unterlippe, als sie die drei Wagen sah, die kreuz und quer in seiner Einfahrt geparkt hatten. Dane stellte den Motor ab und griff nach Bryn. »Komm mal her, Smalls.«

Sie rutschte näher zu ihm, und als er darauf bestand, dass sie noch näher kam, schwang sie ein Bein über seine Hüften, sodass sie auf seinem Schoß saß. Er nahm ihr Kinn in die Hand und hielt sie still. Er legte den Ellbogen seines anderen Arms um sie und stützte damit ihren Rücken.

»Bryn. Sie werden dich mögen.«

»Okay.«

Dane sah sie einen langen Moment an und sagte dann: »Du brauchst das wirklich, nicht wahr?«

Sie nickte heftig und versuchte, es ihm zu erklären. »Als ich zwölf war, war ich auf eine Party eingeladen. Ich wollte eigentlich nicht hingehen, doch meine Eltern dachten, es würde mir guttun. Also bin ich gegangen. Es war schrecklich. All die Mädchen saßen herum und kicherten, und die Jungs waren einfach gemein zu mir. Und ich wusste nicht, wann ich wieder gehen konnte. Ich steckte dort fest. Hätte ich gewusst, wann meine Eltern zurückkommen, wäre es leichter für mich gewesen. Ich konnte mir nicht selbst sagen ... nur noch zwei Stunden, jetzt nur noch eine Stunde, weil ich nicht wusste, wann meine Eltern kommen würden, um mich abzuholen. Also saß ich da und ließ alles über mich ergehen, und die Party schien kein Ende zu nehmen. Ich lerne nicht gern neue Leute kennen. Wenn ich weiß, wie lange ich bleiben muss, erleichtert mir das die Sache enorm.«

»Okay, Smalls. Kein Problem. Wie wäre es damit ... Wir

sagen erst mal zwei Stunden. In zwei Stunden frage ich dich, wie du dich fühlst. Wenn du dann gehen willst, fahre ich dich nach Hause.«

»Vielen Dank, Dane«, entgegnete Bryn leise und sah auf die Uhr, um sich die Zeit zu merken. »Hundertzwanzig Minuten kann ich durchhalten. Für dich.«

»Für mich«, wiederholte er.

Bryn nickte.

»Bist du bereit?«

»Nein. Aber du hast gesagt, dass sie mich nicht auslachen werden, und ich vertraue dir, also nehme ich an, dass ich bereit sein muss. Außerdem ist es ja nur für zwei Stunden. So lange halte ich alles durch.«

Dane führte seine Hand von ihrem Kinn zu ihrem Nacken, zog sie an sich heran und küsste ihre Stirn. Dann hob er ihren Kopf ein wenig an und strich mit seinen Lippen gegen ihre.

Ohne nachzudenken, öffnete Bryn ihren Mund und ermunterte ihn, den Kuss zu vertiefen.

Er leckte langsam über ihre Unterlippe, dann neigte er den Kopf, wodurch er einen besseren Zugang zu ihrem Mund erhielt.

Sie fühlte, wie er sich mit seinem Stumpf in ihren Rücken drückte, und sie griff an die Seiten seines Hemdes und hielt sich fest, während sie schüchtern die Bewegungen seiner Zunge nachahmte. Sie kostete seine Lippen, dann seufzte sie, als er seine Zunge in ihren Mund wandern ließ.

Er nahm sich Zeit, lernte, was sie mochte, und wurde zu keinem Zeitpunkt aggressiv mit dem Kuss. Bryn wimmerte in ihrer Kehle und versuchte, ihn näher an sich zu ziehen. Aber Dane wich einfach zurück und knabberte dabei neckisch an ihren Lippen.

Dann nahm er sie in die Arme und drückte sie.

Bryn schmolz an seiner Brust und fühlte, wie sich ihr Herzschlag verlangsamte, nur weil er in ihrer Nähe war.

Ihr erster Kuss war alles gewesen, wovon sie geträumt hatte, und noch mehr. Er hatte nicht versucht, sie zu zerquetschen. Er steckte ihr nicht seine Zunge in den Mund, ohne zu überlegen, was ihr gefallen könnte. Er ließ sich Zeit. Er neckte sie. Er schmeckte. Es war einfach perfekt.

Nach einigen Momenten sagte er: »Jetzt sind es nur noch eine Stunde und siebenundfünfzig Minuten, Smalls. Auf geht's.«

Bryn nickte und öffnete seine Tür. Unsicher kletterte sie von seinem Schoß und stützte sich dabei an seinem Arm ab, als sie aus dem Wagen sprang. Er folgte ihr und steckte den Schlüssel ein, während er die Tür des Wagens mit der Hüfte zustieß. Er legte seinen linken Arm so weit um ihre Hüfte, wie es ging, als sie auf das Haus zugingen.

Bryn leckt sich die Lippen und schmeckte Dane, dann blickte sie auf die Uhr. Eine Stunde sechsundfünfzig Minuten. Kein Problem.

»Ich schwöre, ich habe so etwas noch nie zuvor gesehen. Da waren Fish, der nur einen halben Arm hat, und Tex, der nur ein halbes Bein hat, und sie machten diesen Typen fertig, der keine Ahnung hatte, wie ihm geschah«, erzählte Kassie enthusiastisch.

Dane saß in seinem Wohnzimmer, mit Bryn auf seinem Schoß, während Hollywoods Frau Bryn erzählte, wie Emilys und Fletchs Hochzeitsfeier heimgesucht worden war. Kassie war nicht dort gewesen, aber während sie sich von den Stichwunden erholte, die sie von dem irren Lakaien ihres Ex-Freundes bekommen hatte, hatte Emily sie unterhalten, indem sie die Sicherheitsvideos von dem ganzen Vorfall mitbrachte.

Er war überrascht, dass Kassie mit Hollywood zu ihm gekommen war. Sie waren wie geplant eingetroffen, nachdem er Bryn abgeholt hatte. Anscheinend wollte Hollywood sie nicht zu Hause lassen, auch nicht für die kurze Zeit, die er zu Besuch sein würde, und Kassie weigerte sich sowieso, allein in Texas zu bleiben.

Aber es war genau das, was Bryn gebraucht hatte. Sie war nervös darüber, mit ihm und all seinen männlichen Freunden Zeit zu verbringen, also hatte eine andere Frau das Eis gebrochen. Und wie ihm von Anfang an klar gewesen war, liebten sie alle Bryn. Sie waren fasziniert davon, wie klug sie war, und hatten ihm mehrmals einen Seitenblick zugeworfen. Er wusste, was sie dachten. Sie wäre hervorragend als Wissenschaftlerin für ihre Missionen geeignet, aber diesen Weg würde er auf keinen Fall mit Bryn gehen. Mit ihrer Neugierde würde sie mehr Informationen wollen und er wollte sie niemals so in Gefahr bringen. Denn er wusste, dass Bryn ohne Zweifel nicht aufhören würde. Es würde an ihm liegen, sie vor sich selbst zu schützen, falls nötig.

»Das hätte ich gern gesehen«, entgegnete Bryn leichtherzig.

»Ich sorge dafür, dass Em dir das Video schickt«, erklärte Kassie ihr. Dann ging sie von Hollywood weg, gegen den sie an die Couch gelehnt gestanden hatte, und sagte: »Ich komme gleich wieder zurück.«

»Stimmt etwas nicht?«, fragte Hollywood augenblicklich alarmiert.

»Nein«, erklärte Kassie ihm und verdrehte die Augen. »Ich muss nur mal auf die Toilette.«

»Ich zeige dir, wo sie ist«, entgegnete Bryn und versuchte, von Danes Schoß aufzustehen.

»Alles in Ordnung?«, fragte Dane und half ihr, die Füße auf den Boden zu stellen.

»Ja. Ich bin gleich wieder zurück«, versicherte sie ihm.

»Es sind schon dreieinhalb Stunden vergangen, Smalls. Alles in Ordnung?«, fragte er sie erneut. Er hatte sie nach zweieinhalb Stunden zur Seite genommen und es hatte ihm gefallen, dass sie überrascht darüber war, wie viel Zeit bereits verstrichen war. Ihre Augen waren groß geworden, als sie auf die Uhr gesehen hatte, als könnte sie es nicht glauben. Sie hatte ihm versichert, dass alles in Ordnung war und dass sie seine Freunde mochte. Also war sie geblieben.

»Es geht mir gut«, sagte Bryn. »Ich brauche nur eine Pause.«

»Alles klar«, erklärte Dane, ohne sich angegriffen zu fühlen. Sie hatte im Laufe des Abends mehrere Pausen gemacht. Hatte kleine Spaziergänge unternommen, um ihren Kopf freizubekommen. Und jedes Mal, wenn sie wiedergekommen war, war sie entspannter gewesen. Es war nicht so, als wollte sie nicht mit ihm und seinen Freunden zusammen sein, sie brauchte nur hin und wieder eine Pause, um ihre Batterien aufzuladen.

Er hielt den Blick auf sie gerichtet, als sie mit Kassie um die Ecke verschwand.

»Ich mag sie, Fish«, sagte Truck, als sie außer Hörweite waren.

Er lächelte. »Danke. Ich auch.«

»Und du hast behauptet, sie hätte dich gestalkt?«, fragte Blade grinsend. »Ich wünschte, ich hätte eine Stalkerin wie sie.«

»Halt den Mund«, entgegnete Dane und bewarf den anderen Mann mit einer zusammengeknüllten Serviette.

»Du siehst besser aus«, stellte Ghost unbeschwert fest. »Entspannter. Nicht so nervös.«

»So fühle ich mich auch«, entgegnete Dane. »Sie sorgt auf jeden Fall dafür, dass ich beschäftigt bin. Ihre Neugier ist schlimmer als die von Annie.«

»Oh mein Gott, du bist verloren«, bemerkte Fletch.

Dane lächelte und erklärte: »Das ist nichts Schlechtes. Um ehrlich zu sein, finde ich es verdammt niedlich. Es gefällt mir, wie sie sich stundenlang ihren Forschungen widmen kann. Allerdings ist sie in letzter Zeit vom Lebensstil der Prepper fasziniert.«

»Das ist ziemlich gefährlich«, stellte Coach fest.

»Da sagst du mir nichts Neues«, erwiderte Dane. »Mir machen die Prepper nicht viel aus. Sie tun zwar ziemlich heimlich und so, aber wenn es hart auf hart kommt, glaube ich nicht, dass sie ihr tatsächlich wehtun würden. Es sind die anderen, die extremen Überlebensspezialisten, die ich nicht mag. Ich versuche, Bryn von der ganzen Geschichte mit Bunkern und Preppern wegzubringen, aber wenn sie sich einmal festgebissen hat ...« Er beendete den Satz nicht.

»Wenn du uns brauchst, ruf einfach an«, befahl ihm Ghost. »Es ist mir egal, worum es geht, wir können in spätestens zwei Stunden hier sein.«

Dane schaute einen Moment auf seinen Schoß hinunter und kämpfte um seine Fassung. Er dachte, er hätte dies bei der Explosion verloren, die ihn seinen Arm und seine Freunde ihr Leben gekostet hatte. Sie hatten sich gegenseitig den Rücken frei gehalten. Er war mehr als ein Mal eingeflogen, um ihnen zu helfen, wenn es nötig war. Nicht dass er nur seinen Arm verloren hatte, er hatte diese Bindung verloren. Dieses Gefühl der Sicherheit, das dadurch entstand, dass er wusste, dass er eine Gruppe von

Männern hatte, die alles stehen und liegen ließen, um an seiner Seite zu sein, wenn es nötig war.

Und jetzt hatte er diese Sicherheit wieder. Diese Gruppe von Deltas hatte ihn vor diesem schicksalhaften Tag in der Wüste nicht gekannt, aber sie hatten ihn, ohne mit der Wimper zu zucken, in ihren engen Kreis aufgenommen.

»Nach allem, was du für Kassie getan hast, zur Hölle, sogar davor, solltest du wissen, dass wir immer hinter dir stehen, Mann«, sagte Hollywood leise.

»Das kann ich niemals wiedergutmachen, Fish«, meldete sich jetzt Fletch zu Wort. »Emily hat es zwar niemals laut angesprochen, doch ich weiß, dass sie Angst hatte, dass dieses Arschloch eines Tages aus dem Knast entlassen würde. Dass du ihr diese Sorge genommen hast, bedeutet mir sehr viel.«

»Du weißt aber, dass ich das nicht getan habe, damit ihr es mir eines Tages zurückzahlt«, knurrte Dane.

»Das tun wir trotzdem«, erwiderte Fletch augenblicklich.

»Wie dem auch sei«, entgegnete Dane, »was habt ihr Jungs sonst noch gemacht?«, fragte er, um das Thema zu wechseln.

»In letzter Zeit war es sehr ruhig«, antwortete Beatle für die gesamte Gruppe.

Sofort wurde er von den Männern, die in dem gemütlichen Wohnzimmer herumsaßen, mit zerknüllten Servietten, einem Bleistift und einem leeren Plastikbecher beworfen.

»Ich kann nicht glauben, dass du das gesagt hast, du Esel«, schalt ihn Blade. »Was ist die erste Regel der Teams?«

»Beschwere dich nie darüber, dass dir langweilig ist oder dass es in letzter Zeit sehr ruhig war«, erwiderte Ghost unnötigerweise.

»Genau. Verdammt, wenn wir jetzt für sechs Monate in die Wüste geschickt werden, werde ich dir niemals vergeben«, erklärte Hollywood seinem Teamkollegen.

»Gibt es da vielleicht etwas, das du uns sagen möchtest?«, fragte Truck grinsend.

»Ja, Hollywood, was ist los?«, wollte Ghost wissen.

»Lasst mich in Ruhe«, murmelte Hollywood.

»Aha, seht ihr? Jetzt wissen wir mit *Sicherheit*, dass es da etwas gibt, das du uns sagen möchtest. Mach schon. Du kannst es dir genauso gut von der Seele reden. Du weißt, dass wir dich zum Reden bringen können«, meldete Fletch sich zu Wort.

Dane liebte es. Es erinnerte ihn wahnsinnig an seine gefallenen Freunde. Doch zum ersten Mal tat die Erinnerung nicht ganz so weh.

»Weißt du noch, als wir auf einer Mission waren und plötzlich Beatle schreien hörten? Wir sind alle zu ihm gerannt, aber er wollte uns nicht sagen, warum er wie ein Mädchen geschrien hatte.«

»Halt verdammt noch mal den Mund«, erklärte Beatle seinem Freund.

Blade beachtete ihn gar nicht und sprach weiter: »Da haben wir ihn betrunken gemacht, ihn mit Panzerband an einen Baum gefesselt und ihm angedroht, ihn die ganze Nacht über dort zu lassen, wenn er es uns nicht sagte.«

»Ihr habt nicht gesehen, wie groß dieser verdammte Käfer war«, beschwerte sich Beatle. »Er war riesig und hatte zehn Zentimeter große Zangen!«

»Es ist wirklich zum Totlachen, dass alle denken, er hätte seinen Spitznamen, weil sein Nachname Lennon ist. Dabei hat er ihn, weil er Angst vor Käfern hat! Bei kleinen winzigen Käfern macht er sich in die Hose!«

Beatle protestierte nicht weiter, sondern verschränkte

einfach die Arme vor der Brust und sah seine Freunde wütend an.

»Oh, und als er herausfand, dass meine Schwester Entomologin ist, hat er sich auf der Stelle geweigert, sie jemals kennenzulernen«, lachte Blade. »Als würde ich sie auch nur in deine Nähe lassen.«

»Du denkst wohl, ich bin nicht gut genug für deine Schwester?«, fragte Beatle.

»Oh, du bist gut genug für sie, aber sie würde dich nicht in einer Million Jahren nehmen«, erklärte Blade seinem Freund.

»Und warum nicht?«

»Weil sie Käfer liebt. Sie *liebt* sie. Sie hält sie in kleinen Behältern überall in ihrer Wohnung. Und sie tötet sie nie. Nicht mal Fliegen. Sie fängt sie und lässt sie frei. Ich glaube, sie hat sogar ein paar Küchenschaben, die sie sich als Haustiere hält.«

Beatle schauderte bei dem Gedanken, doch Blade sprach weiter. »Ich würde dich sofort als Schwager akzeptieren, Beatle, aber leider würdest du bei ihr nicht weit kommen. Casey liebt Käfer über alles. Ihr wärt wie Feuer und Wasser. Tatsächlich ist sie gerade mit drei ihrer Studentinnen der Universität, an der sie arbeitet, in Costa Rica. Sie erforschen dort Ameisen. Frag mich nicht, welche Art, weil ich das nicht weiß, aber sie verbringen den ganzen Tag im Dschungel, suchen, sammeln und katalogisieren verdammte kleine, kriechende Ameisen. Wir haben ja alle auch Zeit im Dschungel verbracht, aber du würdest niemals freiwillig Zeit dort verbringen. Ich kenne dich.«

»Ist ja auch egal. Ich lerne deine Schwester ja sowieso nicht kennen. Aber können wir jetzt mal zur Frage zurückkommen?«, bat Beatle und sah Hollywood vielsagend an.

»Was für ein Geheimnis hat Hollywood und wie kitzeln wir es aus ihm heraus?«

Dane lachte zusammen mit den anderen. Es war offensichtlich, dass Beatle verzweifelt versuchte, das Thema zu wechseln.

Hollywood starrte seine Freunde einen Moment lang böse an, doch dann begannen seine Mundwinkel, amüsiert zu zucken, und er sagte schlicht: »Ich möchte weder sechs Monate lang in die Wüste noch in den verdammten Dschungel geschickt werden, weil Kassie schwanger ist.«

Im Zimmer war es einen Moment lang still, dann redeten plötzlich alle durcheinander.

»Oh mein Gott, ja!«

»Wahnsinn!«

»Gut gemacht, du Hengst!«

»Herzlichen Glückwunsch!«

Hollywood hielt die Hand hoch, um sie alle zu beruhigen. Er sah nervös in Richtung Flur, wo seine Frau und Bryn verschwunden waren. Als er ihre Aufmerksamkeit hatte, bat er sie: »Aber ihr dürft nichts verraten, weder ihr *noch* euren Frauen.« Er sah Ghost, Fletch und Coach vielsagend an. »Oder sonst irgendwem. Wir geben es noch nicht öffentlich bekannt, bevor sie nicht die zwölfte Woche hinter sich hat. Das dauert noch einen Monat oder so was. Ich habe ihr versprochen, ich würde es niemandem erzählen.«

Alle lachten.

Hollywood schüttelte den Kopf. »Ja, und sie hat mir sogar geglaubt, als ich das gesagt habe, weil ich ihr erklärt habe, dass wir für eine der geheimsten Geheimorganisationen der Regierung arbeiten und deshalb besser Geheimnisse bewahren können als normale Menschen.«

Erneut lachten alle seine Freunde. Es war ein Insiderwitz. Sie hatten alle Dinge getan, die sie mit sich ins Grab nehmen würden, ohne sie jemals einer einzigen Seele zu erzählen, aber wenn es um den Alltag ging und um ihr Privatleben, hatten sie kein Problem damit, es ihren Kollegen mitzuteilen. Das brachte der Job mit sich. Wenn man buchstäblich zusammen in der Scheiße gelegen oder mit bloßen Händen jemanden umgebracht hatte, damit der Teamkollege am Leben blieb, bedeuteten die Geheimnisse des Alltags gar nichts.

Sie wussten, dass alles, was sie innerhalb der Gruppe sagten, auch in der Gruppe bleiben würde. Punkt. Das stand völlig außer Frage.

»Herzlichen Glückwunsch, Mann«, erklärte Fletch ihm. »Ich versuche alles mit Emily, aber bis jetzt ist sie noch nicht schwanger. Dafür macht es einen Haufen Spaß, es zu probieren.«

Bryn und Kassie kamen zurück in den Raum und schlossen sich der gutmütigen Plänkelei an. Aber was Dane am meisten liebte war die Tatsache, dass Bryn direkt zu ihm kam und sich wieder auf seinen Schoß setzte, als wäre es die natürlichste Sache der Welt. Er liebte es, sie im Arm zu halten. Er liebte es, ihr zuzuhören, wie sie Beatle erzählte, dass die Kakerlake das faszinierendste aller Krabbeltiere war und dass die größte aller jemals existierenden Kakerlaken die Nashornkakerlake aus Queensland, Australien, sei. Sie sind anscheinend mehr als acht Zentimeter lang und können bis zu einem halben Pfund wiegen.

Während die lebhafte Diskussion um ihn herum weiterging, küsste Dane Bryns Schläfe und entspannte sich im Sessel, als sie ihre Hand um seinen Stumpf legte und ihn abwesend mit den Fingern streichelte, während sie weiterhin mit den Menschen scherzte, die ihm am meisten auf der Welt bedeuteten.

Später am Abend kehrte Dane zurück nach Hause, nachdem er Bryn heimgefahren hatte, und Truck fing ihn direkt in der Küche ab. Alle anderen hatten sich schon für die Nacht verabschiedet. Hollywood und Kassie belegten das eine Gästezimmer und Fletch das andere. Alle anderen schliefen, wo immer sie Platz fanden ... Sie waren es gewohnt, unter allen möglichen Bedingungen zu schlafen, also waren der Boden oder die Couch in Danes Haus fast luxuriös im Vergleich zu, sagen wir mal, dem Boden im Dschungel.

Als Dane zurückkam, war alles still im Haus.

»Ist sie gut zu Hause angekommen?«, wollte Truck wissen.

»Ja. Alles in Ordnung«, erklärte Dane ihm.

»Ich mag sie.«

»Gut.«

»Nein, Fish. Ich mag sie *wirklich*«, sagte Truck erneut.

»Was zum Teufel, Mann?«, fragte Dane und verschränkte die Arme vor der Brust. »Hast du nicht bereits genug zu tun mit Mary?«

Truck war nicht beleidigt, sondern lachte nur leise. »Das soll nicht heißen, dass ich sie für mich will. Ich wollte damit nur sagen, dass ich sie für absolut perfekt für dich halte.«

»Inwiefern?«

»Sie sorgt dafür, dass du aufmerksam bleibst. Du bist kein Mann, der mit langer Weile gut umgehen kann. Mal im Ernst, jetzt lebst du mitten im Nirgendwo in Idaho und hast nichts weiter zu tun. Dabei bist du es gewohnt, mitten im Leben zu stehen. Ich habe mir Sorgen darüber gemacht, dass du in Selbstmitleid versinken und dich verrückt machen könntest. Sie wird dafür sorgen, dass du das nicht tust.«

Dane wollte eigentlich nicht grinsen, konnte jedoch nicht unterdrücken, dass seine Mundwinkel sich hoben. »Ja, das stimmt«, stimmte er zu.

»Genau. Also mag ich sie«, wiederholte Truck.

»Sie hat ihre Eigenheiten«, entgegnete Dane.

»Das ist mir nicht entgangen, Fish. Aber noch mal, sie ist genau das, was du brauchst.«

»Da kann ich nur zustimmen. Sie sorgt dafür, dass ich mich wohlfühle. Es ist, als könnte ich endlich wieder durchatmen.« Er sah hinab und schüttelte den Kopf. »Und jetzt muss ich Akilah sagen, dass sie recht hatte.«

»Womit?«

»Während Fletchs und Emilys Hochzeit versicherte sie mir, wenn ich mich dorthin begebe, wo das Land meine Seele füttert, werde ich die Frau finden, die nicht nur das sieht, was mir fehlt, sondern stattdessen nur mich sieht.«

»Eine schlaue Frau«, bemerkte Truck.

»Es sollte mir eigentlich nicht so gut gefallen.«

»Was meinst du?«

»Mich um Bryn zu kümmern. Sie zu beschützen«, entgegnete Dane. »Aber es gibt mir das Gefühl, wieder einen Sinn in meinem Leben zu haben. Sicherzustellen, dass sie genug isst. Dass sie gut nach Hause kommt. Keine Nachforschungen anstellt, die sie in Schwierigkeiten bringen könnten.«

Truck legte Fish die Hand auf die Schulter. »Das ist eben die Art von Mann, die wir alle sind. Es ist das, was wir tun. Wir kümmern uns um die, die wir lieben. Stellen sicher, dass sie genau das bekommen, was sie brauchen. Wir stehen hinter ihnen, passen auf sie auf, sodass sie erblühen können.«

»Was, wenn sie es irgendwann leid ist, dass ich das für sie tue?«

»Manchmal musst du es eben heimlich tun. Dafür sorgen, dass sie dich braucht und sich nicht vorstellen kann, ohne dich zu leben«, entgegnete Truck trocken und ließ die Hand sinken.

Dane sah den Mann an, der sein Leben gerettet hatte, bevor er fragte: »Ist es das, was du tust?«

»Zumindest versuche ich es«, entgegnete er sofort. »Aber ich habe das Gefühl, dass dein Happy End schneller kommen wird als meins.«

»Danke, dass du nicht versuchst, mir Schuldgefühle einzureden, weil ich sie beschützen will ... selbst wenn es vor ihr selbst ist.«

»Deswegen brauchst du keine Schuldgefühle zu haben, Fish. Du bist ein Mann, der den Sinn in seinem Leben gefunden hat. Das Leben ist manchmal schrecklich, das ist wahr, doch wenn du die Augen offenhältst, gibt es dir am Ende genau das, was du brauchst. Manchmal muss man dafür härter arbeiten, als es einem lieb ist, aber wenn man durchhält, beschert es einem mehr wunderbare Dinge, als man ertragen kann.«

»Das hört sich aber für dich ungewöhnlich philosophisch an«, erwiderte Dane grinsend.

»Ja. Ich sollte besser ein Bier trinken und dann die Dose mit meinem Kopf zerdrücken oder so was«, erwiderte Truck sofort.

»Ich gehe jetzt zu Bett«, informierte Dane seinen Freund. »Ich muss schlafen, wann immer ich die Gelegenheit dazu habe. Es kommt vor, dass Bryn mich um drei Uhr morgens anruft, um mir zu sagen, dass sie etwas Interessantes im Internet gefunden hat.«

»Genieße es, Fish«, erklärte Truck ihm. »Und denke immer daran, dass du Freunde hast, wenn du sie brauchst.«

»Das weiß ich zu schätzen. Mehr als du denkst.«

»Ich weiß«, erwiderte Truck. »Bis morgen.«

»Bis morgen.«

Dane ging in sein Zimmer, mit vollem Herzen und vollem Kopf. Es gefiel ihm nicht, dass er so weit weg von seinen Freunden lebte, aber er liebte Idaho. Die frische, saubere Luft, die wenigen Menschen ... und Bryn. Obwohl die Jungs am anderen Ende des Landes lebten, wusste er mit Sicherheit, dass sie alles stehen und liegen lassen würden, wenn er sie brauchte. Genauso wie er es für sie tun würde.

KAPITEL VIERZEHN

»Komm schon! Fahren wir endlich!« Bryn rutschte unruhig auf dem Sitz neben Dane in seinem Wagen hin und her.

Es fiel ihr immer noch schwer zu verstehen, was Dane in ihr sah, aber sie genoss jede Sekunde, die sie zusammen verbrachten. Nach dem Besuch seiner Freunde hatte sie sich in seiner Nähe noch mehr entspannt. Sie mochte sie wirklich ... und sie mochten sie auch.

Kassie dort zu haben war eine Überraschung gewesen, und zwar eine gute. Die andere Frau hatte sie sofort beruhigt, indem sie ihr tausend Fragen über Idaho stellte und Bryn über all die Fakten, die sie über ihren Adoptivstaat angesammelt hatte, plaudern ließ. Als sie auf die Toilette gegangen waren, hatte Kassie tatsächlich zugegeben, dass sie schwanger war und deshalb immer pinkeln musste. Bryn war platt gewesen, als Kassie gestand, dass es noch niemand außer ihr wusste. Der einfache Akt, etwas zu gestehen, das sie außer Hollywood niemandem erzählt hatte, brachte Bryn fast zum Weinen. Sie hatte ihr ganzes Leben lang keine richtige Freundin gehabt und obwohl sie Kassie vielleicht nicht gut kannte, war das Eingeständnis, dass sie ein

Baby bekommen würde, ein großer Schritt, um die Ängste zu lindern, die sie immer noch wegen des Besuchs von Danes Freunden gehabt hatte.

Nicht nur das, Dane schien ihre seltsame Art zu mögen, willkürliche Fakten zu erwähnen, und es ging ihm so viel besser, wenn er sich in der Öffentlichkeit aufhielt. Sie war davon überzeugt, dass sie daran beteiligt gewesen war. Eines Tages waren sie wieder im Dairy Queen und trafen einen Mann namens Steve. Er war dort gewesen, um zu versuchen, einen der Öfen zu reparieren. Er hatte ein eigenes Geschäft und wartete Industriegeräte, meistens in Restaurants, und sie kamen ins Gespräch, während sie auf ihre Bestellung warteten.

Es stellte sich heraus, dass Steve viel mehr zu tun hatte, als er wirklich wollte. Er war mit seiner Frau und seinen zwei kleinen Kindern aus Colorado Springs in die Gegend von Rathdrum gezogen, um die dort angebotenen Aktivitäten im Freien zu genießen, stellte aber fest, dass er jetzt weniger Zeit als zuvor hatte, um sie mit seinen Kindern zu verbringen.

Obwohl Dane keine Erfahrung in der Branche hatte, war Steve verzweifelt und hatte gesagt, dass Dane selbst mit einer Hand in einigen der grundlegenden Wartungsarbeiten ausgebildet werden könnte, die nicht viel Feinmotorik erfordern, und dass er eine große Hilfe sein würde, selbst wenn er nur Teilzeit arbeiten wollte.

Also schaute sich Dane nach Lizenzen um und was er vielleicht brauchte, um für den Mann tätig werden zu können. Bryn hatte überlegt, wieder im Lebensmittelgeschäft anzufangen, aber sie hatte zugegeben, dass sie ihre Nächte lieber mit Dane verbringen wollte, und hatte diesen Gedanken schnell beiseitegelegt.

Das Einzige, womit Bryn nicht glücklich war, soweit es

ihre Beziehung zu Dane betraf, war der Umstand, dass er immer noch widerwillig schien, sie zu küssen. Sie wirklich zu küssen. Nach ihrem Gespräch bei ihm zu Hause vor ein paar Wochen, als sie fragte, warum er sie noch nicht geküsst hatte, hatte er angefangen, seine Lippen ständig an ihre Stirn zu drücken.

Sie kuschelten miteinander, wenn sie fernsahen, und er hielt immer ihre Hand, aber er hatte sie nur ein paarmal geküsst, wirklich geküsst, seit dem Abend, an dem sie seine Freunde getroffen hatte. Und die Küsse hatten jedes Mal dafür gesorgt, dass sie mehr wollte. Sie bekam langsam einen Komplex, zumal er ihr sagte, dass er nicht aufhören würde, wenn er sie einmal geküsst hätte. Sie mochte Dane und war sich ziemlich sicher, dass er sie auch mochte. Aber sie wollte ihn nicht als Freund. Oder besser gesagt *nur* als Freund. Sie wollte mit ihm schlafen. Sehr sogar.

Dane drehte sich auf dem Fahrersitz zu ihr und sagte in einem ernsten Tonfall: »Ich möchte noch einmal wiederholen, worüber wir gesprochen haben, bevor wir fahren.«

»Dane, ich *weiß* es. Wir sind es schon hundertmal durchgegangen«, jammerte Bryn.

»Aber es ist wichtig, Smalls. Ich weiß, dass du aufgeregt bist, aber der Typ, der uns seinen Bunker zeigt, tut das nur als Gefallen für jemanden, den ich kenne. Er findet es nicht gerade toll. Ich weiß, du hast eine Millionen Fragen, aber du musst dich zusammenreißen. Frage ihn nicht, wie viel oder welche Anzahl er von bestimmten Sachen hat. Frage ihn nicht, wo er die Dinge herhat, die du in seinem Bunker siehst. Er wird dir nicht sagen wollen, wo er die Sachen erstanden hat, damit du ihm seine Quelle nicht streitig machen kannst.«

»Ich würde doch niemals –«

»*Ich* weiß das. *Du* weißt das. Aber *er* weiß das nicht.«

»Ich sage es ihm einfach, wenn wir dort sind.«

»Er würde dir nicht glauben. Bryn, Prepper sind wundersame Leute. Die meisten haben normale Jobs und funktionieren in der Gesellschaft wie jeder andere auch. Aber das bedeutet nicht, dass sie nicht paranoid und wahnsinnig misstrauisch gegenüber Leuten sind, die zu viele Fragen stellen über das, was sie tun, und warum. Okay?«

»Okay, okay. Verstanden. Aber du solltest wissen, dass es mich umbringt, die Klappe zu halten.«

Dane grinste sie an. Die Art von Grinsen, die sie liebte, weil sie sein ganzes Gesicht ausfüllte. Die Fältchen um seine Augen wurden sichtbar und sie hätte schwören können, ein Glitzern in seinen Augen zu erkennen. »Wie wäre es mit einem Ansporn?«

»Welche Art von Ansporn?«

Dane hob die Hand zu ihrem Gesicht und strich mit den Fingern über ihre Wange. Dann legte er ihr die Hand in den Nacken und zog sie näher zu sich. »Ich will unsere Beziehung schon lange auf die nächste Stufe bringen, aber ich wollte mir erst sicher sein, dass es das ist, was auch *du* willst. Ich will dein Herz an meiner Brust schlagen hören, während wir einander küssen. Wenn du dich heute gut benimmst und uns nicht mit Mr. Jasper in Schwierigkeiten bringst, werde ich sehen, was ich diesbezüglich machen kann.«

Bryn hielt die Luft an und starrte wie gebannt auf Danes Lippen. Sein Vorschlag war ein wenig anmaßend und sogar etwas herablassend, indem er andeutete, dass er die ganze Macht und Kontrolle in ihrer Beziehung hatte, aber da es das war, was sie schon eine Weile gewollt hatte, und selbst nichts getan hatte, nahm sie an, dass er recht hatte, es anzusprechen. Sie wollte sich die Gelegenheit nicht entgehen lassen, das zu bekommen, wovon sie seit Wochen träumte.

»Abgemacht. Unter einer Bedingung.«

»Und die wäre?«

Sie bemerkte, dass Danes Atem schneller ging, und fühlte sich sexy, weil sie wusste, dass der Gedanke daran, sie zu küssen, sie *richtig* zu küssen, dafür verantwortlich war. »Ich will eine kleine Vorschau auf das, was mich erwartet, wenn ich mich benehme.«

Ohne ein weiteres Wort senkte Dane seinen Kopf zu ihrem. Mit seinen Lippen berührte er ihre ein Mal und dann noch mal, und dann küsste er sie, als könnte er sich einfach nicht mehr zurückhalten. Der Griff um ihren Nacken wurde stärker und obwohl der Winkel merkwürdig war, weil sie in seinem Wagen saßen, konnte Bryn an nichts anderes mehr denken als das Gefühl von Danes Lippen auf ihren. Sofort öffnete sie den Mund und wollte mehr und wurde nicht enttäuscht, als er mit seiner Zunge über ihre strich.

Sie folgte seiner Führung, wand ihre Zunge gegen seine, genoss den Geschmack und das Gefühl seines Kusses. Als er sich zurückzog, folgte sie ihm, strich mit ihrer Zunge gegen seine Zähne und verschlang sie mit seiner in seinem Mund. Er zog sich einen kurzen Moment zurück, nur um an ihrer Unterlippe zu saugen und zu knabbern. Bryn stöhnte und versuchte, sich stärker an ihn zu drängen.

Dane zügelte ihren Kuss und beendete ihn, indem er seine Lippen noch einmal gegen ihre presste. Er streichelte ihren Hals an ihrem Ohr und sagte: »Verdammt noch mal, Smalls, ich hoffe wirklich, du benimmst dich heute anständig. Ich brauche mehr davon. Ich kann mich nicht mehr von dir fernhalten.«

Sie lächelte und wich ein wenig zurück, wobei sie die Gänsehaut ignorierte, die an ihrem Hals entstanden war, als sein warmer Atem über die sensible Stelle strich. Als sie plötzlich verstand, wie viel Macht sie tatsächlich über Dane hatte, war sie voller nervöser Vorfreude.

Sie hob die Hand zum Mund und tat so, als würde sie ihn verschließen. »Heute wird nicht eine einzige unnötige Frage aus meinem Mund kommen. Versprochen.«

»Verdammt, du bist so süß«, murmelte er und gab ihr einen letzten schnellen Kuss, bevor er sich zurückzog.

Bryn lächelte, als Dane sich auf dem Fahrersitz zurückfallen ließ, um seine Hose zu richten, bevor er ihr reumütig zulächelte.

»Warum tun Männer das?«

»Was?«

»Sich selbst in der Öffentlichkeit anfassen.«

»Wir fassen uns nicht selbst in der Öffentlichkeit an, Smalls. Du hast mich nur so heiß gemacht, dass mein Schwanz hart geworden ist. Das ist unbequem, weil er jetzt gegen den Reißverschluss meiner Hose drückt. Also lege ich ihn jetzt so hin, dass er neben dem Reißverschluss liegt anstatt direkt darunter.«

»Oh.« Bryns Stimme war verhalten und sie konnte den Blick nicht von Danes Schritt abwenden. Jetzt, da sie darüber nachdachte, schien er tatsächlich dort unten größer geworden zu sein. Sie leckte sich über die Lippen und fragte sich, wie er wohl aussah.

»Aber die meiste Zeit richten wir unsere Geschlechtsteile, wenn uns beim Sitzen die Eier unter dem Arsch stecken bleiben oder wenn sie an der Haut kleben bleiben. Es ist normalerweise überhaupt keine sexuelle Sache, nur eine Sache der Bequemlichkeit. Aber wenn du nicht aufhörst, dir die Lippen zu lecken und so auszusehen, als wolltest du mir die Hose hier im Wagen ausziehen, werde ich mich nie wohlfühlen, wir werden nie aussteigen und du wirst nie einen Bunker zu Gesicht bekommen.«

Bryn sah ihn an. »Du bist so groß.« Sie wollte auch auf die anderen Dinge eingehen, die er gesagt hatte, konnte aber nicht aufhören, an seine Größe zu denken. »Keiner der anderen Männer, mit denen ich zusammen war, sah so groß aus wie du.«

»Erstens, hör bitte auf, über andere Männer zu reden. Es macht mich verrückt. Zweitens –«

»Warum?«, unterbrach sie ihn verständnislos.

»Warum es mich verrückt macht?«, fragte er nach.

Bryn nickte.

»Weil ich ziemlich besitzergreifend bin, was dich angeht, und ich kann den Gedanken nicht ertragen, dass jemand anderes mit dir zusammen ist und die Dinge mit dir anstellt, die ich so unheimlich gern mit dir tun würde.«

»Aber wenn ich nicht mit ihnen zusammen gewesen wäre, wäre ich noch Jungfrau. Dann wäre ich sogar noch zurückhaltender, als ich es ohnehin schon bin, und hätte nicht die geringste Ahnung, was ich zu erwarten hätte, und das würde dafür sorgen, dass ich Vorbehalte hätte, mit dir zu schlafen. Und außerdem würde ich dann nicht wissen, wie ich es schön für dich machen kann.«

»Smalls«, entgegnete Dane kopfschüttelnd, »du musst mir glauben, okay? Es ist nicht so, als würde es mir etwas ausmachen, dass du mit anderen Männern zusammen warst ... okay, das ist eine Lüge, es *macht* mir etwas aus, aber nur, weil ich der einzige Mann sein möchte, an den du denkst, wenn du darüber nachdenkst, mit jemandem zu schlafen.«

»Du bist der einzige Mann, an den ich denke, wenn ich darüber nachdenke, mit jemandem zu schlafen, Dane.«

»Gut.«

»Und was war das Zweite, was du sagen wolltest?«

»Ich werde in dich hineinpassen. Mein Schwanz ist vielleicht größer als diejenigen, die du in der Vergangenheit hattest, aber die Körper von Frauen sind so gemacht, dass jeder Schwanz in sie hineinpasst. Außerdem werde ich ihn nicht einfach in dich hinein rammen, sondern ich werde dafür sorgen, dass du bereit für mich bist und dir nicht vorstellen kannst, mich *nicht* in dir zu spüren.«

Bryn machte den Mund auf, schloss ihn wieder und öffnete ihn dann erneut. Sie wusste nicht, was sie darauf erwidern sollte. Schließlich sagte sie einfach: »Danke.«

Dane lachte, lehnte sich zu ihr, stützte sich mit seiner guten Hand auf dem Sitz ab und sagte: »Küss mich, Smalls. Und dann besichtigen wir endlich diesen Bunker, den zu sehen wir so lange gewartet haben.«

Sie tat, wie geheißen, kopierte seine Haltung, stemmte sich auf ihre Hände und hob das Gesicht, um ihm einen tüchtigen Kuss zu geben.

»Und jetzt schnall dich an, damit wir loslegen können.«

Sie tat, worum Dane sie gebeten hatte, lehnte sich auf dem Sitz zurück und dachte den ganzen Weg zu ihrem Ziel darüber nach, wie es wäre, von Dane geküsst und geliebt zu werden.

»Wie bist du noch mal auf diesen Typen gekommen?«

Dane fuhr von dem Parkplatz vor ihrem Wohnhaus, bog nach links ab und fuhr durch die Stadt. »Ich habe noch Verbindungen von meiner Zeit beim Militär. Ich kenne jemanden, der jeden zu kennen scheint. Den habe ich kontaktiert und er hat alles arrangiert, sodass wir uns mit diesem Prepper treffen können. So wie ich es verstanden habe, war Mr. Jasper alles andere als begeistert, dass wir ihn besuchen wollen, aber er wurde mit dem Versprechen überzeugt, Material geschickt zu bekommen, das normalerweise nur Staatsangestellten zur Verfügung steht.«

»Was für Material?«

»Sachen, die man nicht einfach im Internet bestellen kann.«

»Wie lange wird der Besuch dauern?«

»Ich habe keine Ahnung. Wahrscheinlich wird der Typ versuchen, es so kurz wie möglich zu machen.«

Bryn nickte; das hatte sie erwartet. »Kann ich Fotos machen?«

Dane lachte. »Wahrscheinlich eher nicht, würde ich sagen. Aber wir können ja mal sehen, wie es läuft.«

»Glaubst du, er ist gefährlich?«

»Eigentlich nicht«, erwiderte Dane sofort. »Aber ich möchte es auch nicht darauf ankommen lassen. Erinnerst du dich daran, wie ich dir von verschiedenen Arten von Männern in diesem Gebiet erzählt habe? Dass einige von ihnen harmlos sind und einfach nur in Ruhe ihr Ding machen wollen, wohingegen andere tatsächlich gefährlich sein könnten, da sie gegen die Vereinigten Staaten sind und alles, wofür sie stehen?«

»Ja.«

»Gut. Ich bin mir ziemlich sicher, dass wir es mit der ersten Art von Mann zu tun haben. Aber ich möchte nichts tun, das ihn dazu veranlassen könnte zu denken, dass er uns nicht in seinem Bunker haben möchte, und zu der zweiten Art von Mann wird.« Er sah sie mit vielsagendem Blick an. »Sei einfach clever, okay?«

»Hey, ich bin die schlauste Frau im ganzen Staat. Das schaffe ich locker.« Sie wurde belohnt, als Dane über ihre Antwort schmunzelte. Sie hatte sich angewöhnt, sich über ihre Intelligenz lustig zu machen, anstatt sich deswegen zu schämen.

Sie plauderten, als Dane durch die Nebenstraßen um Rathdrum fuhr. Bryn wusste nach ein paar Kreuzungen nicht mehr, wo sie waren, aber Dane fuhr weiter, als wüsste er genau, wohin sie unterwegs waren. Und er wusste es offensichtlich, denn zwanzig Minuten später fuhr er auf eine Schotterstraße zwischen zwei großen Hügeln.

Er hielt den Wagen vor einem Haus an, das schon bessere Tage gesehen hatte. Es war braun und hatte eine Holzverkleidung. Bryn konnte sehen, wo sich der Schnee im Winter darauf angesammelt hatte, da er einen weißen Rückstand hinterlassen hatte. Die Veranda, wenn man sie so nennen konnte, sah aus, als würde ein heftiger Wind sie umwehen können. Aber sie konnte nicht leugnen, dass das Land drum herum wunderschön war.

Sie stiegen aus dem Wagen und Dane kam neben sie und griff nach ihrer Hand. Sie studierte ihre Umgebung, als sie zur Tür des Hauses gingen. Das Gras war lang und überall, wo sie hinsah, gab es Wildblumen. Große Bäume umgaben das Grundstück und warfen ihre Schatten über das Haus. Seitlich war ein Garten gepflanzt und Bryn konnte irgendwo in der Ferne einen Bach plätschern hören.

Das Geräusch einer gespannten Schrotflinte holte sie aus ihren glücklichen Schneewittchen-Gedanken, wo alle Vögel und glücklichen Zwerge sangen, unsanft zurück in die Gegenwart. »Keinen Schritt weiter! Identifiziert euch!«

KAPITEL FÜNFZEHN

Die Stimme war hart und wütend, und Bryn erstarrte. Ihr Mund war plötzlich ganz trocken, und sie hätte kein Wort von sich geben können, selbst wenn ihr Leben davon abgehangen hätte. Glücklicherweise schien es Dane nicht so zu gehen.

»Dane Munroe und Bryn Hartwell. Wir sind hier, um den Bunker zu besichtigen.« Seine Erklärung war kurz und bündig. Bryn drückte seine Hand und war erleichtert zu spüren, dass er die Geste erwiderte. Er ließ das Haus nicht aus den Augen, aber er sah auch nicht besonders besorgt aus.

Ein Mann trat hinter einem Zaun an der Seite des Hauses hervor. Als sie nun genauer hinsah, bemerkte Bryn, dass ein Loch ausgeschnitten worden war ... gerade groß genug für den Lauf eines Gewehres.

Er war groß und schlank, ein paar Zentimeter kleiner als Dane. Er trug eine abgetragene Jeans und ein schwarzes T-Shirt. Seine Arme und sein Gesicht waren gebräunt, als wäre er es gewohnt, draußen zu arbeiten, und sein dunkles Haar war fettig, vom Gesicht nach hinten gekämmt und sah aus, als wäre es seit ein paar Tagen nicht mehr gewaschen worden. Seine Augen waren zusammengekniffen, sodass es schwer zu erkennen war, welche Farbe sie hatten. Seine Nase war schief, als wäre sie mehrmals gebrochen worden. Es war schwer zu sagen, wie alt der Mann genau war, aber wenn Bryn hätte raten müssen, hätte sie gesagt, dass er irgendwo in den Fünfzigern oder Sechzigern war.

»Mr. Jasper, nehme ich an«, sagte Dane ruhig, hielt seinen linken Arm hoch und hob auch die Hand, mit der er Bryn festhielt, um zu zeigen, dass sie keine Waffen dabeihatten.

»Grumpf. Ihr seid zu spät dran«, murmelte der Mann grimmig.

»Entschuldigung.« Dane erklärte ihm nicht warum.

»Gut, dann kommt. Bringen wir es hinter uns.« Der Mann legte sein Gewehr in die Armbeuge und gestikulierte mit dem Arm, dass sie ihm folgen sollten.

Bryn konnte erkennen, dass Dane nicht begeistert war, dass der Mann seine Waffe nicht abgelegt hatte, aber er sagte kein Wort, sondern ging einfach langsam und vorsichtig auf den Mann zu, als hätte er Angst, dass eine plötzliche Bewegung ihn erschrecken könnte. Zum ersten Mal verstand Bryn, was er versucht hatte, ihr zu sagen. Er hatte ihr nichts vorgemacht.

Mr. Jasper war nervös und fühlte sich mit ihrer Anwesenheit auf seinem Grundstück unwohl. Was auch immer der Anreiz für ihn war, dies zu erlauben, es musste ein großer sein. Bryn hatte sich geschworen, ihren Mund zu halten, so gut sie konnte. Sie konnte alles erfassen und später recherchieren. Es gab ein paar Chaträume, die sie gefunden hatte, als sie im Internet nach Prepper-Informationen gesucht hatte, in denen sie Fragen stellen konnte.

Sie blieben vor dem Mann stehen und er hielt ihnen ein

Paar Augenbinden hin. Die Art, die die Leute zum Schlafen trugen.

»Zieht die hier an.«

»Oh, aber – aua!«

Bryn brach mitten im Satz ab, als Dane ihre Hand zu fest drückte, sodass sie nicht umhinkonnte, vor Schmerz laut auszurufen. Er sagte nichts, sondern streckte einfach die Hand nach den Masken aus.

Dann wandte er sich an Bryn und sah zu ihr hinab. »Ist schon in Ordnung. Er will nur nicht, dass wir in Zukunft dazu in der Lage sind, den Bunker zu finden. Wir können den Bunker nur besichtigen, wenn wir die hier überziehen. Mr. Jasper wird uns nichts tun. Er beschützt nur seine Familie.« Dane sah hinüber zu dem Mann, als würde er darauf warten, dass er seine Worte bestätigte, doch er blieb still. »Vertrau mir, Smalls. Ich werde nicht zulassen, dass dir etwas passiert.«

Bryn nickte, auch wenn sie nicht gerade glücklich darüber war. Ihr war klar, dass Dane gewusst hatte, dass so was passieren würde. Er schien nicht überrascht oder aufgebracht darüber zu sein, eine Augenbinde umgelegt zu bekommen. Und als ihr das klar wurde, verstand sie auch gleichzeitig, warum er es ihr nicht vorher gesagt hatte. Sie war zwar alles andere als glücklich darüber, doch sie vertraute Dane.

»Okay.« Er nickte und gab ihr einen kleinen Kuss, bevor er seine Prothese und seine gute Hand dazu benutzte, ihr das Gummi um den Kopf zu legen und ihr die Augenbinde aufzusetzen. Als plötzlich alles dunkel war, bekam Bryn einen Moment lang Panik, bevor sie erleichtert aufseufzte, als sie spürte, dass Dane ihre Hand an den Saum seiner Jeans legte.

»Nur damit ihr es wisst«, erklärte Mr. Jasper Dane, »ich

möchte ja nicht paranoid erscheinen, aber ich und meine Freunde haben uns darüber unterhalten, wie Außenseiter versuchen, sich ihren Weg in unsere Gemeinschaft zu erschleichen. Es macht uns nichts aus, wenn neue Leute dazukommen, die die gleiche Gesinnung haben, aber wenn jemand anfängt, merkwürdige Fragen über die Polizeipräsenz zu stellen und wie es uns gelingt, nicht aufzufallen, werden wir nervös. Ich bin vielleicht ein Prepper, aber ich liebe mein Land. Und wenn irgendwelche Außenseiter schlecht über mein gutes altes Amerika reden, werde ich nervös. Verstanden? Damit möchte ich nichts zu tun haben und ich werde mich und die Meinen vor jedem und allen schützen, die versuchen, mir meine Freiheit wegzunehmen. Ich tue das nur zu meinem eigenen Schutz und es handelt sich dabei um einen eigenen Lebensstil. Okay?«

»Ja, Sir«, erwiderte Dane sofort.

Bryn hörte, wie er neben sie kam, und war erleichtert, als er wieder nach ihrer Hand griff.

»Halte dich an mir fest und ich halte die Leine fest, Smalls. Keine Angst. Ich sorge für dich.«

»Na dann los, mein unerschrockener Krieger.«

Er lachte daraufhin, erwiderte aber nichts. Wenig später waren sie auf dem Weg. Es war äußerst verführerisch, ihre Gesichtsmuskeln dazu zu benutzen, die Binde zu verschieben, damit sie etwas sehen konnte, aber Bryn wollte nichts tun, was Mr. Jasper verärgern würde. Er war ohnehin schon ausgesprochen nervös. Außerdem wollte sie den Bunker wirklich gern besichtigen. Wenn der Mann deswegen so nervös war, war er sicher unglaublich.

Sie stolperten ungefähr zehn Minuten durch die Landschaft, bis sie das Gelände erreicht hatten, wo der Bunker sich befand.

»Behaltet die Augenbinden an, bis ich euch sage, dass

ihr sie abnehmen könnt. Ich öffne jetzt die Tür. Ich sage euch, wohin ihr treten müsst.«

Bryn wollte den Bunker wirklich gern von außen sehen, aber sie wollte zu diesem Zeitpunkt nichts sagen. Sie war so nahe dran, ein echtes Prepper-Versteck zu sehen, und wollte es jetzt nicht vermasseln.

Sie hörte ein lautes Knarren, und dann schlurften sie und Dane vorwärts. Sie griff seine Hand fester und hielt den Atem an, als er nach unten ging. Bryn folgte hinter ihm und legte ihre freie Hand auf Danes Schulter, als sie zehn Schritte nach unten gingen.

Die Tür schlug hinter ihnen zu und Mr. Jasper sagte: »Okay, ihr könnt sie jetzt abnehmen.«

Bryn brachte zitternd eine Hand an ihr Gesicht und schob das Material nach oben. Sie hielt Danes Hand fest, da sie den Kontakt zu ihm nicht verlieren wollte, und bemerkte abwesend, dass er auch seine Augenbinde hochgeschoben hatte. Sie blinzelte im hellen Licht der Laternen, die in der ganzen Umgebung aufgestellt waren, und sah sich um.

Es sah aus wie viele andere der Überlebensunterkünfte, die sie online gesehen hatte. Sie waren an einem Ende des Raumes hereingekommen. Ihr erster Gedanke, den sie auch, ohne nachzudenken, aussprach, war: »Es ist gar nicht so groß, wie ich gedacht hätte.«

Zu ihrer Rechten befand sich ein überraschend gemütlich aussehendes Sofa. Zu ihrer Linken waren ein Fernseher in der Ecke und ein Tisch mit einer Bank. Vor ihr befand sich eine Küchenzeile mit Spüle. Ein Stückchen weiter im Inneren gab es so eine Art kleinen Flur, von dem links ein kleines Zimmer abführte.

»Der Bunker ist rund fünfundvierzig Quadratmeter groß«, erklärte Mr. Jasper ihr stolz.

»So groß kommt es mir gar nicht vor«, erwiderte Bryn ehrlich.

»Weil es einen versteckten Raum gibt.«

Bryn machte einen Schritt nach vorn und hielt dann inne. »Darf ich mich umschauen?«, fragte sie den raubeinigen älteren Mann.

»Ja.«

Er sagte es nicht gerade höflich, aber Bryn zögerte nicht. Sie ging zuerst zur Spüle und öffnete den Schrank darunter. Es sah aus, als hätte sie eine normale Wasserleitung. Viele Fragen kamen ihr schnell und heftig in den Sinn, aber sie verbiss sie sich. Sie wollte so viele Dinge wissen, aber sie hatte es Dane versprochen ... und wollte belohnt werden. Das war Ansporn genug.

Sie öffnete Schränke und sah Stapel über Stapel von MREs, Mahlzeiten, die zum Verzehr bereit waren. Dehydrierte Lebensmittel, die jahrelang gelagert werden konnten, ohne zu verderben. Es gab auch Bücher, Filter und Kisten mit Munition. Teller, Tassen, Küchenutensilien, Seife, Shampoo ... die Mannigfaltigkeit der Dinge war endlos.

Sie öffnete einen kleinen Schrank und sah Winterkleidung vakuumverpackt in Aufbewahrungstaschen, zusammen mit Stapeln von Decken und Handtüchern. Ein großer Teil des Schrankes war auch für die Aufbewahrung von Erste-Hilfe-Material vorgesehen.

Sie öffnete die Badezimmertür und war erstaunt, wie modern und elegant alles war. Das war kein Do-it-yourself-Job. Mr. Jasper hatte eine Menge Geld ausgegeben, um sicherzustellen, dass er und seine Familie einen sicheren Ort hatten, an den sie im Falle eines Atomkrieges, der Apokalypse oder sogar eines Zombie-Angriffs flüchten konnten. Sie dachte sich, dass es Lagertanks für das saubere

Wasser und das Abwasser geben müsste, aber sie würde nachschauen, wie alles funktioniert, wenn sie nach Hause kam.

Dane hatte sich nicht von der Tür wegbewegt, während sie jeden Zentimeter des Bunkers untersucht hatte. Er hatte sich umgesehen, aber nichts gesagt. Schließlich fragte sie zaghaft: »Darf ich auch den versteckten Raum sehen?«

Ohne ein Wort zu sagen, ging Mr. Jasper an die Wand neben dem Badezimmer und bewegte ein Bild, das dort hing, zur Seite. Dahinter war ein digitales Schloss. Er gab einen Code ein und achtete darauf, sich davorzustellen, damit weder sie noch Dane sehen konnten, welche Zahlen er benutzte, und die Wand klappte zurück, um den versteckten Raum zu enthüllen.

Bryn trat ohne einen Gedanken an ihre Sicherheit hinein und sah sich um. Hinter einer weiteren offenen Tür an der Rückwand stand ein kleines Doppelbett und links und rechts von ihr je ein Etagenbett. Das »Hauptschlafzimmer« besaß dank der Tür sozusagen etwas Privatsphäre. Sie ging nach vorne und schaute hinein. Links stand ein Schrank und in der Ecke war etwas, das wie ein großer Schlauch aussah.

»Was ist das?« Sie hatte die Frage ausgesprochen, bevor sie sich davon abhalten konnte.

»Ein NBC-Luftfiltersystem mit Blasventilen und Überdruckventil. Die Toilette ist kompostbetrieben und die Türen sind kugelsicher. Es gibt einen tanklosen Warmwasserboiler und eine Pumpe, um das Abwasser abzuleiten. Der Ofen ist alkoholbetrieben und das Wasser kommt aus dem Bach auf dem Grundstück. Ich habe ein Rohr angeschlossen, um das Wasser hierher umzuleiten. Es wird in einem großen Tank unter dem Bunker gelagert.«

Bryn war beeindruckt und konnte es kaum erwarten,

nach Hause zu kommen und alles nachzusehen, was er gerade erwähnt hatte, doch es gelang ihr, einfach nur zu nicken.

»Bist du fertig?«

Nein. Das war sie keineswegs. Sie wollte jeden Schrank öffnen, unter jedes Bett schauen, jedes Gerät einschalten, duschen, einen Film sehen und eine Mahlzeit zubereiten ... nur um zu sehen, wie alles funktionierte ... aber sie hatte es Dane versprochen. Also nickte sie.

Danes Lippen zuckten, doch er sagte einfach nur: »Vielen Dank, dass Sie uns alles gezeigt haben.«

Mr. Jasper grunzte als Antwort nur, da er anscheinend sein Gesprächspotenzial zuvor erschöpft hatte.

Bryn ging hinüber zu Dane und sah zu ihm auf. Sie formte »Vielen Dank« mit dem Mund und wandte sich dann an den alten Prepper. »Vielen Dank, Mr. Jasper. Ich meine es ernst. Sie hätten uns das nicht zu zeigen brauchen.«

»Ich habe es auch nicht getan, weil ich so nett bin, Mäuschen. Wann kann ich mit meiner Lieferung rechnen?«

Die Frage ging direkt an Dane.

»Sobald ich zu Hause bin, werde ich alles veranlassen.«

Ohne ein Wort zu sagen, schloss der ältere Mann den geheimen Raum ab und bedeckte die Tastatur mit dem Bild an der Wand. Er ging zur anderen Tür und drehte sich zu ihnen um. »Masken aufsetzen.«

Bryn zögerte diesmal nicht und zog sich die schwarze Binde wieder über die Augen. Mit ihrer Hand fest in Danes folgte sie ihm die Treppe hinauf und zurück zum Haupthaus. Dort tauschten sie noch ein paar Worte mit Mr. Jasper aus, bedankten sich noch einmal bei ihm und dann öffnete Dane ihr die Wagentür und wartete, bis sie eingestiegen war, bevor er sie schloss und um seinen Wagen herumging und hineinkletterte.

Kurzerhand setzte Dane den Wagen zurück, wendete und fuhr die Kiesauffahrt hinauf zu den langen, kurvenreichen Straßen, die sie nach Rathdrum führen würden.

»Explodierst du mir jetzt gleich, Smalls?«

Bryn schnaubte und rief: »Das ist durchaus möglich.«

Zum ersten Mal in der Stunde, die sie auf dem Grundstück von Mr. Jasper verbracht hatten, entspannte sich Dane. Er lachte herzhaft und lächelte ihr zu. »Ich bin so stolz auf dich.«

»Danke, aber ... ähm ... meinst du, wir könnten meine Belohnung aufschieben, bis ich Zeit gehabt habe, ins Internet zu gehen? Es gibt da ein paar Dinge, die ich so schnell wie möglich nachschauen will.«

Dane lächelte sie weiter an. Er legte seine Prothese auf das Lenkrad und griff mit der anderen Hand nach ihr. Er legte seine warme Hand auf ihren Oberschenkel. »Ja, Schatz. Ich werde auf dich warten, bis du so weit bist. Aber denkst du, ich könnte einen Kuss bekommen, um die Zeit zu überbrücken, wenn wir bei dir sind?«

»Ja, ich denke, das lässt sich einrichten«, entgegnete Bryn, hob seine Hand an ihre Lippen und küsste seine Handfläche. »Danke, dass du das für mich arrangiert hast. Es war wirklich toll.«

»Gern geschehen. Willst du mich irgendwas fragen, während wir unterwegs sind?«

Bryn nickte. »Jetzt, wo du es ansprichst, ja.« Also atmete sie tief ein und begann zu reden. Sie stellte auf dem ganzen Rückweg zu ihrer Wohnung Fragen und dann noch weitere zehn Minuten, während sie vor ihrer Wohnung standen.

Als sie sich schließlich beruhigt hatte, erklärte Dane ihr: »Geh schon. Ich weiß doch, dass du es kaum erwarten kannst, die Dinge nachzusehen, die ich nicht beantworten konnte. Rufst du mich später an?«

»Mache ich«, erklärte Bryn und biss sich dann auf die Unterlippe.

»Was denn?«

Sie sah ihn schüchtern an. »Kann ich einen Kuss haben?«

»Ich dachte schon, du würdest nie fragen. Komm mal her.« Dane griff nach unten und zog den Hebel, um den Sitz ganz nach hinten zu bewegen. Sie rutschte auf dem Sitz des Wagens rüber und kniete sich neben ihn hin. Er drehte sie um und sie plumpste auf seinen Schoß. Sie hatte sich wirklich daran gewöhnt, dass er sie aufhob, um sie auf seinen Schoß zu setzen. Sie fühlte sich dort wohl. Beschützt.

Bevor sie ihr Gleichgewicht gefunden hatte, küsste Dane sie. Er schlang seine Hand um ihre Taille, um sie festzuhalten, und er verschlang sie geradezu mit seinen Lippen. Seine Zunge glitt in ihren Mund, ohne Vorwarnung. Bryn öffnete ihren Mund weiter, um es ihm leichter zu machen. Sie wand den Kopf hin und her und änderte den Winkel des Kusses, aber ihre Lippen lösten sich nie von seinen.

Schließlich zog er sich zurück. Dane rieb seine Nase an ihrer.

»Sag Bescheid, wenn du fertig bist.«

»Okay.«

Sie saß weiterhin auf seinem Schoß, ohne sich zu bewegen, und starrte seine Lippen an. Seine Mundwinkel verzogen sich zu einem Lächeln.

»Dann mal los.« Dane half ihr, sich aufzurichten und wieder auf ihre Seite des Wagens zu rutschen. Als sie wieder auf dem Beifahrersitz saß, fragte er: »Alles okay, Smalls?«

»Besser als okay, Dane. Danke noch mal für den heutigen Tag. Es bedeutet mir sehr viel, dass du das für mich getan hast.«

Er nickte. »Bis später, Schatz.«

»Bis später.«

Sie öffnete die Tür und sprang raus. Da sie wusste, dass er nicht fahren würde, bevor sie im Gebäude war, schloss sie die Tür und winkte, dann machte sie sich auf den Weg und hielt während des Gehens Augenkontakt mit ihm.

Als sie die Tür erreichte, öffnete sie sie und verschwand im Haus. Sie brachte ihre Fingerspitzen zum Mund und lächelte, erinnerte sich, wie gut sich seine Lippen an ihren eigenen anfühlten und wie erstaunlich es sich anfühlte, in seinen Armen zu liegen. Sie war noch nie in ihrem ganzen Leben so zufrieden gewesen.

Sie schloss ihre Wohnungstür ab und ging direkt auf ihren Computer zu, ihr Geist schaltete fast augenblicklich um, als sie über Mr. Jaspers Bunker und dessen Einrichtung nachdachte. Er war genial und sie wollte so viele Informationen wie möglich darüber sammeln. Sie wollte nur ein paar Suchanfragen starten, um ihr Wissensbedürfnis zu befriedigen ... und dann Dane anrufen.

KAPITEL SECHZEHN

Bryn wachte langsam auf und stöhnte, während sich jeder Muskel in ihrem Körper streckte, als sie sich aufrichtete. Sie saß an ihrem Schreibtisch, den Laptop vor sich, immer noch die Seite des Prepper-Forums geöffnet, das sie am Abend zuvor besucht hatte. Die Leute, mit denen sie sich unterhalten hatte, waren insgesamt sehr nett und offen darin gewesen, ihre Fragen zu beantworten. Sie hatte von Mr. Jasper und Dane den Eindruck bekommen, dass alle Prepper paranoid und verschlossen waren, doch dem konnte sie eigentlich nicht zustimmen. Natürlich war es so, dass sie mehr Fragen hatte, je mehr Antworten sie bekam.

Sie gähnte und hob die Arme über den Kopf, um sich zu strecken. Sie hatte die ganze Nacht seltsame Träume gehabt. Von Bomben und Menschenmassen, die in ihr Haus eindringen wollten, und ...

Scheiße!

Dane!

Sie schaute auf die Uhr des Computers und stöhnte vor Verzweiflung. Halb sieben. Sie wusste nicht mehr, wann sie endlich eingeschlafen war, aber es war spät gewesen ... oder früh. Sie hatte sich ins Forum eingeloggt und mit mehreren verschiedenen Preppern gleichzeitig gechattet. Es war faszinierend gewesen, und alle Gedanken an Dane und dass sie ihn anrufen sollte waren verschwunden.

Sie nahm sich einen Moment Zeit, loggte sich aus der Webseite aus, versuchte, nicht daran zu denken, wann sie vielleicht wieder mehr Zeit hätte, um mit den Preppern zu sprechen, die sie online kennengelernt hatte, und ging in den Wohnbereich ihrer kleinen Wohnung. Es würde noch eine Weile dauern, bis die Sonne am Morgenhimmel aufging, also schaltete sie das Licht im Eingangsbereich ein, ging zu dem kleinen Tisch neben der Tür und schnappte sich ihr Handy.

Es waren drei SMS darauf. Alle von Dane.

Dane: Ich hatte heute viel Spaß.

Dane: Stellst du immer noch Nachforschungen an?

Dane: Ich nehme mal an, dass du noch immer vor dem Computer sitzt und total darin aufgehst, was zu tun ist, wenn das Ende der Welt bevorsteht, und mich nicht absichtlich ignorierst. ;) Ich rufe dich morgen an. Ich hoffe, du bekommst etwas Schlaf.

Bryn starrte die Nachrichten einen Moment lang an und bekam ein komisches Gefühl in der Brust. Er hatte wissen wollen, ob es ihr gut ging, und klang nicht verärgert darüber, dass sie ihn vergessen hatte. Das letzte Mal, als ihr das mit einem Mann passiert war, mit dem sie gerade auszugehen begonnen hatte, war der so sauer gewesen, dass er »seinen Abend verschwendet« hatte, und hatte ihr gesagt, dass er sie nie wiedersehen wollte.

Dane verstand sie.

Und es schien ihm egal zu sein, dass sie manchmal schusselig war. Dass sie den Obdachlosen Geld gab. Dass sie das Schlechte in den Menschen nicht zu sehen schien. Dass sie sich auf der Suche nach Informationen verlieren und alles um sich herum vergessen konnte.

Als sie wieder auf die Uhr schaute und sah, dass es nur vier Minuten her war, seit sie das letzte Mal drauf geschaut hatte, und es zu früh war, Dane anzurufen, ging Bryn in ihr Schlafzimmer. Sie wollte duschen, sich umziehen und dann zu ihm fahren. Sie musste zwar heute nicht arbeiten, wollte aber trotzdem in der Bücherei vorbeischauen und nach einem Buch suchen, das einer der Prepper empfohlen hatte. Der Titel war natürlich *Surviving Doomsday – Wie man den Weltuntergang überlebt*. Sie wollte sehen, ob die Bücherei es schon hatte oder ob man es bestellen konnte.

Einer der Männer gestern Abend im Forum hatte darauf hingewiesen, dass es wichtig wäre, gedruckte Exemplare von Lehrbüchern zu bekommen. Sollte die Infrastruktur nach einer Atombombe oder einem Massenchaos zusammenbrechen, wäre es schwierig, eine Internetverbindung zu bekommen. Es war also sinnvoller, die eigentlichen Bücher zu haben, als sich auf das Internet oder andere elektronische Geräte zu verlassen.

Nach dem Duschen schlug Bryn die Zeit tot, indem sie zum Frühstück Muffins von Grund auf selbst buk. Sie wollte nicht wieder online gehen, weil sie wusste, dass sie sich am Ende wieder nur in das Wissen auf dem Bildschirm vertiefen würde.

Schließlich, um zehn Minuten vor acht, ging sie in die Bücherei. Sie öffnete normalerweise früh für Leute, die gern die Zeitung lasen und den Tag entspannt mit einem Buch oder einer Zeitschrift beginnen wollten.

Bryn winkte ihrer Kollegin hinter der Ausleihtheke zu,

ging aber nicht hinüber, um Small Talk zu machen. Sie ging zum Computer und suchte nach dem, was sie wollte. Während ihrer Suche erinnerte sie sich, dass sie die beiden Bücher, die sie über Bunker und Dünger gefunden hatte, nicht zurückgebracht hatte.

Bei dem Gedanken erstarrte sie. Es war nicht gerade einfach, einen Prepper zu finden. Verdammt, es brauchte einen Freund eines Freundes von Dane, der eine Art Einfluss auf die Regierung hatte, um Mr. Jasper zu finden. Aber dank dieser beiden Bücher hatte sie bereits jemanden gefunden, mit dem sie persönlich sprechen konnte. Wer auch immer diese Bücher ausgeliehen hatte, war offensichtlich ein extremer Überlebensfanatiker.

Bryn überlegte, ob sie versuchen sollte, die Adresse zu überprüfen, unter der dieser John Smith lebte. Sie erinnerte sich daran, dass eine eingetragen war, aber die Frage war, ob sie echt oder erfunden war. Es wäre faszinierend, mit ihm zu reden. Sie könnte eine Menge Informationen von ihm erhalten. Es wäre, als würde ein Prepper-Forum vor ihren Augen lebendig werden.

Sie dachte an das, was Dane gesagt hatte ... und ihre Erfahrung mit Mr. Jasper. Er war bereit gewesen, ihnen seinen Bunker zu zeigen, aber nur, weil Dane ihm etwas im Gegenzug dafür versprochen hatte. Sie verstand, dass Prepper gefährlich sein konnten. Sie glaubte, dass nicht alle das waren, aber zu wissen, wer es war und wer nicht, war der heikle Teil.

Bryn kannte das Gefühl nur allzu gut. Es war genau wie damals, als sie jung war und den Frosch sezieren wollte, um mehr über ihn zu erfahren. Sie wusste, dass es gefährlich sein konnte, mit jemandem zu reden, der sowohl ein Prepper-Buch als auch eines über Sprengstoff ausgeliehen hatte, aber es fiel ihr schwer, es ruhen zu lassen.

Aber mehr als die Neugier war da die alarmierende Vorstellung, dass es da draußen jemanden geben könnte, der tatsächlich gefährlich war. Der andere Menschen verletzen könnte. Leute wie Dane. Dane lebte nicht in der Stadt, er könnte allein in seinem Haus verletzbar sein. Was, wenn dieser John Smith wirklich gefährlich war? Sollte man ihn nicht aufhalten, bevor er jemandem Schaden zufügte?

Bryn überlegte verzweifelt, was sie tun sollte. Sie wollte unbedingt noch einen Bunker sehen. Wollte sie vergleichen. Die Ähnlichkeiten und Unterschiede zwischen den beiden feststellen. Aber sie konnte nicht einfach auftauchen und sagen: »Hi, ich bin Bryn und ich möchte Ihren Bunker sehen.« Sie wusste, das würde nicht funktionieren. Aber was, wenn sie mehr Informationen über den Mann aufdecken konnte, ohne ihn physisch zu sehen? Vielleicht könnte sie herausfinden, ob sie diesen John Smith den Behörden melden sollte.

Aber wenn sie keine weiteren Informationen sammeln konnte und ihn tatsächlich besuchen sollte, würde sie ihm einfach versichern, dass es ihr egal wäre, wo er wohnt, und dass sie nicht zurückkommen würde, wenn die Welt unterging, um seine Sachen zu stehlen. Sie wollte nur mehr erfahren.

Sie beschloss auf der Stelle herauszufinden, was sie über John Smith in Erfahrung bringen konnte, wenn sie das nächste Mal arbeitete. Bryn richtete den Blick wieder auf den Computerbildschirm und die Bücher, die die Bücherei über Prepper und Überlebenstraining hatte. Zum Glück gab es einige, nicht die, die der Typ im Forum vorgeschlagen hatte, aber Bryn entschied, dass sie mit dem beginnen würde, was verfügbar war. Das war zumindest ein Anfang.

Sie war nicht überrascht über das Maß an Interesse, das sie hatte und das an Besessenheit grenzte, denn so funktionierte es normalerweise immer bei ihr. Ein Thema interessierte sie, und wenn es das tat, musste sie alle Möglichkeiten ausschöpfen, um Informationen darüber zu erhalten. In der Vergangenheit hatte sie alles erforscht, von Achterbahnen und wie sie gebaut und gewartet wurden – was mit einem Ausflug nach Cedar Point in Sandusky, Ohio, endete, um sie zu beobachten und eine VIP-Tour zu bekommen – bis hin zum Einsatz von Pestiziden auf Farmen im Mittleren Westen.

Es gab keinen bestimmten Auslöser, warum sie von manchen Themen besessen war, aber Bryn hatte über die Jahre gelernt, dass der einzige Weg, wie sie wieder »normal« werden konnte – was auch immer das war –, darin bestand, so viel wie möglich über das Thema zu lernen. Sobald sie ihre Neugierde befriedigt und das Gefühl hatte, dass sie das Thema oder die Sache gut verstanden hatte, konnte sie es zu den Akten legen.

Der Ausflug zu Mr. Jaspers Bunker hatte nur ihr Interesse geweckt. Es hatte mit dem Bunkerbuch begonnen, das sie in der Bücherei gefunden hatte, und jetzt war sie voll und ganz inmitten eines zwanghaften Bedürfnisses, mehr zu erfahren. Sie erzählte Dane nicht von ihren Chats mit den Preppern, die sie im Forum getroffen hatte, aber je mehr sie mit ihnen sprach, desto mehr wollte sie wissen.

Aber so sehr sie auch mehr über Bunker und den Prepper-Lebensstil wissen wollte, hatte sie noch eine andere Obsession ... Dane. Sie mochte den Mann. Sie mochte ihn wirklich. War fasziniert von seiner Prothese und dem Mann selbst. Ganz zu schweigen davon, wie sehr sie es genoss, ihn zu küssen. Es war untypisch für sie, mehr als eine Obsession gleichzeitig zu haben, aber sie war sowohl von Dane als auch vom Überlebenskünstler-Lebensstil sehr angetan.

Als wären ihre Gedanken an Dane ein Magnet, wollte

sie plötzlich unbedingt seine Stimme hören. Um sich zu entschuldigen, dass sie ihn gestern Abend nicht angerufen hatte. Um sich mit ihm gut zu stellen.

Bryn zog ihr Telefon heraus, während sie zu den Bücherstapeln ging, wo sie die Bücher über den Prepper-Lebensstil finden würde, und klickte auf Danes Nummer.

»Hey, Smalls.«

»Es tut mir wirklich unglaublich leid, dass ich dich nicht angerufen habe. Ich wollte es. Es ist ja nicht so, als hätte ich nicht gewollt, dass du wieder zu mir kommst oder dass du mit mir rumknutschst. Es ist nur so, als ich einmal eingeloggt war und begonnen habe, die Bunker der Prepper zu recherchieren, habe ich herausgefunden, dass sie alle so unterschiedlich sind. Weißt du, dass manche Leute zwei Stunden lang fahren müssen, um ihren Bunker zu erreichen? Sie sind oben in den Bergen, so gut versteckt, dass niemand sie je finden würde. Selbst die Besitzer müssen GPS benutzen, um sie zu orten. Und es gibt wirklich teure, die von professionellen Unternehmen gebaut werden – wusstest du, dass es Firmen gibt, die sich darauf spezialisiert haben, diese Art von Unterkünften zu bauen? –, bis hin zu Frachtcontainern, die Leute verbuddelt haben. Es ist wahnsinnig faszinierend. Aber dann war ich abgelenkt und hatte eigentlich vor, nur ein paar Leuten eine Nachricht zu schreiben, doch ich habe die Zeit aus den Augen verloren. Es tut mir leid.«

Als Dane nichts erwiderte, fragte Bryn vorsichtig: »Dane?«

»Wo bist du jetzt?«

»In der Bücherei. Warum?«

»Ich bin in zehn Minuten bei dir.«

»Äh ... okay?«

Er lachte, erklärte ihr aber nicht weiter, was er vorhatte. »Bis gleich, Smalls.«

Bryn beendete den Anruf, die Brauen verwirrt zusammengezogen. Sie hatte Männer nie wirklich verstanden, aber manchmal verstand sie Dane erst recht nicht. Achselzuckend steckte sie ihr Handy in die Tasche und durchsuchte die Regale. Wenn sie nur zehn Minuten Zeit hatte, musste sie die gewünschten Bücher finden und ausleihen, bevor Dane auftauchte. Auf keinen Fall wollte sie ihn wieder vergessen. Es schien, als wäre er gar nicht so wütend, aber sie wollte ihr Glück nicht überstrapazieren.

Genau zehn Minuten später bedankte sich Bryn bei Bonnie, die ihr gerade die beiden Bücher gegeben hatte, die sie ausgeliehen hatte, als sie eine Hand an ihrem Kreuz spürte.

Als sie sich umdrehte, sah Bryn Dane hinter sich stehen, der auf sie hinab lächelte. »Hey.«

»Auch hey«, erwiderte er. »Bereit zu gehen?«

»Sicher. Ich weiß nur nicht, wohin wir gehen.«

»Zu mir.«

»Oh, okay. Ist alles in Ordnung?«, fragte Bryn. Er benahm sich merkwürdig und sie wusste nicht so recht, was sie davon halten sollte.

»Ja.« Er ging mit ihr zum Parkplatz und zu seinem Wagen.

»Ich kann doch selbst zu dir fahren.«

»Nein.«

Bryn kletterte in den Wagen und wartete, bis Dane angeschnallt war und durch die Straßen von Rathdrum fuhr, bevor sie sprach. »Es tut mir wirklich leid, Dane. Ich wollte die Zeit nicht aus den Augen verlieren. Aber du solltest wissen, dass dies öfter geschieht. Ich kann nicht anders.«

»Ich weiß.«

Bryn seufzte frustriert. »Was ist denn dann los? Ich bekomme nur einsilbige Antworten. Brauchst du einen Kaffee? Ist dein Blutzuckerspiegel zu niedrig? Du machst mich damit echt ganz nervös.«

»Ich bin dir wirklich kein bisschen böse, Schatz. Als ich dich abgesetzt habe, war mir bereits klar, dass ich wahrscheinlich nichts mehr von dir hören würde. Ich weiß schließlich, wie du bist. Und es stört mich nicht im Geringsten. Aber ich habe gestern Nacht nicht gut geschlafen.«

»Warum nicht?«

»Ich habe mir Sorgen darüber gemacht, was wohl in deinem hübschen Kopf vorgeht. Hast du einen Flug nach Wyoming arrangiert, um dich mit einem Mann zu treffen, den du online kennengelernt hast und der dir seinen Bunker zeigen wollte? Ich habe mich gefragt, ob du etwas Schlaf bekommst oder nicht. Ich habe mir Sorgen gemacht, ob du versuchen würdest, dich in die Datenbank des FBI zu hacken, um mehr Informationen darüber zu bekommen, was ich Mr. Jasper schicken werde, weil er sich mit uns getroffen hat.«

»Ich weiß nicht, wie man sich in Computer einhackt. Auch wenn ich mir sicher bin, dass ich es wahrscheinlich lernen könnte. So schwer kann es schließlich nicht sein. Aber ich interessiere mich nicht so sehr für Computer. Mathe und Naturwissenschaften sind eher mein Ding.«

Dane grinste, hielt den Blick aber auf die Straße gerichtet. »Ich habe auch nicht gut geschlafen, weil ich nicht aufhören konnte, daran zu denken, dich wieder ohne T-Shirt zu sehen, diesmal ohne betrunken zu sein, und dass ich es kaum erwarten kann, dich zu berühren und zu küssen.«

»Oh.«

»Genau, oh.« Dann drehte er sich endlich um, um sie

anzusehen, und Bryn hatte das Gefühl, bei der Hitze und dem Verlangen, das sie in seinen Augen sah, bei lebendigem Leib zu verbrennen. »Ich will dich, Smalls. Egal wie. Ich schwöre bei Gott, dass ich mich noch nie so sehr zu einer Frau hingezogen gefühlt habe.«

»Du hast schon lange keinen Sex mehr gehabt«, platzte Bryn heraus.

»Das ist wahr«, stimmte er ihr sofort zu. »Aber nur weil ich mit keiner Frau mehr geschlafen habe, seit ich verletzt wurde, heißt das noch längst nicht, ich wäre nicht von attraktiven Frauen umgeben gewesen. Frauen, die mich mit nach Hause genommen hätten und die sich von mir hätten ficken lassen, wenn ich ihnen auch nur den kleinsten Hinweis gegeben hätte, dass ich das wollte. Aber ich hatte nicht mal das Bedürfnis, darüber auch nur nachzudenken. Gar keins. Null. Ich war viel zu sehr damit beschäftigt, in Selbstmitleid zu versinken. Darüber nachzudenken, wie scheiße und kaputt ich bin.

Ich denke, ich war teilweise an diesem Abend im Lebensmittelgeschäft so gemein zu dir, weil ich mich auf den ersten Blick zu dir hingezogen fühlte. Es hat mich aus der Bahn geworfen und ich habe schlecht reagiert. Ich bin sehr glücklich, dass du mir scheinbar verziehen hast, aber ich habe mir noch nicht verziehen. Ich arbeite daran, es wiedergutzumachen.«

»Also fahren wir zu dir, damit du mir die Bluse ausziehen und mit mir herumknutschen kannst?«

Er lachte und schüttelte amüsiert den Kopf. »Du sprichst es wirklich immer so aus, wie es ist, was, Smalls?«

Sie zuckte mit den Achseln. »Ja. Es ist viel zu verwirrend, wenn die Leute Dinge sagen, die sie gar nicht so meinen. Sarkasmus verstehe ich auch nicht immer ... obwohl ich, glaube ich, langsam besser darin werde.«

»Dann ja. Ich bringe dich zu mir, damit wir herumknutschen können und ich deine wunderschönen Brüste noch mal ohne BH sehen kann. Ich will sehen, wie du aussiehst, wenn du kommst, und ich würde alles dafür geben zu spüren, wie heiß und feucht du bist. War dir das klar genug?«

»Äh ... ja. Dane?«

»Ja, mein Schatz?«

»Darf ich dich auch sehen? *Dich* dazu bringen zu kommen?«

»Du kannst mit mir machen, was du willst.«

»Okay.«

»Aber ich werde dich nicht gleich bespringen, wenn wir reingehen. Ich will wissen, was du letzte Nacht herausgefunden hast. Ich will die Bücher sehen, die du gerade ausgeliehen hast, und ich will dir was zu essen machen. Ich mag es, mich um dich zu kümmern, dir zuzuhören. Dann kannst du mich fragen, was ich getan habe, als ich nach Hause gekommen bin, und wir werden uns nett unterhalten. Ich werde dich dabei berühren. Vielleicht deine Hand halten. Vielleicht küsse ich dich ein, zwei Mal. Wenn wir uns beide behaglich fühlen und wir es so weit wie möglich hinausgezögert haben, bringe ich dich in mein Schlafzimmer, lege dich auf mein Bett und dann sehen wir mal weiter.«

»Also werden wir miteinander schlafen?«

Dane schüttelte den Kopf, als er in seine Einfahrt fuhr. »Ich glaube nicht. Ich meine, vielleicht ändern wir unsere Meinung, wenn wir so erregt und angetörnt sind, dass wir uns nicht mehr beherrschen können ... aber eigentlich habe ich es nicht vor.«

Er parkte den Wagen und stellte ihn ab. Dane sprang raus, ging auf die andere Seite und öffnete ihr die Tür. Bevor sie aussteigen konnte, trat er näher und versperrte ihr den

Weg. Er legte eine Hand auf ihre Hüfte und seinen Stumpf auf ihren anderen Oberschenkel, lehnte sich zu ihr und sah ihr in die Augen.

»Ich will dich, Bryn. Ich möchte so tief in dir drin sein, dass ich nicht sagen kann, wo du aufhörst und ich anfange. Aber wenn ich ehrlich bin, habe ich es genossen, dich in den letzten Wochen kennenzulernen. Du bist lustig, klug und ich lerne jeden Tag etwas von dir. Ich bin nicht mit dir zusammen, nur um flachgelegt zu werden, und ich hoffe, es ist dasselbe bei dir.«

Bryn lachte laut auf. »Nein, Dane. Kein Mann wollte bisher so mit mir zusammen sein wie du. Wenn sie Sex wollten, kam das normalerweise bei der zweiten Verabredung zur Sprache.«

»Also: Ich will mit dir rumknutschen. Dafür sorgen, dass du kommst, aber ich will dir auch zeigen, dass du mehr für mich bist als eine schnelle Nummer. Okay?«

»Das musst du mir nicht beweisen.«

»Dann will ich es mir beweisen. Also, komm schon. Ich sehe mal, was ich im Haus habe, um uns ein zweites Frühstück zu machen. Ich weiß, du hast sicher schon gegessen, aber du willst bestimmt noch etwas zu dir nehmen, um bei Kräften zu bleiben. Ich will nicht, dass du nachher in Ohnmacht fällst.« Er grinste und sprach dann weiter: »Ich habe die Staffeln fünf bis acht von *MythBusters* bestellt und sie wurden gestern geliefert. Wir können dort anfangen, wo wir aufgehört haben, und uns eine Folge nach der anderen ansehen.«

»Heute?«

Dane half ihr aus dem Wagen und machte die Tür hinter ihr zu. »Ja, Smalls, heute. Aber nicht zu viele Folgen. Ich habe auch noch andere Pläne für uns ... weißt du noch?«

Sie sah zu ihm hoch, während sie zur Tür des Hauses gingen. »Ja, ich erinnere mich.«

Bryn ließ Dane lange genug los, damit er die Tür aufschließen konnte, und holte tief Luft. Sie war ganz kribbelig vor Aufregung und sie wusste ohne Zweifel, dass sich ihr Leben für immer verändern würde, wenn sie durch die Tür von Danes Haus ging. Aber sie wollte es. Sie wollte Dane.

KAPITEL SIEBZEHN

Dane machte ihnen jeweils ein kleines Gemüse-Omelett und sie sahen sich ein paar Folgen der Wissenschaftsshow an, die Bryn so liebte. Aber Dane merkte, dass Bryn sich nicht wirklich auf die Show konzentrierte.

Dane wollte sie aus dem Konzept bringen und ihm gefiel die Gänsehaut, die entstand, als er mit seiner Hand ihren Arm auf- und abfuhr. Er nahm ihren Haargummi heraus und ließ seine Finger durch die seidigen Locken gleiten. Er beugte sich hinunter und atmete den Geruch ein, den er für immer mit ihr assoziieren würde, und stellte sicher, dass seine Nase die empfindliche Haut in ihrem Nacken berührte, während er das tat.

Er konnte erkennen, dass Bryn bereit war, entweder aufzustehen und sich alle Kleider vom Leib zu reißen oder schreiend aus dem Haus zu laufen, weil sie nicht bereit war für das, was er mit ihr vorhatte. Er hoffte, es war eher Ersteres und nicht Letzteres. Er musste vorsichtig sein; auf keinen Fall wollte er die erstaunliche Frau an seiner Seite wissentlich verletzen.

Als die zweite Episode zu Ende war, stand Dane auf und streckte ihr die Hand hin.

»Kommst du mit?«

Sie nickte und griff nach seiner Hand, als würde sie ertrinken, und er war der einzige Mensch, der sie retten konnte. Er ging in sein Schlafzimmer und zog die Schuhe aus. Sie folgte seinem Beispiel und tat dasselbe. Dane trug seine Prothese nicht, denn sie hatte gesagt, dass ihr das lieber wäre, wenn sie allein zu Hause waren. Er fühlte sich auch normaler, wenn er sie nicht trug, und war froh, dass sie das auch so empfand.

»Leg dich hin, Schatz, bevor du umfällst.«

Bryn rutschte nervös aufs Bett, legte sich hin, den Kopf auf dem Kissen, und hielt den Atem an, wobei ihre Hände an ihren Seiten zitterten. Er wusste, dass sie sich noch immer Gedanken darüber machte, was sie tun würden.

Gerade als es so aussah, als würde sie in Panik ausbrechen, befahl Dane ihr: »Atme, Smalls. Atme tief durch. Ich werde nichts tun, was sich nicht gut anfühlt ... für uns beide.«

Bryn ließ bebend den Atemzug raus, den sie zurückgehalten hatte. »Ich bin darin nicht gut«, platzte es aus ihr heraus. »Ich mag dich sehr und ich möchte dich nicht enttäuschen.«

Dane beugte sich vor, verlagerte sein Gewicht auf seinen Ellbogen und stützte sich auf dem Bett neben ihren Oberarmen ab. Er strich mit den Fingern seiner Hand leicht über ihren Arm und versuchte, sanft zu bleiben. Er fühlte, wie sie ihre Hände hob und sie seitlich in sein T-Shirt vergrub.

»Ich kann dir versprechen, dass ich nicht enttäuscht sein werde. Wenn überhaupt jemand nervös sein sollte, dann ich.«

»Du? Warum?«

»Du weißt doch, dies ist das erste Mal, seit ich verletzt wurde.«

»Na und? Schließlich ist es dein Arm, der verletzt wurde, und nicht dein Penis.«

Dane widerstand dem Drang zu schmunzeln, als er hörte, dass sie seinen Schwanz als Penis bezeichnete. Es gefiel ihm sehr, dass Bryn stets sagte, was auch immer ihr gerade durch den Kopf ging. Gelinde ausgedrückt sollte es ihr Liebesspiel interessant machen.

»Stimmt. Aber früher, wenn ich mit jemandem zusammen war, musste ich mir nie Gedanken machen, wo ich meine Hände hintun sollte. Ich konnte mich abstützen, wo und wie auch immer ich musste, ohne darüber nachdenken zu müssen. Aber das ist jetzt unmöglich. Ich habe nur noch eine Hand. Ich kann immer nur eine Sache auf einmal tun. Wenn ich sichergehen will, dass du feucht genug bist, damit du keine Schmerzen hast, wenn ich in dich eindringe, kann ich nicht einfach nach unten greifen und dich streicheln, wie ich es früher getan habe.«

Dane bemerkte, dass sie über das nachdachte, was er gesagt hatte.

Nach einer Weile entgegnete sie einfach: »Ja, das könnte ein Problem sein, aber ich bin mir sicher, dass dir etwas einfallen wird.«

Dane spürte, wie der Kloß in seinem Hals sich auflöste. Sie hatte solches Vertrauen in ihn. Es war ein berauschendes Gefühl. »Also entspann dich, Smalls. Okay?«

»Ich rede zu viel.«

Dane konnte diesmal nicht umhin zu lächeln. »Tust du nicht.«

»Tue ich *doch*«, beharrte Bryn. »Als ich das hier das letzte Mal gemacht habe, hat mir der Typ mit der Hand den

Mund zugehalten und gesagt, er könne nicht kommen, wenn ich ständig rede.«

»Arschloch«, entgegnete Dane und sah stirnrunzelnd zu ihr hinab. »Bryn, ich habe lange genug mit dir rumgehangen, um das zu wissen, und finde es süß, wie du genau sagst, was du denkst. Nicht nur das, es gefällt mir auch. Ich muss mir keine Sorgen machen, ob ich etwas vermassle oder das Falsche sage. Entweder du sagst es mir oder ich sehe mir dein ausdrucksstarkes Gesicht an und finde es so heraus. Es ist erfrischend und es ist mir ehrlich gesagt viel angenehmer. Besonders hier im Bett. Ich will dir auf keinen Fall Schmerzen zufügen oder etwas tun, was dir keinen Spaß macht. Zu wissen, dass du es mir sagst und mich nicht dazu bringst zu erraten, was dir gefällt, macht mich unglaublich an. Also nichts, was du sagst, während ich in deinem heißen, feuchten Körper bin, wird irgendeinen Einfluss darauf haben, ob einer von uns beiden einen Orgasmus hat oder nicht ... außer vielleicht, dass es ihn beschleunigt.«

»Ich habe ihm erzählt, dass die Menge an Ejakulat im Durchschnitt zwischen einem Teelöffel und einem Esslöffel beträgt, wenn ein Mann kommt.«

Dane verlagerte sein Gewicht auf seinen linken Ellbogen und bewegte seine rechte Hand zum Saum ihres T-Shirts, wobei er es langsam über ihren Bauch und ihre Brust hochschob, während er sprach. Er sah, dass sie tief einatmete, und fühlte, wie sich ihr Rücken in seine Hand wölbte, als er ihre linke Brust umschloss. »Interessant. Was noch?«

»Wenn Männer masturbieren, kommen sie nach etwa zwei Minuten zum Orgasmus.«

»Das hört sich ungefähr richtig an«, murmelte Dane, als er das Körbchen ihres BHs runterzog, um besser an ihre Brustwarze heranzukommen. Er neckte sie und rollte die kleine Knospe zwischen den Finger und streichelte sie, bis sie ganz hart wurde. »Gefällt dir das, Smalls?«

»Ja. Oh ja. Jedes Mal wenn du ... das ... tust, fühle ich es zwischen meinen Beinen.«

Dane schluckte schwer. Verdammt, sie war erstaunlich. »Was kannst du mir über Brustwarzen erzählen?« Er blickte ihr ins Gesicht, weil er sichergehen wollte, dass alles, was er tat, sie erregte und sie nicht dazu brachte, sich unwohl zu fühlen.

»Bei manchen Frauen sind die Oberseite, die Unterseite oder die Seiten der Brüste besonders empfindlich, sogar empfindlicher als ihre Brustwarzen.«

Dane wusste, dass Bryn nicht wirklich über diese Informationen nachdachte, was die Tatsache, dass sie irgendwelche Fakten aufsagte, noch erstaunlicher machte. »So ungefähr?«, fragte er und strich mit seinen Fingern um ihre Brustwarze, ohne sie jedoch richtig zu berühren. Dann strich er seitlich und oben und unten um ihre Brust, um ihre Reaktion zu sehen.

»Dane«, protestierte sie und drückte den Rücken durch, um ihn wieder dazu zu bringen, ihre Brustwarze anzufassen. »Es fühlt sich zwar gut an, aber nicht so gut wie ...« Sie beendete den Satz nicht, sondern stöhnte, da sie offensichtlich wollte, dass er seine Hand wieder dahin legte, wo sie vorher gewesen war.

»Ich würde sagen, wir haben herausgefunden, was dir am besten gefällt, was? Definitiv Brustwarzen. Gut zu wissen.« Dane widmete sich ihrer anderen Brust und zog dort auch das Körbchen nach unten. »Ich versuche festzustellen, wie ich dich am besten heißmachen kann, aber eins wird ziemlich schwer werden ...« Er ließ den Satz in der Luft hängen.

»Und das wäre?«, hauchte Bryn.

Er lächelte und wartete kurz, bevor er sie in die andere Brustwarze kniff, die sich unter seinem Griff aufrichtete, wie es die andere auch getan hatte. »Ich habe nicht zwei Hände, um beide deiner Brüste gleichzeitig zu stimulieren ... also muss ich auf der einen Seite meine Hand benutzen und auf der anderen meinen Mund, wenn ich mich um beide gleichzeitig kümmern will.«

»Oh Gott, Dane«, stöhnte sie.

»Zieh deine Bluse aus, Smalls«, befahl Dane ihr. »Das kann ich nicht mit einer Hand, und selbst wenn, ich bin gerade zu beschäftigt.« Er hörte nicht auf, sie zu streicheln, als sie sich bewegte. Sie löste die Hände von seinen Seiten, um den Saum ihres Oberteils zu ergreifen und es nach oben zu ziehen.

Dane stützte sich so weit wie möglich auf seinen Ellbogen, während sie sich für ihn auszog. Ihr Haar verfing sich in dem Hemd, als sie es sich über den Kopf streifte, und landete ausgebreitet auf dem Kissen unter ihr. Geistesabwesend beugte sich Dane hinunter und vergrub seine Nase in den braunen Locken.

»Verdammt, du riechst so gut, Smalls. Ich schwöre, dass ich immer einen Steifen bekomme, wenn ich Kokosnuss rieche. Wenn wir jemals an den Strand gehen, wird es eine Qual sein, denn ich werde nur an dich auf meinem Bett denken können, dein Haar auf meinem Kissen ausgebreitet.«

Sie legte ihre Hände wieder an seine Seiten und schob sie unter sein T-Shirt. »Du musst dein Hemd auch ausziehen«, verlangte Bryn, ohne seinen Kommentar über den Strand und ihr Haar zu beachten.

»Meine Hand ist beschäftigt. Du musst es mir ausziehen«, befahl Dane.

Sie zögerte nicht und streifte ihm mit den Händen das T-

Shirt über den Kopf. Dane erschauderte, als ihre warmen Hände seine empfindliche Haut berührten. Er ließ kurz ihre Brustwarze los, gerade lange genug, sodass sie ihm das T-Shirt über den Kopf ziehen konnte, und dann senkte sie umgehend den Blick zu seinem Oberkörper.

»Dane, mach die Arme hoch, damit ich es dir ausziehen kann«, bat Bryn, nachdem sie es ihm über den Kopf gezogen hatte.

»Lass es so«, entgegnete Dane abwesend, erleichtert darüber, dass sie getan hatte, worum er sie gebeten hatte. Das T-Shirt fiel auf das Bett. Er hatte seine rechte Hand nicht lange genug von ihrer Brust nehmen wollen, um sich aufzurichten, damit er das Hemd zur Seite werfen konnte.

Er sah in Bryns große, glasige Augen. »Du bist so wunderschön, Bryn. Eine solche Perfektion habe ich noch nie gesehen. Erzähl mir, was du sonst noch über Brustwarzen weißt.«

»Äh ... Beim Fötus entwickeln sie sich vor den Geschlechtsorganen ... Oh Gott ... Dane!«

Er hörte sie kaum, als er den Kopf senkte und mit seinem Mund an ihrer rechten Brustwarze saugte. Er fühlte, wie sie sich noch mehr aufrichtete, als sich seine Zähne sanft um sie herum schlossen, und er saugte mit einem leichten, gleichmäßigen Druck und streichelte sie gleichzeitig mit seiner Zunge. Seine gesunde Hand legte er um die andere Brust und streichelte sie damit, während er sich auf die Brustwarze in seinem Mund konzentrierte. Bryn wand sich unter ihm, aber er bewegte sich nicht weg. Schließlich zog er sich von ihr zurück und murmelte: »Ich will das schon seit der Nacht tun, in der ich betrunken war und du dein Hemd hochgehoben hast, nur um fair zu sein. Ich wusste, dass du so sensibel bist. Irgendwie wusste ich es, verdammt noch mal.«

Dane gab ihr keine Chance zu antworten, sondern bewegte seinen Mund auf die andere Seite und huldigte dieser Brustwarze, indem er seine Hand benutzte, um die Brust an seine eifrigen Lippen zu heben.

Er zog sich zurück, als er fühlte, wie ihre Hand seinen steinharten Schwanz unter seiner Jeans streichelte. Er drückte seine Hüften weiter in ihre Handfläche und warf den Kopf für einen Moment zurück, wobei er ihre Berührung durch den dicken Baumwollstoff seiner Hose mehr genoss, als er die Hände anderer Frauen auf seiner nackten Haut genossen hatte.

Er brachte die Hand, die an ihrer Brust gelegen hatte, an ihr Gesicht, und streichelte es. Dann zwang er sie, ihn anzusehen. »Bist du dir sicher, Smalls?«

»Männer brauchen mehr Sex als Frauen.«

»Was?«

»Männer brauchen mehr Sex als Frauen«, wiederholte Bryn.

»Das mag schon sein. Aber seit ich dich kenne, habe ich regelmäßig masturbiert. Ich kann warten, bis du bereit bist.«

»Du warst Linkshänder.«

Dane war ihre vermeintlich zusammenhangslosen Kommentare gewöhnt, also beugte er sich zu ihr und rieb seinen Oberkörper an ihrem. »Das stimmt. Und?«

Bryn stockte der Atem, aber sie fragte: »Fällt es dir schwer, mit deiner rechten Hand zu masturbieren?«

»Ah.« Dane lächelte und beantwortete ihre Frage wahrheitsgemäß. »Anfangs ja. Es hat mich gleichzeitig frustriert und wütend gemacht. Ich habe mich wie ein Zwölfjähriger gefühlt, der erneut lernen muss, wie man am besten kommt. Aber mit ein bisschen Übung wurde es einfacher. Und in den letzten zwei Monaten hatte ich *wirklich* jede Menge Übung.«

Er dachte zuerst, dass sie ihn nicht verstanden hatte, aber dann schloss sie kurz die Augen und stöhnte. Dann öffnete sie sie und ihr Blick traf seinen. Sie schob sich unter ihn und ließ ihre aufgerichteten Brustwarzen über seinen Oberkörper streichen. »Ich bin noch nie mit einem Mann gekommen. Ich habe einen Vibrator und ich komme, wenn ich ihn mir an die Klitoris halte, aber die Männer haben anscheinend nicht gewusst, was sie machen müssen.«

»Ich gebe dir die Erlaubnis, mir genau zu sagen, wie du berührt werden möchtest und was du brauchst, wenn ich es nicht selbst herausfinden kann. Was hältst du davon?« Dane legte seine Hand in ihren Nacken. »Ich will der Erste sein, Smalls. Der Erste, der spürt, wie dein heißer Körper um meinen Schwanz zuckt, wenn du explodierst. Der Erste, der zuschaut, wenn du kommst. Der Erste, der dir zeigt, dass Frauen leichter multiple Orgasmen haben können als Männer.«

»Du bist ja ziemlich selbstsicher«, bemerkte Bryn. »Die meisten Männer haben keine Ahnung vom weiblichen Körper und wissen nicht, wie und wo sie anfassen müssen.«

»Deswegen kannst du es mir beibringen.« Er sah das Interesse in ihrem Blick, also sprach er weiter. »Nennen wir es Forschung. Du kannst Nachforschungen anstellen, ob es möglich ist, einem einhändigen Ex-Soldaten beizubringen, wie und wo du angefasst werden möchtest, um zu kommen. Abgemacht?«

»Okay«, stimmte sie ihm sofort zu. »Wenn du mir im Gegenzug beibringst, wie ich dich anfassen soll. Ich habe noch niemals jemandem einen geblasen … oder es ihm mit der Hand besorgt.«

»Verdammt, wir werden einen Riesenspaß haben«, erklärte Dane und verlagerte sein Gewicht, bis er über ihr kniete. »Zieh deinen BH aus, Bryn. Dann mach deine Hose auf, aber zieh sie noch nicht aus. Das ist meine Aufgabe.«

Sie nickte, wölbte sofort den Rücken und bewegte ihre Hände, sodass sie den Haken ihres BHs lösen konnte. Dane schaute nicht von ihrem sich windenden Körper weg, als seine Hand zu seinem eigenen Bund ging, um seine Hose zu öffnen. Sein Schwanz schmerzte, er drückte gegen den Reißverschluss, aber er wagte es noch nicht, sich auszuziehen. Er brauchte den Druck, um die Kontrolle über seinen Körper zu behalten. Egal was er Bryn erzählt hatte, es war schon lange her, dass er Sex gehabt hatte, und er wusste, dass er nicht lange durchhalten würde, wenn er erst einmal in ihr war.

Nachdem sie getan hatte, was er wollte, befahl Dane: »Nimm die Hände über den Kopf.«

»Ich will dich anfassen«, protestierte Bryn.

»Und das wirst du auch. Aber in dem Moment, in dem du das tust, werde ich explodieren. Gestatte mir, mich erstmal um dich zu kümmern. Okay?«

Sie nickte und hob langsam die Arme, bis sie auf dem Kissen über ihrem Kopf lagen.

Dane wartete nicht darauf, dass sie damit fertig war, sondern bewegte sofort seine Hand und seinen Blick zu ihrem Bauch. Er legte seine Hand auf ihren Bauch und strich damit bis hinauf zu ihren Brüsten, dann wieder ganz nach unten, sodass sein Handballen auf ihre Muschi drückte. Dann fuhr er wieder nach oben, diesmal ließ er seine schwielige Handfläche über ihre rechte Brust gleiten, dann die linke, bevor er sie wieder an ihrem Körper hinab wandern ließ.

»Dane ...«

»Sprachlos, Smalls? Ich bin schockiert«, neckte er sie

und streichelte sie weiter, wobei er sie an seine Berührung gewöhnte und gleichzeitig ihre Nervenenden stimulierte.

»Ich kann nicht denken«, stöhnte sie, als er sich vorbeugte und sein ganzes Gewicht von seinen Oberschenkelmuskeln getragen wurde, und er dann mit seinem vernarbten Stumpf sanft über ihre Brustwarze fuhr. »Oh!«

»War das ein gutes oder ein schlechtes Oh?«, fragte Dane und erstarrte. Er hatte nicht darüber nachgedacht, was er tat, er hatte tatsächlich vergessen, dass er auf seiner linken Seite keine Hand mehr hatte. Er wollte nichts tun, was ihr Unbehagen bereitete, aber glücklicherweise schien sie sein Stumpf eher heißzumachen als abzutörnen.

»Ein gutes. Definitiv ein gutes. Mehr.« Bryn wand sich unter ihm und nutzte die Bewegungen, um sich an seinem Stumpf zu reiben.

»Ja, Smalls. Verdammt, das ist so unglaublich sexy.« Dane konnte den Blick nicht von ihr abwenden, als sie ihre Brustwarze an den Narben auf seinem linken Arm rieb. Sie hatte ihm immer wieder gesagt, dass sie ihn nicht als behindert ansah und sich in keiner Weise von seiner Amputation abgestoßen fühlte, aber es war das, was sie jetzt tat, das dafür sorgte, dass er es ihr auch tatsächlich ein für alle Mal glaubte. Sie war voll und ganz in dem Moment, wollte nichts mehr, als sich gut zu fühlen, und er tat das für sie. Es spielte keine Rolle, dass ihm eine Hand fehlte oder dass er vernarbt war oder sogar dass er nervös war, wenn er sich in der Öffentlichkeit aufhielt.

Während sie sich weiter an ihm rieb, schob Dane mit seiner Hand ihr Höschen und ihre Jeans nach unten, bis sein Daumen ihre feuchten Schamlippen berührte. Er sah nach unten und atmete tief ein. Ihre Schamhaare waren weich, als seine Hand darüber strich, aber ihre Muschi selbst war glatt und weich.

»Oh Gott, Bryn. Du rasierst deine Muschi?« Er sah zu ihrem Gesicht auf, während er sie mit dem Daumen träge streichelte und ihre Feuchtigkeit über jeden Zentimeter ihrer Muschi verteilte.

Sie zuckte mit den Achseln, sah ihm in die Augen und stotterte nur ein Mal, während sie sagte: »Das ist hygienischer und o-optisch ansprechender.«

Dane drückte seine Hand nach unten, sodass er mit der Daumenspitze in sie eindrang. Dann zog er sie wieder heraus und rieb einmal damit über ihre Klitoris. »Es ist optisch *ausgesprochen* ansprechend. Und ein weiteres Plus ... ohne Haare bist du sensibler.«

Bryn hob ihm die Hüften entgegen und atmete tief ein. »Mehr«, verlangte sie.

»Sind wir jetzt in der Phase, wo du mir sagst, was du willst?«, wollte Dane lächelnd wissen.

»Ja.«

»Und du wirst mir sagen, wo und wie ich dich anfassen soll, wenn ich es nicht richtig mache?« Dane schob ihre Unterwäsche weiter nach unten und verdrehte sein Handgelenk, sodass sein Daumen wieder an ihrer Körperöffnung ruhte. Er drückte ihn langsam in sie hinein, aber diesmal hörte er nicht nur mit der Spitze auf. Er machte weiter, bis er so weit wie möglich in ihr drin war, und Zeige- und Mittelfinger ruhten über ihrer glänzenden Klitoris.

Bryn hob fast vom Bett ab, als er seinen Daumen herauszog und wieder in sie eindrang, wobei er darauf achtete, ihre Klitoris mit seinen anderen Fingern zu reiben, als er es tat. Sie griff nach seinen Oberarmen und grub ihre Fingernägel in seine Haut. Dane war es egal, dass sie sich bewegt hatte, der kleine Schmerz in seinen Armen steigerte irgendwie seine Freude an dem Moment. Keiner von beiden war völlig nackt, aber es war die aufreizendste und erotischste Erfahrung, die er je in seinem Leben gemacht hatte.

Sie hob die Hüften erneut an, bis ihr ganzes Gewicht auf ihrem Rücken war. Dane rückte näher an sie heran und ließ sie ihren angehobenen Hintern auf seinen Oberschenkeln ablegen. Er beugte sich über sie, legte seinen linken Arm auf ihren Bauch und legte seinen Stumpf zwischen ihre Brüste, um sie stillzuhalten.

Die Position öffnete sie mehr für ihn und Dane wünschte sich, er hätte die Weitsicht gehabt, ihre Hose auszuziehen, bevor er so weit kam, aber er konnte jetzt nicht aufhören, selbst wenn sein Leben davon abhinge. Er brauchte ihren Orgasmus so dringend wie er die Luft zum Atmen brauchte. Er bewegte seine Hand in ihrer Muschi vor und zurück. Dann noch mal. Ausnahmsweise war er derjenige, der sprach, und Bryn war still.

»Du sagst mir nicht, was ich tun soll, also mache ich es vielleicht ganz gut, hmmmm? Gefällt dir das, Smalls? Fühlt sich gut an, nicht wahr? Du bist so feucht, du tropfst mir auf die Hand. Ich spüre, wie du meinen Daumen umklammerst ... er ist nicht groß genug, oder? Du brauchst etwas Größeres da drin, oder? Das kommt noch, versprochen, aber jetzt zeig mir erst mal, wie schön du bist, wenn du kommst. Ich möchte Zeuge dessen werden, was kein anderer Mann bisher gesehen hat. Es gehört mir. Lass los, Bryn. Vertrau mir, dass ich dich dorthin bringe. Hör auf zu denken und fühle. Genieße einfach, süße Bryn.«

Dane erkannte, dass sie kurz vor dem Orgasmus stand, und als er das nächste Mal in sie drückte, streckte er seinen Daumen ein wenig weiter aus und rollte ihn ein, wobei er das schwammartige Gewebe hinter ihrer Klitoris spürte. Als sie in seinem Griff zuckte, lächelte er.

»Genau so, Smalls. *Das* ist der richtige Punkt, stimmt's?

Fühlt sich *gut* an, nicht wahr?« Mit jedem Wort stieß Dane mit dem Daumen gegen ihren G-Punkt. »*Komm* für mich, Bryn. Du *kannst* es.« Mit einem letzten Stoß presste Dane hart gegen die Stelle in ihrem Inneren und drückte mit seinen beiden anderen Fingern gegen ihre Klitoris.

Dane hielt sie fest, genoss die ruckartigen, unkontrollierten Bewegungen, die sie machte, und hielt den Druck auf ihre Klitoris aufrecht, da sie den größten und unfassbarsten Orgasmus hatte, den er je erleben durfte. Langsam ließ seine Berührung nach, als sie sensibler wurde, und er half ihr, von ihrem sexuellen Höhepunkt herunterzukommen.

Er zog langsam seinen Daumen zwischen ihren Beinen heraus und bewegte ihn zu seinen Lippen. Er wartete, bis Bryns Augen sich zu Schlitzen öffneten, dann öffnete er den Mund und leckte jeden Tropfen ihres Saftes von seinen Fingern.

»Das weibliche Ejakulat besteht hauptsächlich aus Wasser und hat nicht viele Kalorien, wenn es überhaupt welche hat. Der männliche Samen hingegen hat fünf bis sieben Kalorien pro Teelöffel.«

Dane lachte leise, kroch zurück und legte Bryns Hüften wieder auf die Matratze, bevor er sich über sie beugte und sie küsste. Ihre Zungen verschlangen sich miteinander und es dauerte einige Augenblicke, bis er sich zurückzog.

»Gut zu wissen, dass ich dich lecken und mehrmals zum Orgasmus bringen kann, ohne mir um meine Kalorienzufuhr Gedanken machen zu müssen.«

Bryn errötete und leckte sich nervös die Lippen.

»Magst du, wie du schmeckst?«

Sie zuckte mit den Achseln. »Darüber habe ich noch nie nachgedacht. Aber wie *du* gerade geschmeckt hast, das mochte ich. Mit meinem Geschmack noch auf deiner Zunge.«

Dane konnte nicht umhin zu lächeln.

»Ich bin gekommen. Dank dir. Und ich musste dir nicht mal sagen, was du tun sollst.«

»Nein.«

»Das war mein G-Punkt, nicht wahr?«

»Ja.«

»Der G-Punkt ist die Abkürzung für Gräfenberg-Punkt ... benannt nach Ernst Gräfenberg, der ein deutscher Gynäkologe war. Es ist nicht bewiesen, dass er überhaupt existiert, einige Leute behaupten, dass er nur eine Verlängerung der Klitoris ist.«

Dane konnte einfach nicht anders; er legte den Kopf in den Nacken und lachte schallend. Als er sich schließlich wieder unter Kontrolle hatte, was nicht einfach war, beugte er sich vor und rieb seine Nase an ihrer. »Ich würde sagen, dass es ihn gibt. Soll ich es dir noch mal beweisen?«

Bryn biss sich auf die Lippe und sah einen Moment lang herrlich unentschlossen aus, bevor sie schließlich entgegnete: »Vielleicht später. Jetzt bin ich dran, das Gleiche mit dir zu machen.«

»Das Gleiche?«

»Dafür zu sorgen, dass du kommst.«

Immer noch grinsend rollte Dane sich von Bryn, legte sich neben ihr auf den Rücken und platzierte seine gute Hand hinter seinem Kopf, als würde er sich an einem Strand in Tahiti entspannen. »Dann tob dich aus.«

Bryn kam langsam neben seiner Hüfte auf die Knie und nahm sich Zeit, ihn von oben bis unten zu betrachten, bevor sie fragte: »Darf ich dir die Hose ausziehen?«

»Ja.« Als sie nach seinem Knopf griff, fügte er hastig hinzu: »Ich habe das Gefühl, dass es sehr schnell gehen wird. Ich bin gerade so erregt, dass ich nicht sicher bin, ob ich es lange aushalten kann. Und bevor du nervös wirst, alles, was du tust, wird perfekt sein. Du kannst das nicht vermasseln, Smalls. Ehrenwort.«

»Du bist gut in Form«, bemerkte Bryn, als sie ihm die Jeans auszog. »Männer brauchen typischerweise zwischen einer Minute und einer Stunde, um wieder hart zu werden, wenn sie einmal einen Orgasmus hatten ... mit deinem Alter und deinem Körpertyp nehme ich an, dass du wahrscheinlich am unteren Ende der Skala bist.«

»Danke für den Vertrauensbeweis, aber wir werden das auf uns zukommen lassen. Es ist kein Wettbewerb und es gibt noch viel mehr, was ich mit dir machen will, bevor wir Sex haben.« Er griff mit seiner guten Hand nach oben, legte sie ihr in den Nacken und zog sie sanft zu sich hinunter, sodass sie sich Auge in Auge gegenüber waren. »Entspann dich, Smalls. Wir haben alle Zeit der Welt. Okay?«

Bryn nickte ruckartig und Dane ließ sie los. Er hob seine Hüften an, griff nach unten und schob seine Boxershorts ungeschickt mit der rechten Hand runter, wobei er einen Fuß benutzte, um sie ganz abzustreifen. Er lehnte sich zurück, völlig nackt, und fühlte sich zum ersten Mal seit seiner Verletzung nicht mehr verunsichert. Er wusste instinktiv, dass Bryn ihn nicht abstoßend finden würde. Es war ein berauschendes Gefühl, bei dem sein Schwanz noch härter wurde.

Er sah zu, wie Bryn zum ersten Mal seinen nackten Körper betrachtete. Hätte er nicht damit gerechnet, wäre er vielleicht besorgt über den klinischen Ausdruck in ihren Augen gewesen. Er hatte es vor ein paar Wochen bemerkt, aber sie verarbeitete ihre Welt anders als jeder andere, den er je getroffen hatte. Ihr Gehirn war ständig in Bewegung und brauchte, fast wie ein Computer, ständigen Input.

Nach einigen Momenten sah sie ihm in die Augen und leckte sich die Lippen. »Darf ich dich irgendwo nicht anfassen?«

»Verdammt«, rief Dane atemlos. Dann atmete er tief durch und erwiderte: »Nein. Du kannst mich anfassen, wo du willst, Smalls. Ich halte das aus.«

KAPITEL ACHTZEHN

Bryn leckte sich die Lippen und biss dann auf die untere. Überall, hatte er gesagt. Aber sie hatte keine Ahnung, wo sie anfangen sollte. Er war wirklich wunderschön, von seinem Kopf bis zu den Zehen. Sie konnte hier und da ein paar Narben sehen, aber es war, als ob sie ihn nur noch besser machten. Er war ein komplexer Mann und die Unvollkommenheit seines Körpers schien ihn zugänglicher und interessanter zu machen. Sie schloss die Augen, beugte sich nach unten und legte ihre Nase dahin, wo sein Hals auf seine Schulter traf, und atmete tief ein.

Dane bewegte den Kopf zur Seite, um ihr mehr Raum zu geben, und Bryn schmiegte sich dort an die Haut. Er roch ein wenig moschusartig, mit einem Hauch nach der Seife, die er an diesem Morgen benutzt hatte. Bryn bewegte sich vorsichtig seinen Körper hinunter und hielt ihre Nase an seine Brust, dann an seinen Bauch und dann tiefer. Sie benutzte ihre Hand, um seine Erektion anzuheben, und atmete seinen Duft an der Wurzel ein. Definitiv moschusartiger als der Rest seines Körpers, aber das törnte sie nicht im Geringsten ab.

Bryn rutschte nach unten, bis sie zwischen seinen Beinen saß, öffnete die Augen und sah Dane an. Er beobachtete sie mit einem unbeschreiblichen Blick. Sie erstarrte. Scheiße, benahm sie sich seltsam? Hätte sie nicht an ihm riechen sollen, wie sie es getan hatte? Er hatte ihr versichert, dass nichts tabu wäre, aber vielleicht hatte er das nur so daher gesagt.

»Mach ruhig, Smalls. Erkunde mich weiter.«

Sie seufzte und bemerkte, wie sich ein Lusttropfen auf seiner Eichel sammelte. »Du riechst gut ... interessant ... es macht dir nichts aus?«

»Nein.« Seine Antwort war kurz und auf den Punkt gebracht, aber das war es, was sie hatte hören müssen.

Sie atmete wieder schwer aus und wurde belohnt, indem der Tropfen immer größer wurde.

»Das Vorejakulat wird in der Cowperschen Drüse und das Sperma in den Hoden erzeugt. Es ist ein Trugschluss, dass das Präejakulat keine Spermien enthält. Ungefähr einundvierzig Prozent der Männer haben aktives Sperma in ihrem Vorejakulat und können Frauen allein dadurch schwängern.«

»Tatsächlich?«

Danes Stimme brach, aber Bryn war so fasziniert von allem, was geschah, dass sie es gar nicht richtig wahrnahm.

»Ja. Studien zeigen, dass Vorejakulat und Sperma ähnlich schmecken. Salzig und bitter, aber das kann davon abhängen, was der Mann gegessen hat.« Sie hob den Blick zu Danes, nahm einen ihrer Finger und strich über die Flüssigkeit an der Spitze seines Schwanzes.

»Oh Mann«, stöhnte Dane, ohne sie aus den Augen zu lassen.

Bryn steckte sich den Finger in den Mund und leckte ihn ab.

Nach einem Moment fragte Dane: »Und? Wie lautet das Urteil?«

»Es schmeckt ... nicht sonderlich gut.«

Er lachte und Bryn wandte die Aufmerksamkeit wieder seinem Schwanz zu, der dabei auf und ab wippte. »Manchen schmeckt es, manchen nicht. Es muss dir nicht schmecken, Bryn.«

»Du bist mir nicht böse, wenn ich es nicht schlucken will?«

»Kein bisschen. Nichts von dem, was wir gemeinsam tun, wird mich je verärgern. Wenn es dir nicht gefällt, gefällt es dir eben nicht.«

»Ich kann dir immer noch einen blasen ... solange du mich nicht dazu zwingst zu schlucken.«

Dane verschluckte sich fast und sagte mit erstickter Stimme: »Mein Gott, Smalls. Du hast keine Ahnung, wie verdammt sexy das Bild in meinem Kopf gerade ist. Du beugst dich über mich oder kniest vor mir, während du meinen Schwanz in den Mund nimmst. Ich sehe, wie sich deine Lippen um mich herum schließen ... Verdammt ... Ich werde mich nie darüber beschweren, dass ich in deiner schönen Muschi statt in deinem Mund komme. Ich bin Wachs in deinen Händen, Schätzchen. Was immer du willst, ich sorge dafür, dass du es bekommst. Aber ich hoffe, du wirst nicht sauer, dass ich *deinen* Geschmack liebe und vorhabe, regelmäßig mit deiner Muschi in Kontakt zu kommen.«

»Äh, nein, das würde mir nichts ausmachen, glaube ich.«

Bryn leckte sich die Lippen und betrachtete Danes Schwanz. Sie hatte noch nie die Gelegenheit gehabt, einem so nahe zu kommen. In der Vergangenheit waren die Männer, mit denen sie zusammen war, immer darauf bedacht gewesen, ihre Schwänze so schnell wie möglich in sie zu stecken, ohne dass sie sie vorher hätte begutachten können. Sie wollte diese Gelegenheit nicht vergeuden ... sie hatte immer noch Angst, dass sie etwas so Abgedrehtes tun oder sagen könnte, dass Dane erkennen würde, dass sie wirklich der dümmste Trottel auf dem Planeten war, und so weit und so schnell wie möglich vor ihr davonlaufen würde. Sie lehnte sich nach vorne und schob seinen Schwanz in Richtung Bauch, um seine Hoden anzuschauen. Sie waren leicht behaart und baumelten unbequem zwischen seinen Beinen, oder zumindest sah es für sie so aus. Sie legte einen Finger gegen einen seiner Hoden und drückte und war etwas überrascht, wie weich er war.

»Nimm sie in die Hand«, befahl Dane ihr. »Quetsche sie nicht zusammen, sondern fühl nur ihr Gewicht.«

Sie tat, wie geheißen. »Die sind viel weicher, als ich gedacht hätte.«

»Kurz bevor ich komme, werden sie hart.«

»Sind sie immer so groß?«

Dane lachte. »Nein. Du solltest sie mal sehen, wenn es kalt ist oder ich Angst habe. Dann schrumpfen sie fast auf die Größe von Trauben zusammen.«

Bryn nickte. »Ja, es ist der Kremasterreflex, der die Muskeln verkürzt, um die Hoden näher an den Körper zu bringen und sie warmzuhalten. Hängen sie tiefer, wenn dir warm ist?« Sie legte vorsichtig die Hand um seine Hoden und bekam ein Gefühl dafür, wie groß und schwer sie waren.

»Ja, schon.«

»Spürst du beim Gehen, wie sie da unten rumbaumeln?«

Daraufhin musste Dane laut auflachen. »Nein. Eigentlich nicht. In meinen Boxershorts sind sie ganz gut untergebracht. Sie verschieben sich manchmal, wenn ich sitze, und müssen zurechtgerückt werden, aber meistens nehme ich sie nicht wirklich wahr ... es sei denn, ich bin kurz davor, da unten getreten zu werden, oder wenn ich in der Nähe einer hübschen Frau bin ... wie dir.«

Bryn nickte und ihr Verstand beschäftigte sich bereits mit der nächsten Frage. »Laut bestimmter Studien haben Männer auch einen G-Punkt. Er befindet sich etwa fünf Zentimeter im Anus und ist ungefähr kastaniengroß. Die meisten Menschen nennen diese Stelle die Prostata, aber ich finde, es ist schöner, sie den männlichen G-Punkt zu nennen.« Sie ließ ihren Zeigefinger in Richtung seines Hinterns wandern – und sah ihn an, als er ihr Handgelenk festhielt.

»Warum sparen wir uns das nicht für einen anderen Tag auf?«

»Gefällt es dir nicht?«

»Ich habe es noch nie probiert, Schatz.«

»Oh.« Das gefiel ihr. Sie mochte es, dass es etwas gab, das er noch nicht getan hatte, sodass sie es mit ihm vielleicht zum ersten Mal erleben konnte. Ihre Augen blieben aufeinander gerichtet und Bryn konnte nicht sagen, was Dane dachte. »Zeigst du mir, was sich für dich gut anfühlt? Ich will nichts falsch machen.«

»Mit Vergnügen. Aber ich glaube nicht, dass du mir etwas antun könntest, was falsch wäre. Gib mir deine Hand.«

Bryn hielt ihm ihre Hand entgegen und er legte sie um die Spitze seines Schwanzes, wobei er darauf achtete, dass er ihre Hand mit seinem Lusttropfen anfeuchtete. Er strich damit über seinen Schaft, schmierte ihn ein und fuhr wieder zurück. Er hielt seinen Griff fest an ihrer Hand, aber nicht so sehr, dass sie das Gefühl hatte, ihm wehzutun.

»Am besten fängt man langsam an, wird zwischendurch schneller und endet langsam.« Bryn konzentrierte sich auf ihre vereinten Hände auf seinem Körper, während er sprach, wobei sie jedes Wort aufnahm und es sich ins Gedächtnis einprägte. »Ich bin schon steinhart, aber wenn es noch nicht ganz so lange her ist, dass ich mit dir geschlafen habe, wird es noch etwas länger dauern, bis ich an diesen Punkt komme. Du könntest nur eine Hand benutzen, um mich kommen zu lassen, verdammt, so muss ich es jetzt machen, aber es wäre interessanter, wenn du es noch abwechseln würdest ... mit einer Hand, dann mit beiden, dann wieder mit einer. Das erregt mich mehr, wenn du deine Muster und Berührungen abwechselst.«

Bryn nickte und berührte mit der anderen Hand ebenfalls seinen Schwanz, als er vor Erregung stöhnte.

»Ich spüre, wie du dich unter meiner Hand bewegst. Das ist so was von heiß«, sagte sie zu ihm, ohne ihren Blick von seinem Unterkörper abzuwenden, während sie mit ihren Händen weiter seinen harten Schwanz massierte.

»Ja, genau so. Vernachlässige meine Eier nicht. Sie sind sehr empfindlich. Du kannst entweder eine Pause von deiner Hand machen, mit der du mich liebkost, oder mit der anderen Hand sanft an ihnen rumspielen. Du kannst sie drücken, aber greif nicht zu fest zu ... Gott ... ja ... genau so ... perfekt ...«

Bryn benutzte ihre Fingernägel, um leicht über die empfindliche Haut zu kratzen, und wurde mit einem weiteren Lusttropfen belohnt, der aus der Spitze seines Schwanzes austrat.

Er fuhr in einem heiseren Tonfall fort: »Die Spitze meines Schwanzes ist sehr empfindlich, sie hat die meisten Nervenenden. Leg deinen Daumen und deine Finger in die Form eines O und bewege sie über die Spitze ... nicht so weit runter ... ja, scheiße, genau so. Gott, Bryn, deine Hand ist so viel weicher und koordinierter als meine.«

Bryn blickte in Danes Gesicht und fühlte, wie sich ihre Herzfrequenz erhöhte. Er hatte die Augen geschlossen und den Kopf zurückgelehnt. Die Hand, die ihre geführt hatte, war zur Seite gefallen und er hatte sie in das Laken neben sich gekrallt. Sie hatte sich noch nie so stark gefühlt wie in diesem Moment. Der stärkste, mutigste Mann, den sie je in ihrem Leben getroffen hatte, war Wachs in ihren Händen. Es fühlte sich unglaublich an.

Als er für einige Momente nichts sagte, fragte sie mit leiser Stimme: »Und was als Nächstes?«

»Drück mit der freien Hand gegen die Wurzel meines Schwanzes, da ist ein Stück Haut, das auf ...«

Er verstummte, als Bryn genau die Stelle fand, die er beschrieben hatte, und sie streichelte. Sie bewegte ihre andere Hand von der Spitze bis zum Ansatz und liebkoste dann wieder nur die Spitze. Sie fügte einige Drehungen ihrer Handfläche hinzu und veränderte die Kraft, mit der sie zugriff.

Jetzt lief ihm fast ständig Flüssigkeit aus dem Schwanz, die seinen Schaft schmierte und es ihrer Hand leichter machte, über seine Haut zu gleiten. Bryn leckte sich die Lippen und genoss es, es ihm besorgen zu können.

»Ich bin nahe dran, Smalls. Sehr nahe dran. Nein ... nicht schneller werden ... je näher ich dem Orgasmus komme, desto sensibler werde ich. Wenn ich komme, richte die Spitze meines Schwanzes auf meinen Bauch und halte ihn gut fest. Massiere mich nicht weiter. Es wird mehr wehtun als guttun ... bist du bereit?«

»Ja. Bitte, ich will sehen, wie du kommst.«

Bryn fühlte, wie er seine Hand nach oben führte und ihren Oberschenkel umklammerte, der zwischen seinen Beinen lag, der Stumpf seines anderen Armes kam ebenfalls nach oben und er wölbte ihn, so gut er konnte, um ihren rechten Unterarm.

»Oh ja ... drück meine Eier ein bisschen mehr ... Verdammt, genau so ... Wenn ich sage, drück fest auf den Ansatz meines Schwanzes ... Bereit? Jetzt geht's los ... jetzt! Oh jaaaaaaaaaa!«

Bryn hörte Dane kaum fluchen, weil sie zu sehr auf das aus der Schwanzspitze schießende Sperma fixiert war. Sie hielt ihre Hand still, als er sie darum bat, und fühlte, wie er unter ihrer Handfläche zuckte, als er einen Orgasmus hatte. Sein Sperma spritzte in mehreren langen, milchig-weißen Strahlen aus ihm heraus, die auf seinem unteren Bauch landeten.

Er stöhnte ein paarmal und als sie ihre Hand langsam an seinem erschlaffenden Penis auf und ab bewegte, stieß er ihr seine Hüften entgegen. Noch mehr Sperma kam aus der Eichel heraus, schmierte ihre Handfläche und machte seinen Schwanz aalglatt. Bryn ließ ihn los, legte seinen Schwanz auf seinen Unterbauch und bedeckte ihn mit ihrer Handfläche, weil er gesagt hatte, dass er nach dem Orgasmus sehr empfindlich wäre.

»Was machst du da?«, flüsterte er.

»Irgendwie schien es falsch, ihn einfach loszulassen«, sagte sie ein wenig verlegen.

Er lachte leise und streckte seine Hand aus. »Gib mir deine andere Hand.«

Bryn tat es und schluckte schwer, als er sie sich auf den Bauch legte und über sein Sperma rieb. »Es ist kein gründliches wissenschaftliches Experiment, wenn du es nicht bis zum Ende durchziehst, Smalls.«

»Das alles war in keiner Weise wissenschaftlich«, entgegnete sie lächelnd, jedoch ohne den Blick von ihren

Händen abzuwenden, mit denen sie sein Sperma verschmierte. »Wir hatten keine offizielle Hypothese.«

»Aber mir einen runterzuholen hat dir einen Einblick in Ursache und Wirkung verschafft, oder? Und ich glaube, es ist nicht nur zuverlässig, sondern auch gültig.«

Bryn lächelte zu ihm hoch, glücklich darüber, dass er ihre Sprache sprach. Sie ahmte seine Worte nach: »Ich glaube, Sie haben recht, Mr. Munroe. Wenn ich den Test noch mal durchführe, erhalte ich wahrscheinlich das gleiche Ergebnis.«

»Verdammt richtig. Und hat es ergeben, was es ergeben sollte?«, fragte er träge.

»Du meinst, ob ich jetzt genau weiß, wie ich deinen Schwanz massieren muss, damit du kommst?«, fragte Bryn.

»Ja.«

»Dann ja, die Gültigkeit meiner Nachforschungen wurde bewiesen.«

»Komm mal her«, befahl Dane, griff mit seinem linken Arm nach oben und legte seinen Ellbogen über ihre Hüfte.

Bryn rutschte an seinem Oberkörper nach oben und strich absichtlich mit ihren harten Brustwarzen über ihn, während sie es tat. Sie fiel auf ihm zusammen und senkte ihren Mund auf seinen, während er den Kopf hob, um ihr entgegenzukommen.

Das war kein schöner höflicher Kuss, wie sie ihn in der Vergangenheit ausgetauscht hatten. Es war leidenschaftlich und fast verzweifelt. Bryn rieb ihre Nase an der von Dane, und sie drehte ungeduldig den Kopf und versuchte, sich ihm zu nähern. Ihr Mund öffnete sich weit unter seinem Ansturm und sie begrüßte seine Zunge, die sich wand und sich mit ihrer duellierte. Mit den Händen begann sie, flach gegen seine Brust zu drücken, schob sie aber immer weiter nach oben, bis sie mit den Fingerspitzen seinen Unterkiefer und seinen Hals streichelte, während sie sich küssten.

Er schob sich in ihren losen Bund, griff nach ihrem Hintern und rieb ihren Unterkörper gegen seinen. Seinen anderen Arm schlang er um ihren oberen Rücken und hielt sie fest an seine Brust gedrückt.

Der Geruch seines Spermas machte Bryn nur noch mehr an. Sie war kein Fan des Geschmacks, aber sie liebte es, dass er nach Sex roch ... dass sie beide nach Sex rochen. Ihre Finger waren noch feucht von seinem Sperma und sie merkte, dass sie es auf seine Brust und seinen Hals geschmiert hatte, als sie sich küssten. Es war ein taktiler und olfaktorischer Reiz. Sie atmete tief ein, als sie sich küssten, und verlor sich wieder im Dunst der sexuellen Erfüllung.

Dane zog sich zurück und biss leicht in ihre Unterlippe, bevor er sie in seinen Mund saugte. Sie wimmerte und atmete so schwer, als wäre sie fünf Kilometer gelaufen.

Sie öffnete die Augen und sah, dass Dane sie anschaute. Als er bemerkte, dass sie ihn beobachtete, schloss er die Augen und neigte wieder den Kopf, wobei er seine Lippen erneut auf ihre presste. Diesmal saugte er an ihr, als sie über seine Zunge leckte. Bryn stöhnte in seinen Mund. Sie hatte sich in ihrem ganzen Leben noch nie so überwältigt gefühlt, nicht ein einziges Mal. Nicht einmal kurz bevor sie den Aufnahmetest fürs College absolviert hatte.

Als sie schließlich beide wieder atmen mussten, lösten sie die Köpfe voneinander, aber bewegten ihre Körper keinen Zentimeter von der Stelle weg, an der sie ineinander verwunden waren. Ohne ein Wort zu sagen, legte Bryn ihren Kopf auf Danes Schulter und schmiegte sich an ihn.

Sein Sperma war klebrig zwischen ihnen, sie rochen, wie sie sich einen Pornodreh vorstellte, nachdem er beendet war, und ihr Höschen war durchtränkt von ihrem Orgasmus und ihrer Erregung darüber, Dane in der Hand zu haben, aber Bryn wollte sich nie wieder bewegen. Sie versuchte, sich jede Sekunde des gerade Geschehenen einzuprägen, für den Fall, dass sie in naher Zukunft etwas tat, das ihre Beziehung vermasselte.

Als sich ihr Puls endlich verlangsamt hatte und sie wieder normal atmen konnte, flüsterte sie: »Vielen Dank.«

Dane lachte leise unter ihr. »Ich würde sagen, dass *ich* das sagen muss, Smalls.«

Sie hob den Kopf, um ihn anzusehen. »Niemand hat mir je so vertraut, wie du es gerade getan hast. Niemals. Ich hatte keine Ahnung, dass es so ... erstaunlich ist. So chaotisch. So intensiv.«

»Warte nur, wenn ich in dich eindringe und wir zusammen kommen.«

»Das möchtest du immer noch?« Sie konnte nicht umhin, verletzlich zu klingen, als sie diese Frage stellte.

»Ja, Bryn. Ich will in dich eindringen, mehr als ich je etwas in meinem Leben gewollt habe. Einschließlich als ich in Deutschland im Krankenhaus aufwachte und bemerkte, dass meine Hand weg war, und betete, dass alles nur ein Traum war.«

»Wow.«

»Ja«, stimmte Dane ihr zu. »Wenn du das, was wir gerade getan haben, für heiß hältst, warte ab, bis ich in dir bin.«

»Oh Gott«, hauchte Bryn. »Ich weiß nicht, ob ich das überleben werde.«

»Du wirst es überleben und hoffentlich wirst du süchtig danach werden.«

»Ich glaube nicht, dass *das* ein Problem wird«, kommentierte sie trocken, dann murmelte sie widerstrebend: »Wir sollten wohl besser aufstehen.«

»Werden wir auch bald.« Es hörte sich nicht so an, als

hätte er es eilig aufzustehen. »Ich fühle mich wohl. Du nicht?«

»Doch, aber du bist voller ...« Sie beendete den Satz nicht.

»Das stimmt. Und es fühlt sich toll an.«

»Also gut.«

»Also gut«, sagte auch er. »Und nur damit du es weißt«, sprach Dane leise weiter, während er ihren Hintern sanft und langsam streichelte, »ich war noch nie im Leben so angetörnt wie gerade eben. Du magst dich mit diesen Dingen vielleicht nicht so gut auskennen, aber die Leidenschaft in deinen Augen, die Begeisterung und die Wunder, die durchscheinen ... es war das beste Geschenk, das mir jemals jemand gemacht hat. *Danke*, Bryn. Ich habe mich während der letzten Monate nur wie ein halber Mann gefühlt. Du hast das alles verändert, als du es mir mit der Hand besorgt hast. Etwas ordinär gesagt, aber wahr.«

Bryn kuschelte sich wieder an Danes Brust und wollte ihn die Tränen nicht sehen lassen, die ihr bei seinen Worten in die Augen traten.

»Ich habe beide Hände benutzt«, erklärte sie ihm mit bebender Stimme.

Er lachte leise. »Das hast du.« Als wüsste er, dass sie einen Moment brauchte, um sich zu sammeln, sagte er nichts weiter als: »Mach ein Nickerchen, Smalls. Heute Abend brauchst du deine Kräfte.«

»Ich mache keine Nickerchen.«

»Pssst.«

»So autoritär.«

Sie hörte, dass er lachte, aber er sagte nichts weiter. Er streichelte nur ihren nackten Rücken mit seinem Stumpf und ihren Hintern mit seiner Hand. Sie hätte es nicht für möglich gehalten, aber wenig später schlief sie tief und fest.

KAPITEL NEUNZEHN

Bryn stellte beide Ellbogen auf den Tisch und legte das Kinn auf ihre Hände. Sie war bereit, mehr als bereit, mit Dane Sex zu haben, aber sie waren durch das Klingeln seines Telefons geweckt worden. Es war Steve, der fragte, ob Dane mit ihm ein paar Jobs erledigen wollte, um zu sehen, ob die Arbeit mit ihm wirklich das war, was er tun wollte.

Es war schwer, dem Ausdruck der Begierde und Leidenschaft in Danes Augen zu widerstehen, als er sie ansah, aber Bryn hatte ihn ermutigt, den Rest des Tages mit dem anderen Mann zu verbringen. Sie sehnte sich mehr danach, mit Dane zu schlafen, als nach allem anderen ... sogar mehr als nach der Gelegenheit, sich mit Stephen Hawking zusammenzusetzen und mit ihm über seine neuesten Forschungen zu sprechen. Aber er musste dies tun, um sich selbst wiederzufinden, und die Arbeit mit Steve könnte der erste Schritt dazu sein. Nicht nur das, sondern nachdem der Schleier ihres Orgasmus nachgelassen hatte, hatte sie sich wieder unsicher gefühlt, also war sie aus seinen Armen geklettert, hatte ihr Hemd gepackt und ihm Zeichen gemacht, Steve zuzusagen.

Eine Stunde später war sie wieder in ihrer Wohnung ... zu Tode gelangweilt. Die Kreuzworträtsel reichten nicht aus, niemand war im Prepper-Forum online, um mit ihr zu reden, und sie fand im Internet keine Informationen über Prepper, die sie nicht schon kannte.

Als Bryn auf die Uhr schaute, sah sie, dass die Bücherei noch offen war. Nachdem sie auf diese Idee gekommen war, war sie nicht mehr aufzuhalten. Ihr Wissensdrang war unersättlich und sie wusste, dass sie an nichts anderes denken konnte, bis sie ihn befriedigt hatte.

Da sie wusste, dass Dane beschäftigt war, und zwar für den Rest des Nachmittags, vermutete sie, dass sie genügend Zeit haben würde, um in die Bücherei zu fahren und zu tun, was sie tun musste, bevor Dane zurückkehrte und zu ihr rüberkam.

Eine Gänsehaut brach auf ihren Armen aus, als sie später am Abend darüber nachdachte, was sie mit Dane machen wollte. Er hatte ihr mehr als deutlich zu verstehen gegeben, dass sie sich lieben würden, wenn er zurückkam ... und der Kuss, den er ihr gegeben hatte, ließ sie sich umso mehr darauf freuen zu erfahren, was sie bisher verpasst hatte.

Aber eins nach dem anderen.

Bryn verdrängte die Gedanken an einen nackten Dane und schnappte sich ihren Autoschlüssel und ihr Handy. Sie nahm ihr Portemonnaie nicht mit, weil sie nur in die Bücherei fahren wollte ... die war nur etwas mehr als einen Kilometer entfernt, und wenn sie innerhalb der Geschwindigkeitsbegrenzung blieb, sollte es kein Problem sein.

Eine Stunde später fuhr Bryn eine Schotterstraße entlang,

kilometerweit entfernt von Rathdrum, um ihre Mission zu erfüllen. Sie hatte gerade angefangen, sich ein paar Bücher über Prepper anzusehen, die sie vorher noch nicht ausgeliehen hatte, und wurde an die Person erinnert, die die Bücher *Entwirf und baue deinen eigenen Bunker für den Weltuntergang* und *Die Gefahren von Düngemitteln* ausgeliehen hatte.

Je länger sie darüber nachdachte, desto klarer wurde ihr, dass es keine gute Sache war. Die Leute im Online Prepper-Forum hatten wiederholt, wie gefährlich einige der anderen Leute, die diesen Lebensstil verfolgten, sein konnten, hauptsächlich weil sie paranoid waren, dass Außenstehende ihre Bunker finden würden. Aber nicht einer hatte über die Notwendigkeit von Sprengstoff in ihren Bunkern gesprochen. Manche hatten zwar einen Garten, hielten ihn jedoch klein, weil sie wiederum die Standorte ihrer Bunker nicht verraten wollten ... und ein großer Garten konnte jemanden direkt zu ihnen führen.

Das brachte Bryn zum Nachdenken. Warum sollte ein Prepper ein Buch über die Gefahren von Dünger ausleihen wollen, wenn es keinen guten Grund gab, überhaupt so viel Dünger zu benutzen?

Dann erinnerte sie sich an die Adresse, die sie zuvor nachgeschlagen hatte. Und das brachte sie auf den Gedanken, dort vielleicht mal vorbeizuschauen. Nur um zu sehen, ob etwas verdächtig aussah. Sie wollte mit niemandem Kontakt aufnehmen, sie erinnerte sich an Dane und die anderen online, die sie vor den Preppern gewarnt hatten.

Sie würde nur herausfinden, ob die Adresse erfunden war oder ob dort tatsächlich jemand lebte. Und wenn das der Fall war, würde sie Dane sagen, was sie in der Bücherei gefunden hatte, ihm von den Büchern erzählen, und er könnte ihr helfen zu entscheiden, was sie dagegen tun konnten … wenn sie überhaupt etwas tun konnten.

Sie hatte die Adresse in ihre Navigations-App auf dem Telefon eingegeben. Auf dem Satellitenbild war kein Haus zu sehen, aber der Standort wurde auf einer richtigen Straße angezeigt. Sie wusste, es wäre nicht klug, dorthin zu fahren, ohne Dane Bescheid zu sagen. Sie versuchte, ihn anzurufen, wurde aber nur umgehend zur Mailbox weitergeleitet.

Hi Dane. Ich wollte dir nur Bescheid sagen, dass ich auf dem Weg bin, eine Adresse zu überprüfen. Es gab kürzlich zwei Bücher, die von derselben Person ausgeliehen wurden, und ich denke, dass diese Person vielleicht nichts Gutes im Schilde führt. Ich weiß nicht einmal, ob die Adresse echt ist. Die Person hat sie wahrscheinlich erfunden. Aber keine Sorge, selbst wenn sie echt ist, werde ich mit niemandem reden. Ich fahre nur vorbei und überprüfe die Adresse. Wenn ich zurück bin, erzähle ich dir mehr darüber. Ich sollte gegen fünf zu Hause sein. Ich hoffe, dein Tag mit Steve läuft gut und du bist heute nicht in Panik geraten. Wenn ja, dann sei nicht traurig darüber. Ich bin sicher, Steve wird Verständnis für dich haben. Jedenfalls freue ich mich darauf, heute Abend mit dir Sex zu haben. Wusstest du, dass beim Sex die Nasenschleimhaut anschwillt? Wissenschaftler glauben, es liegt an der erhöhten Durchblutung. Mich interessiert es, ob das stimmt oder nicht … Okay, ich fahr dann mal los. Und keine Sorge, ich werde auf mich aufpassen. Bis später.

Bryn legte das Telefon in die Halterung am Armaturenbrett und behielt den kleinen Bildschirm im Auge, um sicherzustellen, dass sie die richtigen Abzweigungen nahm.

Als sie den einspurigen Kiesweg hinunterfuhr, der die Einfahrt zu dem Haus sein sollte, nach dem sie suchte, falls es überhaupt existierte und falls ihre Wegbeschreibung richtig war, konnte Bryn nicht anders, als nervös zu werden. Ihr Streben nach Wissen hatte sie zwar manchmal in Schwierigkeiten gebracht, aber diesmal war sie klug. Sie hatte Dane gesagt, wohin sie fuhr, und sie würde umdrehen, wenn sie ein Haus sah.

Ihr Wagen holperte und ratterte die lange Einfahrt hinunter, bis sie vor einem baufälligen Gebäude zum Stehen kam. Es sah nicht wirklich wie ein Haus aus, in dem tatsächlich jemand lebte, aber so war das ländliche Idaho. Es war nicht so, dass es an jeder Schotterstraße Villen gab. Es gab auch ein großes, garagenartiges Gebäude, das aus etwas gebaut war, das wie ein massives Rohr aussah, das in zwei Hälften geschnitten worden war.

Sie saß in ihrem Auto, die Neugier kämpfte mit ihrem Bedürfnis, vorsichtig und vor allem sicher zu sein. Sie kurbelte ihr Fenster herunter und hörte nichts als das Geräusch des Windes in den Bäumen und das Zwitschern der Vögel.

Sie zitterte. Ein Gefühl, dass etwas nicht stimmte, schoss durch sie hindurch.

Bryn legte sofort den Rückwärtsgang ein, um so schnell wie möglich zu verschwinden, als das Geräusch eines Gewehrs, das entsichert wurde, sie herumwirbeln ließ.

Ein Mann stand neben ihrem offenen Fenster und der Lauf seiner Schrotflinte war auf den Boden gerichtet.

In gewisser Weise erinnerte er sie an Mr. Jasper. Sein Haar war zu lang, es musste dringend gewaschen werden, und er war groß und schlank. Aber da endeten die Ähnlichkeiten. Während Mr. Jasper argwöhnisch aussah, wirkte dieser Mann völlig verrückt.

Seine Augen waren vor Misstrauen zusammengekniffen und sie konnte das Böse in ihren Tiefen sehen. Seine Hände und sein Gesicht waren schmutzig, mit Dreck verkrustet und wer weiß, was noch alles, und der ungepflegte schwarze Bart ließ ihn noch unheimlicher aussehen.

Er war jünger als Mr. Jasper, wahrscheinlich eher Mitte dreißig. Seine Stimme war tief und bedrohlich ... und sie wusste bis ins Mark, dass sie in großen Schwierigkeiten steckte.

»Wer zum Teufel bist du?«

Bryn wollte die Zeit zurückdrehen, wenn auch nur um ein paar Minuten. Sie hätte nicht in die Einfahrt abbiegen sollen. Als sie gemerkt hatte, dass es an der Adresse, die sie in der Bücherei gesucht hatte, kein Haus gab, hätte sie einfach umdrehen und zurück nach Rathdrum fahren sollen. Sie hätte Dane erzählen sollen, was sie herausgefunden hatte. Er hätte ihr gesagt, ob sie an etwas dran war, ob die Person, die die Bücher ausgeliehen hatte, harmlos war oder nicht.

Aber jetzt war es zu spät.

»Äh ... Ich bin Bryn ... Ich habe mich anscheinend verfahren. Ich muss irgendwo falsch abgebogen sein. Ich drehe jetzt um und fahre wieder.«

»Oh, du bist mit Sicherheit falsch abgebogen, Schätzchen. Steig sofort aus dem Wagen.«

Sie wollte nicht. Sie wollte wirklich nicht. Aber als er die Schrotflinte hob und auf sie richtete, wusste sie, dass sie keine Wahl hatte. Sie war klug. Vielleicht konnte sie sich aus der Sache herausreden. Sie wollte nach dem Handy greifen, Dane anrufen. Aber als sie sich bewegte, machte der Mann einen Schritt auf sie zu und sie konnte sehen, wie sein Finger am Abzug zuckte.

»Okay, okay. Ich steig ja schon aus«, sagte Bryn leise. Sie

öffnete die Wagentür und stieg aus. Sie behielt den Mann vor sich und seine Waffe im Auge und traute sich nicht, etwas anderes anzusehen.

Sie verstand die Kopfbewegung nicht, die er machte ... er zuckte mit dem Kopf nach links und nickte dann einmal.

Bryn sah nicht, wie die Person hinter ihr auftauchte, und bekam auch sonst nichts mehr mit, als sie bewusstlos zu Boden fiel.

Dane kletterte mit einem müden Grunzen zurück in Miss May. Er war nicht in Form. Vier Stunden lang war er Steve gefolgt, hatte Rohre gebogen und gehalten, während der andere Mann die Anschlüsse und Verbindungen überprüfte und nach den Gründen suchte, warum ein großer Herd oder Kühlschrank nicht funktionierte, hatte Muskeln beansprucht, die er schon lange nicht mehr benutzt hatte.

Er schwor sich, dass er anfangen würde zu joggen und wieder in Form zu kommen. Er wusste, dass er sich viel zu lange hatte gehen lassen. Truck hatte versucht, ihm zu sagen, er sollte seinen Arsch bewegen, aber er hatte nicht auf ihn gehört. Jetzt, wo Steve ihm offiziell die Teilzeitstelle angeboten hatte, war er erpicht darauf, wieder so fit zu werden wie vor seiner Verletzung.

Dane beugte sich vor, öffnete das Handschuhfach und griff nach seinem Handy. Er wollte sich bei der Arbeit nicht ablenken lassen und einen guten Eindruck bei seinem zukünftigen Chef hinterlassen.

Dane lächelte, als er sah, dass er eine Nachricht von Bryn hatte, und hörte sie ab – und war sofort beunruhigt. Es war offensichtlich, dass sie wirklich nicht verstanden hatte, wie gefährlich Prepper sein konnten. Und er kannte sie. Es war unmöglich, dass sie einfach an einer Adresse vorbeifahren würde, wenn sie dachte, es könnte sich tatsächlich ein Bunker auf dem Gelände befinden.

Er grinste kurz über ihren Kommentar mit der Nasenschleimhaut und konnte sich vorstellen, dass sie ihm den Finger in die Nase stecken wollte, um zu messen, ob seine Nasenschleimhaut beim Sex geschwollen war oder nicht, aber seine Sorge um sie setzte sich schnell über jede Belustigung hinweg, die er über ihre Eigenartigkeit empfand.

Er wählte ihre Nummer und wartete, aber es meldete sich nur die Mailbox. Er hinterließ ihr eine kurze Nachricht, dass sie ihn anrufen sollte, sobald sie die Nachricht erhalten hatte, aber er hatte nicht die Absicht, darauf zu warten, dass sie sich wieder bei ihm meldete. Er setzte den Wagen in Gang und fuhr durch Rathdrum in Richtung ihrer Wohnung.

Bryns Wagen war nicht auf dem Parkplatz, also wendete er sein Fahrzeug und fuhr zur Bücherei. Ihr Auto war auch nicht da, aber diesmal parkte er und ging in das Gebäude. Es war gerade Feierabend, aber er hatte gerade noch genügend Zeit, um reinzugehen und zu sehen, ob Bryn mit jemandem gesprochen hatte, bevor sie losgefahren war.

Dane hatte ein schlechtes Gefühl bei der ganzen Situation. Es war das gleiche Gefühl, das er gehabt hatte, kurz bevor seine Einheit aufgebrochen war, um Berichte über Aufständische in der Gegend zu untersuchen, bevor sie über die Sprengladung gefahren waren. Er hatte sich selbst ein Versprechen gegeben, als er im Krankenhaus in Deutschland aufgewacht war: Sollte er jemals wieder jenes Gefühl haben, würde er es nicht einfach als paranoid abtun.

Die Türglocke klingelte, als Dane das öffentliche Gebäude betrat und sich geradewegs zur Ausleihstelle begab. Er wartete nicht einmal, bis die Frau, die dort saß –

er glaubte sich zu erinnern, dass sie Bonnie hieß –, ihn fragte, ob sie ihm helfen könnte. Er hatte sie schon ein paarmal getroffen, war aber im Moment nicht an Höflichkeiten interessiert.

»Haben Sie Bryn heute gesehen?«

»Hi Dane. Ja, sie war vorhin hier. Warum?«

»Sie geht nicht ans Telefon und ich mache mir Sorgen um sie.«

Bonnie sah erleichtert aus. »Oh, wahrscheinlich hat sie sich nur wieder in etwas vertieft. Das passiert ihr oft.«

Dane schüttelte den Kopf, bevor sie ihren Satz auch nur halb zu Ende gesprochen hatte. »Nein. Diesmal steckt mehr dahinter.«

Bonnie sah zum ersten Mal beunruhigt aus. Sie runzelte die Stirn und biss sich auf die Lippe, bevor sie sagte: »Vielleicht sollten Sie mal mit Rosie reden.«

»Ja, gern«, Dane stimmte sofort zu, da er wusste, dass die Chefbibliothekarin ihm schneller helfen könnte als die Studentin, die normalerweise an der Rezeption saß.

Bonnie stand auf, ging zurück und behielt ihn im Auge, bis sie zu einer Tür hinter ihr kam. Dann drehte sie sich auf ihren sieben Zentimeter hohen schwarzen Stöckelschuhen um und verschwand durch die Tür.

Dane kämpfte gegen den Drang an, ihr nachzulaufen, was ihm gerade so gelang. Er fühlte die Sekunden wie in Zeitlupe vorbeiziehen. Jede Sekunde, die er hier in der Bücherei stand, war eine weitere Sekunde, in der Bryn in Gefahr sein könnte. Er wusste es noch nicht sicher, vielleicht würde sich die Adresse, die sie überprüfte, als unbedeutend herausstellen, aber irgendwie glaubte er das nicht. Er hatte keine Ahnung, wie oder wann sie ihm so wichtig geworden war, aber er konnte es nicht mehr leugnen.

Rosie Peterman kam durch die Tür hinter dem Schalter heraus. »Hi, Dane, kann ich Ihnen helfen?«

»Hallo Rosie. Ich habe Grund zu der Annahme, dass Bryn in Schwierigkeiten steckt. Sie war in letzter Zeit fasziniert von dem Prepper-Lebensstil. Ich habe sie zu einem Mann gebracht, der einen Bunker hat, und ich fürchte, das hat ihren Wissensdurst nach mehr Informationen nur noch verstärkt. Ich weiß, dass das ungewöhnlich ist, aber wir beide kennen Bryn, sie ist sich der Gefahren nicht sonderlich bewusst, wenn sie sich in ihre Suche nach Wissen vertieft. Könnten Sie mir helfen herauszufinden, was sie nachgeschlagen hat und wessen Adresse sie gefunden hat?«

Die Chefbibliothekarin nickte hoheitsvoll. »Ja, ich weiß. Ihre Liebe für Informationen macht sie zu einer außergewöhnlichen Mitarbeiterin. Und ja, ich musste sie mehr als ein Mal daran erinnern, sich auf ihre Arbeit zu konzentrieren, anstatt in den Büchern zu blättern, die sie in die Regale räumte. Kommen Sie mit. Wir werden sehen, was wir finden können. Wir können damit anfangen, das Sicherheitsvideo zu überprüfen ... um zu sehen, was sie getan hat, als sie hier war.«

Dane blickte auf die Uhr, als er der Frau folgte. Er wusste instinktiv, dass er nicht viel Zeit hatte, nach der Adresse zu suchen, aber da es der einzige Weg war, Bryn zu finden, würde er es tun. Er hoffte nur, dass sie durchhalten würde, bis er sie aufspüren konnte.

Bryn hob den Kopf, der auf ihrer Brust geruht hatte, und stöhnte über den Schmerz, der durch sie hindurch schoss. Ihr Nacken schmerzte wegen des seltsamen Winkels, in dem sie gelegen hatte, und ihr Kopf tat weh ... sie war sich nicht sicher warum, nur dass er es tat. Sie versuchte, die Augen zu öffnen, aber sie drückte sie wieder zu, als das helle Licht in ihre Pupillen drang und ihren Kopf noch stärker zum Pochen brachte.

»Die Gefangene ist wach.«

Bryn verstand nicht, was in aller Welt die Stimme meinte, also hob sie vorsichtig ihre Augenlider ein winziges bisschen an, um zu sehen, wo sie war und was vor sich ging.

Aufgrund des hellen Lichts, das von oben und vor ihr auf sie herab strahlte, konnte sie nichts sehen. »W-wo bin ich?«, stotterte sie.

»Wir stellen hier die Fragen, nicht du. Wer bist du und was hast du auf meinem Grundstück zu suchen?«

Bryn schluckte schwer und leckte sich vergeblich ihre trockenen Lippen. Ihr Mund war nicht in der Lage, Speichel zu produzieren, um ihrer ausgetrockneten Haut Erleichterung zu verschaffen. »Ich bin Bryn. Ich habe mich verfahren.« Sie beschloss, bei der Geschichte zu bleiben, die sie ihm anfangs aufgetischt hatte. »Haben Sie mich geschlagen?«

»Wir stellen hier die Fragen.« Diesmal klangen die Worte auf jeden Fall weiblich. »Für wen arbeitest du?«

»Die Bücherei. Ich arbeite für die Bücherei.«

Bryn kreischte, als eiskaltes Wasser sie von Kopf bis Fuß durchnässte. Sie versuchte, die Hände hochzureißen, um den zweiten Eimer voll zu blockieren, stellte aber fest, dass ihre Arme hinter ihrem Rücken gefesselt waren. Keuchend nach dem zweiten und ebenso kalten, ungewollten Eimer konnte sie sich nur das Wasser aus den Augen blinzeln und vergeblich an ihren Fesseln zerren.

»Versuche es noch mal.« Diesmal war es die Stimme des Mannes.

Bryn blinzelte, konnte aber hinter dem hellen Licht, das

sie blendete, nichts sehen. Es war, als stünde sie auf einer Bühne und hätte einen Scheinwerfer auf sich gerichtet. Der Raum war dunkel, bis auf das Licht. Sie schaute an sich hinunter und sah, dass sie immer noch die Jeans und das T-Shirt trug, die sie am Morgen vor dem Gang zur Bücherei angezogen hatte.

Sie hatte es schon gewusst, als sie das Haus zum ersten Mal gesehen hatte, aber jetzt wurde ihr erst recht bewusst, wie schlecht ihre Entscheidung gewesen war. Sie hätte nicht versuchen sollen herauszufinden, ob die Adresse echt war oder nicht. Sie hätte direkt zu Dane gehen sollen ... oder sogar zur Polizei. Sie dachte nicht nur an Danes Worte zurück, sondern auch an die vielen Chats, die sie mit den Männern und Frauen online geführt hatte, über die Unterschiede zwischen einem Prepper, der in Ruhe gelassen werden wollte, und den gefährlichen Männern, die in und um ihre ländliche Stadt herum leben könnten. Sie hatte wohl selbst herausgefunden, wie recht sie alle hatten.

Aber wenigstens hatte sie Dane angerufen und ihm gesagt, wo sie hinwollte.

Sie stöhnte. Scheiße! Sie hatte ihm nicht wirklich die Adresse gegeben. Sie hatte ihm gesagt, dass sie sie überprüfen wollte, aber nicht, *wo* sie hinfahren würde.

Sie steckte tief in der Scheiße. Und es war alles ihre Schuld. Für jemanden, der für so wahnsinnig schlau gehalten wurde, war sie ganz schön dumm gewesen.

»Ich heiße Bryn Hartwell. Und ich arbeite wirklich in der Bücherei«, erklärte sie dem Mann. »Ich bin ein Niemand. Ich bin ein Riesenfreak und habe neulich einen Prepper kennengelernt, was mein Interesse an dem Lebensstil geweckt hat. Ich fuhr gerade durch die Gegend und sah mir verschiedene Grundstücke an, die zum Verkauf standen, und habe mich verfahren. Das war's. Das ist alles. Mehr ist an der Sache nicht dran.«

»Mit wem hast du dich getroffen? War es Frank?«

Bryns Gedanken wirbelten durch ihren Kopf. *Wer zum Teufel ist Frank?* Doch der Mann gab ihr keine Gelegenheit zu antworten.

»Egal. Du bist nur ein weiterer Spion der Regierung, der dafür sorgt, dass ich mein Lebenswerk nicht erfülle! Es ist mein Schicksal. Die Regierung der Vereinigten Staaten führt eine Gehirnwäsche ihrer Bürger durch. Sie beobachten uns ständig. Sie kennen jeden unserer Schritte. Sie lassen uns nicht verehren, wen wir wollen, und sie wollen definitiv nicht, dass andere Länder das verehren, was *sie* wollen. Das muss aufhören. Und die Mehrheit der Bürger macht einfach mit! Es ist ihnen egal, sie gehen ihren Geschäften nach, sie kümmern sich nicht um das Gemetzel, das ihr Land betreibt, alles im Namen der nationalen Sicherheit. Für wen arbeitest du? Für die CIA? Das FBI?«

»Nein!«, erwiderte Bryn sofort. »Für niemanden. Ich bin nur ich.«

»Du lügst.«

»Das tue ich nicht, ich schwöre!« Bryn versuchte erneut, sich zu befreien, und wollte nichts weiter, als den Tag neu beginnen und nicht die unglaublich dumme Entscheidung treffen, diese Adresse selbst aufzusuchen.

»Soll ich mich jetzt um ihren Wagen kümmern?«, fragte die Frau leise und mit zitternder Stimme.

»Also, Bryn, ich weiß nicht, wer du in Wirklichkeit bist, aber ich werde es herausfinden«, erklärte der Mann ihr. »Ich habe zu hart und zu lange gearbeitet, um dorthin zu gelangen, wo ich bin, und um die geplante Mission vorzubereiten, um sie von einer neugierigen Frau ruinieren zu lassen. Das zeigt nur, dass eine Frau nur dazu gut ist, Babys zu bekommen und den Haushalt zu führen, so wie meine Frau. Sie geht nicht dorthin, wo sie nicht erwünscht ist, und tut genau das, was man ihr sagt. Wenn die Taliban das Land übernehmen, werden sie dafür sorgen, dass die Frauen ihren Platz einnehmen. Bleib, wo du bist, hörst du? Ich komme wieder, und du solltest besser darauf vorbereitet sein, meine Fragen zu beantworten. Du willst nicht wissen, was ich tun werde, wenn du nicht kooperierst.«

Bryn hörte Schritte, dann das Klappern einer Tür, dann nichts mehr.

Sie hatte keine Ahnung, wo sie war, aber sie wusste, dass sie in großen Schwierigkeiten steckte. Sie zitterte in der kühlen Luft und schüttelte den Kopf, um ein nasses Stück Haar, das an ihrer Wange klebte, aus dem Gesicht zu bekommen. Es rührte sich nicht. Sie ließ den Kopf hängen. Die Situation schien wirklich hoffnungslos.

Aber dann trat ihr Selbsterhaltungstrieb in den Vordergrund. Sie wollte nicht herumsitzen und darauf warten, dass der trügerische Mr. Smith sie noch mehr quälte.

Sie verbrachte mehrere Minuten damit zu versuchen, ihre Hände von den Fesseln zu befreien, aber dabei verletzte sie sich nur die Handgelenke. Auch ihre Fußgelenke waren an den Beinen des Holzstuhls, auf dem sie saß, festgebunden. Das Licht, das auf sie herab strahlte, tat ihr in den Augen weh, also schloss sie sie und versuchte nachzudenken.

Ihr Telefon war immer noch in ihrem Auto, solange Mr. Smith und seine Frau es nicht gefunden und zertrümmert hatten. Vielleicht konnte Dane sie so finden. Sie hatte niemandem in der Bücherei erzählt, was sie vorhatte, aber sie hatte sich in das Computersystem der Bücherei eingeloggt. Dane war schlau. Vielleicht konnte er ihre Aktivitäten verfolgen und so die Adresse herausfinden.

Sie seufzte halb schluchzend, halb lachend. Es war nicht so, als wäre Dane ein Computergenie. Er war schlau, aber sie hatte keine Ahnung, ob er überhaupt auf die Idee kommen würde, sie auf diese Weise ausfindig zu machen. Die Telefongesellschaft konnte die Pings von den Mobilfunkmasten, an denen sie vorbeigekommen war, verfolgen, aber bis er das herausfand, könnte es für sie ohnehin schon zu spät sein. Das passte natürlich wieder! Gerade wenn sie endlich vorhatte, die Nacht mit einem Mann zu verbringen, musste sie etwas tun, um es zu vermasseln.

Um ihre Nackenmuskeln zu entspannen, legte sie den Kopf auf die Stuhllehne. Sie hielt die Augen geschlossen, atmete tief ein und zwang ihre Tränen zurück. Weinen würde ihr jetzt nicht helfen. Das Einzige, worauf sie sich verlassen konnte, war ihr Gehirn. Sie musste sich irgendwie rausreden. Sie hatte niemandem gesagt, wo sie hinwollte. Dane würde sie nicht auf magische Weise vor ihrer eigenen Dummheit retten. Sie hätte auf ihn hören sollen, aber das war jetzt belanglos. Sie war auf sich allein gestellt.

KAPITEL ZWANZIG

»Also hat sie ein wenig Zeit am Computer verbracht und ist dann gegangen.« Dane wollte wissen: »Können wir herausfinden, was sie sich angesehen hat?«

Rosie schüttelte den Kopf. »Nicht wirklich. Ich meine, alle Mitarbeiter haben ein eigenes Login und ich bin sicher, dass jemand, der sich gut mit Computern auskennt, es wahrscheinlich herausfinden könnte, aber ich weiß nicht wie.«

»Ich kann vielleicht helfen.«

Dane drehte sich zur Tür und sah die Frau, mit der er zuvor gesprochen hatte, dort stehen. Er zerbrach sich den Kopf über ihren Namen und erinnerte sich schließlich daran. »Bonnie, richtig?«

Sie nickte. »Ich studiere Informatik an der Universität von Idaho. Letztes Semester habe ich einen Kurs über das Verfolgen von Logins und die Überwachung von Tastenanschlägen belegt. Ich bin nicht sicher, ob ich helfen kann, ich habe nur eine Zwei in dem Kurs bekommen, aber ich kann es gern mal versuchen.«

»An diesem Punkt wäre alles extrem hilfreich. Ich werde

rausgehen und einen Anruf tätigen, aber bitte sagen Sie mir Bescheid, wenn Sie etwas finden«, bat Dane die beiden Frauen.

»Selbstverständlich«, erwiderte Rosie, die Aufmerksamkeit bereits auf den Monitor gerichtet, als Bonnie sich an die Arbeit machte.

Dane rief eine Nummer an, noch während er aus der stillen Bücherei ging. »Komm schon, komm schon«, murmelte er, als an seinem Ohr das Freizeichen ertönte.

»Hey! Wie geht es dir, Dane?«

»Ich brauche eure Hilfe.« Er redete nicht um den heißen Brei herum. Wenn ihm jemand helfen könnte herauszufinden, worauf Bryn sich eingelassen hatte, dann Truck und seine Verbindungen.

»Lagebericht.«

»Bryn ist verschwunden. Sie sagte mir, sie wolle die Adresse von jemandem überprüfen, der ein paar Bücher in der Bücherei ausgeliehen hat, aber sie sagte mir nicht wo. Sie geht nicht an ihr Telefon. Alle Anrufe gehen direkt auf die Mailbox.«

»Hast du Tex angerufen?«

»Nein. Ich wollte erst mit dir Kontakt aufnehmen. Ich habe ein wirklich schlechtes Gefühl bei der Sache, Truck.«

»Gib mir ihre Nummer und ich rufe sofort Tex an.«

Dane gab sie ihm sofort. Wenn Truck sich mit Tex in Verbindung setzte, konnte er sich auf die Dinge konzentrieren, die hier vor Ort vor sich gingen.

»Was für einen Wagen fährt sie?«, wollte Truck wissen.

»Eine Rostlaube, einen neunzehnhundertneunziger Corolla. Sie ist seit etwa zwei Stunden verschwunden, eine Viertelstunde hin oder her.«

Dane konnte hören, wie Truck mit jemandem im Hintergrund sprach, und er ging auf und ab, während er darauf wartete, dass der andere Mann wieder ans Telefon ging.

»Okay, ich bin dran, aber die Sache ist die. Ich wäre sofort da draußen, wenn ich könnte, aber du hast mich zu einem ungünstigen Zeitpunkt erwischt. Ich würde buchstäblich alles für dich tun, Bruder, aber ich kann jetzt nicht weg.«

Dane wurde das Herz schwer. Er war davon ausgegangen, dass Truck für ihn da wäre. Er hatte gedacht –

»Aber ich bin dabei, den Rest des Teams zu verständigen. Sie brechen in zwanzig Minuten auf. Sie kommen, um dir zu helfen, Fish.«

»Alles in Ordnung bei dir?«, wollte Dane wissen. Er war in seine eigene Sorge um Bryn vertieft, konnte aber die Warnglocken in seinem Kopf, die bei Trucks Worten ertönten, nicht ignorieren.

»Ich habe einen Termin, den ich nicht verpassen darf. Du weißt, ich würde kommen, wenn ich könnte. Aber es geht buchstäblich um Leben und Tod. Wenn ich das heute nicht tue, verliere ich meine Chance.« Leiser fügte er hinzu: »Es macht mich fertig. Macht mich *buchstäblich* fertig, dass ich nicht dabei sein kann. Aber ich kümmere mich von hier um die Sache. Ich bleibe mit Tex in Kontakt und ich verständige die Polizei vor Ort, während ihr sucht.«

Dane hatte keine Ahnung, was für seinen Freund eine Frage von Leben und Tod sein könnte, aber jetzt war nicht die Zeit, sich damit auseinanderzusetzen.

»Dane? Ich glaube, ich habe etwas gefunden.«

Die Worte kamen von der Eingangstür der Bücherei und als Dane sich umdrehte, sah er Bonnie, die dort stand und ihn dazu aufforderte, wieder hineinzukommen.

»Bleib dran, Truck.«

»Ich höre mit.«

Dane schätzte seinen Freund im Moment mehr, als er sagen konnte. Er ging zurück in die Bücherei und in Rosies Büro und behielt Truck in der Leitung. »Haben Sie Zugang zu ihrem Angestelltenkonto?«

»Ja«, bestätigte Bonnie. »Sie hat zwei Bücher nachgeschlagen, die vor etwa zwei Monaten ausgeliehen worden waren. *Entwirf und baue deinen eigenen Bunker für den Weltuntergang* und *Die Gefahren von Düngemitteln*. Dann hat sie auf die Kundendatenbank zugegriffen, um sich die Anmeldung der Person anzusehen, die sie ausgeliehen hat. Ein John Smith.«

»Steht eine Adresse dabei?«

»Ja, natürlich.« Bonnie las sie laut vor.

»Verstanden, Truck?«, fragte Dane in sein Handy.

»Verstanden.«

»Dorthin muss sie gefahren sein.« Dane wandte sich an Bonnie, die ihn jetzt besorgt ansah. »Vielen Dank. Das war genau die Information, die ich benötigt habe.«

»Ist sie okay? Werden Sie sie finden?«

»Ich werde sie finden«, entgegnete Dane voller Überzeugung. »Danke.« Erneut begab er sich zum Ausgang.

»Ich rufe Tex an. Ich gebe ihm die Informationen, die du dahast. In der Zwischenzeit sei klug. Warte ab und tu nichts Verrücktes.«

»Sie ist dort draußen«, erklärte Dane Truck. »Sie braucht mich.«

»Und sie wird dich auch bekommen«, entgegnete Truck. »Du darfst jetzt nur nicht durchdrehen. Du brauchst weitere Informationen. Also warte verdammt noch mal ab, bis ich mich wieder bei dir melde. Fahr jetzt nicht allein raus zu der Adresse. Bryn ist hart im Nehmen. Was auch immer da los ist, sie wird durchhalten, bis deine Verstärkung eintrifft.«

»Das gefällt mir nicht.« Damit sagte Dane Truck nichts Neues.

»Und Hollywood gefiel es nicht, als Dean seine Frau in seiner Gewalt hatte, aber er hat das Team das machen lassen, was es am besten kann.«

Dane wusste, dass Truck recht hatte. »Ich halte mich zurück, aber du sagst mir sofort Bescheid, wenn du etwas herausgefunden hast.«

»Das werde ich tun.«

Dane seufzte erleichtert und fragte dann, was ihm auf der Seele lastete. »Bist du in der Lage, das zu machen und gleichzeitig deine Leben-oder-Tod-Sache zu erledigen?«

»Ja. Ich werde vielleicht für ein paar Tage nicht erreichbar sein, aber ich sorge dafür, dass das Team da und bereit ist und du alle Informationen hast, bevor ich es tue.«

»Ich schulde dir was.«

»Ach Blödsinn«, entgegnete Truck grimmig. »Du schuldest mir gar nichts. Und jetzt muss ich Tex anrufen.«

Dane runzelte die Stirn, als Truck auflegte, aber schüttelte es ab und ging auf seinen Wagen zu. Er wollte noch mal zu Bryns Wohnung fahren. Vielleicht war sie wie durch ein Wunder dorthin zurückgekehrt und er konnte Truck zurückrufen und ihm sagen, er solle die Jungs zurückpfeifen.

Das war aber nicht der Fall. Zehn Minuten später saß Dane in seinem Pritschenwagen und starrte blind auf Bryns Wohnung. Er wollte zu der Adresse fahren, die Bonnie ihm gegeben hatte, aber er wusste, dass Truck recht hatte, als er sagte, dass er mehr Informationen brauchte, bevor er in eine potenziell gefährliche Situation geriet. Er wollte im Moment wirklich nicht selbst zur Geisel werden.

Als sein Handy klingelte, ging Dane ungeduldig ran,

weil er wusste, dass es Truck war. »Was hast du herausgefunden?«

»Einiges, aber es ist nicht gut«, erwiderte Truck geradeheraus. »Tex hat die Adresse überprüft und herausgefunden, wer in Wirklichkeit dahintersteckt. Ich habe keine Ahnung, wie er es gemacht hat, wieder mit seinem Computer-Voodoo-Scheiß, aber sein Name ist eigentlich Joseph Knox und er steht auf ziemlich vielen Beobachtungslisten. Nichtzahlung von Steuern, häusliche Gewalt, Angriff mit einer tödlichen Waffe und allgemeine Arschlochhaftigkeit. Und das alles in den letzten drei Jahren. Davor verbrachte er Zeit in Übersee.«

»Scheiße«, fluchte Dane.

»Ja. Er ist nach Paris geflogen und dann verschwunden. Tauchte zwei Jahre später in England wieder auf. Er wurde deportiert, nachdem er als Verdächtiger bei einem der U-Bahn-Anschläge dort festgenommen wurde. Sie hatten keine Beweise, um ihn direkt mit der Explosion in Verbindung zu bringen, also schickten sie ihn nach Hause.«

»Mein Gott. Dann hat er Zeit mit den Terroristen dort verbracht?«, fragte Dane ungläubig. »Wie zum Teufel kommt es, dass er seine Geschäfte hier machen darf?«

»Man konnte ihm nichts nachweisen. Reisen ist nicht gegen das Gesetz«, stellte Truck fest. »Jedenfalls ist er verheiratet, und ihre Eltern haben mehrmals Anzeigen erstattet, weil sie glauben, dass er ihre Tochter einer Gehirnwäsche unterzieht, aber die Polizei kann nicht viel tun, denn jedes Mal, wenn sie sie befragen, schwört sie, dass sie in keiner Weise missbraucht wird und dass ihr Platz bei ihrem Mann ist. Klingt für mich nach dem typischen Stockholm-Syndrom. Die Adresse dieses Kerls liegt buchstäblich mitten im Nichts, und egal, wie man sich ihm nähert, er wird wahrscheinlich wissen, dass jemand dort ist, bevor man sich ihm auf hundert Meter genähert hat.«

»Glaubst du, dass es nur Tarnung ist, dass er sich als Prepper ausgibt?«, fragte Dane.

»Dessen bin ich mir sicher«, erklärte Truck ihm.

»Aber dann hat er sicher alles, was dazugehört. Wo ist auf seinem Grundstück der beste Platz für einen Bunker?« Danes Bauchgefühl sagte ihm, wenn Bryn dort war, hätte das Arschloch sie dort versteckt … wenn er sie nicht sofort erschossen hatte. Sie hatte gesagt, sie wollte nur vorbeifahren, aber wenn Knox das Grundstück überwachte, hätte er sie sofort gesehen. Er erschauderte bei dem Gedanken, dass ein wahnsinniger Terrorist Bryn in die Finger bekommen hatte.

»Am südwestlichen Rand des Grundstücks. Es erstreckt sich bis zu einem großen Hügel mit einem Bach in der Nähe. Überall stehen Bäume, hier und da ein paar Baumgruppen. Genug für eine gewisse Deckung, aber nicht genug, sodass das gesamte Grundstück versteckt ist. Bryns Wagen ist nirgends zu sehen, aber es gibt ein Nebengebäude neben dem Haus. Sie könnten es schon versteckt haben. Sie hatten Zeit dazu.«

»Verstanden.«

»Warte auf das Team«, befahl Truck ihm.

»Du weißt doch genau, dass ich das nicht kann«, erklärte Dane Truck mit ruhiger, bestimmter Stimme. »Bryn ist da draußen und ich habe keine Ahnung, ob das Arschloch ihr was antut. Wenn er sich den Frauen überlegen fühlt, wird er Bryns Intelligenz nicht gut verkraften, und sie wird wahrscheinlich nicht in der Lage sein, den Mund zu halten. So ist sie nun mal. Sag mir nicht, ich soll warten.«

»Er hat sich ein Buch über die Gefahren von Düngemittel ausgeliehen«, erklärte Truck ihm vehement. »Deshalb wollte Bryn überhaupt erst unbedingt herausfinden, ob die Adresse existiert. Aber für den Fall, dass du dein verdammtes Training vergessen hast, das bedeutet, dass er sie in die Luft jagen könnte, bevor du in ihre Nähe kommst, wenn er sich bedroht fühlt.«

»Scheiße!«, fluchte Dane.

»Jetzt hör mir mal zu, Fish«, befahl Truck. »Ich bin dein ranghöherer Offizier und du wirst tun, was ich dir sage, verstanden?«

»Aber er hat Bryn.« Dane sagte es leise und gequält.

»Ich weiß. Aber sechs der Männer, denen ich auf der ganzen Welt am meisten vertraue, sind auf dem Weg zu dir. Sie werden nicht zulassen, dass ihr etwas zustößt, aber du musst sie verdammt noch mal zu dir kommen lassen, damit sie dir helfen können. Verstanden?«

»Ja.«

»Vertraust du mir?«

»Ja«, wiederholte Dane.

»Vertraust du *ihnen*?«

Dane atmete tief durch und sagte dann: »Ja«, während er ausatmete.

»Gut. Ich habe mit Fletch geredet. Wir haben besprochen, wie wir am besten vorgehen. Sie studieren die Satellitenkarten, damit sie die Gegebenheiten vor Ort kennen. Du musst dich anpassen, wenn du dort ankommst. Du wirst sechs Männer hinter dir haben, aber dein Job ist Bryn. Und nur Bryn. Hörst du mich, Fish? Hol die Geisel raus. Überlass alles andere dem Team.«

Dieser Teil des Plans gefiel Dane. »Das kann ich machen.«

»Gut. Fletch kontaktiert dich, sobald sie landen. Er gibt dir die Ankunftszeit an, wann sie bei dir sind. Deine Aufgabe wird es sein, Knox so weit wie möglich abzulenken.

Du kannst sagen, was immer du sagen musst. Tun, was immer du tun musst.«

»Fällt dir da etwas ein? Schließlich will ich nicht, dass er vorzeitig irgendwelche Düngerbomben hochgehen lässt, die er dort vielleicht gelagert hat«, entgegnete Dane.

Truck war einen Moment lang still, dann sagte er: »Die islamische Kultur beruht auf der Annahme, dass Männer den Frauen überlegen sind, und das hat mich auf eine Idee gebracht, wie du deine Bryn da rausholen kannst, ohne den verdammten Dritten Weltkrieg anzuzetteln und ohne dass Knox den ganzen Berg hochgehen lässt.«

»Spuck es aus«, befahl Dane ihm.

Die beiden Männer verbrachten ein paar Minuten damit, Trucks Idee zu diskutieren und zu verfeinern. Sie gingen mögliche Szenarien und die beste Art und Weise durch, wie man sich dem extrem unberechenbaren Knox nähern konnte, ohne ihn zu verärgern.

Als sie fertig waren, sagte Truck: »Fish ...«

»Ja?«

»Ich wäre echt sauer, wenn du dich umbringen lässt. Ich habe nicht eine Stunde damit verbracht, deinen Arm festzuhalten, damit du mitten im verdammten Idaho umkommst.«

Dane lacht leise, aber humorlos. »Das kann ich dir nicht versprechen. Mit geht es nur um Bryn.«

»Blödsinn. Jetzt hören Sie mal zu, Sergeant!«, befahl Truck und wusste offensichtlich, dass sein Ton barsch genug war, um bei Fish durchzudringen. »Du kannst ihr nicht helfen, wenn du da total angepisst und aufgewühlt reingehst. Schalt den Scheiß aus, sofort. Benutze deinen Kopf. Du bist klüger als das, und nach dem, was du mir erzählt hast, ist Bryn das ganz sicher auch. Du kannst Knox nicht besiegen, wenn du da mit gezogener Waffe reingehst. Das würde er erwarten. Du musst ihn austricksen. Nur so kriegst du Bryn und dich selbst aus der Sache raus. Halt deine Gefühle zurück und tu, was wir besprochen haben. Dein Team wird dir den Rücken frei halten. Verstanden?«

Dane atmete tief durch. Truck hatte recht. So sehr es ihm auch widerstrebte, er hatte recht. »Dieser Kerl wird es nicht gutheißen, wenn Polizisten auf sein Grundstück kommen. Er will geheim halten, wo er ist und was er tut. Er hat vielleicht seine echte Adresse auf dem verdammten Antrag für einen Büchereiausweis angegeben, aber er hat einen falschen Namen benutzt. Er ist nicht besonders schlau, aber er ist intelligent genug, um einen Plan zu haben, falls jemand herumschnüffelt ... wie Bryn. Er hasst alles, was Autorität angeht. Wenn die örtliche Polizei in seine Nähe kommt, dreht er durch.«

»Da stimme ich zu. Sie werden Stellung unterhalb des Hauses beziehen. Du und das Team. Sonst niemand. Er wird nicht einmal wissen, dass die Bullen dort sind, bis es zu spät für ihn ist, etwas dagegen zu unternehmen.«

»Gut.«

»Wie sehr ich mir wünsche, ich könnte dort sein, verdammt«, sagte Truck leise.

Dane hatte etwas Zeit zum Nachdenken, während er auf den Rückruf von Truck gewartet hatte. Ihm fiel buchstäblich nur eine Sache ein, die Truck davon abhalten würde, mit dem Rest des Teams nach Idaho zu kommen. Nur eine Person.

»Du musst dafür sorgen, dass sie in Sicherheit ist«, entgegnete Dane nachdrücklich. »Bryn wird in meinem Leben immer an erster Stelle stehen. Immer. Denn so muss es sein. Unsere Frauen haben oberste Priorität. Das verstehe ich, Truck. Das brauchst du mir nicht zu erklären.«

»Danke, Bruder.« Trucks Stimme war rau, als müsste er einen Gefühlsausbruch unterdrücken.

»Ich fahre jetzt nach Hause und ziehe mich um«, erklärte Dane Truck. »Du rufst mich an, wenn es Neuigkeiten gibt?«

»Ich rufe dich an.«

»Bis später.«

»Bis später.«

Dane legte auf. Sein Verstand war bereits im Kampfmodus, und er dachte über seine Alternativen nach und wie er die Dinge auf Knox' Grundstück am besten regeln konnte. Er hatte Truck nicht angelogen. Er musste zu seinem Haus fahren. Er musste etwas holen und auch die Jeans, das geknöpfte Hemd und die Lederjacke, die er gerade trug, passten nicht. Nicht für das, was getan werden musste.

»Halte durch, Smalls. Ich komme dich holen«, flüsterte Dane, als er auf die Hauptstraße fuhr und sich auf den Weg zu seinem Haus machte.

KAPITEL EINUNDZWANZIG

Bryn konnte sich nicht von ihren Fesseln befreien; sie hatte es immer und immer wieder erfolglos versucht. Zum ersten Mal in ihrem Leben war sie sprachlos. Sie hatte keine obskuren Tatsachen in ihrem Gehirn, die darauf warteten herauszukommen, und sie hatte keine Ahnung, was sie sagen konnte, um denjenigen, der sie gefangen hielt, davon zu überzeugen, dass sie wirklich eine unschuldige Unbeteiligte war. Sie hatte den Mann angefleht und es hatte nichts genützt. Sie hatte keine Ahnung, wie lange sie schon dort war, aber es mussten schon Stunden gewesen sein.

»Für wen sammelst du Informationen?«

»Ich arbeite für niemanden, ich schwöre! Ich habe mich nur verfahren.«

Ein weiterer Eimer Wasser wurde von irgendwo hinter dem großen Scheinwerfer auf sie gekippt und Bryn würgte und verschluckte sich, als es sie erneut ins Gesicht traf. Sie war klatschnass von all dem Wasser, das auf sie geschüttet worden war. Es war kein Waterboarding, kam dem aber schon ziemlich nahe und war mindestens genauso effektiv. Sie war bereit, alles zu sagen, was der Mann hören wollte.

Leider hatte sie keine Ahnung, was das war. Sie fror, zitterte auf ihrem Stuhl und fing an zu glauben, dass sie es nicht schaffen würde, von wo auch immer sie sein mochte lebend zu entkommen.

»Das hast du schon gesagt, aber ich glaube dir nicht. Du arbeitest für die Bücherei, also hast du wahrscheinlich nach mir gesucht und alles über mein letztes Projekt herausgefunden. Arbeitest du für die Regierung? Arschlöcher. Die Leute, die dieses Land regieren, haben keine Ahnung. Spionierst du für sie? Arbeitest du für das FBI? Versuchst du herauszufinden, wie ich beweisen kann, wie verwundbar jeder in diesem Land ist? Regeln werden gemacht, um die Führer zu schützen, nicht die kleinen Leute. Wir sind denen scheißegal. Wenn die Atombomben zu landen beginnen, was glaubst du, wo sie dann sein werden? Direkt in ihren Schutzbunkern und wir müssen uns alle selbst verteidigen. Nun, ich bin fast bereit, es zu beweisen. Um den Leuten zu zeigen, zumindest denen hier im Umkreis, wie es in Zukunft sein wird. Und dann ...«

Er redete weiter, aber Bryn blendete ihn aus. Sie hatte seine Tiraden so oft gehört, dass sie sie fast Wort für Wort aufsagen konnte. Dieser Typ war offensichtlich ein Extremist. Jemand, vor dem die Prepper im Internet sie gewarnt hatten. Und er hatte einen Bunker voller selbst gemachter Bomben, die er nach Coeur d'Alene fahren und hochgehen lassen wollte. Er wollte beweisen, wie einfach es war, die Gesellschaft zu zerstören.

Sie hatte nichts anderes gesehen als den zirka zwei Quadratmeter großen Bereich um ihren Stuhl. Die Scheinwerfer verhinderten, dass sie etwas darüber hinaus erkennen konnte, und sie hatte weder den Mann noch seine Frau gesehen, seit sie aufgewacht war. Sie hatte nur ihre Stimmen gehört.

Stimmen, die immer wieder die gleichen Fragen gestellt hatten. Sie versuchte, mit ihnen zu reden, als wären sie Kollegen, und dann versuchte sie noch einmal, so zu tun, als hätte sie sich verfahren. Dann versuchte sie, ihn abzulenken, indem sie Fragen über das Ende der Welt stellte, wie es wäre, wenn Atombomben auf das Gebiet geworfen würden, um zu versuchen, ihm das Gefühl zu geben, die Autorität zu sein, für die er sich hielt ... aber nichts hatte funktioniert. Sie schienen lediglich von ihr hören zu wollen, dass sie eine Spionin für die Regierung war und auf ihr Grundstück gekommen war, um Informationen zu sammeln, um sie verhaften zu lassen, und das wollte sie nicht sagen, da sie sie wahrscheinlich in dem Moment getötet hätten, in dem die Worte ihren Mund verließen.

Plötzlich kam von irgendwo in der Nähe ein leises Piepen.

»Verdammt! Der Perimeter-Alarm. Wusste ich doch, dass sie lügt«, sagte der Mann aufgebracht. »Wir werden einfach gehen und sehen, mit wem du dich hier draußen verabredet hast. Geh nicht weg«, sagte er und lachte dabei grausam.

»Nein, warten Sie«, bat Bryn, aber es war zu spät. Das Pärchen war verschwunden.

Ohnehin schon panisch geriet Bryn jetzt noch mehr aus der Fassung und zerrte an ihren Fesseln. Wenn Dane sie irgendwie gefunden hatte, könnte er in größeren Schwierigkeiten stecken als sie. Er wäre wahrscheinlich bis an die Zähne bewaffnet und obwohl sie es sich nur ungern eingestehen wollte, war er mit nur einer Hand klar im Nachteil.

Als ihre Bemühungen keinen weiteren Effekt hatten, als sie zu ermüden, sackte Bryn zusammen. Wenn Dane ihretwegen verletzt wurde, würde sie sich das nie verzeihen.

Dane parkte seinen Wagen und klopfte auf den Miniatur-Ohrhörer in seinem Ohr. Er erhielt ein Klicken als Antwort, das ihn wissen ließ, dass das Team vor Ort und bereit war einzugreifen, sobald er es war. Es war viel zu lange her, dass Truck ihm gesagt hatte, das Team wäre auf dem Weg, aber er hatte es geschafft, sich davon abzuhalten, allein zu der Adresse zu fahren ... gerade so.

Da er wusste, dass Fletch und die anderen nun in der Nähe und zum Eingreifen bereit waren, kletterte Dane aus dem Fahrzeug und erwartete halb, erschossen zu werden, sobald er einen Fuß auf den Boden setzte. Als nichts passierte, machte er einen Schritt vorwärts und hielt dann inne. Er wartete, bis der mysteriöse Mr. Knox zu ihm kam, und nicht umgekehrt. Und Dane zweifelte nicht daran, dass der Mann in der Sekunde, in der er sein Grundstück betreten hatte, davon gewusst hatte. Er hatte keinen Alarm oder Sprengfallen gesehen, aber er wusste instinktiv, dass sie da waren. Wenn dieser Mann Bomben bastelte, würde er auf jeden vorbereitet sein, der sein Grundstück betrat, wissentlich oder nicht.

Dane sah die beiden Leute sofort. Sie schlichen von Südwesten durch die Bäume, genau wie das Team vermutet hatte. Manchmal wohnten sie vielleicht in dem baufälligen Haus neben ihm, aber der Bunker war der Ort, an dem sie wahrscheinlich die meiste Zeit verbrachten und wo sie Sprengstoff herstellten. Und wo sie wahrscheinlich Bryn gefangen hielten.

Die beiden Leute gingen auf die andere Seite des Hauses und erschienen zwanzig Sekunden später, beide mit einer Schrotflinte bewaffnet.

»Wer zum Teufel bist du?«

Dane hielt beide Arme hoch, um zu zeigen, dass er unbewaffnet war. »Mein Name ist Dane Hartwell. Ich suche meine Frau.«

Wie er gehofft hatte, ließen seine Worte sie innehalten. Er hatte absichtlich Bryns Nachnamen benutzt, um seiner Geschichte Glaubwürdigkeit zu verleihen. Wenn Bryn seine Frau war, dann hätten sie den gleichen Nachnamen. Sie hatte ihnen höchstwahrscheinlich ihren Namen genannt, also würde die Verwendung ihres Namens hoffentlich helfen zu beweisen, dass sie wirklich diejenige war, die sie vorgab zu sein.

Der Plan, den sich das Team ausgedacht hatte, war riskant, aber Dane war der Meinung, dass er funktionieren könnte. Nach den Informationen, die Tex übermittelt hatte, war Knox altmodisch. Hatte Zeit im Irak mit den Taliban verbracht. Mit ihnen gelebt. Glaubte, dass Frauen gesehen, aber nicht gehört werden sollten. Sein gesamter Teil des Rettungsplans hing davon ab.

Dane hatte eine alte Uniform angezogen, die er vor seiner Verletzung getragen hatte. Sie war im Tarnmuster, zerknittert und schmutzig. Er hatte sie weggepackt, weil er sie nie wieder sehen wollte, aber er erkannte, dass er, wenn er für diesen Extremisten »einer Seinesgleichen« sein wollte, auch dementsprechend aussehen musste. Er hatte sich ein leeres Halfter an den Oberschenkel geschnallt, seine Pistole absichtlich im Wagen gelassen und die Prothese angelegt, die er in Bryns Gegenwart kaum noch benutzte.

Bis heute hatte er sich keine großen Gedanken darüber gemacht, wie das Ding aussah, aber als er und Truck sich unterhalten hatten, wusste er, dass es das war, was er in dieser Situation brauchte. Wie aus seinem Verhalten bei Fletchs Hochzeitsfeier klar hervorgegangen war, konnte er ohne seine Prothese genauso tödlich sein, aber für diese Operation würde er den Arm mit den Haken daran tragen. Er hatte den Ärmel der Uniform zurückgerollt, um sicherzustellen, dass sie leicht gesehen und als solche erkannt werden konnte.

»Deine Frau? Hast du sie verloren?«

Dankbar, dass seine Vermutung richtig zu sein schien, fuhr Dane in einem wütenden Tonfall fort. »Ja. Die Schlampe ist einfach zu neugierig. Ich habe ihr immer wieder gesagt, sie soll sich um ihren eigenen Scheiß kümmern. Aber sie ist nicht sehr gehorsam. Daran muss ich offensichtlich noch arbeiten.«

Der Mann kam nicht näher, sondern senkte seine Flinte, bis der Lauf nicht mehr auf ihn, sondern auf den Boden zeigte. Er streckte auch seine Hand aus und senkte den Lauf der Flinte, die die Frau neben ihm hielt.

»Ich sage nicht, dass ich weiß, wo sie ist, aber es klingt für mich so, als müsstest du sie definitiv mehr disziplinieren. Verzichtet man auf die Rute, verwöhnt man das Kind und so was.«

Dane lachte leise. »Sir Thomas Moore hat einmal gesagt: Lässt du zu, dass deine Frau heute auf deinen Zeh steigt, steht sie morgen auf deinem Gesicht.«

Dane dachte, er wäre zu weit gegangen, als der Mann ihn nur verwirrt ansah. Er musste direkter sein. Er erinnerte sich an ein Gespräch, das er und Bryn in der Vergangenheit geführt hatten, und wie verletzt sie durch die Informationen gewesen war, die sie recherchiert hatte. Er versuchte, sich an die Fakten zu erinnern, und setzte ein höhnisches Grinsen auf.

»Weißt du, was mit diesem Land nicht stimmt? Es gibt zu viele verdammte Gesetze, die einen Mann daran hindern, das zu tun, wozu er geboren wurde und verpflichtet ist. Wie zur Hölle sollen wir Männer verantwortlich für unsere Familien sein, wenn die Frauen um ihre Rechte weinen? Ich habe keine Ahnung. Deshalb sind wir ins verdammte Idaho gezogen. Wollte ihr beibringen, wie man eine gute Ehefrau ist. Ich sehe, dass du ein echter Mann bist, einer, der weiß, wie man die Dinge angeht. Wusstest du, dass die Regierung in Indien eine Klausel in ihre Gesetzgebung aufgenommen hat, die besagt, dass jede Art von Geschlechtsverkehr eines Mannes mit seiner Frau, ob sie will oder nicht, keine Vergewaltigung ist? Das ist eine Regierung, hinter der ich stehen könnte. Wenn im Libanon ein Mann eine Frau heiratet, die er zufällig entführt hat, kann er dafür nicht belangt werden.«

Dane hielt den Atem an, als der Mann vor ihm nicht sofort reagierte, aber er war mehr als erleichtert, als er schließlich nickte. »Wie hast du deine Hand verloren?«, fragte Knox schnodderig.

Dane ließ langsam die Arme sinken und verschränkte sie vor seiner Brust, wobei er sich vergewisserte, dass der Haken deutlich sichtbar war. Die Frau neben Knox schlich sich auf ein Kopfnicken von Knox hin weg. Er hoffte wie der Teufel, dass sie nicht einen Bogen um ihn machte, um ihm von hinten aufzulauern. Selbst wenn sie es täte, würde sich das Team um sie kümmern.

Und als könnte Hollywood seine Gedanken lesen, hörte er über das Mikro in seinem Ohr: »Wir sind an ihr dran.« Dane entspannte sich ein wenig. Jetzt konnte er sich ganz auf Knox konzentrieren, ohne sich sorgen zu müssen, dass ihn jemand von hinten angriff.

»Die verdammte Regierung, so habe ich die Hand verloren. Ich ging zur Armee, weil ich dachte, ich würde die Freiheit beschützen. Die Arschlöcher haben eine *Frau* in mein Team geholt. Die dumme Schlampe wusste nicht, was sie tat. Hat mich fast umgebracht. Sie geriet in Panik, als die Kugeln zu fliegen begannen. Sie schrie und lauter so Mist, verriet unsere Position und wir bekamen eine verdammte Panzerfaust in den Arsch. Wir hörten den Schuss und die Schlampe schob mich aus dem Weg, weil sie gar nicht schnell genug aus dem Zelt rennen konnte.« Dane machte eine dramatische Pause und sprach dann weiter. »Allerdings selbst schuld, denn sie lief in die falsche Richtung mitten in sie hinein. Die dumme Kuh hat bekommen, was sie verdient hat.«

Dane erstickte fast beim Aussprechen der Worte, aber wenn er so bekam, was er wollte – nämlich Bryn zurück, sicher und gesund –, würde er sagen, was immer nötig war. Er schickte eine stille Entschuldigung an alle Frauen, mit denen er gedient hatte. Sie waren nicht nur mutig und vertrauenswürdig, sie waren auch seine Freundinnen.

»Also ... hast du meine Frau?«, fragte Dane. »Sie ist zwar eine Nervensäge, aber gut im Bett. Eine richtige Wildkatze und verdammt verdorben. Sie mag es, wenn man sie in den Arsch fickt.« Er zuckte mit den Achseln, als wäre das nichts Besonderes. »Deswegen habe ich bis jetzt ihr schlechtes Benehmen durchgehen lassen. Aber damit ist jetzt Schluss.«

»Ja. Ich habe sie.«

Dane wäre vor Erleichterung fast in die Knie gegangen, zeigte aber nach außen hin keinerlei Gefühlsregung. »Ich habe ihr schon tausendmal gesagt, dass sie die Stadt nicht verlassen und ihre verdammte Nase nicht in Dinge stecken soll, die sie nichts angehen. Sie fährt gern herum und schaut sich Häuser an. Das ist so verdammt dumm, weil wir schon ein Haus haben. Ich möchte mich für sie entschuldigen. Ich weiß, dass du das Recht hast, sie zu disziplinieren, aber das würde ich gern selbst in die Hand nehmen ...

Wenn du weißt, was ich meine. Ich habe da auch schon genau das Richtige im Sinn.«

»Und das wäre?«

Dane hatte sich eigentlich nichts ausdenken wollen, da er Mitleid mit der Frau von Knox hatte, die wahrscheinlich das würde durchmachen müssen, von dem er sprach, sollte Knox lebend aus diesem Haufen Scheiße herauskommen, aber Bryn war im Moment seine einzige Sorge. »Hast du jemals sensorischen Entzug benutzt, um deine Frau zu züchtigen?«

»Nein, das könnte ich nicht behaupten.«

»Das funktioniert fantastisch. Steck sie in einen Schrank oder eine kleine Kammer. Fessle ihr die Hände hinter dem Rücken und verbinde ihr die Augen. Dann setzt du ihr einen Kopfhörer über die Ohren und machst einen Knebel in ihren Mund. Sie kann weder hören, sehen, fühlen noch sprechen. Ich schwöre bei Gott, es dauert nur fünf Minuten, bis sie nicht nur zustimmt zu tun, was du willst, sondern sie wird geradezu darum betteln, die Möglichkeit zu bekommen.«

»Interessant.«

Dane hasste den krankhaften Ausdruck von Erregung, der auf dem Gesicht des anderen Mannes erschien.

»Ich könnte mich dazu überreden lassen, sie dir zurückzugeben. Hast du sie schon lange?«

»Nein. Noch nicht so lange. Es ist offensichtlich, dass ich sie noch nicht perfekt erzogen habe.«

»Was ist für mich drin, wenn ich dir eine weitere Möglichkeit gebe, sie zu erziehen und sie dir gefügig zu machen?«

»Im Gegenzug für deine ... Großzügigkeit habe ich ein paar M295 chemische Dekontaminationskits im Wagen.«

Dane sah, wie das Interesse in den Augen des Mannes

aufleuchtete, obwohl er fast acht Meter von ihm entfernt stand. Anscheinend wusste er, wie schwer sie zu bekommen waren. Das Militär ließ nicht zu, dass sie frei verkäuflich waren, deswegen wurden sie momentan nur von der Armee genutzt.

»Wie viele hast du davon?«

»Eine ganze Kiste voll.«

»Wie bist du da drangekommen?«

»Ich habe noch einige Kontakte zu meiner alten Einheit«, erklärte Dane dem Mann. »Ich habe Freunde, die so denken wie wir und in der biochemischen Einheit arbeiten. Sie haben sie mir geschickt, weil sie wissen, dass ich meinen eigenen ... meine eigene Unterkunft ... hier draußen in Idaho baue. Wenn es hart auf hart kommt und das ganze verdammte Land unter seiner eigenen Scheiße zusammenbricht, weil die Scheißpolitiker keine Ahnung davon haben, wie man die Bürger unter Kontrolle hält, möchte ich dazu in der Lage sein, mich selbst und meine Söhne zu beschützen.«

»Deine Töchter nicht?«, fragte Knox.

»Scheiß auf die. Das sind alles nur Brutkästen.« Bei seinen Worten versuchte Dane, nicht zusammenzuzucken. Er schickte ein stilles Gebet zum Himmel an eine zukünftige Tochter, die er vielleicht haben würde, und hielt die Luft an in der Hoffnung, sein Bestechungsversuch würde funktionieren. Sollte er das nämlich nicht tun, wusste er nicht, was er sonst machen sollte. Das war das letzte Ass, das er noch im Ärmel hatte.

Die Tür zur großen Garage wurde geöffnet und Bryns Corolla wurde von der Frau herausgefahren, die bei Knox gestanden hatte.

Der Prepper sah erst Dane, dann seinen Wagen an, dann

wieder Dane, als dächte er über das Angebot nach. Schließlich sagte er einfach: »Abgemacht. Warte hier.«

Dane nickte und bewegte seine Hand, bis sie vor der vorderen Tasche seiner Hose war. Dort hatte er ein Taschenmesser versteckt, hoffte aber, dass er es nicht würde benutzen müssen.»Vielen Dank.«

Er hatte vom Team noch nicht das Okay erhalten, also musste er mit der Scharade weitermachen. Bis jetzt sah es so aus, als würde es funktionieren, aber er musste Bryn von dem Bunker fortschaffen, weg von dem Sprengstoff, der sich mit Sicherheit darin befand. Sie konnten das Risiko nicht eingehen, dass der verdammte Irre nicht irgendwo einen Sprengsatz mit Fernauslöser positioniert hatte.

Der Mann verschwand erneut um die Ecke des Haupthauses und Dane sah nicht in die Richtung, von der er wusste, dass er dort hinging ... nämlich zu seinem versteckten Bunker und hoffentlich, um Bryn zu holen.

Die Frau, die bei ihm gewesen war, stieg aus Bryns Wagen aus und ging wieder zum Haus. Dort nahm sie die Waffe, die der Mann dort hatte stehen lassen, und wartete, während sie ihn ausdruckslos anstarrte, ohne ein Wort von sich zu geben.

Dane wollte etwas zu ihr sagen, dass sie so schnell wie möglich ihren Ehemann verlassen sollte, dass ihre Eltern sich Sorgen um sie machten, doch er hielt die Klappe. Bei seinem Glück hatte Knox irgendwo ein Mikrofon versteckt und hörte zu. Er durfte jetzt nichts tun, um die Mission zu gefährden. Bryn. Ihr galt sein Hauptaugenmerk.

Zehn angespannte Minuten später kam Knox durch das Feld auf der Rückseite seines Grundstücks wieder zum Haus. Er hatte eine Hand auf Bryns Arm gelegt und marschierte mit ihr auf ihn zu. Sie hatte einen Sack über dem Kopf, damit sie nicht sehen konnte, wohin sie ging, und ihre Hände waren hinter ihrem Körper gefesselt, aber sie ging – oder besser gesagt stolperte – und es schien ihr gut zu gehen. Dane war in seinem ganzen Leben noch nie so erleichtert gewesen.

Er hörte ein Klicken in seinem Ohr und wusste, dass das Team bereit und in Position war. Sie hatten den Bunker gesichert, sodass Knox sich nicht dorthin flüchten und einsperren konnte. Es stand allerdings immer noch infrage, ob der Mann einen Sprengsatz mit Fernbedienung hatte oder nicht.

Dane ließ den anderen Mann die Führung übernehmen und verhielt sich still.

Er brachte Bryn bis zum Haus, doch sie befand sich noch immer außerhalb von Danes Reichweite. »Gib mir erst die Dekontaminationskits. Dann kannst du deine Frau zurückhaben.«

Dane nickte, denn er hatte nichts anderes erwartet. Er hatte die Kits in der Woche zuvor von Truck erhalten. Sie waren eigentlich für Mr. Jasper gedacht, weil er ihnen erlaubt hatte, *seinen* Bunker zu besichtigen, aber glücklicherweise hatte er noch keine Gelegenheit gehabt, sie dem Prepper zu bringen. Das Ganze wäre ohne sie um ein Vielfaches schwieriger gewesen. Dane hatte jedoch keinerlei Vorbehalte, sie dem gefährlichen Mann vor ihm zu geben. Nicht einen einzigen. Selbst wenn er gedacht hätte, dass der Mann für das, was er Bryn angetan hätte, oder dafür, dass er ein Terrorist war, der seine eigenen Leute töten wollte, nicht bestraft werden würde. Wenn er dadurch Bryn in Sicherheit bringen konnte, würde er ihm auch eine Wagenladung voller Raketen überreichen.

Dane wanderte hinüber zu seinem Wagen, als hätte er alle Zeit der Welt und als machte es ihm nichts aus, dass seine Frau so grob behandelt wurde. Er wusste, dass es ihm ein Leichtes wäre, sowohl den Mann als auch seine Frau auszuschalten, allerdings hatte er keine Garantie, dass es ihnen vorher nicht gelingen würde, Bryn zu verletzen. Also spielte er seine Rolle und begnügte sich mit dem Gedanken, dass die Deltas diesen Terroristen nicht damit davonkommen lassen würden, was er Bryn angetan hatte und was auch immer er seinen eigenen Landsleuten antun wollte. Er erinnerte sich an das, was Truck gesagt hatte. Er sollte sich ausschließlich auf Bryn konzentrieren. Knox und den Sprengstoff würde er den Deltas überlassen.

Dane öffnete die Hintertür seines Wagens und holte einen großen Karton mit der rechten Hand heraus, wobei er ihn mit dem Haken seiner linken Hand stützte. Er schlug die Wagentür mit der Hüfte zu und trug die Kiste zu dem Mann hinüber.

Als er mehrere Schritte entfernt war, fuhr der andere Mann ihn an: »Das ist nahe genug. Stell die Kiste dort ab.«

Dane tat, wie geheißen und machte dann mehrere Schritte rückwärts.

Der Mann gestikulierte zu seiner Frau und sie kam vor und zog die Kiste zu ihrem Mann zurück. Der Extremist beugte sich vor und öffnete sie, um sicherzustellen, dass sie auch die versprochenen Dekontaminationskits enthielt. Offensichtlich erfreut darüber, dass es sich um genau das handelte, was Dane versprochen hatte, kam er mit Bryn im Schlepptau auf Dane zu.

Als er noch ungefähr eineinhalb Meter entfernt war, blieb er stehen und sperrte die Handschellen um Bryns Handgelenke auf. Dann stieß er sie unsanft vorwärts. Sie stolperte und wäre hingefallen, wenn Dane nicht den Arm ausgestreckt und sie aufgefangen hätte. Dann griff er sie am Oberarm, wie der andere Mann es getan hatte, und nickte. »Danke, dass du auf meinen Besitz aufgepasst hast.«

Er spürte, wie sehr Bryn zitterte. Sie war klatschnass und total durchgefroren, hielt aber glücklicherweise den Mund. *Halte noch kurz durch, Schatz.*

»Wirst du sie jetzt gleich züchtigen?«

Als er das kranke Leuchten im Auge des Mannes sah, wusste Dane, dass es ihn erregte, dabei zuzusehen, wie Frauen wehgetan wurde. Dane schüttelte den Kopf und sagte so beiläufig wie möglich: »Nein, ich denke, das hebe ich mir auf, bis wir wieder zu Hause sind. Es wird länger dauern als fünf Minuten, bis sie ihre Lektion gelernt hat, falls du weißt, was ich meine. Außerdem muss sie bei Bewusstsein sein, um zu fahren. So wie es aussieht, hast du sie schön handzahm gemacht. Ganz offensichtlich ist *deine* Frau gut erzogen. Ich kann es kaum erwarten, bis sie«, Dane schüttelte Bryns Arm dramatisch, »gelernt hat, dass sie den Mund halten und nicht denken soll.«

»Besorg es ihr ordentlich und dann schwängere sie. Dann hat sie wenigstens was zu tun.«

»Oh, sie wird in nächster Zeit an mein Bett gefesselt werden, das steht schon mal fest. Vielen Dank noch mal für deine ... Gastfreundschaft. Ich bin mir sicher, du bist mir nicht böse, wenn ich dir sage, ich hoffe, dass wir uns nie wieder über den Weg laufen.«

Der andere Mann nickte.

Ohne den Abschied unnötig in die Länge zu ziehen, marschierte Dane zur Fahrerseite von Bryns Wagen und zerrte sie unsanft mit sich. Er wollte nichts lieber, als sie in seinen eigenen Wagen zu verfrachten und so schnell wie möglich zu verschwinden, aber wenn er Knox tatsächlich nicht wiedersehen wollte, konnte er ihren Wagen nicht hierlassen. Bryn musste nun selbst fahren ... und das gefiel Dane ganz und gar nicht.

Er hob die rechte Hand und steckte sie unter den Sack

auf ihrem Kopf. Dann vergrub er sie in ihrem klatschnassen Haar und zog ihr mit dem Haken seines anderen Arms den Sack vom Kopf. Er legte den kalten Haken seiner Prothese unter ihr Kinn, sich der Tatsache mehr als bewusst, dass der Mann und seine Frau ihn noch immer beobachteten, lehnte sich zu Bryn und gab Knox die Vorstellung, von der er wusste, dass er sie erwartete.

»Das ist das letzte Mal, dass du mir nicht gehorcht hast, Frau. Du kannst von Glück reden, dass ich mir die Mühe gemacht habe, dich zu holen. Ich hätte dich einfach hierlassen sollen. Deinetwegen bin ich einen ganzen Haufen Dekontaminationskits los. Und dafür wirst du bezahlen. Und jetzt schaff deinen Hintern in den Wagen und folge mir nach Hause. Und genieße die Fahrt, weil es für eine verdammt lange Zeit das letzte Mal ist, dass du fahren darfst. Ich werde dir deine Neugier noch austreiben, und wenn es das Letzte ist, was ich tue. Verstanden?«

Bryn sah ihn mit blutunterlaufenen Augen an, zögerte aber nicht einen Moment lang. Sie legte die Arme auf seine Hüfte und sagte leise und unterwürfig: »Ja, Sir. Es tut mir leid, dass ich so viele Schwierigkeiten gemacht habe.«

Dane verstärkte den Griff in ihrem Haar, als sie das sagte. Sie zitterte noch immer und sah verängstigt aus, war aber noch nicht verrückt vor Angst. Sie verstand ganz genau, was er tat. Dass er es ihr nur vorspielte. Dass er sie viel lieber in seine Arme gezogen und nie wieder losgelassen hätte. Zumindest hoffte er, dass sie es wusste.

»Ich könnte dich deinem Vater zurückgeben. Er würde sich schämen, wenn er wüsste, wie schlecht du dich verhältst. Aber ich weiß eine Herausforderung zu schätzen. Ich glaube, ich werde den Rat unseres Freundes hier befolgen und dich den ganzen nächsten Monat lang flachlegen. Vielleicht kann ich dir ein wenig Gehorsam einvögeln.«

Bryn leckte sich die Lippen, sagte jedoch nichts. Sie nickte einfach nur.

Dane entschied, dass er genug getan hatte, und er wusste, dass sie so schnell wie möglich von dort weg mussten, damit die Deltas ihren Job machen konnten, also ließ er sie los und trat plötzlich zurück. Sie schwankte und sollte sie auf den Boden fallen, wäre es ein Desaster, denn Dane wusste, dass er sich dann nicht davon würde abhalten können, nach ihr zu greifen und sie an sich zu drücken. Glücklicherweise hob sie die Hand und griff nach der Tür, sodass sie das Gleichgewicht wiedererlangte und stehen blieb.

Verdammt, sie hatte wirklich Nerven aus Stahl. Er liebte sie. Jeden Zentimeter von ihr. Entführt, zu Tode verängstigt und pitschnass – er hatte keine Ahnung, wie *das* geschehen war, wusste aber, dass er stinksauer werden würde, wenn er es herausfand –, sie war die stärkste Person, die er jemals kennengelernt hatte. Es gab sie nur ein einziges Mal. Er hätte nie gedacht, dass er jemals eine Frau finden würde, die ihn ertragen und ihn verstehen würde ... Aber das hatte er. Bryn gehörte ihm.

»Bleib direkt hinter mir. Wenn du auch nur einen Meter weit weg bist, werde ich dich noch härter schlagen, sobald wir zu Hause sind.«

»Ja, Sir. Ich lasse dich nicht aus den Augen.«

Dane nickte und wandte sich ab. Gut. Er wollte sie dringend in den Arm nehmen. Aber er musste das hier zu Ende bringen. In Kürze würde er sie endlich in seinen Armen halten. Sie machte alles richtig und er durfte es jetzt nicht vermasseln.

Ohne nachzusehen, dass sie tat, wie geheißen, ging er zu seinem Wagen hinüber und stieg ein. Er nickte Knox zu und drehte dann den Schlüssel im Zündschloss um. Er wendete und fuhr die lange Kieseinfahrt hinauf, wobei er sich umdrehte, um sicherzustellen, dass Bryn hinter ihm war.

Sie war sogar so dicht hinter ihm, dass er ihre Stoßstange nicht sehen konnte. Sie tat genau das, was er ihr befohlen hatte, und blieb ganz dicht bei ihm. Und er wusste, dass es nicht deswegen war, weil er es ihr befohlen hatte, sondern weil sie Angst hatte, aber trotzdem war er unglaublich stolz auf sie, weil sie im Angesicht echter Gefahr ruhig geblieben war.

Er sah auch, wie drei Männer schnell hinter Knox und seiner Frau auftauchten, während die noch dastanden und davon abgelenkt waren, wie ihre Fahrzeuge sein Gelände verließen.

Dane wurde klar, dass er sich nicht ein einziges Mal gewünscht hätte, mit den Deltas unterwegs zu sein. Er hatte keine Lust mehr darauf, Soldat zu sein. Er hatte jetzt wichtigere Dinge zu tun … nämlich Bryn Hartwell zu lieben.

Er fuhr für die längsten zehn Minuten seines Lebens weiter, bis er zu einer Polizeiabsperrung an der Straße gelangte. Er wusste, dass die Polizei das Gebiet weiträumig abgeriegelt hatte, für den Fall, dass es zu einer Explosion kam, also hielt Dane einfach mitten auf der Straße an, trat voll auf die Bremse und riss die Tür auf. Bevor er überhaupt das Gefühl hatte, sich bewegt zu haben, war er schon bei Bryns Wagen und endlich lag sie in seinen Armen.

KAPITEL ZWEIUNDZWANZIG

Bryn hielt sich an Dane fest, als wäre er das Einzige, was zwischen ihr und dem sicheren Tod stand ... Und das war er ja auch gewesen. Das wussten sie beide. Sie wäre nicht dazu in der Lage gewesen, dem Bunker zu entkommen, in dem John Smith – oder eher gesagt *Joseph Knox*, wie Dane ihn nannte – und seine Frau sie festgehalten hatten. Sie hätte genauso gut in Fort Knox gefangen gehalten werden können, dem weltberühmten Tresor in Kentucky, wo ein großer Anteil der Goldreserven der Vereinigten Staaten gelagert wurde.

Mit jeder bösen Bemerkung und jeder Beleidigung, die Bryn zu hören bekommen hatte, war ihr klar geworden, wie tief die Schwierigkeiten waren, in denen sie steckte. Sie konnte sich nicht aus der Situation herausreden, das hatte sie versucht, und sie war so verdammt dumm gewesen, weil sie gedacht hatte, sie könnte einfach auf dem Grundstück von Knox herumschnüffeln, ohne die Konsequenzen tragen zu müssen.

Dane hatte es ihr ausdrücklich gesagt, doch sie hatte nicht auf ihn gehört und gedacht, sie wüsste mehr als er über die Prepper und ihren Lebensstil, weil sie Nachforschungen betrieben hatte. Bryn wusste durchaus, dass sie manchmal nicht dazu in der Lage war, den gesunden Menschenverstand zu benutzen, und normalerweise machte ihr das nichts aus, aber die Tatsache, dass sie nicht nur ihr eigenes Leben aufs Spiel gesetzt hatte, sondern auch das von Dane, war ihr unerträglich.

Als Knox das letzte Mal gegangen war, hatte Bryn gewusst, dass er sie wahrscheinlich mit immer schrecklicheren und härteren Methoden foltern würde, wenn er zurückkam. Das eiskalte Wasser, mit dem er sie überschüttet hatte, war wahrscheinlich gar nichts verglichen mit dem, was er noch mit ihr vorhatte. Sie hatte das offene Kabel gesehen, das in der Nähe herumgelegen hatte. Und sie war sich sicher, dass er angefangen hätte, sie mit Stromschlägen zu bearbeiten, hätte Dane sie nicht gefunden.

Aber als er zum Bunker zurückgekommen war, hatte er ihr einfach nur einen Sack über den Kopf gestülpt und sie dazu gezwungen, neben ihm zu gehen. Und als sie dann zum ersten Mal Danes Stimme gehört hatte, war sie zu Tode erschrocken gewesen, statt erleichtert zu sein. Weil sie nämlich Angst hatte, dass *er* wegen ihrer Dummheit auch sterben musste.

Aber er hatte ihren Arm genommen, sie davon abgehalten hinzufallen und sie seinen Besitz genannt, und da hatte Bryn genau gewusst, was er tat. Sie hatte gehört, wie Joseph mit der anderen Frau gesprochen hatte. Sie hatte verstanden, dass er dachte, Frauen wären ihm unterlegen, als Dane sie also seinen Besitz genannt hatte, wusste sie, worin ihre Rolle bestand. Den Mund halten und ihm die Führung überlassen. Genau wie sie es getan hatte, als sie bei dem anderen Prepper gewesen waren.

Die Worte, die er zu ihr gesagt hatte, bevor sie gefahren

waren, waren einschüchternd gemeint gewesen, doch als sie ihm in die Augen sah, hatte sie in seinem Blick nur Liebe gelesen. Sie hätte allem zugestimmt, was er gesagt hätte, und hatte nicht eine Sekunde lang das Bedürfnis verspürt, ihm zu widersprechen oder seine Worte infrage zu stellen.

Sie wollte eigentlich nicht fahren und zitterte so sehr, dass sie sich nicht sicher war, ob sie überhaupt fahren *konnte*, aber sie wusste genauso gut wie Dane, dass sie keine andere Wahl hatten und sie ihre Rolle spielen musste. Also hatte sie tief durchgeatmet und war Danes Wagen so dicht sie konnte gefolgt.

Und jetzt lag sie in seinen Armen.

Noch nie in ihrem ganzen Leben hatte sich etwas so gut angefühlt.

Noch nie.

Dane wollte ein wenig zurückweichen, doch sie hielt sich nur stärker an ihm fest und wollte ihn nicht loslassen. Es gab so viel, das sie ihm sagen wollte, doch sie brachte kein Wort heraus. Glücklicherweise hielt er sie einfach fester im Arm, anstatt sie dazu zu zwingen loszulassen. Er hatte sich vornübergebeugt, um sie im Arm zu halten, doch plötzlich richtete er sich auf. Und da er so viel größer war als sie, hoben sich ihre Füße vom Boden. Bryn sagte nichts, sondern hielt sich einfach nur fester an dem Mann, den sie liebte, während er sie zu einem der vielen Polizeiwagen brachte, die die Straße vor ihnen versperrten.

Sie liebte ihn. Und wahrscheinlich schon von dem Moment an, an dem sie sich um ihn gekümmert hatte, als er betrunken war. Doch er hatte ihr in den letzten Monaten so oft gezeigt, dass er sie wirklich als die Person liebte, die sie war, trotz der Tatsache, dass sie mit irgendwelchen Fakten um sich warf. Als sie in Schwierigkeiten steckte, war er gekommen, um sie zu retten. Sie wusste zwar nicht, wie er für sie empfand, aber sie würde ihn nicht kampflos gehen lassen.

Bryn hörte, wie Dane mit jemandem sprach, doch es interessierte sie nicht, mit wem und worüber. Sie spürte, dass er sich hinsetzte, hob die Beine an, sodass sie auf seinem Schoß saß, und seufzte erleichtert, als sie sich noch enger an ihn kuscheln konnte. Er schlang seine Arme um sie und hielt sie noch fester an sich gedrückt.

»Danke. Sehr nett.«

Bryn erschrak, als ihr jemand eine Decke auf den Rücken legte.

»Ganz ruhig, Smalls. Es ist nur eine Decke. Du frierst.«

Das tat sie tatsächlich. Sie konnte nicht aufhören zu zittern. »Ich w-weiß auch nicht w-warum. Mir ist gar nicht so k-kalt.«

»Das ist der Schock, mein Schatz.«

»Ist sie in Ordnung?«

Bryn erkannte die Stimme nicht, aber sie spürte, wie Dane seine Hand von ihrem Rücken nahm und sie demjenigen hinhielt, der da sprach.

»Sie kommt wieder in Ordnung. Dane Munroe.«

»Jason Briggs, FBI.«

»Wissen Sie, was da drüben los ist?«, wollte Dane wissen.

»Das tue ich«, lautete die Antwort. »Ich warte nur auf das Okay, um einzugreifen.«

Der Agent hob eine Hand an das Mikrofon in seinem Ohr. Daraufhin nickte er und sagte zu Dane und Bryn: »So wie es aussieht, sind Knox und seine Frau in Gewahrsam.«

»Was meine Quellen betrifft, ist die gesamte Region ein einziges Pulverfass. Ich bin mir nicht sicher, dass das Polizeirevier von Rathdrum die Sache alleine regeln sollte«, sagte Dane leise zu Briggs.

»Da stimme ich Ihnen zu. Und ich bin mir sicher, dass

auch der Polizeichef von Rathdrum mir zustimmen wird, wenn die Sache erst vorbei ist. Dieses Gebiet steht schon seit einiger Zeit auf unserer Liste.«

»Ich würde sagen, wir sollten weniger beobachten und mehr eingreifen«, erwiderte Dane ungeduldig.

Bryn hob zum ersten Mal den Kopf und drehte sich um, um nachzusehen, mit welchem Agenten Dane gesprochen hatte. »Er hat Düngemittel. Sehr viel Düngemittel. Er will es in die S-Stadt bringen und dort hochgehen lassen. Ich w-weiß nicht, w-wo oder w-wann, aber das hat er mir gesagt, als er versuchte herauszuf-finden, was ich auf seinem Grundstück zu suchen hatte.«

»Verdammt.« Der ausgesprochen gut aussehende blonde Agent war von ihren Worten frustriert. »Vielen Dank für die Information, Ma'am. Ich bin froh, dass es Ihnen gut geht, Miss Hartwell.«

»Ich auch«, erwiderte sie, legte den Kopf wieder an Danes Schulter und machte die Augen zu. Sie fand es etwas verwirrend, dass der Agent aufgrund dieser Information über Knox nicht aufgebrachter war, doch es war ihr gerade egal. Sie würde Dane später fragen.

»Soll ich dich ins Krankenhaus bringen, Smalls?«, fragte Dane sanft.

Bryn schüttelte den Kopf.

Dane nahm einen ihrer Arme von seinem Hals und begutachtete ihr Handgelenk. Es war rot und abgeschürft und sie würde wahrscheinlich einen blauen Fleck bekommen, aber sie blutete nicht.

»Es geht mir gut. Ich will n-nur nach H-Hause.«

Dane legte ihr die Hand auf den Hinterkopf und zog sie wieder an sich, wobei es ihm überhaupt nicht gefiel, dass seine Prothese zwischen ihnen stand, aber er wollte Bryn auch nicht lange genug loslassen, um sie abzulegen.

»Soll ich Sie nach Hause fahren?«, fragte der Agent.

»Wenn es Ihnen nichts ausmacht«, entgegnete Dane.

»Es macht mir nichts aus. Ich sorge dafür, dass einige Polizisten Ihre Fahrzeuge nach Hause bringen.«

»Danke. Der Schlüssel steckt und ich glaube, bei ihrem Wagen ist das auch so.«

Bryn nickte bestätigend an seiner Schulter, sagte jedoch nichts.

»Ich werde mich darum kümmern. Und noch einmal, ich bin froh, dass es Ihnen beiden gut geht.«

Bryn spürte, wie Dane sich unter ihr bewegte, weigerte sich aber, ihn loszulassen. Aber er bewegte sich nur so weit, dass seine Beine im Wagen waren. Jemand machte die Tür hinter ihnen zu, sodass sie im warmen, stillen Polizeiwagen saßen.

Sie wusste, dass sie sich vielleicht Gedanken darüber machen sollte, dass sie in einem Polizeiwagen saß und Dane durch ihre nassen Kleider gleich mit durchweichte, aber sie konnte es nicht. An jedem anderen Tag und zu jeder anderen Zeit hätte sie Nachforschungen angestellt und eine Million Fragen gehabt, da dies eine ganz neue Erfahrung war, eine, von der sie hoffte, sie nieder wieder machen zu müssen, doch im Moment konnte sie an nichts anderes denken, als dass sie Dane in Gefahr gebracht hatte. Er war gekommen, um sie zu retten, weil sie nicht ihren Verstand benutzt hatte.

Sie lachte leise. Sie mochte zwar ein Genie sein, aber manchmal war sie so dumm. So unglaublich dumm.

Dane bewegte sich erneut und zog sein Handy aus der Tasche. Einen Moment lang sah er es mit gerunzelter Stirn an, dann legte er es auf den Sitz neben sich und entsperrte es. Er drückte ein paar Knöpfe und schaltete den Lautsprecher ein.

»Geht es ihr gut?«, knurrte die Stimme am anderen Ende der Leitung ungeduldig.

»Es geht ihr gut.«

»Geht es *dir* gut?«

»Ja.«

»Gott sei Dank, verdammt noch mal«, atmete Truck auf, offensichtlich erleichtert. »Gab es irgendwelche Probleme?«

»Nein. Aber ich habe das Gefühl, dass ich die Kiste mit den M295-Sets nicht zurückbekomme, also brauche ich noch eine für Mr. Jasper.«

Truck lachte. »Du hast sie in ein paar Tagen, ich habe schon alles arrangiert. Ich hasse es, auflegen zu müssen, aber leider muss ich Schluss machen.«

»Bist du noch immer mit deinem Problem beschäftigt?«, fragte Dane besorgt.

»So wie es aussieht, ist es hartnäckiger, als ich gedacht habe«, entgegnete Truck. »Aber mach dir keine Sorgen. Ich schaffe das schon.«

»Truck?« Bryn unterbrach ihn, bevor Dane auflegen konnte.

»Der bin ich.«

»Vielen Dank, dass du für Dane d-da bist. Es tut mir l-leid, dass ich etwas so D-Dummes getan habe.«

»Gern geschehen. Doch ich war es nicht alleine. Alle haben mitgeholfen. Geht es dir wirklich gut?«

»J-ja.«

»Aber du hast in nächster Zeit nicht noch weitere solche Dinge vor, oder?«

»Nein.«

»Braves Mädchen. Du hast deinem Mann einen Höllenschrecken eingejagt.«

»Mir selbst auch.«

»Pass gut auf dich auf ... und auf Dane, okay?«

»Das mache ich.«

»Dane?«

»Ja, Truck?«

»Erinnerst du dich noch daran, was ich dir über die Frauen gesagt habe?«

»Das tue ich.« Dane wusste genau, was sein Freund meinte. Bryn hatte Truck zwar versichert, dass es ihr gut ginge, doch er hatte da so ein Gefühl, dass es noch ziemlich lange dauern würde, bis das tatsächlich der Fall war.

»Kümmere dich darum, okay?«

»Das werde ich. Bis bald.«

»Bis bald.«

Dane legte auf und schlang seinen Arm wieder um Bryn.

»Die Jungs sind alle hier? Also ... Ghost, Hollywood und alle anderen?«

»Ja.«

»Oh mein Gott. Ich hätte nicht gedacht –«

»Tu das nicht«, warnte Dane sie.

»Was soll ich nicht tun?«

»Sag jetzt nicht, was auch immer du sagen wolltest. Es ist vorbei. Knox kommt ins Gefängnis. Und nichts geht in die Luft, schon gar nicht du. Das Team hat alles unter Kontrolle. Sie werden Knox und seine Frau dem FBI übergeben, und die werden ihre Ermittlungen anstellen.«

»Treffen wir uns später mit den Jungs?«

»Nein.« Dane hob ihr Kinn, sodass sie ihn ansehen musste. »Und sie waren auch gar nicht hier. Soweit du weißt sind wir von dort weggefahren, und das war's. Verstanden?«

Als sie den ernsten Ausdruck auf Danes Gesicht sah, nickte Bryn augenblicklich.

»Ich weiß, dass du eine Million Fragen hast, und ich werde sie später auch beantworten, was ich –«

»Nein«, unterbrach Bryn ihn.

»Nein was?«

»Ich habe keine Fragen. Zum ersten Mal in meinem Leben will ich es nicht wissen. Nein, das ist es noch nicht einmal. Es ist mir einfach egal. Mir ist nur wichtig, dass ich in Sicherheit bin. Und dass ich nicht für deinen Tod verantwortlich bin. Also bin ich einfach nur froh, dass sie da waren, um dich zu beschützen, und es ist mir egal, warum und wie oder sonst irgendwas sie da waren. Es tut mir l-leid, Dane. Ich bin nicht dorthin gefahren, um mit ihm zu sprechen. Ich wollte nur –«

»Pssst, mein Schatz. Wir können später darüber reden. Jetzt möchte ich dich einfach nur im Arm halten.«

Bryn nickte, entspannte sich und kuschelte sich wieder an Dane. Sie passte perfekt an ihn. Als wäre sie wie für ihn gemacht. Sie wusste, dass es viel zu besprechen gab, aber im Moment war sie einfach zufrieden damit, sich an ihn zu kuscheln und Gott dafür zu danken, dass er sie gefunden hatte.

KAPITEL DREIUNDZWANZIG

Der Polizist fuhr vor Danes Haus und sagte zu ihnen: »Ich warte noch, bis Sie sicher drin sind.«

»Danke«, erwiderte Dane. »Bryn, rutsch rüber und lass mich aussteigen. Dann trage ich dich ins Haus.«

Daraufhin regte sie sich. Der Polizist hatte kein Wort darüber verloren, dass sie zusammensaßen und nicht angeschnallt waren, nicht dass sie sich dadurch von ihrem Platz bewegt hätte. Sie hatte endlich aufgehört zu zittern, eine Kombination aus Danes Körperwärme und der noch immer um ihren Rücken gewickelten Decke. Aber sie fühlte sich komisch, noch immer angeschlagen, als hätte sie viel zu viel Zucker gegessen. Der Gedanke ging ihr durch den Kopf, dass sie online gehen wollte, um den Grund dafür herauszufinden, aber sie verdrängte ihn.

»Ich kann selbst gehen. Ich will einfach nur ins Haus.«

Dane antwortete nicht, stieg aus und streckte ihr die Hand hin. Bryn griff danach und ließ sich von ihm aus dem Wagen helfen. Sofort legte er ihr seinen linken Arm um die Taille und Bryn stützte sich ein wenig auf ihn, während sie auf das Haus zugingen.

»Ich mag deinen Arm lieber.«

»Was?«

»Dein Arm. Er gefällt mir besser als die Prothese. Die ... pikst.«

Dane sagte nichts, sondern beugte sich zu ihr und küsste sie auf das immer noch nasse Haar. Er schloss die Tür auf und winkte dem Polizisten zu, der mit laufendem Motor in der Einfahrt wartete. Bryn hörte, wie er davonfuhr, als Dane die Tür zumachte.

»Dann bringen wir dich mal in die Dusche.«

Bryn nickte. Eine Dusche hörte sich himmlisch an.

Sie gingen gemeinsam den Flur hinab zu Danes Schlafzimmer. Er führte sie geradewegs ins Bad. Dort ließ er den Arm sinken und machte sich an den Knöpfen seines grünen Tarn-Hemdes zu schaffen. Bryn stand unsicher dabei, als er es auszog und damit anfing, seine Prothese mit dem Haken abzunehmen.

So gern sie sie auch untersucht hätte, um herauszufinden, wie sie funktionierte, zögerte sie doch. Als sie schließlich klappernd zu Boden fiel, fragte sie vorsichtig: »Dane? Was machst du da?«

»Ich schaffe dich in die Dusche.«

»Ich kann das auch selbst machen.«

Daraufhin trat er auf sie zu. Er legte ihr die Hand an die Wange und lehnte sich an sie. »Das weiß ich doch, Smalls. Ich ertrage nur gerade den Gedanken nicht, dich aus den Augen zu lassen.«

»Oh, okay.« Sein leiser, aber ernster Ton sorgte dafür, dass sie eine Gänsehaut bekam.

Er beugte sich zur Dusche und drehte den Wasserhahn auf. »Zieh dich aus, mein Schatz.«

Ohne weiter darüber nachzudenken, tat Bryn, was er befohlen hatte. Sie griff ihr T-Shirt am Saum und zog es hoch und über den Kopf, und ließ es mit einem nassen Klatschen auf den Boden fallen. Sie zog ihre Jeans aus. Sie drehte sich um, um Dane anzuschauen, aber er stand mit dem Rücken zu ihr, die Hand unter dem Wasserstrom, und prüfte die Temperatur.

In der kurzen Zeit, die sie brauchte, um sich auszuziehen, hatte er seine Hose und Boxershorts abgelegt. Sein Rücken und sein Hintern waren voller Muskeln. Es war verdammt sexy.

Ohne Rücksicht auf ihre Sittsamkeit, weil sie einfach nur Danes Haut an ihrer spüren wollte, zog Bryn BH und Höschen aus und ging auf die Dusche zu, gerade als Dane sich zu ihr umdrehte.

Er ließ den Blick ein Mal über ihren Körper schweifen, als wollte er sie auf Verletzungen untersuchen, dann streckte er die Hand aus. Bryn griff danach und er half ihr, in die Dusche zu steigen. Das heiße Wasser tat auf ihrer abgekühlten Haut fast weh, aber bevor sie sich unbehaglich fühlen konnte, zog Dane sie an seine Brust und drehte sich um, sodass der Strahl seinen Rücken traf anstatt ihren.

Er hielt sie so fest, dass Bryn sein Herz gegen ihre Brust schlagen fühlte. Das Pochen seines Herzens war beruhigend und tröstlich zugleich. Sie dachte, sie würde sich unsicher fühlen, weil sie zum ersten Mal völlig nackt mit Dane zusammen war, aber es fühlte sich nur richtig an. Ihre Umarmung war nicht sexuell, sondern liebevoll und sogar ein bisschen verzweifelt.

Die Tränen begannen, noch ehe Bryn überhaupt wusste, dass sie kamen. Sie liefen lautlos aus ihren Augen. Sie dachte, sie hätte das Richtige getan, aber es hatte Dane fast das Leben gekostet. Sie konnte damit umgehen, wenn sie verletzt worden wäre, sie war diejenige, die die dumme Entscheidung getroffen hatte, Nancy Drew zu spielen, aber wenn Dane etwas passiert wäre nach allem, was er schon in seinem Leben getan hatte, hätte sie sich das nie verziehen.

Er wich ein wenig zurück und runzelte die Stirn über ihre Tränen, aber er sagte kein Wort. Er drehte sie einfach in den Strahl der Dusche und machte ihr Haar nass. Dann schamponierte er schweigend ihr Haar. Seine Berührung war sanft und zärtlich, als er das Shampoo in ihr Haar rieb und es dann sanft ausspülte. Er steckte sich einen Badeschwamm in die Ellbogenbeuge und goss einen Tropfen seines Männerduschgels darauf. Dann wusch er jeden Zentimeter ihres Körpers, vom Kopf bis zu den Zehen.

Während der Schaum weggespült wurde, küsste er jeden Bluterguss, den sie sich an diesem Tag zugezogen hatte. Ihre Handgelenke, Knöchel und den Oberarm, an dem Knox sie so grob festgehalten hatte. Bryns Tränen flossen unaufhörlich weiter. Er ließ sie lange genug los, um sich selbst mit dem schaumigen Badeschwamm einzuseifen und sich abzuspülen, aber sobald er fertig war, drehte er sich wieder zu ihr um.

Er stellte das Wasser ab und griff nach einem großen, flauschigen Handtuch, das an einem Haken neben der Dusche hing.

»Ich kann das doch machen«, sagte Bryn leise.

»Pst, ich kümmere mich schon darum.«

Also stand sie unter der Dusche und ließ sich von dem Mann, den sie liebte, umsorgen. Dane trocknete ihre Arme ab, dann ihren Oberkörper und Rücken. Dann drehte er sie um und ließ das Handtuch an jedem Bein auf- und abgleiten. Schließlich fuhr er mit dem Handtuch über ihr Haar und drückte so viel Wasser wie möglich aus, bevor er ihr half, aus der Dusche in den dampfenden Raum zu treten.

Schnell ließ er das nun feuchte Handtuch über seinen eigenen Körper gleiten, dann warf er es, ohne zu überlegen, über ein Gestell. Er beugte sich runter, küsste ihre Stirn und murmelte: »In der Schublade ist eine Extrazahnbürste. Mach dich fertig und dann komm ins Bett.«

Sie nickte und sah mit großen Augen dabei zu, wie Dane die Tür öffnete und schnell hinter sich wieder zumachte, um sicherzustellen, dass die warme Luft nicht aus dem kleinen Raum entwich.

Bryn atmete tief durch. Sie konnte nicht aufhören zu weinen. Sie nahm an, dass es nur das Adrenalin und die Erleichterung waren, aber es wurde langsam ärgerlich. Schnell putzte sie sich die Zähne und sah sich dann nach etwas um, das sie anziehen konnte.

Da sie nicht ihre immer noch nassen Klamotten, die sie gerade losgeworden war, anziehen wollte, und auch das feuchte Handtuch alles andere als verlockend war, öffnete sie schließlich die Tür einen Spaltbreit.

Dane lag auf dem Doppelbett und wartete auf sie. Als er sah, dass sie aus der Tür lugte, fragte er: »Was ist denn los?«

»Hast du etwas, das ich anziehen kann?«

Er streckte die Hand aus und schüttelte den Kopf. »Nein. Komm her, mein Schatz.«

Bryns Augen wurden weit, aber sie schlüpfte aus dem Bad ins Schlafzimmer. Dane hatte neben seinem Bett ein schwaches Licht angemacht, das den Raum in einen sanften Schein tauchte. Es war genug, um zu sehen, wohin sie ging, aber nicht hell genug, um den Raum vollständig zu erleuchten.

Unsicher, weil sie nackt war, jetzt, wo sie nicht mehr unter der Dusche standen, eilte Bryn zum Bett hinüber und nahm Danes Hand. Er rutschte rüber und hob die Decke für sie an. Dankbar, dass sie sich bedecken durfte, kletterte Bryn hinein, lehnte sich zurück und seufzte zufrieden, als

Dane die Bettdecke über ihren sich schnell abkühlenden Körper zog.

Er streckte die Hand aus und zog ihren Arm sanft zu sich heran, und Bryn ließ sich führen und schmiegte sich an Danes warmen Körper. Sie fühlte, wie er seinen Arm um sie legte und seine große Hand an ihrem Kreuz zur Ruhe kam. Mit den Fingerspitzen streichelte er ihren Poansatz und drückte ihre Hüften an sich. Sein Stumpf berührte ihren Unterarm, der an seiner Brust lag. Sie blieben mehrere Minuten lang so und nahmen sich einfach gegenseitig auf.

Als sie die Stille nicht mehr ertragen konnte, sagte Bryn noch einmal: »Es tut mir leid, Dane.«

»Das weiß ich doch.«

»Ich wollte wirklich nur weitere Informationen über die Adresse sammeln. Ich hatte nicht vor, mit jemandem zu reden.«

»Das weiß ich doch, Bryn.«

Sie biss sich auf die Lippe, hob jedoch ihren Kopf nicht. Er war ausgesprochen verständnisvoll, und das brachte sie durcheinander. »Warum schreist du mich nicht an?«

»Würde es denn etwas bringen?«

»Wie meinst du das?«

»Bryn, du weißt, dass du einen Fehler gemacht hast. Wenn ich dich jetzt anschreien und dir etwas sagen würde, dass du schon weißt, würde das überhaupt nichts bringen.«

»Vielleicht nicht. Aber ich glaube, ich würde mich dann besser fühlen.«

Auf ihre Worte hin bewegte sich Dane. Er legte ihr seinen Stumpf unter das Kinn und übte sanft Druck aus, bis sie ihm in die Augen sah. »Du hast mir Angst gemacht, Smalls. Als ich deine Nachricht gehört habe und mir klar wurde, was du getan hast, war ich verärgert. Schließlich haben wir ja darüber gesprochen, wie gefährlich manche

Leute in der Gegend sein können. Und leider sind wir genau auf den Typen gestoßen, der der Inbegriff von gefährlich ist. Er ist ein Terrorist, Bryn. Er hat im Irak mit den Taliban gekämpft. Er hasst die Vereinigten Staaten und hätte nichts lieber, als sie brennen und versagen zu sehen.«

»Ich weiß, ich weiß. Ich habe nicht nachgedacht.«

»Tatsächlich ist es so, dass du zu viel nachgedacht hast. Bryn, seit ich verletzt wurde, habe ich mich gefühlt, als wäre ich kein ganzer Mann mehr. Ich habe mir die ganze Zeit Gedanken darüber gemacht, was wohl die anderen Menschen über mich denken. Ob sie mich für nutzlos halten, weil ich nur noch einen halben Arm habe, und ob sie mich merkwürdig ansehen, wenn ich unterwegs bin. Aber das alles hast du verändert. Seit ich ein Kind war, hat sich niemand mehr um mich gekümmert. Ich brauchte und wollte es auch nicht. Aber du hast mich im Lebensmittelladen ein Mal angesehen, hast erkannt, wie nervös und unsicher ich war, und wolltest mein Leben verbessern … wolltest es mir leichter machen. Und das hast du getan. Und du hast dich selbst von meinen dummen Worten nicht davon abhalten lassen. Ich brauche dich, Smalls. Ich brauche dich in meinem Leben, und auch die Tatsache, dass du mit irgendwelchen Fakten um dich wirfst. Ich brauche dich, um auf dem Boden der Tatsachen zu bleiben. Und wenn du dich in irgendetwas so sehr vertiefst, dass du mich ganz vergisst, bringt mich das zum Lächeln, nicht dazu, wütend zu sein.«

»Äh, das ist aber merkwürdig, Dane.«

»Ich weiß. Aber das hast du nur bemerkt, weil du selbst merkwürdig bist, mein Schatz.«

Daraufhin blinzelte Bryn und lächelte dann langsam.

»Ja, wie ich sehe, hast du es verstanden. Mir sind deine Eigenheiten egal, genau wie dir meine egal sind. Aber … so sehr ich dein Gehirn und seine Funktionsweise auch liebe ... mir gefällt die Tatsache nicht, dass es dich manchmal in Gefahr bringt. Bitte, *bitte*, sag mir Bescheid, bevor du hinaus in die Welt ziehst, um Antworten zu finden. Ich werde alles in meiner Macht Stehende tun, um dir dabei zu helfen, die Informationen zu bekommen, die du benötigst ... Aber ich werde sicherstellen, dass du dich nicht in Gefahr bringst, während du es tust.«

»Ich liebe dich.« Das strahlende Lächeln, das daraufhin Danes Gesicht erhellte, machte sie fast blind, aber sie sprach weiter. »Ich meine, ich weiß, wir kennen uns noch nicht so lange, und ich will dich auch nicht nervös machen. Es ist nur so ... Als ich da in dem Bunker saß und wie eine Kriegsgefangene behandelt wurde, hatte ich Angst, dass ich dich nie wiedersehen würde, und ich war traurig, dass du es nie erfahren würdest. Vielleicht willst du es jetzt gar nicht wissen, also war das vielleicht ein bisschen voreilig von mir, aber zu jeder Tageszeit – okay, zu *fast* jeder Tageszeit – denke ich an dich. Vielleicht liegt das daran, dass ich tatsächlich eine Stalkerin bin, und nicht daran, dass ich verliebt in dich bin, aber vorläufig glaube ich erst mal daran.«

»Smalls, ich –«

»Es ist okay, wenn du meine Liebe nicht erwiderst. Ich meine, ich hoffe, dass du das eines Tages tun wirst. Im Jahre zweitausendelf gab es eine Studie, gemäß der Männer früher ›Ich liebe dich‹ sagen als Frauen. Und es gab sogar eine Umfrage, aufgrund der berechnet wurde, dass es Männer im Durchschnitt nach achtundachtzig Tagen sagen, während Frauen durchschnittlich hundertvierunddreißig Tage warten. Und wir haben noch nicht mal annähernd so viel Zeit miteinander verbracht, also könnte es durchaus sein, dass ich es mal wieder geschafft habe, die ganze Sache zu vermasseln, aber ich konnte es einfach nicht *nicht* sagen. Du bedeutest mir mehr als jeder Abschluss, den ich jemals gemacht habe. Oh, und sogar mehr als die Gelegenheit, mit James Watson zu sprechen.«

»James Watson? Wer ist das?«, fragte Dane noch immer lächelnd.

»Er ist derjenige, der die Struktur der DNA entdeckt hat. Er hat im Jahre neunzehnhundertzweiundsechzig den Nobelpreis für Medizin bekommen. Er hat eine Zeit lang an der Harvard Universität gearbeitet und hat auf einer Konferenz gesprochen, an der ich teilgenommen habe. Ich hatte das Glück, ihn kennenlernen zu dürfen, und wir haben uns dreizehn Minuten und zweiundzwanzig Sekunden lang unterhalten. Es war großartig. Aber Dane«, Bryn stützte sich auf ihren Ellbogen und legte ihre Wange in ihre Hand, »ich hätte mich nie wieder davon erholt, wenn meine Dummheit dazu geführt hätte, dass du verletzt oder getötet wirst. Nie wieder.«

»Ich liebe dich auch, Bryn.«

»Tust du das?«

»Natürlich. Wie könnte ich es auch nicht? Und du warst zwar nicht dabei, aber du solltest wissen, dass deine Nachforschungen in Bezug auf die Frauenrechte in anderen Ländern ...« Dane sprach nicht weiter, als er an die schrecklichen Dinge dachte, die er zu Knox gesagt hatte.

»Ja? Was denn, Dane?«

»Sie waren es, die uns geholfen haben zu entkommen«, sagte er schnell. »Also hör nie auf, so zu sein, wie du bist. Ich liebe dich nämlich genau so. Okay?«

Bryn ließ sich wieder auf Danes Brust fallen und hörte das kleine »Uff« nicht, das er machte, als sie landete. »Das werde ich auch nicht. Aber ich werde versuchen, diese ganze Nicht-schlau-sein-und-sich-in-der-Wildnis-Idahos-rumtreiben-Sache in den Griff zu bekommen.«

»Das wäre mir wirklich lieb.«

Ein wenig später biss Bryn sich auf die Lippe und fragte leise: »Liebst du mich wirklich? Du sagst es nicht einfach, weil ich es gesagt habe oder weil ich dir leidtue?«

»Ich liebe dich wirklich, Smalls. Jeden einzelnen Zentimeter von dir. Angefangen bei deiner unglaublichen Intelligenz, mit der ich einfach nicht mithalten kann, bis hin zu den winzigen Zehen an deinen hübschen Füßen.«

Bryn seufzte zufrieden und schloss die Augen.

»Alles in Ordnung? Wirklich in Ordnung?«, fragte Dane leise.

»Ja. Ich werde wohl ein paar blaue Flecke am Arm bekommen und meine Handgelenke tun von den Handschellen weh, aber abgesehen davon gibt es nichts, was mit ein paar Schmerzmitteln nicht in Ordnung zu bringen wäre.« Bryn kam plötzlich etwas in den Sinn und sie hob noch einmal den Kopf. »Oh. Du wolltest doch Sex haben.«

Dane lachte leise und schüttelte den Kopf. »Nicht heute Nacht. Ich bin erschöpft und ich genieße es, dich einfach so im Arm zu halten.«

»Okay. Aber ... bald?«

»Ja, mein Schatz.«

»Gut. Glaubst du, es wird anders sein, weil wir einander lieben? Ich meine, ich weiß, dass die Leute ständig One-Night-Stands haben, und ich weiß, dass ich Sex noch nie so toll fand, zumindest den, den ich bis jetzt hatte, aber vielleicht lag das ja daran, dass ich die Typen, mit denen ich zusammen war, nicht geliebt habe. Ich will ja keine hohen Erwartungen aufbauen, aber wenn das, was wir zuvor getan haben, ein Vorbote der Dinge war, die da kommen, muss ich sagen, dass –«

»Pst, Smalls. Schlaf jetzt.«

»Aber –«

Bryn unterbrach sich selbst, als sie spürte, wie Dane ihren Hintern drückte und sie erneut an sich presste. Sie kuschelte sich an ihn und fühlte, wie er an ihrem Haar roch.

»Mir fehlt der Kokosnussduft, aber ich muss dir sagen, dass es mir wahnsinnig gefällt, dass du nach meinem Duschgel riechst. Nenn mich einen Höhlenmenschen, aber die Tatsache, dass du nackt in meiner Dusche warst und mein Duschgel benutzt hast, lässt mich nicht kalt. Und du solltest keinen Zweifel daran haben, dass die Tatsache, dass wir einander lieben, dafür sorgen wird, dass der Sex unglaublich wird. Ich liebe dich. So sehr, dass ich mir nicht vorstellen kann, auch nur einen einzigen Tag von dir getrennt zu sein.«

Sie gab ihm einen Kuss auf den Oberkörper und umarmte ihn fest. »Das geht mir auch so.«

»Danke, dass du mich das heute hast erledigen lassen.«

»Gern geschehen.« Bryn wusste ganz genau, was er meinte. Hätte sie den Mund aufgemacht und begonnen, ihm zu widersprechen, in dem Versuch zu »helfen«, wären sie sicher nicht so leicht entkommen, wie sie es getan hatten. Allein die Tatsache, dass sie Dane vertraut hatte, das Richtige zu tun, hatte sie so schnell entkommen lassen. »Ich mache vielleicht viele Dummheiten, aber wenn es wichtig ist, halte ich den Mund. Ich liebe dich.«

»Schlaf jetzt.«

»Mmmmm.«

Bevor sie einschlief, dachte Bryn nur noch daran, wie dankbar sie dafür war, dass sie Dane damals gesucht hatte. Das war die beste Entscheidung aller Zeiten gewesen.

KAPITEL VIERUNDZWANZIG

Bryn wachte ein paar Stunden später auf und ihr Verstand schwirrte sofort aufgrund all der Ereignisse. Sie wollte ausschlafen, aber wie immer war sie vier Stunden, nachdem sie in Danes Armen eingeschlafen war, wieder wach.

Sie hob vorsichtig ihren Kopf, der auf Danes Brust lag, und sah, dass er immer noch schlief. Bryn nahm sich die Zeit, Dane zu untersuchen, ohne dass er es bemerkte. Der Arm, der auf ihrer Hand auf seiner Brust gelegen hatte, war nun über seinem Kopf und sie konnte den Stumpf unterhalb seines Ellbogens deutlich sehen.

Als sie ihren Blick darüber gleiten ließ, versuchte Bryn, sich vorzustellen, wie es sich anfühlen würde, wenn ihr der halbe Arm fehlen würde ... und natürlich gelang es ihr nicht. Sie ließ den Blick nach unten wandern, über seinen Oberarm bis zu seinem Gesicht. Ihm wuchs ein stoppeliger Bart und Bryn fragte sich, wie sich der auf ihrer Haut anfühlen würde. Seine Lippen waren leicht geöffnet und er atmete tief, offensichtlich schlief er noch.

Sie bewegte sich und fühlte, wie seine Hand von ihrem Hintern auf die Matratze neben ihm fiel. Irgendwann in der

Nacht war die Decke heruntergerutscht und sie konnte Danes breiten Oberkörper unter sich sehen. Vorsichtig ging sie auf die Knie und ignorierte ihre eigene Nacktheit in ihrer Ungeduld, ihn ganz zu sehen.

Sie hatte ihn in der Dusche gesehen und sie hatte ihn bis zum Orgasmus gestreichelt, aber diesmal war es etwas anderes. Er hatte ein paar Narben auf seinem Oberkörper, die sie vorher nicht bemerkt hatte, aber alles in allem war er perfekt. Bryn wusste, dass er nicht zustimmen würde, und er würde ihr seinen Stumpf und seine Narben zeigen und dann wahrscheinlich auf all die anderen eingebildeten Fehler hinweisen, die er hatte ... aber sie wusste tief in ihrem Herzen, dass er perfekt für sie war.

Sie ließ den Blick von seiner Brust hinunter zu seinem Bauch wandern, dann zu seinem Penis. Er lag schlaff zwischen seinen Beinen und sah so ganz anders aus als das letzte Mal, als sie ihn gesehen und berührt hatte. Bryn wusste aus Studien, dass die durchschnittliche Länge des Penis achteinhalb Zentimeter betrug, wenn er nicht erigiert war, aber Danes sah größer aus. Sie wünschte sich plötzlich, sie hätte ein Lineal.

Sie streckte ihren Zeigefinger über seine Länge aus und war überrascht, wie weich er war. Ohne das zusätzliche Blut, das durch ihn floss, schien er viel weniger bedrohlich zu sein ... und weicher. Bryn strich weiter mit ihrem Finger die Länge von Danes Schwanz hinauf und hinunter, während sich ihre Gedanken dem Blauwal zuwandten. Er hatte den größten Penis von allen Tieren, mit einer Länge von zweieinhalb bis drei Metern. Er wog zwischen hundert und hundertfünfzig Pfund und konnte über sechzehn Liter Sperma ejakulieren. Nur ein Mal wollte sie das gern sehen; es musste sowohl beängstigend als auch beeindruckend sein.

Zur gleichen Zeit, als Bryn erkannte, dass der Schwanz unter ihren Fingern nicht mehr schlaff war, sondern schnell an Größe zunahm, murmelte Dane: »Guten Morgen, mein Schatz.«

»Wusstest du, dass es in Island ein Penis-Museum gibt?«

Er gähnte und streckte sich und öffnete ihr so seinen Körper scheinbar gedankenlos. »Nein. Das wusste ich nicht.«

»Aber es stimmt. Und ein Mann ejakuliert im Durchschnitt ungefähr siebentausendzweihundert Mal in seinem Leben, davon etwa zweitausend Mal durch Masturbieren. Das ist ziemlich viel Sex. Ich weiß nicht genau, wie viele der fünftausendzweihundert Mal du schon aufgebraucht hast, aber ich kann es kaum erwarten, mit den übrigen anzufangen.«

Bryn kreischte, als Dane sich plötzlich aufsetzte und sie nach hinten drückte. Er ließ sich schwer auf sie fallen und hielt beide Handgelenke mit seiner guten Hand fest. Sie bemerkte, dass er dabei darauf achtete, nicht zu viel Druck auf die blauen Flecke auszuüben, die sich über Nacht gebildet hatten.

»Sollte ich mir Sorgen darüber machen, dass du so viel über Schwänze zu wissen scheinst, Smalls?«

»Was? Nein. Nur ein Mal ist auf meiner Pinnwand in den sozialen Medien ein Porno aufgetaucht. Also habe ich ihn mir angesehen und war nicht sonderlich beeindruckt, aber ich musste über ... ein paar Sachen ... nachdenken, also habe ich einige Nachforschungen angestellt.«

»Was hast du über Muschis herausgefunden?«

»Vaginen?«

Er lachte leise und liebkoste mit seinem Stumpf ihren unteren Bauch. »Ja. Was kannst du mir über das hier erzählen?« Er glitt weiter hinab, bis er sie mit seiner vernarbten Haut zwischen den Beinen berührte.

Bryn wand sich unter seiner Berührung. »Oh ... das fühlt sich so gut an, Dane.«

»Fakten, Smalls.«

»Äh ... Vagina kommt aus dem Lateinischen und bedeutet ›Schwertscheide‹.«

Dane brachte seinen Mund an ihren Hals und knabberte an der sensiblen Haut dort. »Ausgesprochen passend. Was sonst noch?«

Bryn wand sich in Danes Griff und rieb sich an seinem Stumpf. Es fühlte sich so gut an, aber was sie wirklich dort unten spüren wollte waren seine *Finger*. »Vaginen sind nicht so interessant wie Penisse.«

»Da bin ich aber anderer Meinung. Deine gefällt mir ausgesprochen gut. Sag mir, was du sonst noch darüber erfahren hast.«

»Manche Frauen reagieren allergisch auf Sperma. Oder genauer gesagt die Proteine darin.«

»Bewege deine Hände nicht, Bryn. Behalte sie über deinem Kopf. Und erzähl mir mehr.«

Bryn seufzte erleichtert, als Dane ihre Hände losließ und sich einen Weg hinab über ihre Brüste küsste. Er benutzte seine Hand, um eine ihrer Brüste zu umfassen, und saugte und knabberte an der anderen. Als sie nichts sagte, hob er den Kopf.

»Je mehr Fakten du mir gibst, umso schneller begebe ich mich dorthin, wo du mich so offensichtlich haben willst.«

Bryn errötete, da ihr klar war, dass sie sich mit den Hüften an ihn drängte und ihn praktisch anflehte, sie zu küssen oder zu berühren. »Die meisten Vaginen sehen sich ähnlich. Es gibt über tausend Spitznamen für die Vagina. Passionsblume. Rosa Perle. Fischtaco. Apfelkuchen.«

Sie hörte, wie Dane leise lachte, doch er bewegte sich weiter in die Richtung, in der sie ihn haben wollte, also sprach sie weiter. »Die durchschnittliche Länge einer nicht erregten Vagina liegt bei sechs bis sieben Zentimetern. Das Schamhaar rund um die Vagina wächst nur rund drei Wochen, während das Haar auf dem Kopf bis zu sieben Jahre lang wachsen kann. Vaginen und Haie verfügen beide über einen Stoff namens Squalen ... während er sich beim Hai in der Leber befindet, ist es das natürliche Gleitmittel der Frau. Oh ... Gott ... Dane ... Ja, das fühlt sich so gut an.«

Bryn hob den Kopf und sah zu Dane hinab. Er lag zwischen ihren geöffneten Beinen, sein Stumpf ruhte auf einem ihrer Oberschenkel und hielt ihre Beine geöffnet, während er die Schamlippen über ihrer Klitoris auseinanderzog.

»Ich kenne da auch ein paar Fakten, Smalls. Willst du sie hören?«

Nein. Das wollte sie nicht. Sie wollte, dass er sie dazu brachte, sich gut zu fühlen, wie er es zuvor getan hatte. Sie wollte seinen Mund auf ihrer Klitoris ... Aber als sie nicht antwortete, sagte er: »Wir können auch aufstehen und uns *MythBusters* anschauen, falls dir das lieber ist.«

Bryn fiel der amüsierte Ton in seiner Stimme auf und am liebsten hätte sie ihn geohrfeigt. Stattdessen sagte sie atemlos: »Ja. Fakten. Weiter.«

Sie spürte, wie er so sanft mit dem Finger über ihre Klitoris strich, dass es kaum zu spüren war.

»Die Klitoris einer Frau erigiert, wenn sie stimuliert wird. Sie füllt sich mit Blut, wenn die Frau erregt ist, genau wie ein Schwanz. Sie ist auch viel länger, als man von außen sehen kann.« Dane beugte sich vor und leckte einmal darüber, bevor er sagte: »Und Liebkosungen fühlen sich viel besser an, wenn sie feucht ist. Es ist eine bekannte Tatsache, dass der klitorale Orgasmus einer Frau stärker ist, als der eines Mannes es je sein könnte, weil einfach mehr Nervenenden ... genau hier ... zusammenlaufen als in einem Schwanz.«

Dane beugte sich vor, hielt sie immer noch offen und leckte über ihre Lustknospe. Wieder und wieder fuhr er mit der Zunge darüber. Bryn spürte, wie sie die Hüften an Danes Gesicht presste, konnte aber einfach nicht aufhören.

»Gib mir deine Hand«, befahl Dane plötzlich, als Bryn gerade dachte, sie würde explodieren. Sie wimmerte, tat aber, wie geheißen, und gab ihm eine ihrer Hände.

»Ich möchte, dass du deine Schamlippen auseinanderhältst, damit ich besser drankomme. Ich habe nur eine Hand und die brauche ich für etwas anderes. Genau so, mein Schatz. Hilf mir. Perfekt.« Zwischen seinen nächsten Worten leckte er immer wieder fest über ihre Klitoris. »Ganz. Genau. So.«

Bryn spürte, wie Dane mit der Hand über ihre sensiblen Schamlippen strich und wie er dann tief mit dem Finger in sie eindrang, während er ihr mit der Zunge immer noch den Verstand raubte. Sie begann zu zucken, doch Dane sorgte mit seinem anderen Arm dafür, dass sie stilllag, zumindest größtenteils.

»Oh Gott, Dane.«

Er antwortete nicht, sondern leckte sie nur schneller, während er gleichzeitig seinen Finger nach oben bog und die Wand ihrer Vagina massierte. Diese zog sich um seinen Finger zusammen und verlangte nach mehr.

Er drückte gegen ihren G-Punkt. Als sie stöhnte, hob er seinen Kopf und murmelte: »Ja. Ich liebe es, dich stöhnen zu hören.«

Ohne nachzudenken, senkte sie jetzt auch die andere

Hand und hielt ihn an den Schultern fest, wobei sie ihre Fingernägel in seine Haut grub.

»Verdammt, du bist wunderschön, Bryn. Als ich das das letzte Mal gemacht habe, hattest du einen G-Punkt-Orgasmus ...«

Bryn konnte nicht reden und sie konnte kaum atmen. Sie bewegte frenetisch den Kopf hin und her, als wollte sie ihn aufhalten, aber gleichzeitig auch, dass er weitermachte. Als er sie das letzte Mal zum Orgasmus gebracht hatte, war es wie eine Naturgewalt gewesen, fast Furcht einflößend.

»Entspann dich und lass es zu. Manchen Frauen gefällt es nicht, aber ich habe so das Gefühl, dass du nicht zu denen gehörst. Das letzte Mal bist du wahnsinnig intensiv gekommen. Du bist schon ganz feucht, so wunderschön. Und jetzt komm für mich, Bryn. Komm an meiner Hand. Ich möchte dich schmecken.«

Dane senkte den Kopf und fuhr erneut mit der Zunge über ihre Klitoris, während er gleichzeitig die extrem empfindliche Stelle in ihrem Inneren massierte.

Es dauerte nicht lange, bis Bryn wusste, dass sie kommen würde. Ihre Füße verrutschten und ruhten auf der Matratze neben Danes Schultern, und sie kippte die Hüften nach oben. Er verlor nicht den Halt an ihr und anstatt sie zu lecken schloss er jetzt seinen Mund und begann, an ihrer Klitoris zu saugen.

Das war zu viel und Bryn explodierte in einem Orgasmus, so heftig, dass sie geschworen hätte, sie würde Sterne sehen. Dane hielt seine erotische Massage mit seinem Finger in ihrem Inneren für einen Moment lang aufrecht, dann hielt er inne. Sie zuckte und drückte ihn, während sie eine Reihe kleinerer Orgasmen erlebte.

»Ich will mit meinem Schwanz in dir sein, Smalls.«

»Ja! Verdammt, ja, Dane«, erklärte Bryn keuchend.

Bevor ihr sein Name über die Lippen gekommen war, begann Dane, sich zu bewegen. Er drückte ihre Knie weiter auseinander, kniete sich zwischen ihre Beine und stützte sich mit seiner guten Hand über ihrer Schulter ab.

»Steck meinen Schwanz in dich rein«, befahl er ihr. »Ich kann das nämlich nicht tun und mich gleichzeitig dabei abstützen.«

Bryn öffnete die Augen und blickte in seine auf, während sie ihre Hand zu seinem steinharten Schwanz führte. Sie nahm ihn in die Hand, neigte die Hüften und benetzte ihn mit ihrem Honig, bevor sie die Spitze an ihre Öffnung drückte.

Sie stöhnten beide, als er langsam zwischen ihre heißen Falten sank. Bryn bewegte die Hände zu seinem Hintern und zog ihn in sie hinein. Dane ließ sich auf seine Ellbogen sinken und stöhnte, wobei er seine Nase in ihrem Haar vergrub.

Bryn spannte ihre inneren Muskeln an und liebte das Gefühl, vollständig ausgefüllt zu sein. Sie wand sich unter ihm und neigte ihr Becken, wollte ihn näher an sich spüren. Dane senkte den linken Arm und drückte sich gegen sie, hielt sie an sich gepresst fest.

»Verdammt, du fühlst dich toll an, mein Schatz. Aber bevor wir weitermachen, solltest du wissen, dass ich kein Kondom trage.«

»Ich weiß. Ich habe eine Spirale.«

Dane hielt inne und zog fragend die Augenbrauen hoch.

»Ich habe Myome«, beeilte sie sich zu erklären. Sie wollte nicht, dass er dachte, dass sie die brauchte, weil sie sexuell freizügig war. »Das sind gutartige Tumore. Mit der Spirale werden sie unter Kontrolle gehalten, sodass ich keine Schmerzen habe.«

»Aber du kannst Kinder bekommen?«

Bryn lächelte zu ihm hoch und nickte. »Ja. Ich kann Kinder bekommen. Sie lässt sich entfernen.«

»Gott sei Dank. Ich bin ganz gesund, mein Schatz. Ich würde dich niemals in Gefahr bringen. Das schwöre ich.«

Als Antwort sah sie ihm in die Augen und befahl: »Und jetzt beweg dich.«

Er lächelte. »Willst du etwa, dass ich dich ficke, Smalls?«

»Ja.«

»Willst du nicht lieber, dass ich dich noch ein wenig streichle und liebkose?«

»Dane, ich bitte dich«, jammerte Bryn, griff in seine Seiten und grub ihre Fingernägel leicht in seine Haut. »Ich habe mein ganzes Leben lang darauf gewartet, von dem Mann gefickt zu werden, den ich liebe, lass mich also nicht noch länger warten.«

»Wie soll ich einer solch hübschen Bitte widerstehen?«, entgegnete Dane sofort und begann, seine Hüften zu bewegen, und presste sich erneut in sie.

»Mehr.«

»So gierig.«

»Nach dir«, stimmte Bryn ihm zu.

Sie hielt die Augen offen und starrte Dane an, als er sich langsam in sie hinein- und wieder herausbewegte. Jeder Stoß sorgte dafür, dass sie sich an ihn klammerte und ihn in sich festhalten und nicht mehr loslassen wollte.

Dane stützte sich wieder auf seine Hand und schaute hinunter zu der Stelle, an der sie verbunden waren. Er bewegte die Hüften, drückte seinen Schwanz in sie hinein und zog ihn dann langsam heraus. »Verdammt, sieh nur, wie feucht du bist. Mein ganzer Schwanz glänzt von deinen Säften, Smalls, das ist wunderschön. Bitte reib deine Klitoris. Ich wünschte, dass ich es verdammt noch mal selbst tun könnte, das kann ich aber nicht. Zumindest nicht, wenn ich mich aufstütze und dabei zusehe, wie mein Schwanz in dich eintaucht.«

Bryn errötete und es war ihr peinlich, dass er ihr dabei zusah, wie sie sich berührte. Er bemerkte es und beugte sich vor und küsste sie, bevor er sich so weit zurückzog, dass er ihr sagen konnte: »Daran wirst du dich gewöhnen müssen. Ich habe nur eine Hand, und die ist momentan anderweitig beschäftigt.«

Sie nickte unter ihm. »Okay.«

»Okay«, bestätigte er und richtete sich wieder auf, sodass er sie beobachten konnte. »Fang langsam an, ja, genau so. Fühlt sich das gut an?«

»Ja.«

»Verdammt. Ich kann spüren, wie sehr es dir gefällt. Okay, Smalls, das Ganze wird jetzt sehr schnell gehen, ich kann mich nämlich nicht zurückhalten. Besorg es dir ordentlich. Genau so. Reib fester, mein Schatz. Ich will, dass du kommst, während ich dich ficke. Ich will es spüren.«

Bryn drückte verzweifelt mit den Fingern gegen ihre Klitoris, während Dane in sie hineinstieß. Er hielt sich nicht mehr zurück und es fühlte sich absolut fantastisch an. Sie nahm ihre andere Hand zwischen ihre Körper, griff herum und drückte gegen den Ansatz seines Schwanzes. Er hatte ihr gesagt, dass er dort besonders empfindlich wäre, und in der Sekunde, in der sie das tat, stöhnte er, drückte sich in sie hinein und hielt still. Mit einem letzten Fingerstreich über ihre Klitoris explodierte Bryn. Es war nicht ganz so überwältigend wie die G-Punkt-Orgasmen, die Dane ihr beschert hatte, aber es war trotzdem intensiv.

Sie fühlte, wie sein Schwanzansatz unter ihren Fingern zuckte, als sein Kopf nach hinten kippte. Die Adern in seinem Nacken traten hervor, als er kam und über ihr erbebte. Er ließ sich auf sie fallen, dann wälzte er sie herum, bis sie oben war.

Bryn hörte und fühlte seine heißen Atemzüge an ihrem Ohr, während er sich bemühte, seine Fassung wiederzuerlangen. Sie wand sich, setzte sich bequemer auf ihn und lächelte, als er in ihr blieb, selbst als er weich wurde.

»Ich liebe dich.«

Bryn lächelte und kuschelte sich an Danes Brust. »Ich liebe dich auch.«

»Und das macht einen Riesenunterschied«, sagte Dane leise.

Bryn wusste genau, wovon er sprach, und stimmte ihm zu. »Durch die Liebe werden die Orgasmen stärker und der Sex um so vieles besser. Können wir es noch mal machen?«

Dane lachte und Bryn spürte, wie sein Schwanz aus ihr herausglitt.

»Nein! Lach nicht, sonst ... schade. Zu spät«, grummelte Bryn, als sie spürte, dass sein Schwanz zu weich wurde, um in ihr zu bleiben. Sie richtete sich auf, setzte sich auf Danes Bauch und sah zu ihm hinab. »Ich werde mich nicht ändern.«

»Gut.«

»Ich meine, ich werde immer merkwürdig sein. Ich kann nicht aufhören, alles wissen zu wollen, Dane. So bin ich eben.«

»Und ich liebe dich genau so, wie du bist, Bryn. Solange du dir die Zeit nimmst, mir Dinge zu erklären, wenn ich sie nicht verstehe, und mir zuhörst, wenn ich dir sage, dass etwas gefährlich ist, ist mir das scheißegal.«

»Ich werde es versuchen.«

»Gut. Dann sei merkwürdig. Ich mag deine Art von merkwürdig.«

Sie grinste und bewegte ihre Hüften nach unten, bis sie

auf seinem weichen Schwanz saß. Sie wand sich und spürte, wie das Sperma aus ihr herausfloss. »Wenn du schon in mir kommst, ist es nur fair, dass du mit den Folgen genauso zu kämpfen hast wie ich.«

»Erinnerst dich nicht an das letzte Mal? Ich finde es kein bisschen eklig, im Gegenteil, es macht mich an. Zu wissen, dass mein Sperma aus dir heraustropft, und mich daran zu erinnern, wie es dorthin gelangt ist ... Das ist verdammt sexy, auch wenn es ein bisschen schmutzig ist.«

Bryn sah ungläubig auf seinen Schwanz, der schon wieder hart wurde, und dann in seine Augen. »Cool«, hauchte sie.

Dane zog Bryn zu sich, küsste sie auf den Mund und sagte: »Vielen Dank, dass du dafür gesorgt hast, dass der Sex nicht merkwürdig ist. Mit nur einer Hand kann ich nicht alles gleichzeitig tun. Du hast dafür gesorgt, dass es Spaß macht.«

»Das liegt daran, *dass* es Spaß macht. Zumindest mit dir.«

»Genau. Möchtest du eine andere Stellung ausprobieren?«

»Ja«, erwiderte Bryn sofort enthusiastisch.

»Dann setz dich auf mich. So habe ich meine Hand frei, um ... andere Dinge zu tun.«

Bryn lächelte und hob ihre Hüften, damit Dane seinen Schwanz dorthin stecken konnte, wo sie ihn haben wollte. Sie ließ sich auf ihn sinken und seufzte zufrieden.

Das Leben war schön. Mehr als schön.

EPILOG

Dane drehte sich im Bett um und griff nach Bryn, nicht überrascht, dass er allein war. Er schaute auf die Uhr. Fünf Uhr dreiundfünfzig. Er schwang die Beine aus dem Bett und ging ins Badezimmer.

Nachdem er alles Nötige erledigt hatte, zog er sich eine abgetragene schwarze Jogginghose über seine nackten Beine und machte sich auf die Suche nach Bryn. Seit sie eingezogen war, ging er nackt ins Bett, ohne einen Funken Unsicherheit zu verspüren. Nicht bei ihr.

Er lehnte sich an den Türpfosten und beobachtete Bryn für einige Momente. Sie saß auf der Couch, im Schneidersitz, mit dem Laptop auf dem Schoß, und murmelte vor sich hin. Dane hatte keine Ahnung, wie er so viel Glück gehabt hatte, aber es verging kein Tag, an dem er sich nicht bei seinen Glückssternen bedankte. Sie lebten seit zwei Monaten zusammen und jeder neue Tag war besser als der letzte.

Die Sonne würde erst in ein paar Stunden aufgehen, aber sie hatten einen anstrengenden Tag vor sich. Er wartete einen Moment, bevor er in das Zimmer schlurfte und sich neben sie setzte, seinen Arm über ihre Schultern legte, sie an sich zog und ihre Schläfe küsste.

»Was siehst du dir da an?«

»Wusstest du, dass jedes Jahr 2,7 Millionen Hunde und Katzen getötet werden, weil die Tierheime zu voll sind und es nicht genügend Leute gibt, die sie adoptieren?«

»Hmmmm«, murmelte Dane und vergrub seine Nase an ihrem Hals, damit er ihren einzigartigen Kokosnussduft riechen konnte. Sie hatte sich angewöhnt, sein Duschgel zu benutzen, also roch sie jetzt normalerweise nach ihrem Shampoo und Strand, aber auch nach ihm. Jedes Mal wenn er in ihre Nähe kam, sorgte ihr Duftgemisch dafür, dass er in ihr sein wollte.

»Das bedeutet, dass jeder fünfte Hund und jede *siebte* Katze getötet wird, und nicht nur das. Wir bezahlen auch noch dafür, dass sie getötet werden. Ein bis zwei Milliarden Dollar unserer Steuergelder gehen an Tierheime. Das bricht mir wirklich das Herz, Dane.«

»Wie kommst du jetzt darauf, Smalls?«, fragte Dane und massierte sanft ihren Nacken.

»Ich habe mir noch einmal die fünfte Staffel von *Myth-Busters* angesehen«, erklärte Bryn traurig, ohne von ihrem Bildschirm aufzusehen, auf dem sie gerade durch eine Seite mit Tierheimhunden scrollte.

»Die Folge mit den Hunden?«, fragte Dane und erinnerte sich an die Episode. Sie hatten sich alle Folgen so oft angesehen und sie ausgiebig besprochen, dass er jetzt fast alle Episoden kannte.

»Ja. Ich wollte mehr über die Hunde erfahren und dann habe ich an den Streuner gedacht, den ich gestern in Rathdrum gesehen habe. Dann habe ich mich gefragt, was mit ihm passieren würde, sollte er gefangen werden, ob ihn dann jemand adoptieren würde. Daraufhin habe ich mit meinen Nachforschungen begonnen und jetzt habe ich das Gefühl, dass ich ganz viele Hunde und Katzen adoptieren möchte, damit sie nicht getötet werden.«

Dane lächelte Bryn an und er liebte es, wie enthusiastisch und energisch sie war. Sie verblüffte ihn immer wieder mit ihrem guten Herz und wie sie an etwas festhielt, bis ihr Gehirn vollständig damit fertig war, genügend Informationen zu sammeln, um ein Thema zufriedenstellend und komplett zu verstehen.

»Wir haben heute viel vor, mein Schatz. Aber ich verspreche dir, sobald wir von unseren Flitterwochen zurückkommen, fahren wir nach Rathdrum oder Coeur d'Alene ins Tierheim und suchen uns ein paar Haustiere aus. Okay?«

Bryn schniefte, aber sie nickte.

Dane drehte ihren Kopf zu ihm um, bis sie ihn ansah, statt auf den Computerbildschirm zu blicken.

»Bist du schon lange wach?«

»Nein. Erst seit halb fünf.«

»Machst du dir Sorgen wegen heute?«

Sie sah ihn verwirrt an. »Worüber?«

»Zu heiraten? Deine Eltern nach so langer Zeit wiederzusehen? Über irgendetwas?«

Sie zuckte leichthin mit den Achseln. »Nein, eigentlich nicht. Solange du mich liebst, ist mir alles andere egal.«

»Ich werde dich immer lieben, Bryn.«

Sie strahlte ihn an. »Gut.« Dann kehrte sie zum Computer zurück und klickte auf einen neuen Reiter, um die Adoptionsseite des örtlichen Tierheims zu öffnen.

Dane lächelte, küsste noch einmal ihre Schläfe, stand auf und schaute auf die Uhr. Sie hatten viel Zeit, bevor sie in *Smokey's Bar* sein mussten. Er hatte anfangs nicht viel von Bryns Idee gehalten. Wer heiratete schon in einer schäbigen

Kneipe? Aber je mehr er darüber nachdachte, desto mehr gefiel ihm die Idee.

Dort hatte seine Beziehung mit Bryn wirklich begonnen; der Tag, an dem er sie im Supermarkt angeschrien hatte, zählte nicht. Sie würden sich keine Sorgen machen müssen, Speisen oder Getränke zu servieren, da sie sowohl die Hochzeit als auch den Empfang in der Kneipe abhielten, und es würde sicherlich eine einzigartige Hochzeit sein, an die sie sich immer erinnern würden.

Rosie und Bonnie aus der Bücherei würden dort sein, zusammen mit ein paar anderen Angestellten. Beide Elternpaare würden auch vorbeikommen, obwohl Bryns Eltern nur für die standesamtliche Trauung bleiben würden. Sie waren nicht begeistert davon, in einer so kleinen Stadt wie Rathdrum zu übernachten, da sie größere Städte bevorzugten, und waren nicht wirklich damit einverstanden, dass die Hochzeit überhaupt in einer Kneipe stattfand.

Truck, Ghost, Beatle, Coach und Blade würden auch da sein. Hollywood blieb zu Hause, um sich um seine Frau zu kümmern. Kassie ging es in letzter Zeit gar nicht gut, sie hatte mit Morgenübelkeit zu kämpfen. Und Annie hatte eine Schulaufführung, die Fletch und Emily nicht verpassen wollten.

Dane hatte nicht gemerkt, wie sehr er es vermisste, mit seinen Freunden zusammen zu sein, bis sie zu der improvisierten Grillparty gekommen waren, die er vor ein paar Monaten veranstaltet hatte. Es war toll, all die Jungs wiederzusehen, wenn sie nicht gerade mitten in einer Mission steckten.

Zum Glück gab es keine Chance, dass Knox sich an ihm oder Bryn rächen oder sonst wie ihren großen Tag ruinieren würde. Er kam ins Bundesgefängnis. Dane wusste nicht, ob der Mann wusste, dass er es war, der an seiner Verhaftung schuld war, aber er musste es immerhin vermuten.

Gleich nachdem er und Bryn außer Sichtweite seines Anwesens waren, hatten Ghost, Beatle und Coach Knox und seine Frau überwältigt. Dann waren die Mitarbeiter der Aufsichtsbehörde für Schusswaffen und Sprengstoffe und das FBI gekommen und hatten das Anwesen durchsucht und nicht nur illegale Waffen und Munition gefunden, sondern auch genügend Dünger und selbstgemachte Bomben, um jedes Gebäude in Coeur d'Alene in die Luft zu jagen.

Die Frau von Knox bekam eine leichte Strafe, nachdem die Misshandlungen, die sie hatte ertragen müssen, ans Licht gekommen waren. Aber Knox selbst würde für den Rest seines Lebens im Gefängnis sitzen. Er wurde nicht jünger und die sechzig Jahre Haft bedeuteten, dass er wahrscheinlich im Gefängnis sterben würde.

Dane verdrängte die Gedanken an den Mann und dachte stattdessen an seine Fast-Ehefrau. Das Leben mit Bryn war nie langweilig, sie hielt ihn ständig auf Trab, etwas, von dem Dane nie gedacht hätte, dass er es wollte. Aber sie machte jeden Tag lebenswert. Sie arbeitete immer noch in der Bücherei, und er hatte die Hälfte von Steves Geschäft gekauft und sie hatten sich die Arbeit geteilt, wodurch sie beide mehr als genug Geld zum Leben und Zeit für ihre Familien hatten.

Dane stellte die Dusche an und betrachtete die verheilte Wunde an seinem Arm. Der Stumpf störte ihn kaum noch. Die Phantomschmerzen waren fast ganz verschwunden. Kinder machten manchmal Kommentare darüber, aber Bryn erklärte ihnen einfach die Mechanik seiner Prothese, wenn er sie trug, oder wie er im Dienst für sein Land verwundet worden war.

Sie machte sich keine Gedanken darüber, behandelte ihn einfach wie einen Mann. Ihren Mann.

Dane ging zurück ins Wohnzimmer, lehnte sich rüber, nahm den Laptop aus Bryns Schoß und achtete dabei nicht auf ihr »Hey, ich war gerade dabei, mir etwas anzusehen«.

Er hob sie hoch und trug sie ins Badezimmer. »Das kannst du dir später ansehen. Ich habe da etwas im Bad für dich, das du dir in der Dusche ansehen kannst.«

Sie legte ihm die Arme um den Hals und lächelte. »Einundachtzig Prozent aller Menschen, die schon einmal in der Dusche Sex hatten, möchten es wieder tun.«

»Schön zu wissen, dass wir zur Mehrheit gehören«, erklärte Dane ihr.

»Welche Stellung probieren wir diesmal aus?«

»Also, wir haben es im Sitzen gemacht, von hinten, den Superman, Under Arrest und stehend mit gespreizten Beinen – was ziemlich toll war, auch wenn ich danach noch tagelang Muskelkater hatte –, also dachte ich, dass wir es heute, an unserem Hochzeitstag, auf unsere gewöhnliche Art tun könnten.«

»Du liebst es einfach, mich hochzuhalten.«

»Das stimmt.« Dane grinste sie an und zog seine Jogginghose aus. Sein Schwanz war schon hart. Es schien, als wäre alles, was es brauchte, ein Blick auf Bryn, und er war mehr als bereit, sie zu nehmen.

Bryn entledigte sich des T-Shirts, das sie angezogen hatte, als sie an diesem Morgen aus dem Bett geklettert war. Er nahm ihre Hand und half ihr in die Dusche, wie er es immer tat. Sobald er stabil stand, packte er sie, und sie sprang hoch und legte ihre Beine um seine Hüfte.

»Vielen Dank, dass du heute meinen Namen annimmst, Bryn«, erklärte Dane ihr ernst.

»Bryn Munroe«, sagte sie nachdenklich und rieb ihre

Nase an seiner. »So sehr ich auch zu schätzen weiß, dass du diesem Knox gesagt hast, dein Name sei Dane Hartwell, so bevorzuge ich doch deinen Namen.«

»Das ist das letzte Mal, dass wir uns als Freund und Freundin lieben«, erklärte Dane lächelnd und positionierte Bryn so in seinen Armen, dass sein Schwanz zwischen ihren Beinen war. Dann legte er eine Hand wieder auf ihre Hüfte, um sie zu stützen, und drang in sie ein.

Bryn ließ den Kopf in den Nacken fallen und stöhnte, während sie ihre inneren Muskeln anspannte.

»Du bist so feucht, Smalls. Wie kann das sein?«

Sie grinste verschlagen. »Als ich aufgestanden bin, sahst du wirklich heiß aus. Ich wollte recherchieren, aber ich musste ständig an dich denken, nackt in unserem Bett. Ich weiß, dass du die meiste Zeit erregt aufwachst und Morgensex dein Lieblingssport ist. Also habe ich ... mich für dich bereit gemacht.«

»Verdammt, du bist wirklich perfekt für mich. Ich liebe dich, zukünftige Bryn Munroe. Ich behalte dich und gebe dich nie wieder her. Nie wieder.«

»Und ich liebe dich, Dane Munroe. Danke, dass du mich liebst, obwohl ich ein Freak bin.«

»Nein, danke, dass du mich nicht fallen gelassen hast, als ich mich wie ein Idiot benommen habe.«

Danach sprachen sie nicht mehr, sondern verloren sich ineinander. Und obwohl keiner von beiden in den Augen der Gesellschaft perfekt war, so waren sie doch perfekt füreinander.

Zweiunddreißig Stunden später

. . .

»Wisst ihr Jungs, warum der Kommandant uns hierher beordert hat?«, wollte Blade wissen. »Wir sind gerade erst von Fishs Hochzeit zurückgekommen. Und ich könnte jetzt wirklich gut zwölf Stunden ununterbrochenen Schlaf gebrauchen.«

»Ist er glücklich?«, wollte Hollywood wissen.

»Oh ja, er ist verdammt glücklich«, bestätigte Beatle. »Während der ganzen Hochzeitszeremonie konnte er nicht aufhören zu grinsen, selbst als Bryn den Priester unterbrochen hat, um ihm zu erklären, woher die Tradition mit den Ringen stammt. Ich finde, er hat jetzt auch die beste Methode gefunden, sie abzulenken, wenn sie nicht aufhört, weiter über etwas zu plappern.«

»Und die wäre?«, wollte Fletch wissen.

»Er küsst sie einfach. Daraufhin hält sie jedes Mal den Mund«, erklärte Beatle grinsend.

Alle schmunzelten, glücklich darüber, dass Fish endlich das gefunden hatte, was er brauchte, um weiterzuleben. Er hatte den schlimmsten Albtraum eines jeden Delta Force-Mitglieds erlebt. Sie waren alle begeistert, dass er nicht nur mit seinem Leben weitermachen konnte, sondern auch eine Frau gefunden hatte, die gleichzeitig sein Herz heilen konnte.

Alle standen auf und salutierten, als ihr Kommandant den Raum betrat. Seine Augenbrauen waren in einem besorgten Stirnrunzeln nach unten gezogen und die Spannung im Raum war plötzlich groß. Es sah so aus, als würde dieses zwölfstündige Nickerchen so schnell nicht passieren.

Der Kommandant setzte sich und verteilte sofort Ordner an die Männer am Tisch. »Wir brechen in zwei Stunden auf«, erklärte er ihnen. »Die Tochter des dänischen Konsuls in den Vereinigten Staaten wurde entführt. Sie ist eine Studentin und befand sich auf einer

Forschungsmission in Costa Rica, als man sie entführt hat.«

Der Kommandant zeigte auf ein Foto im Ordner. »Das hier ist Astrid Jepsen. Sie ist zweiundzwanzig Jahre alt. Sie und zwei ihrer Klassenkameradinnen sowie ihre Professorin wurden entführt, während sie Forschungsarbeiten im Dschungel vor der kleinen Stadt namens Guacalito durchführten. Die nächste größere Stadt ist Liberia.«

Blade schob seinen Stuhl kreischend nach hinten und stand abrupt auf. »Wie heißen die anderen Geiseln?«, fragte er mit Dringlichkeit in der Stimme.

Der Kommandant blätterte in seinen Papieren, als er nach der Information suchte, die Blade verlangt hatte. »Jaylyn Jones, Kristina Temple und Casey Shea.«

Blade holte aus, bevor irgendjemand eingreifen konnte. Er drehte sich um und schlug auf die Wand hinter ihm ein, sodass ein faustgroßes Loch in der Wand erschien. Bevor er noch einmal zuschlagen konnte, war Truck bei ihm. Er hielt seinen Teamkollegen von hinten im Klammergriff.

»Lass mich los!«, zischte Blade. »Verdammt, Truck, lass mich los!«

»Nicht bis du dich verdammt noch mal entspannst und sagst, was los ist, damit wir es regeln können«, erwiderte Truck ruhig.

»Sie haben meine Schwester entführt!«, rief Blade und sackte dann in Trucks Armen zusammen. »Casey Shea ist meine Schwester.«

»*Verdammt*. Rede«, befahl der Kommandant.

Doch es war nicht Blade, sondern Beatle, der das Wort ergriff. »Wie er sagte, Casey Shea, diese Professorin, ist seine jüngere Schwester. Sie haben die gleiche Mutter, aber verschiedene Väter, deshalb sind ihre Nachnamen verschieden. Sie ist siebenundzwanzig und hat ihren Doktor in

Entomologie gemacht. Sie hat eine kleine Gruppe von Studentinnen des Graduiertenprogramms der Universität von Florida zu Forschungsarbeiten nach Costa Rica mitgenommen. Sie waren dort, wie lange, einen Monat? Eineinhalb Monate?«, fragte Beatle Blade.

Er nickte. »Ja. So ungefähr. Es waren keine zwei Wochen mehr, bevor sie heimkommen sollten.«

»Wann hast du das letzte Mal von ihr gehört?«, fragte der Kommandant, ohne von dem Stück Papier aufzublicken, auf dem er sich Notizen machte.

»Vor etwa sechs Tagen. Sie hat von einem Münztelefon aus angerufen – noch dazu als R-Gespräch, kann man das glauben –, um mir Bescheid zu sagen, dass es ihr gut geht und dass sie zufrieden ist mit den Forschungsarbeiten und den Informationen, die sie bisher gesammelt hat.«

»Hat sie dir irgendeinen Hinweis darauf gegeben, dass die Lage dort unten brenzlig war?«, wollte Fletch wissen.

»Nein. Nichts in dieser Art. Hätte sie das getan, hätte ich sie sofort nach Hause geschafft«, erklärte Blade mit Bestimmtheit.

Der Kommandant betrachtete das Delta-Team, das um den Tisch herumsaß … und Blade und Truck, die noch immer standen. Truck hatte seinen Freund losgelassen und ihm eine Hand auf die Schulter gelegt, als moralische Unterstützung. »Nun stellt sich die Frage, könnt ihr alle diese Mission erledigen oder soll ich lieber Trigger und sein Team verständigen? Sie haben auch schon zuvor Missionen von uns übernommen.« Er sah zu Hollywood und endete dann mit: »Als wir sie nicht selbst erledigen konnten.«

»Wir übernehmen das«, sagte Ghost mit Nachdruck.

»Ich bin mir nicht so sicher –«, begann der Kommandant.

»Nein, Sir. Bei allem Respekt. Wir schaffen das. Ja, Casey

gehört zur Familie, aber das heißt, wir werden vorsichtiger sein, genauer planen und alles tun, um alle vier Geiseln sicher nach Hause zu bringen. Sie haben unser Wort. Das ist unsere Mission. Lasst uns Casey und die anderen nach Hause bringen.«

Im Raum war es totenstill, als der Kommandant jeden einzelnen Mann um ihn herum ansah. Schließlich nickte er. »Wenn es meine Frau, Tochter oder Schwester da unten wäre, würde ich euch auswählen, um runterzufliegen und sie nach Hause zu holen. Nun, lasst uns planen.«

Truck schlug Blade auf den Rücken und hob sowohl seinen Stuhl als auch den seines Freundes auf, die umgefallen waren.

Als die anderen um sie herum anfingen, über Strategie und Logistik zu reden, lehnte sich Beatle zu Blade und sagte in einem leisen, ernsten Ton: »Ich mag vielleicht keine Käfer, aber ich werde alles tun, um Casey zu dir zurückzubringen. In einem Ameisenhaufen liegen, Kakerlaken fressen oder mich mit jeder verdammten Mücke anfreunden, die ich sehe. Du hast mein Wort.«

Blade zog die Lippen zusammen, aber er nickte steif, bevor er sich wieder dem Gespräch zuwandte.

Beatle lehnte sich in seinem Stuhl zurück und holte tief Luft. *Ich kenne dich nicht, Casey Shea, aber weil du meinem Waffenbruder offensichtlich so viel bedeutest, werde ich dich finden und dich sicher nach Hause bringen. Lass dir das gesagt sein.*

*

Die Rettung von Casey (Buch Sieben) **(erhältlich ab Ende April 2020)**

BÜCHER VON SUSAN STOKER

Die Delta Force Heroes:

Die Rettung von Rayne (Buch Eins)
Die Rettung von Emily (Buch Zwei)
Die Rettung von Harley (Buch Drei)
Die Hochzeit von Emily (Buch Vier)
Die Rettung von Kassie (Buch Fünf)
Die Rettung von Bryn (Buch Sechs)
Die Rettung von Casey (Buch Sieben) **(erhältlich ab Ende April 2020)**

SEALs of Protection:
Schutz für Caroline (Buch Eins)
Schutz für Alabama (Buch Zwei)
Schutz für Fiona (Buch 3)

Und auch die folgenden Bücher von Susan Stoker werden in Kürze auf Deutsch erhältlich sein:

Aus der Reihe »Die Delta Force Heroes«:
Rescuing Wendy (Buch 8)
Rescuing Mary (Buch 9)
Rescuing Aimee (Buch 10)

Aus der Reihe »SEALs of Protection«:
Die Hochzeit von Caroline (Buch 4)
Schutz für Summer (Buch 5)
Schutz für Cheyenne (Buch 6)
Schutz für Jessyka (Buch 7)
Schutz für Julie (Buch 8)
Schutz für Melody (Buch 9)
Protecting the Future (Buch 10)
Schutz für Kiera (Buch 11)
Protecting Alabama's Kids (Buch 12)
Schutz für Dakota (Buch 13)
The Boardwalk (Buch 14)

BIOGRAFIE

Susan Stoker ist die New York Times, USA Today und Wall Street Journal Bestsellerautorin der Buchreihen »Badge of Honor: Texas Heroes«, »SEAL of Protection«, »Die Delta Force Heroes« und einigen mehr. Stoker ist mit einem pensionierten Unteroffizier der US-Armee verheiratet und hat in ihrem Leben schon überall in den Vereinigten Staaten gelebt – von Missouri über Kalifornien bis hin zu Colorado. Zurzeit nennt sie die Region unter dem großen Himmel von Tennessee ihr Zuhause. Sie glaubt ganz und gar an Happy Ends und hat großen Spaß daran, Geschichten zu schreiben, in denen Romantik zu Liebe wird.

Besuchen Sie Susan im Netz!
www.stokeraces.com
facebook.com/authorsusanstoker
twitter.com/Susan_Stoker
bookbub.com/authors/susan-stoker

instagram.com/authorsusanstoker
Email: Susan@StokerAces.com

www.ingramcontent.com/pod-product-compliance
Lightning Source LLC
LaVergne TN
LVHW021651060526
838200LV00050B/2302